SOPHIE KINSELLA

L'ACCRO DU SHOPPING DIT OUI

*Traduit de l'anglais
par Christine Barbaste*

belfond
12, avenue d'Italie
75013 Paris

Titre original :
SHOPAHOLIC TIES THE KNOT
publié par Black Swan Books,
a division of Transworld Publishers Ltd, Londres.

Tous les personnages de ce livre sont fictifs et toute ressemblance avec des personnes réelles, vivantes ou mortes, serait pure coïncidence.

Si vous souhaitez recevoir notre catalogue
et être tenu au courant de nos publications,
envoyez vos nom et adresse, en citant ce livre,
aux Éditions Belfond,
12, avenue d'Italie, 75013 Paris.
Et, pour le Canada,
à Vivendi Universal Publishing Services,
1050, bd René-Lévesque-Est,
Bureau 100,
Montréal, Québec, H2L 2L6.

ISBN 2-7144-3944-6
© Sophie Kinsella 2002.
© Belfond 2004 pour la traduction française.

Pour Abigail, qui aurait trouvé la solution géniale en un éclair.

SECOND UNION BANK
300 WALL STREET
NEW YORK NY 10005

Mlle Rebecca Bloomwood
Apt B
251 11ᵉ Rue Ouest
New York
NY 10014

Le 7 novembre 2001

Chère Mademoiselle Bloomwood,

Nouveau Compte joint numéro : 5039 2566 2319

Nous avons le plaisir de vous confirmer l'ouverture de votre nouveau compte joint avec M. Luke Brandon, et de vous communiquer tous les documents explicatifs. Nous vous ferons parvenir votre carte de crédit par pli séparé.

À la Second Union Bank, nous mettons un point d'honneur à développer le service personnalisé au client. N'hésitez pas à me contacter, à n'importe quelle heure, si vous avez des questions. Je me ferai un plaisir d'y répondre, car tout problème mérite mon attention.

Je vous prie de croire, chère Mademoiselle, à mes sentiments les meilleurs.

Walt Pitman
Directeur du Service Clientèle

SECOND UNION BANK
300 WALL STREET
NEW YORK NY 10005

Mlle Rebecca Bloomwood
Apt B
251 11ᵉ Rue Ouest
New York
NY 10014

Le 12 décembre 2001

Chère Mademoiselle Bloomwood,

Merci infiniment pour votre courrier du 9 décembre concernant votre compte joint avec M. Luke Brandon. Je conviens que la relation entre une banque et son client devrait être placée sous le signe de l'amitié et de la coopération, et pour répondre à votre question, ma couleur préférée est le rouge.

Malheureusement, je me vois dans l'incapacité d'accéder à votre requête et de reformuler les libellés de votre prochain relevé bancaire. La transaction à laquelle vous faites référence apparaîtra sous la mention « Prada, New York » et non « Facture de gaz », comme vous le souhaitiez.

En vous priant de croire à mes sentiments les meilleurs

Walt Pitman
Directeur du Service Clientèle

SECOND UNION BANK
300 WALL STREET
NEW YORK NY 10005

Mlle Rebecca Bloomwood
Apt B
251 11ᵉ Rue Ouest
New York
NY 10014

Le 7 janvier 2002

Chère Mademoiselle Bloomwood,

Merci infiniment pour votre courrier du 4 janvier concernant votre compte joint avec M. Luke Brandon, et pour les chocolats, que je me vois contraint de vous retourner. Je conviens qu'il est difficile de veiller à la moindre dépense, et je suis navré d'apprendre que cela a provoqué un « désagréable petit malentendu » entre nous.

Malheureusement, il m'est impossible de faire des relevés bancaires en deux parties, ainsi que vous le suggérez, d'en envoyer une moitié à M. Brandon et l'autre à vous-même, et de faire en sorte que « ce soit notre petit secret ». Toutes les opérations afférentes au compte, débits et crédits, sont enregistrées conjointement.

C'est précisément la raison pour laquelle un tel compte se nomme « compte joint ».

Je vous prie de croire, chère Mademoiselle, à mes sentiments les meilleurs.

Walt Pitman
Directeur du Service Clientèle

1

OK. Pas de panique. Je peux y arriver. Je peux le faire. Il faut juste que je manœuvre un poil vers la gauche, que je soulève un peu, que je pousse un rien plus fermement... Enfin, quoi ! Ça ne doit pas être bien sorcier de faire entrer un meuble bar dans un taxi new-yorkais, non ?

J'agrippe le bois ciré de toutes mes forces, inspire profondément et me remets à pousser : sans le moindre résultat. C'est une journée d'hiver à Greenwich Village ; le ciel est bleu comme à la montagne, les jours où l'air ressemble à du dentifrice et vous fait frais jusque dans les bronches. Les gens sont bien emmitouflés dans leurs écharpes, mais moi, je suis en nage. J'ai le visage tout rouge, ma nouvelle chapka est de travers, mes cheveux me collent au visage et je vois bien que, de l'autre côté de la rue, tous les clients du Jo-Jo's Café m'observent en se marrant.

Mais pas question d'abandonner. Je vais y arriver.

Il le faut, de toute façon je n'ai pas l'intention de me ruiner en frais de livraison alors que j'habite à deux pas d'ici.

— Ça rentrera pas ! lance le chauffeur, blasé, en passant la tête par la fenêtre.

— Mais si ! J'ai déjà fait entrer deux pieds...

Je pousse avec l'énergie du désespoir. Si seulement je pouvais forcer ces deux autres pieds à entrer d'une manière ou d'une autre. Pffff ! C'est pire que d'emmener un chien chez le véto.

— En plus, je ne suis pas assuré.

— Pas grave ! Nous n'allons qu'à deux rues d'ici. Je le tiendrai pendant qu'on roule. Ça va aller.

Le chauffeur hausse les sourcils et mâchonne un cure-dent crasseux.

— Parce que vous croyez qu'il y aura de la place pour vous en plus de ce machin ?

— Je me ferai toute petite ! Je trouverai bien un moyen !

Remontée, je fais encore un effort, et le meuble bondit contre le siège avant.

— Hé ! Si vous m'abîmez mon taxi, vous me remboursez, je vous préviens !

— Je suis désolée, dis-je, à bout de souffle. OK, écoutez, je vais recommencer à zéro. Je pense que je m'y suis mal prise.

Avec un maximum de précautions, je soulève l'avant du meuble pour l'extirper du taxi et le reposer sur le trottoir.

— Et d'abord, c'est quoi ce machin ?

— Un meuble bar années trente. Regardez, le dessus s'ouvre... (Pas qu'un peu fière, j'ouvre le volet en façade et écarte les petits miroirs Art déco à l'intérieur.) Là, on met les verres... Et là, il y a deux shakers intégrés.

Admirative, je caresse une fois de plus mon acquisition. À la seconde où je l'ai aperçu dans la vitrine de l'antiquaire, j'ai su qu'il me le fallait. Bon, c'est vrai, Luke et moi avons passé un accord – ne plus acheter de meubles pour l'appartement –, mais là, c'est très différent. Un authentique meuble bar, exactement comme dans les films avec Fred Astaire et Ginger Rogers ! Ça va changer nos soirées du tout au tout. Après le travail, Luke et moi allons nous préparer des martinis, et danser sur de vieux airs en regardant le soleil se coucher. Ce sera d'un romantique ! On achètera un de ces tourne-disques avec un énorme cornet, on commencera une collection de 78 tours, et je pourrai porter ces fabuleuses robes rétro qu'on dégote dans les boutiques de fripes.

Et puis, ça va peut-être devenir du plus grand chic de passer chez nous boire un cocktail. Le *New York Times* fera un papier sur nous ! Oui ! *L'heure du cocktail réinventée avec originalité et élégance dans le West Village. Un couple d'expatriés britanniques très stylés, Rebecca Bloomwood et Luke Brandon...*

La portière du taxi s'ouvre dans un bruit de ferraille et, tirée de ma rêverie, je vois le chauffeur en descendre.

— Oh merci, dis-je, reconnaissante. Un coup de main ne sera pas du luxe. Si vous aviez une corde, nous pourrions peut-être le fixer sur le toit...

— Non. Pas de corde. Et pas de course non plus.

Il claque la portière arrière et je reste pétrifiée d'horreur en le voyant se réinstaller derrière son volant.

— Mais vous ne pouvez pas refuser ! Vous n'avez pas le droit ! C'est la loi. Vous devez me prendre. C'est le maire qui l'a dit !

— Le maire n'a rien dit au sujet des meubles bar, rétorque-t-il en levant les yeux au ciel tandis qu'il démarre.

— Et comment je vais rentrer chez moi ? je crie, indignée. Attendez ! Revenez !

Mais le taxi est déjà en train de s'éloigner, et je me retrouve là, sur le trottoir, agrippée à mon meuble.

Je fais quoi, maintenant ?

Bon. Allez, Becky, un peu de bon sens. Je pourrais peut-être le porter jusqu'à la maison ? Ce n'est pas si loin.

J'étire au maximum les bras et réussis à poser les mains autour du meuble. Lentement, je le soulève, fais un pas – et immédiatement je le laisse retomber. Bon sang, que c'est lourd. J'ai dû me froisser un muscle.

OK. Peut-être que je ne vais pas le porter, en fait. Mais impossible n'est pas Becky. Il suffit de déplacer un pied de quelques centimètres, puis un autre, et ainsi de suite.

Oui, voilà, ça va marcher. C'est un peu lent, mais si je ne me décourage pas... si je trouve le rythme...

Et un pas à gauche... Et un pas à droite...

Le truc, c'est de ne pas me soucier de la distance que je couvre à chaque mouvement, et de continuer à progresser régulièrement. Je serai rendue en deux temps trois mouvements.

Deux adolescentes en doudoune me dépassent en ricanant mais je suis bien trop concentrée pour réagir.

Et un coup à gauche... Et un coup à droite...

— S'il vous plaît ? lance une voix cassante et exaspérée. Vous pourriez libérer le trottoir ?

Je me retourne et, horreur, avise une femme coiffée d'une casquette de base-ball et en baskets qui approche, précédée d'au moins dix chiens en laisse, tous de formes et de tailles différentes.

Bon sang ! Il y a un truc qui m'échappe : pourquoi les gens ne promènent-ils pas eux-mêmes leurs chiens ? Si on n'aime pas marcher, pourquoi ne pas prendre un chat ? Ou un poisson rouge ?

Maintenant, ils sont pile devant moi. Et ça jappe, ça aboie, ça secoue la tête et... Non ! C'est pas vrai ! Un caniche est en train de lever la patte contre mon sublime meuble !

— Arrêteeeeeez ! Éloignez ces chiens !

— Au pied, Flo, dit la femme qui me jette un regard exaspéré.

Oh ! là, là ! Regardez un peu la distance que j'ai parcourue. Je n'ai même pas dépassé la vitrine de la boutique d'antiquités et je suis déjà à plat.

— Alors, lance une voix sèche dans mon dos, peut-être allez-vous vous décider à le faire livrer ?

Je tourne la tête. Arthur Graham, l'antiquaire, est appuyé contre le chambranle de sa porte, avec son élégant costume-cravate.

— Je ne sais pas. (Je m'adosse au meuble, en prenant un air dégagé, comme si j'avais un tas d'autres options, y compris celle de rester plantée là sur le trottoir.) C'est une possibilité.

— Soixante-quinze dollars, n'importe où à Manhattan.

Mais je n'habite pas n'importe où à Manhattan. J'habite à deux pas d'ici !

Arthur m'adresse un sourire victorieux. Il sait qu'il a gagné.

— OK. (Bon, au moins, j'admets ma défaite.) C'est peut-être une bonne idée, après tout.

Arthur appelle un type en jean, qui soulève nonchalamment le meuble aussi facilement que s'il était en carton. Puis je leur emboîte le pas à l'intérieur de la boutique encombrée où règne une chaleur étouffante. Même si j'y étais il y a dix minutes à peine, je me surprends à regarder de nouveau autour de moi. J'adore cet endroit. Où que votre regard se pose, il y a un truc dont vous avez envie. Cette incroyable chaise sculptée, par exemple, ou ce jeté-de-lit en velours peint à la main... Et voyez un peu cette horloge comtoise ! Chaque jour, on y découvre de nouveaux objets.

N'allez pas croire que je viens ici tous les jours.

C'est juste que... enfin, vous voyez ce que je veux dire. J'imagine, c'est tout.

— Excellent achat, fait Arthur en désignant mon meuble. Vous avez l'œil, c'est indéniable.

Il me sourit et griffonne quelque chose sur un ticket.

— Oui, peut-être..., je conviens, avec un sourire modeste.

Même si je suppose qu'effectivement j'ai l'œil. Je regardais *La Route des antiquités* à la télé tous les samedis avec maman, alors forcément, je m'y connais un peu.

— Très belle pièce, dis-je d'un air entendu, en hochant la tête en direction d'un grand miroir à l'encadrement doré.

— Ah, oui, fait Arthur. Moderne, évidemment.

— Évidemment, je m'empresse de répéter.

J'avais bien sûr remarqué qu'il était moderne, je voulais juste dire que c'était une très belle pièce *compte tenu de sa modernité*.

— Ça vous intéresserait des articles de bar pour garnir le meuble ? (Arthur relève la tête.) Verres à cocktail... carafes... Nous avons quelques belles pièces.

— Oh oui ! dis-je avec un large sourire. Absolument.

Des verres à cocktail années trente ! Qui a encore envie d'utiliser des verres modernes tout moches quand on peut boire dans des verres authentiques, hein ?

Lorsque Arthur ouvre son grand cahier en cuir intitulé « Collectionneurs », un doux sentiment de fierté m'envahit. Je suis une collectionneuse ! Ça fait tellement adulte !

— Mademoiselle R. Bloomwood... Articles de bar années trente. J'ai votre téléphone ; donc, si nous rentrons quelque chose, je vous appelle. (Arthur consulte la page.) Je vois ici que vous êtes aussi intéressée par les vases de Murano ?

— Oh ! Euh... Oui.

Ça m'était sorti de la tête, cette idée de collectionner les vases de Murano. En fait, je ne sais même plus où j'ai mis le premier que j'ai acheté.

— Et aussi par les montres de gousset dix-neuvième... (Du doigt, il descend le long de la liste.) Et les shakers... Les coussins au point de croix... (Il relève la tête.) Est-ce toujours d'actualité ?

— Eh bien... Pour être franche, je ne suis plus trop dans les goussets... Ni dans les shakers.

— Je vois. Et les cuillers à confiture victoriennes ?

Les cuillers à confiture ? Pourquoi diable voulais-je une batterie de cuillers à confiture ?

— Vous savez quoi ? dis-je d'un air songeur. Je crois qu'à partir de maintenant je vais m'en tenir aux articles de bar des années trente. Et me faire une vraie collection.

— C'est très avisé de votre part. (Il sourit et entreprend de rayer les lignes de la page.) À bientôt.

Quand je sors de la boutique, il fait un froid de canard et quelques flocons de neige tombent du ciel. Mais je rayonne de satisfaction. Franchement, quel formidable investissement ! Un authentique meuble des années trente

– et bientôt, j'aurai une collection d'articles de bar pour aller avec ! Je suis très contente de moi.

Bon, pourquoi étais-je sortie déjà ?

Ah oui ! Deux cappuccinos.

Nous vivons à New York depuis un an, dans un appartement sur la 11e Rue, dans la partie arborée, celle qui a le plus de charme. Toutes les maisons ont des petits balcons ouvragés et des perrons en pierre, et les trottoirs sont plantés d'arbres. Juste en face de chez nous habite quelqu'un qui joue des airs de jazz au piano, et les soirs d'été nous sortons sur la terrasse que nous partageons avec nos voisins d'immeuble et, bien installés sur des coussins, nous buvons du vin en écoutant le pianiste. (Enfin, on l'a fait une fois.)

En entrant dans la maison, je trouve une pile de courrier que je passe rapidement en revue.

Facture...

Publicité...

Ah ! le *Vogue* anglais.

Facture...

Oh-oh. Le relevé de ma carte de Saks 5e Avenue.

Je considère l'enveloppe un instant puis la soustrais du tas pour la glisser dans mon sac. Non que j'aie l'intention de la cacher. Mais, bon, il n'est pas utile que Luke tombe dessus. L'autre jour, j'ai lu un article vraiment intéressant, qui s'intitulait « L'information tue-t-elle l'information ? » On y expliquait qu'il valait mieux filtrer les événements quotidiens plutôt que de fatiguer votre partenaire en lui racontant par le menu vos journées. On y disait que la maison doit être un sanctuaire, et que nul n'a besoin de tout savoir. Ce qui, tout bien réfléchi, est loin d'être bête.

Du coup, j'ai pas mal filtré, ces derniers temps. Seulement des petites choses triviales et ennuyeuses comme... les reçus de cartes de crédit, par exemple, ou le prix exact d'une paire de chaussures... Et vous savez, il doit y avoir du vrai dans cette théorie parce que ça a fait une grande différence dans notre relation, à Luke et moi.

Je glisse le reste du courrier sous mon bras et monte l'escalier. Je n'ai reçu aucune lettre d'Angleterre aujourd'hui, mais je n'en attendais pas, parce que ce soir... Devinez ? Nous rentrons chez nous ! Pour le mariage de Suze, ma meilleure amie ! Je brûle d'impatience, littéralement.

Elle épouse Tarquin, un garçon vraiment adorable qu'elle connaît depuis toujours. (En fait, c'est son cousin. Mais c'est légal. Ils se sont renseignés.) Le mariage a lieu chez les parents de Suze, dans le Hampshire, il y aura des caisses de champagne, une calèche... Et, le plus beau, c'est que je vais être demoiselle d'honneur.

Je trépigne rien que d'y penser. Il me tarde tant ! Pas seulement d'être demoiselle d'honneur – mais aussi de revoir Suze, mes parents, de retrouver ma maison. Je me suis rendu compte hier que je n'étais pas retournée en Angleterre depuis plus de six mois, ce qui, brusquement, m'a semblé très très long. J'ai raté l'élection de papa au grade de capitaine de son club de golf – autant dire l'ambition de sa vie. J'ai aussi raté le scandale quand Siobhan, à l'église, a volé l'argent destiné aux travaux de la toiture, afin de partir pour Chypre. Et, pire que tout, j'ai raté les fiançailles de Suze, même si elle est venue à New York quinze jours plus tard me montrer sa bague pour me consoler.

En fait, tout ça ne me dérange pas trop, parce que je me régale vraiment ici. Mon travail chez Barneys est génial, et vivre dans le Village aussi. J'adore me promener dans les petites rues isolées, acheter des madeleines chez Magnolia le dimanche matin, et revenir par le marché. En gros, j'adore ma nouvelle vie ici, à New York. Exception faite, peut-être, de la mère de Luke.

Mais bon. Chez nous, c'est chez nous.

En arrivant au premier étage, j'entends de la musique s'échapper de notre appartement et, intérieurement, je frissonne d'impatience. Ce doit être Danny qui travaille. Il a sans doute fini, à l'heure qu'il est ! Ma robe va être prête !

Danny Kovitz vit dans l'appartement de son frère, au-dessus de chez nous, et il est devenu un de mes meilleurs amis depuis que j'habite ici. C'est un styliste génial, très doué – mais il n'a pas encore beaucoup de succès.

Et même, pour être tout à fait honnête, il n'a pas de succès du tout. Depuis cinq ans qu'il a quitté l'école de stylisme, il attend encore l'événement qui le rendra célèbre. Mais comme il le dit toujours, pour un styliste il est aussi difficile de percer que pour un acteur. Si vous ne connaissez pas les bonnes personnes ou si vous n'avez pas pour père un ex-Beatles, mieux vaut changer de voie. Ça me désole pour Danny parce qu'il mérite vraiment de réussir. Aussi, dès que Suze m'a priée d'être sa demoiselle d'honneur, c'est à lui que j'ai demandé de faire ma robe. Comme il y aura plein de gens riches et importants à ce mariage, des kyrielles de femmes vont me demander qui a dessiné ma robe. Ça va déclencher un gigantesque bouche à oreille et Danny sera enfin reconnu !

Il me tarde tellement de voir ce qu'il a fait ! Tous les croquis qu'il m'a montrés étaient surprenants – et évidemment, une robe réalisée à la main demande bien plus de temps pour fignoler les détails que celles que l'on achète toutes faites. Par exemple, le haut est un corset à armature brodé à la main. Danny a également suggéré d'ajouter un minuscule lac d'amour perlé en utilisant les pierres porte-bonheur de tous les invités de la fête, idée super originale.

Mon seul petit souci – oh ! à peine une ombre au tableau –, c'est que le mariage a lieu dans deux jours et que je n'ai, à vrai dire, encore rien essayé. Ni même rien vu. Ce matin, j'ai sonné chez lui pour lui rappeler que je partais ce soir pour l'Angleterre, et quand il a enfin réussi à se traîner jusqu'à la porte il m'a promis que la robe serait prête à l'heure du déjeuner. Il m'a expliqué qu'il laisse toujours ses idées bouillonner jusqu'à la dernière minute, et que là, dans une montée d'adrénaline et d'inspiration, il bosse incroyablement vite. C'est juste sa façon à lui de travailler, m'a-t-il assuré, en soulignant bien qu'à ce jour il n'avait encore jamais raté une échéance.

J'ouvre la porte d'entrée et lance un « Hello ! » enjoué. Pas de réponse. J'entre dans le salon : la radio hurle du Madonna, la télé est sur MTV et la dernière trouvaille de Danny, son chien-robot, s'escrime à grimper sur le canapé.

Et Danny, vautré sur sa machine à coudre dans un nuage de soie dorée, s'est endormi.

— Danny ? je fais, affolée. Hé, réveille-toi !

Il se redresse en sursaut et frictionne son visage émacié. Ses cheveux bouclés sont tout en bataille et ses yeux bleu pâle sont encore plus injectés de sang que lorsqu'il m'a ouvert ce matin. Sa silhouette maigrichonne est moulée dans un vieux tee-shirt gris, et de son jean déchiré dépasse un genou osseux orné d'une estafilade qu'il s'est faite le week-end dernier en rollers. Il a l'air d'un gamin de dix ans qui aurait une barbe de plusieurs jours.

— Becky ! lâche-t-il d'un air exténué. Salut ! Qu'est-ce que tu fais là ?

— C'est chez moi, ici, tu te souviens ? Tu es descendu travailler ici parce que les plombs ont sauté chez toi.

— Ah ouais... (Il regarde autour de lui, hagard.) C'est vrai.

— Tu es sûr que ça va ? je m'inquiète, en le dévisageant. Tiens, voilà ton café.

Je lui tends une tasse et il boit plusieurs longues gorgées. Puis son regard avise le courrier que je tiens et, pour la première fois, il semble se réveiller.

— C'est le *Vogue* anglais ?

— Euh... oui, dis-je, en posant le magazine hors de portée. Alors... Ma robe, ça avance comment ?

— Super-bien ! J'ai tout en main.

— Je peux l'essayer ?

Un ange passe. Danny contemple le tourbillon de soie dorée posé devant lui, comme s'il le voyait pour la première fois de sa vie.

— Non, pas encore, finit-il par répondre.

— Mais elle sera prête à temps ?

— Bien sûr ! Absolument ! (Il pose son pied sur la pédale et la machine commence à ronronner frénétiquement.) Tu sais quoi ? crie-t-il par-dessus le bruit. Je boirais bien un verre d'eau.

— Tout de suite !

Je file à la cuisine, ouvre le robinet et attends que l'eau soit suffisamment fraîche. La plomberie est un peu caractérielle dans cet immeuble, et on court sans cesse après Mme Watts, la propriétaire, pour qu'elle la fasse réparer. Mais elle vit à des milliers de kilomètres d'ici, en Floride, et apparemment le problème ne la tracasse pas trop. Toutefois, à part ce détail, l'endroit est absolument génial. Par rapport aux standards new-yorkais, on ne se plaint pas : notre appartement est immense, avec du parquet, une cheminée et des baies vitrées qui vont du sol au plafond.

Évidemment, lors de leur première visite, mes parents étaient loin d'être impressionnés. Au début, ils n'arrivaient pas à comprendre pourquoi nous n'avions pas plutôt loué une maison, ni pourquoi la cuisine était si exiguë. Ensuite, ils ont déploré que nous n'ayons pas de jardin. Étais-je au courant que Tom venait d'emménager dans une maison avec mille mètres carrés de terrain ? Franchement ! Si vous avez une telle superficie à New York, quelqu'un vient planter un immeuble dessus.

— OK. Alors, comment... ?

Je m'interromps en arrivant dans le living. La machine est au point mort et Danny est en train de lire mon *Vogue*.

— Danny ! je geins. Et ma robe ?

— Tu as vu ça ? dit-il en me montrant un article. « La collection d'Hamish Fargle donne la mesure de son flair et de son génie coutumiers ». Laisse-moi rire ! Ce type a zéro talent ! Zéro ! Tu sais, on était à l'école ensemble. Il m'a carrément volé une de mes idées. (Il me regarde en plissant les yeux.) Et ce type est en vente chez Barneys ?

— Euh... Je ne sais pas, je mens.

Danny est littéralement obsédé par l'idée d'être vendu chez Barneys. C'est la seule chose qui l'intéresse au monde. Et comme je suis conseillère personnelle d'achat chez eux, il semble penser que je devrais être en mesure de lui arranger un rendez-vous avec la responsable du service.

De fait, je lui ai arrangé des rendez-vous avec elle. La première fois, il est arrivé avec une semaine de retard et elle s'était envolée pour Milan. La seconde fois, il lui a montré une veste, et quand elle a voulu l'essayer, tous les boutons se sont détachés.

Oh, mon Dieu ! Mais qu'est-ce qui m'a pris de lui commander ma robe ?

Le silence s'éternise.

— Il faut vraiment qu'elle soit prête aujourd'hui ? demande-t-il finalement. Aujourd'hui sans faute ?

— Mon avion est à dix-huit heures ! dis-je d'une voix de crécelle. Je dois être à l'église dans moins de... (Je m'étrangle et secoue la tête.) Bon, écoute, ne t'inquiète pas. J'en mettrai une autre.

— Une autre ? (Danny repose le *Vogue* et me regarde, ébahi.) Comment ça, « une autre » ?

— Eh bien...

— Tu veux dire que tu me *vires* ? (Il me dévisage comme si je venais de lui annoncer que je le quittais après dix ans de mariage.) Juste parce que je suis un chouïa en retard ?

— Mais non, je ne te vire pas ! Comprends-moi, je ne peux pas être demoiselle d'honneur si je n'ai pas la robe appropriée !

— Quelle autre robe tu voudrais mettre ?

— Eh bien... (Je me tortille les doigts, pas très à l'aise.) J'en ai une petite en réserve...

Je ne peux pas lui avouer qu'en fait j'en ai trois. Et deux autres en option chez Barneys.

— Une robe de qui ?
— Euh... Donna Karan, dis-je, coupable.
— Donna Karan ? (Voilà, il se sent trahi.) Tu préfères Donna Karan ?
— Bien sûr que non ! Mais tu comprends, au moins, cette robe-là est prête avec des ourlets cousus...
— Porte la mienne.
— Danny...
— Porte la mienne ! Je t'en supplie ! (Il se jette à terre et avance vers moi à genoux.) Elle sera prête. Je vais y travailler nuit et jour.
— Tu n'as ni un jour ni une nuit devant toi. Tu as... trois heures !
— Eh bien, je vais travailler trois heures. Et elle sera prête !
— Ah, parce que tu es capable de faire un corsage brodé et baleiné, comme ça, au pied levé, en trois heures ?

Danny a l'air démonté.

— Bon... euh... Peut-être devrions-nous repenser légèrement le modèle...
— C'est-à-dire ?

Il pianote des doigts pendant un petit moment, puis relève la tête.

— Tu aurais un tee-shirt blanc tout simple ?
— Un tee-shirt blanc ? je répète, incapable de dissimuler ma consternation.
— Ça va être génial. Je te promets.

On entend une camionnette freiner dans la rue, et Danny va jeter un coup d'œil par la fenêtre.

— T'as encore acheté une antiquité ?

Une heure plus tard, je suis en train de m'étudier dans le miroir, vêtue d'une longue jupe en soie dorée et de mon tee-shirt blanc, que je ne reconnais plus. Danny a arraché les manches, cousu des paillettes, froncé les ourlets, ajouté des plis là où il n'y en avait pas. En fait, ce tee-shirt est devenu le haut le plus fantastique que j'aie jamais vu.

— Je l'adore, dis-je avec un sourire rayonnant. Je l'a-do-re ! Je vais être la demoiselle d'honneur la plus cool du monde.

— C'est pas mal, hein ? fait-il, et en dépit de son haussement d'épaules désinvolte, je vois bien qu'il est content de lui.

Je finis mon cocktail.

— Délicieux. On en prend un autre ?

— Y avait quoi, dedans ?

— Euh... (Je plisse vaguement les yeux en direction des bouteilles alignées sur ma nouvelle acquisition.) Je ne sais plus trop.

Ça a pris un bout de temps pour hisser le meuble jusqu'à notre appartement. Pour ne rien vous cacher, il est un peu plus encombrant que dans mon souvenir, et je ne suis pas certaine de pouvoir le caser dans la petite alcôve, derrière le canapé, comme j'en avais l'intention. Mais il est quand même fantastique ! Il trône au milieu de la pièce et nous en avons déjà fait bon usage. Sitôt qu'il a été livré, Danny est monté faire la razzia dans le bar de son frère Randall, pendant que je rassemblais tout l'alcool disponible dans la cuisine. Nous avons bu chacun une margarita et un gimlet, plus un cocktail de mon invention, le bloomwood, un mélange de vodka, de jus d'orange et de M&M qu'on extrait du verre à la cuiller.

— Redonne-moi le tee-shirt. Je voudrais remonter cette épaule.

Je l'enlève, le lui tends et attrape mon pull, sans faire de manières. Ce n'est jamais que Danny, hein ? Il enfile une aiguille et entreprend avec dextérité de froncer l'ourlet.

— Alors, ces cousins bizarres, là, tes amis qui se marient... C'est quoi cette histoire ?

— Mais ils ne sont pas bizarres ! (Je marque un temps d'hésitation.) Bon, d'accord, Tarquin est un peu bizarre. Mais Suze, pas du tout. C'est ma meilleure amie !

Danny hausse un sourcil.

— Et... ils n'ont pas réussi à trouver quelqu'un à épouser en dehors de leur famille ? C'était quoi ? Bon, maman est prise... Ma sœur, elle est trop grosse... Le chien... Bof, non, j'aime pas son poil...

— Arrête ! je crie, sans pouvoir m'empêcher de rire. Non, seulement, ils ont soudain pris conscience qu'ils étaient faits l'un pour l'autre.

— Comme dans *Harry rencontre Sally*. Ils étaient amis, dit-il en imitant la voix off d'une bande-annonce. Ils avaient le même patrimoine héréditaire.

— Danny...

— OK, j'arrête. (Il se calme et coupe le fil d'un coup de ciseaux.) Et Luke et toi ?

— Quoi, Luke et moi ?

— Tu crois que vous allez vous marier ?

— Je... Je n'en ai aucune idée, dis-je en piquant un fard. Je ne saurais pas te dire, je n'y ai jamais pensé.

Ce qui est la vérité vraie.

Bon, enfin... Presque. Peut-être l'idée m'est-elle venue à l'esprit, une ou deux fois. Peut-être ai-je, quelquefois, griffonné « Becky Brandon » sur mon calepin pour voir ce que ça donnait. Il se peut aussi que j'aie feuilleté le numéro spécial mariage de *Martha Steward*. Par pure curiosité.

Et puis, l'idée que Suze se marie, alors qu'elle sort avec Tarquin depuis moins longtemps que moi avec Luke a pu également me traverser l'esprit.

Mais vous savez, ce n'est pas très grave. Je ne suis en rien fanatique du mariage. D'ailleurs, si Luke me demandait de l'épouser, je répondrais sans doute non.

Bon... D'accord, je répondrais sans doute oui.

Mais de toute façon, ce n'est pas près d'arriver. Luke n'a pas l'intention de se marier avant un bon bout de temps, voire jamais. Il l'a déclaré, il y a trois ans, dans une interview au *Telegraph*, que j'ai retrouvée dans les coupures de presse qu'il garde. (N'allez pas imaginer que je fouinais, je cherchais juste un élastique.) L'article parlait principalement de son agence de communication spécialisée dans la finance, mais les journalistes lui avaient aussi posé des questions d'ordre personnel – et la légende sous sa photo disait : « Brandon : le mariage est la dernière de ses préoccupations. »

Ce qui, personnellement, me convient très bien. Il arrive également en dernier sur la liste des miennes.

Pendant que Danny s'occupe des finitions de ma robe, je fais un peu de ménage : je rassemble la vaisselle du petit déjeuner dans l'évier pour la faire tremper, j'essuie une tache sur le comptoir et je consacre un peu de temps à ranger les pots d'épices selon leurs couleurs. C'est tellement gratifiant. Presque autant que l'était le classement de mes feutres à colorier.

— Alors, vous trouvez ça dur, la vie commune ? demande Danny en me rejoignant dans la cuisine.

— Non, dis-je, surprise. Pourquoi ?

— Ma copine Kirsty vient juste de s'installer avec son petit ami. Un désastre ! Ils n'arrêtent pas de se disputer. Elle dit qu'elle ne sait pas comment font les autres.

Je range le pot de cumin à côté de la trigonelle (c'est quoi au juste, la trigonelle ?), prenant un air suffisant. Maintenant que j'y pense, Luke et moi n'avons quasiment rencontré aucun problème depuis que nous vivons ensemble. Sauf, peut-être, le jour où j'ai repeint la salle de bains et qu'il a retrouvé des traces de peinture dorée sur son costume neuf. Mais ça ne compte pas, comme il l'a dit lui-même, sa réaction avait été complètement disproportionnée. N'importe qui doté d'un minimum de bon sens aurait compris que la peinture ne pouvait pas être sèche.

Peut-être faudrait-il parler aussi de cette dispute malencontreuse de trois fois rien au sujet de la quantité de vêtements que j'achète. Il a pu arriver que Luke ouvre la penderie et lance d'un ton exaspéré : « Tu comptes mettre ces vêtements, un jour ? »

Sans doute avons-nous eu une petite conversation, ou plutôt une franche discussion à propos du nombre d'heures que Luke consacre à son travail. Il dirige avec beaucoup de succès Brandon Communications, qui possède des filiales à Londres et à New York et se développe sans cesse. Luke adore son travail, et il se peut qu'une fois ou deux, je l'aie accusé d'aimer son travail plus que moi.

Nous formons un couple mûr, ouvert aux compromis, capable de parler ouvertement des problèmes. Nous sommes sortis déjeuner, il y a peu, et avons eu une longue discussion, au cours de laquelle j'ai promis en toute sincérité de réduire mes achats, tandis que Luke s'est engagé, tout aussi sincèrement, à essayer de moins travailler. Il a ensuite rejoint son bureau, et moi je suis passée chez Dean and Deluca faire des courses pour le dîner. (Et c'est là que j'ai trouvé cette incroyable huile d'olive extra-vierge aux oranges sanguines bio, pour laquelle je dois absolument trouver une recette.)

— Vivre ensemble, ça se travaille, dis-je avec sagesse. Il faut être souple. Il faut savoir donner, et prendre aussi.

— Vraiment ?

— Oh oui. Luke et moi nous partageons notre argent, les dépenses... Tout est une question d'esprit d'équipe. Et le truc, c'est qu'il ne faut pas penser que tout est écrit une fois pour toutes. Il faut faire des compromis.

— C'est vrai ? Et qui, d'après toi, fait le plus de compromis ? Toi ou Luke ?

Je réfléchis un instant.

— Franchement, c'est difficile à dire. Je crois que nous en faisons autant l'un que l'autre.

— Par exemple... Tout ça. (Danny désigne d'un geste ample tout ce qui encombre l'appartement.) C'est plutôt à lui, ou plutôt à toi ?

Je suis son geste du regard et prends en considération ma collection de bougies d'aromathérapie, mes coussins en dentelle ancienne et les piles de magazines. L'espace d'un instant, je revois en pensée l'ancien appartement immaculé et minimaliste de Luke, à Londres.

— Oh, tu sais... un peu aux deux...

Ce qui est vrai. Luke a toujours son ordinateur portable dans la chambre.

— Ce qui importe, c'est qu'il n'y a aucune friction entre nous, j'enchaîne. Nous pensons comme une seule personne. Comme... si nous ne faisions qu'un.

— Génial, dit Danny en prenant une pomme dans la coupe à fruits. Tu as de la chance.

— Je sais. Tu vois, Luke et moi sommes tellement sur la même longueur d'onde que, parfois, c'est presque comme... Un sixième sens entre nous.

— Ah bon ? fait Danny en me fixant. Tu es sérieuse ?

— Oh oui. Je sais ce qu'il va dire, ou je sens sa présence quand il arrive.

— Comme si tu étais médium ?

— Je suppose, oui. (Je hausse nonchalamment les épaules.) C'est presque un don. Je ne cherche pas trop à comprendre.

— Félicitations, Obi-Wan Kenobi, lance une voix grave derrière nous, qui nous fait littéralement bondir, Danny et moi.

Je pivote sur moi-même. Luke est là, à la porte, un sourire amusé aux lèvres. Le froid lui a coloré le visage, des flocons de neige sont accrochés à ses cheveux bruns et il est tellement grand que la pièce, tout d'un coup, semble avoir rétréci.

— Luke ! Tu nous as fait peur !

— Désolé. Je croyais que tu étais capable de sentir ma présence.

— Oui. Enfin, parfois..., dis-je, avec un petit air de défi.

— Je te taquine. Salut Danny.

— Salut, répond Danny en observant Luke ôter son manteau bleu marine en cachemire, détacher ses poignets de chemise et défaire sa cravate en un seul et même mouvement, précis et assuré comme tous ceux qu'il fait.

Une fois où nous étions vraiment soûls, Danny m'a demandé si Luke faisait l'amour de la même façon qu'il ouvrait les bouteilles de champagne. Et même si, sur le moment, je l'ai bourré de coups en hurlant et en protestant que ça ne le regardait pas, je vois très bien ce qu'il a voulu dire. Luke ne tâtonne jamais, n'hésite jamais, n'a jamais l'air désorienté. Il semble toujours savoir exactement ce qu'il veut, et en général il l'obtient, qu'il s'agisse d'une bouteille de champagne à ouvrir en douceur, d'un nouveau client, ou de nous, au lit, quand...

Bref. Disons simplement que, depuis que nous vivons ensemble, mon horizon s'est élargi.

Luke commence à passer en revue le courrier.

— Alors, ça va, Danny ?

— Très bien, merci, répond-il en croquant sa pomme. Et comment se porte le monde de la finance ? Tu as vu mon frère ?

Le frère de Danny, Randall, travaille dans une société financière, et Luke et lui ont déjeuné ensemble une ou deux fois.

— Non, pas aujourd'hui.

— Quand tu le verras, reprend Danny, demande-lui s'il n'a pas grossi. Comme ça, en passant. Tu lui dis juste : « Eh bien, Randall, tu m'as l'air bien remplumé. » Et tu ajoutes peut-être un commentaire sur le choix de son entrée. Il a tellement peur de grossir que ça le rend parano. C'est à mourir de rire.

— C'est beau l'amour fraternel, raille Luke. (Il achève de passer en revue le courrier et se tourne vers moi, les sourcils imperceptiblement froncés.) Becky ? Le relevé de notre compte joint n'est pas encore arrivé ?

— Euh... non. Pas encore, dis-je avec un sourire rassurant. Il arrivera demain, sans doute.

Ce n'est pas tout à fait vrai. Il est arrivé hier, en fait, mais je l'ai glissé illico dans mon tiroir à lingerie. Je suis légèrement inquiète au sujet de quelques dépenses et je voudrais voir s'il n'y a pas moyen de rectifier le tir. À vrai dire en dépit de ce que j'ai pu raconter à Danny, je trouve que cette histoire de compte joint, c'est plutôt un piège.

N'allez pas interpréter mes paroles de travers, je suis tout à fait d'accord pour partager l'argent. En fait, très sincèrement, j'adore partager l'argent de Luke. Je trouve ça génial. Ce que je n'aime pas, c'est quand il me demande « C'était quoi, ces soixante-dix dollars chez Bloomingdale ? » et que je ne suis pas fichue de m'en souvenir. Du coup, j'ai mis au point une nouvelle tactique de réponse – tellement simple qu'elle en est géniale.

Il me suffit de renverser quelque chose de liquide sur le relevé, de telle sorte qu'il soit illisible.

— Je vais prendre une douche, annonce Luke en rassemblant le courrier.

Alors qu'il est presque sorti de la pièce, il s'arrête. Très lentement, il se retourne et regarde le meuble bar comme s'il le découvrait.

— C'est quoi, ça ?
— Un meuble bar, je lui réponds, toute contente.
— Et qui arrive d'où ?
— Euh... Eh bien... En fait... Je l'ai acheté aujourd'hui.
— Becky... (Luke ferme les yeux.) Je croyais qu'on avait dit : plus de saloperies.
— Mais ce n'est pas une saloperie ! C'est de l'authentique 1930 ! On va pouvoir préparer d'incroyables cocktails tous les soirs ! (Et comme son expression me déstabilise au point que la nervosité me gagne, je me mets à bafouiller.) Écoute, je sais qu'on avait dit : plus de meubles. Mais là, c'est différent. Je veux dire que, quand on tombe sur une occasion pareille, on ne peut pas la laisser passer !

Ma voix s'étrangle, et je me mords la lèvre. Sans un mot, Luke s'approche du meuble. Lèvres pincées, il passe la main sur le dessus et prend un shaker.

— Luke, je pensais que ce serait amusant ! Que ça te plairait. Le type du magasin m'a dit que j'avais l'œil et...
— Que tu avais l'œil..., répète-t-il, sans conviction.

Je retiens ma respiration, puis en le voyant lancer un shaker en l'air, je lâche un cri, prête à défaillir au moment où il va retomber et s'écraser sur le parquet. Mais Luke le rattrape, et Danny et moi nous le contemplons, ahuris, relancer le shaker en l'air, le faire tournicoter sur lui-même puis le rattraper sur son bras, le long duquel il le fait rouler.

Je n'y crois pas. Je vis avec Tom Cruise.

— J'ai travaillé comme barman, un été, dit Luke avec un grand sourire qui lui illumine le visage.

— Apprends-moi ! je m'écrie, surexcitée. J'ai envie de faire pareil !

— Moi aussi ! ajoute Danny.

Il s'empare de l'autre shaker, qu'il fait tournicoter maladroitement, avant de me le lancer. Je tente un geste pour l'attraper, mais il atterrit sur le canapé.

— Non mais quelle empotée, se moque Danny. Allez, Becky ! il faut que tu t'entraînes pour attraper le bouquet, à ce mariage.

— Pas question.

— Bien sûr que si. Tu veux être la prochaine, non ?

— Danny..., je proteste en essayant de rire avec décontraction.

— Vous devriez vraiment vous marier, vous deux, continue Danny, indifférent à mon regard menaçant. (Il ramasse le shaker et commence à le faire passer d'une main à l'autre.) Regardez-vous. Vous vivez ensemble, vous n'avez pas envie de vous entre-tuer, vous n'avez aucun lien de parenté... Je pourrais te dessiner une robe fabuleuse... (Il repose le shaker, le visage brusquement tendu.) Hé ! Becky, promets-moi que si tu te maries, c'est moi qui ferai ta robe.

C'est épouvantable. Si Danny continue sur sa lancée, Luke va s'imaginer que j'essaie de lui mettre la pression. Il pourrait même croire que c'est moi qui ai demandé à Danny d'amener le sujet sur le tapis.

Il faut que ça cesse. Et vite.

— En fait, je n'ai aucune envie de me marier, m'entends-je dire. Pas avant une dizaine d'années, en tout cas.
— Ah bon ? fait Danny, l'air scié.
— C'est vrai ? dit Luke en relevant la tête, une expression indéchiffrable sur le visage. Je l'ignorais.
Je réplique, avec le maximum de nonchalance :
— Vraiment ? Eh bien... maintenant, tu le sais.
— Mais pourquoi ne veux-tu pas te marier avant une dizaine d'années ? insiste Danny.
— Je... (Je m'éclaircis la voix.) Eh bien, il se trouve que j'ai beaucoup de choses à faire avant. Je veux me concentrer sur ma carrière, je veux aussi explorer toutes mes capacités... Et... apprendre d'abord à connaître mon véritable moi... Et devenir quelqu'un de... euh... complet.
Je finis par me taire et rencontre le regard sceptique de Luke, où brille une petite lueur de défi.
— Je vois, dit-il en hochant la tête. Ça me semble parfaitement sensé. (Il regarde le shaker qu'il tient et le repose.) Je ferais mieux d'aller préparer mes bagages.
Hé ! Attendez une minute. Il n'était pas supposé être d'accord avec moi.

2

À sept heures le lendemain matin, nous arrivons à Heathrow, où nous récupérons notre voiture de location. Tandis que nous roulons vers le Hampshire, où se trouve la maison des parents de Suze, mon regard voilé se pose sur le paysage enneigé, les haies d'arbustes, les champs et les petits villages, comme si je ne les avais jamais vus. En comparaison de Manhattan, tout semble tellement minuscule et un peu cucul... Pour la première fois, je comprends pourquoi les Américains répètent à loisir que tout, en Angleterre, a l'air « vieillot ».
— On prend quelle route, maintenant ? demande Luke, au moment où nous atteignons un nouveau petit croisement.
— Euh... Ici, c'est à gauche. Enfin, non, à droite, je veux dire. Non ! Non ! À gauche !
Alors que nous bifurquons, je cherche le faire-part dans mon sac, histoire de vérifier l'adresse exacte.

Sir Gilbert et lady Cleath-Stuart
ont le plaisir de vous inviter...

Légèrement hypnotisée, je contemple attentivement les pleins et déliés aristocratiques de l'écriture. Mon Dieu ! J'ai encore du mal à croire que Suze et Tarquin se marient.
Comprenez-moi bien. Évidemment, que je le crois. Après tout, ça fait maintenant plus d'un an qu'ils sortent

ensemble, et Tarquin a pratiquement emménagé dans l'appartement que je partageais avec Suze – même si, apparemment, ils passent de plus en plus de temps en Écosse. Ils sont vraiment mignons et relax ensemble, et tout le monde s'accorde à dire qu'ils forment un beau couple.

Mais de temps à autre, quand je suis dans la lune, mon esprit se récrie tout à coup : « Quooooi ? Suze et Tarquin ensemble ? »

Vous voyez, Tarquin, pour moi, c'était le cousin excentrique et boutonneux de Suze. Pendant des années, je l'ai vu comme le mec un peu décalé qui faisait tapisserie, éternellement vêtu d'une veste hors d'âge, et qui avait la manie de fredonner du Wagner en public. C'était le type qui ne s'aventurait que rarement hors des limites rassurantes de son domaine écossais – et quand il s'y est risqué, ç'a été pour me convier au pire rendez-vous que j'aie jamais connu de toute ma vie... mais ça, c'est un sujet que nous n'évoquons absolument jamais.

Et il est devenu... le petit ami de Suze. Toujours un peu excentrique, pas complètement guéri de sa manie de porter de gros pulls tricotés par sa vieille nounou, et jamais bien net sur les bords. Mais Suze l'aime, et c'est tout ce qui compte.

Oh non ! Je ne vais pas déjà me mettre à pleurer ! Il faut que je me calme.

— Harborough Hall, annonce Luke, en ralentissant devant deux piliers en pierre qui sont effondrés. C'est ici ?

— Euh... (Je renifle et essaie de me concentrer.) Oui, c'est ici. Vas-y, entre.

J'ai beau être déjà venue plusieurs fois chez les parents de Suze, j'oublie tout le temps à quel point cette demeure est impressionnante. Nous longeons une imposante allée bordée d'arbres, qui débouche sur une esplanade gravillonnée. La maison est une grande et antique bâtisse grise, dotée, en façade, d'une colonnade autour de laquelle s'enroule du lierre.

— Belle maison, commente Luke, tandis que nous nous dirigeons vers la porte d'entrée. De quand date-t-elle ?

— J'sais pas, dis-je d'un ton vague. Elle appartient à cette famille depuis des siècles.

Je tire la corde de la sonnette pour voir si, par hasard, elle a été réparée – à l'évidence, ce n'est pas le cas. J'actionne plusieurs fois le lourd heurtoir, et comme là non plus je n'obtiens pas de réponse, je pousse la porte et pénètre dans le hall dallé, où, près de la cheminée, un vieux labrador s'est assoupi.

— Coucou ! Suze ?

Brusquement, j'avise son père, lui aussi assoupi au coin du feu, dans un large fauteuil. En fait, le père de Suze me fait un peu peur. Je n'ai pas trop envie de le réveiller.

— Suze ? je répète, moins fort.

— Bex ! Je me disais bien que j'avais entendu quelqu'un !

Je lève les yeux et aperçois mon amie en haut de l'escalier, en robe de chambre écossaise, ses cheveux blonds défaits et un immense sourire tout excité aux lèvres.

— Suze !

Je grimpe quatre à quatre les marches pour la serrer très fort dans mes bras. Quand je découvre, en me reculant, que nous avons toutes deux les paupières un peu rougies, je me mets à rire. Mon Dieu ! Qu'est-ce qu'elle m'a manqué ! Bien plus que je ne l'avais cru.

— Viens dans ma chambre ! dit Suze en me tirant par le bras. Viens voir ma robe !

— Elle est vraiment belle ? Sur la photo, elle avait l'air fabuleuse.

— Elle est parfaite ! Et j'ai le corset le plus cool de la terre, de chez Rigby and Peller... Et aussi une culotte sublime...

En entendant Luke s'éclaircir la gorge, nous nous retournons.

— Luke ! s'exclame-t-elle. Excuse-moi. Il y a du café et des journaux dans la cuisine. Par là, ajoute-t-elle en indiquant du doigt un couloir. Tu peux manger des œufs au bacon, si tu veux. Mme Gearing te les préparera.

— Mme Gearing me semble être la femme que j'attendais, réplique Luke avec un sourire. À tout à l'heure.

La chambre de Suze est claire et spacieuse, avec des fenêtres qui surplombent le jardin. Enfin... quand je dis « jardin »... Il doit y avoir cinq hectares de pelouse qui s'étendent de la maison jusque vers un bois et un lac – dans lequel Suze a manqué se noyer quand elle avait trois ans. Sur la gauche se trouve aussi une roseraie, avec des massifs de fleurs et des allées de gravier bordées de haies, et c'est là que Tarquin a fait sa demande officielle. (D'après ce que Suze m'a raconté, il a mis un genou à terre et quand il s'est relevé des gravillons étaient restés accrochés à son pantalon. Ça, c'est Tarquin tout craché !) Sur la droite, il y a un vieux terrain de tennis, et puis de l'herbe folle, qui court jusqu'à une haie derrière laquelle se trouvent l'église et le cimetière du village. En m'approchant de la fenêtre, j'aperçois, à l'arrière de la maison, une immense marquise dont la toile flotte au vent, et une allée couverte qu'on est en train d'installer, qui va contourner le court de tennis et continuer, à travers la pelouse, jusqu'au portail de l'église.

— Tu ne vas quand même pas marcher jusqu'à l'église ! je m'écrie, inquiète pour les escarpins Emma Hope que Suze aura aux pieds.

— Bien sûr que non ! J'y vais en calèche. Mais les invités, eux, pourront s'y rendre depuis la maison, et sur le chemin on leur offrira des verres de whisky chaud.

— Waouh ! Ça va être quelque chose ! dis-je en observant un homme en jean enfoncer un piquet dans la terre à coups de masse.

Bien malgré moi, je suis un peu jalouse. J'ai toujours rêvé d'un beau mariage en grande pompe, avec des chevaux, des calèches et tout le tintouin.

— N'est-ce pas ? Ça va être génial ! Bon, tu m'attends une minute ?

Tandis qu'elle disparaît dans la salle de bains, je flâne devant sa coiffeuse, où trône le faire-part des fiançailles.

L'honorable Susan Cleath-Stuart et l'honorable Tarquin Cleath-Stuart. Nom d'un chien ! J'oublie toujours à quel point Suze est noble.

— Moi aussi, je veux un titre, dis-je quand elle réapparaît, une brosse à cheveux dans la main. Je me sens tellement nulle. Comment on s'y prend ?

— Oh non, ne dis pas ça ! se récrie Suze en fronçant le nez. C'est des conneries. Après, les gens t'envoient des lettres qui commencent par « Chère Mademoiselle Honorable ».

— C'est pas grave. Ce doit être cool quand même. Qu'est-ce que je pourrais être ?

— Euh..., fait Suze en lissant une mèche. Dame Becky Bloomwood ?

— Arrête ! On croirait que j'ai quatre-vingt-dix ans ! Pourquoi pas... Becky Bloomwood, membre de l'ordre de l'Empire britannique. Celui-là n'est pas trop dur à avoir, si ?

— Fastoche, réplique Suze avec aplomb. Tu pourrais en obtenir un pour services rendus à l'industrie, ou quelque chose comme ça. Je proposerai ton nom, si tu veux. Bon allez, montre-moi ta robe !

— D'acc ! (Je hisse ma valise sur le lit, l'ouvre et en sors avec précaution la création de Danny que je plaque devant moi en agitant la soie dorée.) Alors ? fais-je avec fierté. Pas mal, non ?

— Elle est fantastique ! s'écrie Suze en la dévorant des yeux. Je n'ai jamais rien vu de pareil ! (Elle tripote les paillettes sur l'épaule.) Où tu l'as trouvée ? C'est celle de chez Barneys ?

— Non, c'est Danny qui me l'a faite. Tu t'en souviens, je t'en avais parlé.

— Ah oui, c'est vrai. (Elle esquisse une grimace.) C'est lequel, déjà, Danny ?

— Mon voisin du dessus. Le styliste. Celui qu'on avait croisé dans l'escalier.

— Ah oui, je m'en souviens.

Mais, à son air, je me rends bien compte qu'elle ment.

À quoi bon lui en vouloir ? Elle n'a vu Danny que l'espace de quelques minutes. Lui partait chez ses parents dans le Connecticut, elle était crevée, à cause du décalage horaire, et ils ne se sont presque pas parlé. Mais tout de même. Ça me fait tout drôle de songer que Suze ne connaît pas vraiment Danny, que lui ne la connaît pas non plus, alors que l'un et l'autre comptent tant pour moi. C'est comme si j'avais deux vies complètement cloisonnées, et que, plus je restais à New York, plus elles devenaient étrangères l'une à l'autre.

— Bon, voilà la mienne, annonce Suze, tout excitée.

Elle ouvre un placard, baisse la fermeture Éclair d'une housse, et là, dans un bruissement de soie et de velours, apparaît une robe tout simplement stupéfiante, à manches longues, accompagnée de la traditionnelle traîne.

— Bon sang ! je souffle, la gorge nouée. Tu vas être absolument magnifique. Je n'arrive toujours pas à croire que tu te maries. Madame Cleath-Stuart.

— Ah non ! Ne m'appelle pas comme ça ! proteste Suze en fronçant le nez. Ça me fait penser à ma mère. Mais bon, c'est tout de même assez pratique d'épouser quelqu'un de sa famille, ajoute-t-elle en refermant la penderie. Je garde mon nom et je prends le sien en même temps. Du coup, je peux conserver mes initiales S. C.-S. pour mes cadres. (Elle attrape une boîte en carton et en sort un sublime cadre en verre, tout en spirales et volutes.) Regarde ! C'est la nouvelle collection.

Suze a fait carrière en dessinant des cadres qui sont vendus aux quatre coins de l'Angleterre, et, depuis un an, elle s'est lancée dans les photos, le papier et les boîtes d'emballage fantaisie.

— Le thème, c'est les coquillages, m'explique-t-elle avec fierté. Tu aimes ?

— Splendide ! Comment tu as eu l'idée ?

— Elle vient de Tarquin, en fait ! Un jour où nous nous promenions, il m'a raconté qu'il collectionnait les coquillages quand il était petit, et il m'a parlé de toutes ces formes inimaginables qui existent dans la nature... Et c'est de là qu'est venue l'idée.

Je contemple son visage radieux, et j'ai la soudaine vision d'elle et Tarquin, marchant tendrement dans la lande battue par les vents, emmitouflés dans des pulls de La Maison écossaise.

— Suze, tu vas être très heureuse avec Tarquin !
— Tu crois ? fait-elle en rosissant de plaisir.
— J'en suis certaine. Regarde-toi ! Tu rayonnes !

Ce qui est l'entière vérité. Ça ne m'avait pas sauté aux yeux jusque-là, mais elle est totalement différente de la Suze que je connais. Si elle a toujours le même nez délicat et les mêmes pommettes hautes, son visage est plus rond, plus doux... Et même si elle est toujours aussi mince, il y a en elle cette plénitude nouvelle... Presque...

Mon regard descend le long de son corps et s'arrête.
Hé ! Attendez !
Non, je délire.
Non.
— Suze ?
— Oui ?
— Suze, tu es... (Je déglutis.) Tu n'es pas... enceinte ?
— Mais non, enfin ! s'indigne-t-elle. Bien sûr que non ! Franchement, je ne sais pas ce qui te fait croire que... (Nos regards se croisent, elle s'interrompt et hausse les épaules.) Bon, d'accord, tu as raison. Comment as-tu deviné ?
— Comment ? Je ne sais pas, tu as *l'air* enceinte.
— Ce n'est pas vrai ! Personne d'autre ne s'en est aperçu.
— Tu parles. Ça crève les yeux !
— Non ! (Elle rentre le ventre et se regarde dans la glace.) Tu vois ? Une fois que j'aurai mis mon corset...

Je suis incapable de penser à autre chose. Suze est enceinte !

— C'est un secret, alors ? Tes parents ne sont pas au courant ?

— Oh non ! Personne ne le sait. Pas même Tarkie. (Elle grimace.) Ça fait un peu vulgaire d'être enceinte le jour de son mariage, tu ne trouves pas ? Je dirai que c'est un bébé de lune de miel, je pense.

— Mais tu en es au moins au troisième mois, non ?

— Au quatrième. C'est pour début juin.

Je la dévisage.

— Alors, comment vas-tu faire croire que c'est un bébé de lune de miel ?

— Eh bien... Il pourrait être un peu prématuré.

— De quatre mois ?

— Personne n'y prêtera attention ! Tu sais à quel point mes parents sont distraits.

Ce qui n'est pas faux. Une fois, à la fin d'un trimestre, ils sont arrivés au pensionnat pour chercher Suze – une attention plutôt gentille, excepté que Suze avait quitté l'école depuis deux ans.

— Et Tarquin ?

— Oh, lui, il ne doit même pas savoir combien de temps dure la grossesse, réplique Suze d'un ton léger. Il a l'habitude des agneaux, pour lesquels elle est de cinq mois seulement. Je lui dirai que c'est pareil chez les humains. Tu sais, une fois, je lui ai fait croire que les filles devaient manger du chocolat deux fois par jour sous peine de tomber dans les vapes, et il a marché à fond.

Suze a raison sur au moins un point : une fois qu'elle a enfilé son corset, on ne devine plus la moindre proéminence. En fait, le matin du mariage, tandis que nous sommes assises à sa coiffeuse, à échanger des sourires excités, elle a même l'air *plus* mince que moi, ce qui est un peu injuste.

On vient de passer quelques jours formidables ensemble, à se détendre, à regarder de vieilles cassettes vidéo et à manger des Kit-Kat à la chaîne. (Suze mange pour deux, et moi j'ai besoin de reprendre des forces après mon vol transatlantique.) Luke ayant emporté du travail dans ses malles, il a passé le plus clair de son temps dans la bibliothèque – pour une fois, je ne lui en tiens pas rigueur. C'est tellement génial de pouvoir profiter de Suze. Elle m'a parlé en détail de l'appartement que Tarquin et elle ont l'intention d'acheter à Londres, j'ai vu des photos de l'hôtel sublime où ils vont passer leur lune de miel, à Antigua, et j'ai essayé la quasi-totalité de ses nouvelles fringues.

Une agitation continue règne dans la maison. À chaque minute, c'est un nouvel arrivage de fleuristes, de traiteurs et d'invités. Le plus curieux dans l'affaire, c'est que ça ne semble déranger personne. La mère de Suze est partie chasser chaque jour depuis mon arrivée, et son père est resté cloîtré dans son bureau. C'est à Mme Gearing, leur gouvernante, qu'incombe la tâche de gérer l'organisation des tentes, des fleurs et de tout le reste – et même elle semble plutôt décontractée. Quand j'ai fait part de mon étonnement à Suze, elle s'est contentée de hausser les épaules, en disant : « Bah, c'est sans doute parce que nous avons l'habitude d'organiser de grandes réceptions. »

Hier soir a eu lieu un superbe cocktail auquel ont assisté tous les proches de Suze et de Tarquin, venus d'Écosse pour l'occasion. Je m'attendais à ce que tout le monde ne parle que du mariage. Eh bien, pas du tout. Chaque fois que j'essayais de faire part de mon enthousiasme au sujet des fleurs ou du romantisme de cette belle histoire, je récoltais des regards inexpressifs. Lorsque Suze a annoncé que Tarquin lui offrait un cheval en cadeau de mariage, ils se sont tous enfin réveillés. Les conversations se sont alors orientées sur les éleveurs qu'ils connaissaient, les chevaux qu'ils avaient achetés, et le bon copain qui vendait une très jolie pouliche alezan qui pourrait intéresser Suze.

Franchement ! Et, avec tout ça, personne ne m'a demandé comment serait ma robe.

Bref. Je m'en fiche, parce qu'elle est magnifique. Suze et moi le sommes toutes les deux. C'est un professionnel qui nous a maquillées, nos cheveux sont relevés en chignon banane. Le photographe a pris des photos prétendument

« sur le vif » pendant que j'aidais Suze à boutonner sa robe. (Il nous a fait prendre la pose à trois reprises, si bien qu'à la fin, j'avais mal aux bras.) Et, en cet instant même, Suze s'extasie devant six ou sept diadèmes de famille pendant que je sirote quelques gorgées de champagne. Juste pour apaiser ma nervosité.

— Et votre mère ? s'enquiert la coiffeuse en arrangeant quelques mèches folles autour du visage de Suze. Désire-t-elle un brushing ?

— Ça m'étonnerait, répond Suze en grimaçant. Ce n'est pas trop son genre.

— Comment sera-t-elle habillée ? je demande.

— Dieu seul le sait. Avec le premier truc qui lui tombera sous la main, j'imagine.

Nos regards se croisent, et je comprends son exaspération. Hier soir, au cocktail, sa mère est descendue en jupe tyrolienne et pull jacquard orné d'une énorme broche en diamant. Et figurez-vous que la mère de Tarquin est encore pire. Je ne sais vraiment pas de qui Suze peut bien tenir son bon goût.

— Bex ? Tu pourrais aller t'assurer qu'elle ne va pas mettre une de ses affreuses blouses de jardinage ? Toi, je sais qu'elle t'écoutera.

— OK, dis-je sans conviction.

Au moment où je sors de la chambre, Luke arrive, en habit.

— Tu es magnifique, dit-il avec un sourire.

— C'est vrai ? (Je fais un petit tour sur moi-même.) Belle robe, non ? Et elle me va tellement bien...

— Je ne parlais pas de la robe. (Son regard brillant plonge dans le mien et je me sens toute chose.) Suze est-elle dans une tenue décente ? Je voudrais lui adresser mes vœux de bonheur.

— Oui, vas-y. Hé ! Luke, tu ne devineras jamais !

Ça fait deux jours que je meurs d'envie de lui dire que Suze attend un bébé, et là, les mots m'ont échappé avant que j'aie pu les retenir.

— Quoi ?
— Elle est... (Oh, mon Dieu ! Je ne peux pas. Suze me tuerait.) Elle est... vraiment splendide, dans sa robe.
— Parfait ! dit Luke, en me lançant un regard bizarre. Merci, je n'aurais jamais deviné. Bon, je vais lui dire un petit mot. À tout à l'heure.

Je file jusqu'à la chambre de la mère de Suze et je frappe doucement à la porte.
— Ooooooui ! tonne une voix en réponse, avant que la porte s'ouvre en coup de vent sur Caroline, la maman de Suze.

Elle mesure au bas mot un mètre quatre-vingts, avec de longues jambes élancées, des cheveux gris ramenés en chignon et un visage buriné qu'un sourire plisse.
— Rebecca ! s'exclame-t-elle avant de regarder sa montre. C'est déjà l'heure ?
— Non, pas encore.

Je lui souris en détaillant sa tenue : un vieux sweat-shirt bleu marine, une culotte et des bottes de cheval. Elle a une silhouette vraiment surprenante pour une femme de son âge. Pas étonnant que Suze soit si mince. Je promène mon regard dans la chambre, mais je ne vois rien qui ressemble de près ou de loin à une robe de conte de fées ou à une boîte à chapeau.
— Euh... Dites-moi, Caroline, je me demandais juste comment vous alliez vous habiller. Vous êtes la mère de la mariée et...
— La mère de la mariée ? (Elle me dévisage.) Seigneur Dieu, oui, c'est vrai. Je n'avais pas vu les choses sous cet angle.
— Donc, je me demandais si vous aviez pensé à une tenue particulière.
— Il n'est pas un peu tôt pour s'habiller ? Je trouverai bien quelque chose à me mettre le moment venu.
— Et si je vous aidais à choisir ? dis-je avec fermeté en me dirigeant vers sa penderie.

Je l'ouvre, en me préparant à recevoir un choc – au lieu de quoi, je reste bouche bée de stupeur.

Je n'y crois pas ! Sûrement la plus extraordinaire collection de vêtements que j'aie jamais vue. Des tenues d'équitation, des robes de bal et des tailleurs style années trente se disputent la place avec des saris indiens, des ponchos mexicains... Et une incroyable collection de bijoux ethniques.

— Waouh !

— Je sais, fait Caroline en contemplant avec désarroi le contenu de sa penderie. Un tas de vieilleries.

— De *vieilleries* ? Mon Dieu, si je trouvais ne serait-ce qu'une seule de ces pièces dans une boutique de fripes de New York... (Je dégage un manteau en satin bleu pâle, avec des passepoils en ruban.) Il est génial !

— Il vous plaît ? s'étonne Caroline. Je vous le donne.

— Je ne peux pas accepter !

— Mon petit, je n'en veux plus.

— Mais il doit avoir une valeur sentimentale... Il fait partie de vos souvenirs...

— Mes souvenirs sont ici, dit-elle en désignant son crâne, pas là-dedans. (Elle scrute l'enchevêtrement de vêtements, et en extrait une cordelette en cuir autour de laquelle pend un petit morceau d'os.) Quoique... Je suis assez attachée à ceci.

— À ça ? dis-je, en essayant de faire montre d'un peu d'enthousiasme.

— Il m'a été offert par un chef massaï, il y a des années de ça. Nous roulions, à l'aurore, en quête d'un troupeau d'éléphants, quand le chef d'une tribu nous a hélés. Une des femmes venait d'accoucher et avait de la fièvre. Nous l'avons soignée et, pour nous remercier, le chef nous a offert des présents. Vous connaissez le Kenya, Rebecca ?

— Euh... Non, je n'y suis jamais allée.

— Et cette petite merveille, ajoute-t-elle en attrapant un sac brodé, je l'ai achetée sur un marché à Konya. Il m'a coûté mon dernier paquet de cigarettes avant de commencer notre trekking au Nemrut Dagi. Vous êtes déjà allée en Turquie ?

— Non, non plus, dis-je, ne me sentant pas trop à la hauteur.

Côté voyages, je ne suis pas tout à fait au point. Je me creuse la tête pour tenter de trouver un pays où je suis allée et qui pourrait l'impressionner, mais c'est vite vu. Quelques séjours en France, en Espagne, en Crète... Et c'est tout. Pourquoi n'ai-je visité aucun endroit excitant ? Pourquoi n'ai-je pas traversé la Mongolie à dos de chameau ?

Maintenant que j'y repense, une fois, j'ai failli aller en Thaïlande. Mais, au dernier moment, j'ai préféré partir pour la France et investir la somme économisée dans un sac de Lulu Guinness.

— Je n'ai pas tant voyagé que ça, je confesse à contrecœur.

— Mais vous devriez, chère petite ! tonne Caroline. Vous devez élargir votre horizon. Apprendre la vie auprès des vraies gens. L'une de mes plus chères amies au monde est une paysanne bolivienne. Nous avons broyé du maïs ensemble dans les llanos.

— Waouh !

Une petite horloge sur la cheminée sonne la demie, et ça me rappelle que cette conversation nous éloigne du sujet qui nous occupe.

— Bon, alors... avez-vous une idée de ce que vous allez mettre ?

— Quelque chose de chaud et de coloré, répond Caroline en attrapant un épais poncho rouge et jaune.

— Euh... Je ne suis pas certaine que ça soit tout à fait approprié. (Je fouille dans l'alignement de vestes et de robes et, tout à coup, j'avise un morceau de soie abricot.) Oh ! C'est superbe, ça ! (Je dégage le vêtement et... Non ! Un tailleur Balenciaga !)

— Ma tenue de voyage de noces, se souvient Caroline. Nous avions pris l'Orient-Express jusqu'à Venise, et de là nous étions allés visiter les grottes de Postjona. Vous connaissez la région ?

— Voilà ce que vous devez mettre ! je m'emballe. Vous serez magnifique ! Et puis, c'est tellement romantique, de remettre votre tenue de voyage de noces !

— Oui, ça peut être amusant, dit-elle en plaquant le tailleur devant elle, de ses mains rougies et abîmées par le grand air. Il doit encore m'aller, qu'en pensez-vous ? Et puis, j'ai certainement un chapeau quelque part...

Elle repose le tailleur et entreprend de fouiller une étagère.

— Vous devez être très heureuse pour Suze, non ? je demande, en prenant un petit miroir en émail pour l'examiner plus en détail.

— Tarquin est un garçon adorable. (Elle se tourne vers moi et tapote son nez aquilin d'un air entendu.) Et très bien doté.

Ça, c'est le moins qu'on puisse dire. Tarquin est la quinzième fortune du royaume, ou quelque chose comme ça. Mais je suis un peu étonnée d'entendre la mère de Suze évoquer ce détail.

— Euh oui... Mais je suppose que Suze n'a pas vraiment besoin d'argent.

— Mais je ne parlais d'argent !

Elle me regarde avec un sourire entendu, et là, je comprends brusquement ce qu'elle voulait dire.

— Oh ! je fais, en rougissant comme une ingénue. Je vois.

— Chez les Cleath-Stuart, tous les mâles le sont. Ils sont célèbres pour ça. Jamais un divorce dans la famille, ajoute-t-elle, en se vissant un chapeau vert sur la tête.

Mince alors ! À partir d'aujourd'hui, je verrai Tarquin d'un autre œil.

Il me faut un bout de temps avant de convaincre Caroline de troquer son chapeau vert contre une cloche noire, plus chic. Et, tandis que je regagne la chambre de Suze, j'entends des voix familières monter du hall d'entrée.

— Tout le monde le sait. La fièvre aphteuse vient des pigeons voyageurs.

— Des pigeons ? Tu es en train de me raconter que cette effroyable épidémie qui a décimé des quantités ahurissantes de bétail en Europe a été causée par une poignée de volatiles inoffensifs ?

— Inoffensifs ? Mais enfin, Graham, c'est du poison, ces bestioles !

Mes parents ! Je galope jusqu'à la rambarde, et je les aperçois, debout près de la cheminée. Papa en habit, un haut-de-forme sous le bras, et maman en jupe à fleurs, veste bleu marine et chaussures rouges – pas exactement assorties au rouge de son chapeau.

— Maman ?

— Becky !

— Maman ! Papa !

Je dévale l'escalier et me jette dans leurs bras, respirant les parfums mêlés du talc Yardley et de Tweed.

À chaque minute, ce séjour gagne en charge émotionnelle. Je n'ai pas revu mes parents depuis qu'ils sont venus à New York, il y a quatre mois de ça. Et ils n'étaient restés que trois jours, avant de partir pour la Floride visiter les Everglades.

— Maman ! Tu es magnifique ! Tu as changé quelque chose à tes cheveux ?

— Maureen m'a fait des mèches, explique-t-elle, ravie. Et j'ai fait un saut chez Janice ce matin, pour qu'elle me maquille. Tu sais qu'elle prend des cours de maquillage professionnel. Elle est devenue une vraie spécialiste.

— Oui... Je vois, dis-je tout bas en observant les grossières traces de blush et d'enlumineur de teint sur ses pommettes.

Je pourrais peut-être les essuyer d'un geste faussement accidentel ?

— Alors, Luke est là ? demande ma mère en regardant activement autour d'elle, comme un écureuil à l'affût d'une noisette.

— Oui, quelque part par là.

Je vois mes parents échanger un bref regard.

— Mais il est bien là ? insiste maman avec un petit rire nerveux. Vous êtes venus par le même vol, n'est-ce pas ?

— Maman, oui, ne t'inquiète pas, il est là.

Elle n'a pas l'air entièrement convaincue pour autant – et franchement, je ne lui en veux pas. Parce que, pour tout vous dire, il y a eu un léger incident – une toute petite brouille – lors du dernier mariage auquel nous étions tous invités. Luke n'arrivait pas, et ça me désespérait tellement que j'ai cru m'en tirer en...

Enfin bref. Ce n'était qu'un petit mensonge inoffensif. C'est vrai quoi ! Il aurait très bien pu être là, à musarder quelque part. Et s'il n'y avait pas eu cette stupide photo de groupe, mon mensonge serait passé comme une lettre à la poste.

— Bonjour, madame Bloomwood !

C'est Luke, qui franchit la porte d'entrée d'un pas décidé. Merci, mon Dieu.

— Luke ! s'exclame maman, soulagée. Vous êtes là ! Graham, il est là !

— Évidemment qu'il est là, réplique mon père en roulant des yeux. Où croyais-tu qu'il était ? Sur la lune ?

— Comment allez-vous, madame ? s'enquiert Luke en souriant et en embrassant maman sur la joue.

— Oh, Luke, vous pouvez m'appeler Jane. Je vous l'ai déjà dit.

Ma mère, rose de bonheur, s'agrippe au bras de Luke comme s'il risquait de s'évaporer. Il m'adresse un petit sourire complice que je lui rends, rayonnante. J'attends ce jour depuis tellement longtemps, et ça y est, il est arrivé. C'est un peu comme Noël. En mieux, même. Par la porte d'entrée restée ouverte, j'aperçois, le long de l'allée enneigée le défilé des invités, tous en habit et élégant chapeau. Au loin, les cloches de l'église carillonnent, et il règne dans l'air une sorte d'attente, d'excitation.

— Et où est donc la mariée rougissante ? demande papa.

— Je suis là, entend-on.

Nous levons tous les yeux – et effectivement elle est là, descendant l'escalier comme si elle flottait, les mains serrées sur un étonnant bouquet de roses et de lierre.

— Oh Suzie ! s'exclame maman en portant la main à sa bouche. Mon Dieu, et cette robe... ! Oh... Becky ! Mais tu vas avoir l'air de... (Elle se tourne vers moi avec un regard attendri et, pour la première fois depuis son arrivée, elle semble remarquer ma robe.) Becky... tu vas rester habillée comme ça ? Mais tu vas geler !

— Mais non ! L'église sera chauffée.

— Elle est belle, non ? souligne Suze. Et tellement originale.

— Mais ce n'est qu'un tee-shirt ! objecte maman en tirant d'un air contrarié sur une des emmanchures. Et c'est quoi, là, ces trucs qui s'effilochent ? Ce n'est même pas fini proprement !

— C'est fait exprès, j'explique. C'est une pièce unique en son genre.

— En son genre peut-être, mais ta robe ne devrait-elle pas être assortie à celle des autres demoiselles d'honneur ?

— Il n'y en a pas d'autres, explique Suze. La seule autre personne à qui j'ai demandé d'être ma demoiselle d'honneur, c'est Fenny, la sœur de Tarquin, mais elle m'a répondu que, si elle était encore une fois demoiselle d'honneur, elle ruinerait définitivement ses chances de se marier un jour. Vous connaissez le dicton : « Trois fois demoiselle d'honneur... » Eh bien, elle, elle a dû l'être au moins quatre-vingt-treize fois ! Et comme elle a des vues sur ce type qui travaille à la City, elle ne veut pas prendre de risques.

S'ensuit un bref silence, pendant lequel je crois voir le cerveau de maman s'activer intensément. Oh non, s'il vous plaît mon Dieu...

— Becky, ma chérie ? Combien de fois as-tu été demoiselle d'honneur ? demande-t-elle, d'un ton un peu trop détaché pour être sincère. Au mariage d'oncle Malcolm et tante Sylvia... Et je crois que c'est tout, non ?
— Et aussi à celui de Ruthie et Paul, je lui rappelle.
— Non, à celui-là, tu n'étais pas demoiselle d'honneur, juste petite fille d'honneur. Donc, ça fait deux fois, cette fois-ci incluse. Oui, deux fois.
— Vous avez compris, Luke ? lance papa avec un sourire. Deux fois.
Non mais, franchement ! Vous avez vu comment se comportent mes parents ?
— Bon, on s'en fiche ! je coupe, en essayant de trouver rapidement un autre sujet de conversation. Euh...
— De toute façon, Becky a dix bonnes années devant elle avant de se soucier de ce genre de chose, intervient alors Luke d'un ton impassible.
— Quoi ? (Maman se raidit et nous scrute d'un regard perçant.) Que dites-vous ?
— Becky souhaite attendre au moins dix ans avant de se marier, explique Luke. C'est bien ça, Becky ?
Un silence stupéfait accueille l'information, et je sens mon visage virer au rouge pivoine.
Je m'éclaircis la voix et m'efforce de sourire.
— Oui, c'est exact.
— Ah bon ? fait Suze, en me regardant avec des yeux ronds. Mais tu ne me l'avais jamais dit. Pourquoi ?
— Pour... explorer tout mon potentiel, je marmonne, sans oser croiser le regard de maman. Et pour prendre le temps de connaître mon vrai moi.
— Prendre le temps de connaître ton vrai moi ? répète maman d'une voix plutôt aiguë. Pourquoi as-tu besoin de dix ans, quand tu peux le connaître en dix minutes ?
— Mais Bex... Tu auras quel âge, dans dix ans ? ajoute Suze en plissant le front.
— Ça ne prendra pas nécessairement dix années entières, dis-je, un peu démontée. Peut-être que huit suffiront...

— Huit ? fait maman, au bord des larmes.
— Luke ? dit Suze. (Elle semble perturbée.) Tu étais au courant ?
— Nous en avons parlé l'autre jour, répond-il avec un sourire paisible.
— Mais je ne comprends pas, insiste-t-elle. Et que faites-vous de...
— De l'heure ? l'interrompt Luke. Tu as raison, je crois que nous devrions tous y aller. Il est deux heures moins cinq.
— Il ne me reste que cinq minutes ? s'exclame Suze, soudain alarmée. Mais ce n'est pas possible ! Je ne suis pas prête ! Bex, où sont tes fleurs ?
— Euh... Dans ta chambre, je crois. J'ai dû les poser quelque part.
— Eh bien, va les chercher ! Et où est passé papa ? Oh merde ! j'ai envie d'une cigarette...
— Suze ! je m'écrie, horrifiée. Tu n'as pas le droit de fumer ! Ça fait du mal au...
Je m'interromps juste à temps.
— À la robe ? suggère Luke, toujours chevaleresque.
— Oui. Elle pourrait... la brûler.

Le temps que je retrouve mon bouquet dans la salle de bains de Suze, que je retouche mon rouge à lèvres et que je redescende, il ne reste plus que Luke dans le hall d'entrée.
— Tes parents sont partis devant, et Suze suggère que nous les suivions. Elle va venir avec son père en calèche. Ah ! et je t'ai aussi trouvé un manteau, ajoute-t-il en me tendant une veste fourrée en peau de mouton. Ta mère a raison : tu ne peux pas sortir dans cette tenue.
— D'accord, je fais, à contrecœur. Mais je l'enlèverai une fois à l'église.
— Tu es au courant que ta robe se découd dans le dos ? demande-t-il, en me posant la veste sur les épaules.
— Ah bon ! C'est moche, alors ?

— Au contraire, c'est très joli, réplique-t-il en souriant. Mais il faudra peut-être trouver une épingle de nourrice après la messe.

— Maudit Danny ! dis-je en secouant la tête. Je savais que j'aurais dû acheter celle de Donna Karan.

Tandis que nous nous engageons le long de l'allée gravillonnée, tout est calme et silencieux, et un pâle rayon de soleil fait son apparition. Les cloches ont cessé de carillonner, à l'exception d'une seule, et nous ne croisons personne d'autre qu'un serveur très occupé. Tout le monde doit déjà avoir rejoint l'église.

— Désolé d'avoir mis sur le tapis un sujet sensible, dit Luke en chemin.

— Sensible ? je relève, en haussant les sourcils. Mais ça n'a rien d'un sujet sensible.

— Ta mère avait l'air un peu contrariée...

— Maman ? Franchement, ça lui est complètement égal. En fait... Elle plaisantait !

— Vraiment ?

— Mais oui. Je t'assure.

— Je vois, dit Luke en attrapant mon bras tandis que je manque de trébucher. Donc, tu es toujours décidée à attendre huit ans avant de te marier ?

— Absolument ! Huit ans.

Nous poursuivons notre chemin en silence. Au loin, j'entends le claquement des sabots sur le gravier. La calèche de Suze doit être en train d'arriver.

— Bon... Ou six, j'ajoute d'un air détaché. Ou peut-être même cinq... Faut voir.

Il y a un autre long silence, que seul brise le bruit régulier de nos pas. L'atmosphère entre nous est en train de devenir vraiment bizarre, et je n'ose pas le regarder. Je me racle la gorge, je me frotte le nez, et j'essaie de trouver un truc à dire à propos du temps qu'il fait.

Quand nous atteignons le portail de l'église, Luke se tourne vers moi et me dévisage. Il a perdu sa sempiternelle expression moqueuse.

— Sérieusement, Becky, tu veux vraiment attendre cinq ans ?

— Je... je ne sais pas. Et toi ?

Nous nous taisons et j'entends mon cœur qui commence à battre très fort.

Oh mon Dieu mon Dieu mon Dieu. Peut-être qu'il va... Peut-être qu'il veut...

— Ah ! Voilà la demoiselle d'honneur ! s'exclame le vicaire, qui vient d'apparaître sous le porche, nous faisant sursauter. Prête à rejoindre l'autel ?

— Oui, je crois, dis-je en sentant le regard insistant de Luke.

— Parfait ! Vous serez mieux à l'intérieur, reprend-il à l'intention de Luke. Il ne faut pas rater ça.

— Non, dit Luke après un temps de réflexion. Non, je ne voudrais le rater pour rien au monde.

Il me plante un baiser sur l'épaule et pénètre dans l'église, sans rien ajouter de plus. Je le regarde s'éloigner, ne sachant plus que penser.

Venons-nous bien de parler de... Est-ce qu'il disait vraiment...

Un bruit de sabots me ramène à la réalité. Je me retourne et vois la calèche arriver, comme dans un conte de fées. Le voile de Suze se gonfle au vent, et elle adresse un sourire radieux à des gens qui se sont retournés pour l'admirer. Jamais je ne l'ai trouvée aussi belle.

Franchement, je n'avais pas prévu de pleurer. En fait, j'avais même préparé un bon moyen de m'en empêcher : réciter l'alphabet à l'envers avec l'accent français. Mais déjà, rien qu'à aider Suze à ajuster sa traîne, je sens les larmes monter. Et tandis que retentit la musique de l'orgue et que nous pénétrons lentement dans l'église bondée, je suis obligée de renifler toutes les deux mesures, en épousant le rythme de la musique. Suze est cramponnée au bras de son père, sa traîne glisse sur les vieilles dalles du sol. Je la suis, m'efforçant de ne pas faire claquer mes talons sur la pierre et espérant que personne ne remarquera que ma robe se découd dans le dos.

Nous atteignons l'autel, où Tarquin attend avec son garçon d'honneur. Il est aussi grand et maigre que d'habitude, et son visage me fait toujours autant penser à celui d'une hermine, mais je dois reconnaître qu'il a tout de même fière allure avec son kilt et sa bourse à la ceinture. Et maintenant qu'il contemple Suze, éperdu d'amour et d'admiration, mon nez recommence à me picoter. Tarquin se tourne un peu, croise mon regard et me sourit nerveusement – je lui réponds d'un petit sourire embarrassé. Franchement, jamais plus je ne pourrai le regarder sans penser à ce que m'a confié Caroline.

Quand le vicaire entame son sermon, je me détends enfin. Je vais en savourer chaque mot, aussi familiers me soient-ils. C'est comme si je regardais le début d'un de mes films préférés, avec mes deux meilleurs amis dans les rôles principaux.

— Susan, acceptez-vous de prendre cet homme pour époux ? (Le vicaire a de gros sourcils broussailleux qu'il hausse à la fin de chaque question comme s'il craignait que la réponse puisse être « non ».) Acceptez-vous de l'aimer, de le chérir et de l'honorer à jamais, malade ou bien portant, de renoncer à tous les autres hommes pour vous consacrer à lui seul, aussi longtemps que vous vivrez l'un et l'autre ?

Il y a un silence, et puis Suze dit « Oui, je l'accepte », d'une voix aussi cristalline que le tintement d'une clochette.

J'aimerais bien que les demoiselles d'honneur aient leur mot à dire. Non que j'en aurais dit beaucoup plus, juste un petit « Oui » ou « Je l'accepte ».

Quand vient le moment où Suze et Tarquin doivent se donner la main, Suze me tend son bouquet, et j'en profite pour observer l'assemblée. L'église est pleine à craquer ; il n'y a même pas assez de places assises pour tout le monde. Je distingue des régiments d'hommes sanglés dans leur kilt et de femmes en tailleur de velours, et j'aperçois aussi Fenny et sa bande de copines londoniennes au complet, qui arborent toutes des chapeaux Philip Treacy me semble-t-il. Voilà également ma mère – flanquée de mon père – qui se tamponne les yeux d'un mouchoir en papier. Elle relève la tête, croise mon regard. Je lui adresse un petit sourire, mais un nouveau sanglot lui échappe.

Au moment où je me retourne vers l'autel, Suze et Tarquin s'agenouillent, et le vicaire entonne avec gravité « Ceux que Dieu a unis, ne laissez personne les séparer ».

Je regarde Suze sourire à Tarquin. Elle semble complètement perdue en lui. Elle est sienne, désormais. Et à ma grande surprise, cela fait un vide immense à l'intérieur de moi. Suze est mariée. Rien n'est plus pareil.

Voilà un an que je vis à New York et que j'adore la vie que je mène là-bas. Mais, inconsciemment, je viens de m'en rendre compte, je gardais à l'esprit que, si les choses se passaient mal, je pourrais toujours revenir à Fulham et reprendre mon ancienne vie avec Suze. Et maintenant... Je ne peux plus.

Suze n'a plus besoin de moi. Elle a quelqu'un d'autre, qui passera toujours en premier dans sa vie. Je regarde le vicaire poser ses mains sur celles de Suze et de Tarquin pour la bénédiction – et ma gorge se serre au souvenir de tout ce que nous avons vécu ensemble. La fois où j'avais fait un affreux curry pour économiser de l'argent, et Suze qui n'arrêtait pas de répéter que c'était délicieux alors qu'elle avait la bouche en feu. Et la fois où elle a essayé de vamper le directeur de ma banque pour qu'il m'accorde une extension de découvert. Chaque fois que j'ai eu des problèmes, Suze était là pour moi.

À partir d'aujourd'hui, c'est terminé.

Brusquement, j'ai besoin de réconfort. Je me retourne et cherche le visage de Luke dans les rangs. Je ne le repère pas immédiatement, et, bien que je continue à sourire avec assurance, je commence à paniquer, comme un enfant qui comprend qu'on l'a oublié à la sortie de l'école, que tous ses camarades étaient attendus, sauf lui.

Et puis tout à coup je l'aperçois. Debout derrière un pilier, vers le fond, grand et sombre, droit, son regard rivé au mien. C'est moi qu'il regarde, et personne d'autre. Et ce regard me réchauffe le cœur. Quelqu'un m'attend, moi aussi. Tout va bien.

Nous sortons tous sur le parvis de l'église au son des cloches, et la foule qui s'est rassemblée se met à crier « Vive les mariés ! »

— Félicitations, je dis à Suze en la serrant dans mes bras. Tous mes vœux, Tarquin.

Je n'ai jamais été très à l'aise avec Tarquin. Mais maintenant que je le vois avec Suze, uni à elle, cette gêne semble se dissiper.

— Je suis convaincue que vous allez être très heureux, lui dis-je en l'embrassant sur la joue, et nous éclatons de rire sous une pluie de confettis.

Les invités se massent sur le parvis, bavardent, s'interpellent et rient à gorge déployée. Et, pendant qu'ils entourent Suze et Tarquin, pour les embrasser, les serrer dans leurs bras ou échanger des poignées de main, je m'écarte de quelques pas. Où est donc passé Luke ?

La cour de l'église est à présent noire de monde et il y a là certains parents de Suze que je ne peux pas m'empêcher de dévisager. Sa grand-mère sort de l'église d'une démarche très lente, régalienne, appuyée sur sa canne, suivie par un jeune homme empressé en habit. Une fille mince et pâle, aux yeux immenses et avec un chapeau noir démesuré, tient un carlin en laisse et fume cigarette sur cigarette. Il y a aussi, près du portail de l'église, toute une rangée de frères en kilt qui se ressemblent comme des gouttes d'eau, et je me souviens de Suze me disant que sa tante avait eu six garçons avant de donner naissance à une fille.

— Tiens, mets ça, dit brusquement Luke à mon oreille. (Je me tourne et le vois me tendre la veste en peau de mouton.) Tu dois être en train de geler.

— Non, ça va, ne t'inquiète pas.

— Becky, il a neigé, insiste Luke en me posant d'autorité le manteau sur les épaules. Très belle cérémonie, ajoute-t-il.

— Oui.

Je lève les yeux vers lui, en me demandant si, par hasard, on ne pourrait pas reprendre la conversation à l'endroit où nous l'avons laissée avant d'entrer dans l'église. Mais Luke a déjà détourné le regard vers Suze et Tarquin qui se font photographier sous le chêne. Si Suze rayonne littéralement, Tarquin, lui, a tout l'air de quelqu'un qui affronte une rafale de balles.

— C'est un garçon très chouette, dit Luke en hochant la tête en direction du marié. Un peu bizarre, mais gentil.

— Oui, c'est vrai. Luke...

— Prendrez-vous un verre de whisky chaud ? m'interrompt un serveur, en passant avec un plateau. Ou de champagne ?

— Du whisky chaud sera parfait, dis-je avec gratitude. Merci.

Je bois quelques gorgées et ferme les yeux pour savourer ce liquide qui me réchauffe le corps. Si seulement il pouvait descendre jusque dans mes pieds, qui, pour ne pas vous mentir, sont complètement gelés.

— La demoiselle d'honneur ! crie brusquement Suze. Bex, où es-tu ? Nous devons faire une photo avec toi !

Je rouvre les yeux.

— Je suis là ! je crie à mon tour en dégageant la veste en peau de mouton de mes épaules. Luke ? Tu peux me tenir mon verre ?

Je me hâte, à travers la mêlée, de rejoindre Suze et Tarquin. Et c'est drôle, maintenant que tous ces gens me regardent, je n'ai plus froid. J'affiche mon plus radieux sourire, je tiens mon bouquet de fleurs bien comme il faut, je prends le bras de Suze quand le photographe me demande de le faire, et entre les prises, je fais un signe de la main à mes parents, qui se sont faufilés jusqu'au premier rang.

— Nous allons bientôt regagner la maison, annonce Mme Gearing en venant embrasser Suze. Les gens commencent à avoir froid. Vous terminerez les photos là-bas.

— D'accord, dit Suze. Juste le temps d'en prendre quelques-unes de Bex et moi.

— Bonne idée ! approuve aussitôt Tarquin, avant de filer, manifestement soulagé, parler à son père – son portrait craché, avec quarante ans de plus.

Le photographe prend quelques clichés de Suze et moi tout sourires, puis s'interrompt pour changer de pellicule. Suze en profite pour prendre un verre de whisky et je me passe discrètement une main sur la couture de ma robe pour mesurer l'étendue des dégâts.

— Bex, écoute, me chuchote-t-on dans l'oreille. (Je me retourne, Suze me fixe intensément. Elle est si proche de moi que je pourrais compter chaque micropaillette de son fard à paupières.) Il faut que je te demande quelque chose. Tu n'as pas vraiment l'intention d'attendre dix ans avant de te marier, si ?

— Euh... Non, j'admets. Pas vraiment.

— Et tu penses que Luke est l'homme de ta vie ? Sois franche, ça restera entre nous.

Je ne réponds pas tout de suite. Derrière moi, j'entends quelqu'un qui dit : « Bien entendu, notre maison, elle, est plutôt moderne. Je crois qu'elle date de 1853... »

— Oui, dis-je finalement, en sentant le rouge me monter aux joues. Oui, je crois qu'il est l'homme de ma vie.

Suze m'observe encore quelques instants, puis, tout à coup, comme si elle venait de prendre une décision, elle pose son verre de whisky et déclare :

— Parfait. Je vais jeter mon bouquet.

— Quoi ? je fais, ébahie. Hé Suze, ne sois pas bête. Tu ne peux pas le jeter déjà !

— Bien sûr que si. Je peux le jeter quand bon me semble.

— Mais, en général, on le jette au moment où on part en lune de miel.

— Je m'en fiche, s'obstine Suze. Je n'ai pas envie d'attendre. Je vais le faire maintenant.

— Arrête, voyons ! Tu es censée le faire *à la fin* !

— C'est qui, la mariée ? Toi ou moi ? Si j'attends jusqu'à la fin, ce ne sera plus drôle ! Bon, tu vas te mettre là et ne plus bouger. (D'un doigt impérieux, elle désigne un petit monticule recouvert de neige.) Et pose ton bouquet. Tu n'arriveras jamais à attraper le mien sinon ! Tarkie ? appelle-t-elle en haussant la voix. Je vais jeter mon bouquet maintenant, d'acc ?

— D'accord ! répond joyeusement Tarquin. Bonne idée.

— Allez Bex, à toi !

— Non, franchement ! Je n'ai même pas envie de l'attraper, dis-je en grognant presque.

Mais, comme je suis la seule demoiselle d'honneur, je suppose que je n'ai pas le choix, alors j'obéis : je pose mon bouquet dans l'herbe et me poste sur le petit tertre.

— Je voudrais que vous preniez une photo, ordonne Suze au photographe. Et où est Luke ?

Quelque chose me chiffonne : personne ne se joint à moi. Tout le monde s'est dispersé. Je remarque tout d'un coup que Tarquin et son garçon d'honneur font le tour des invités en leur chuchotant quelques mots à l'oreille, et que petit à petit je suis devenue la cible de tous ces regards qui brillent et semblent attendre. Mais attendre quoi ?

— Bex ? Tu es prête ? crie Suze.

— Attends ! Il n'y a pas assez de monde ! Il faudrait qu'on soit plein, en face de toi...

Je me sens tellement cloche, là, toute seule. Franchement, Suze fait tout de travers. Elle a jamais assisté à un mariage ?

— Suze ! Attends ! je crie de nouveau, mais trop tard.

— Vas-y Bex ! Attrape-le. Attraaaaaaape !

Le bouquet arrive vers moi en décrivant un looping haut dans les airs, ce qui m'oblige à sauter pour l'attraper. Il est plus gros et plus lourd que je l'imaginais, et une fois que je l'ai dans la main, je le contemple, un peu sonnée. Je suis à la fois secrètement ravie et carrément furieuse contre Suze.

Puis mes yeux font la mise au point et je vois une petite enveloppe calée entre les fleurs. *Pour Becky.*

Une enveloppe à mon intention dans le bouquet de Suze ?

Déconcertée, je lève les yeux vers Suze, qui me sourit de toutes ses dents et fait un signe en direction de l'enveloppe.

Les doigts tremblants, je l'ouvre. Il y a comme une boule à l'intérieur, c'est...

C'est une bague, enveloppée de coton. Et il y a aussi un message, de la main de Luke, qui dit...

Qui dit... « Veux-tu... »

Incrédule, je fixe la bague et le petit carton, j'essaie de garder mon sang-froid, mais le monde se met à chatoyer devant mes yeux, et le sang me monte à la tête.

Complètement étourdie, je vois Luke fendre la foule pour me rejoindre, le visage sérieux mais le regard impatient.

— Becky... (Toute l'assemblée retient son souffle.) Veux-tu...

— Oui ! Oui ! Oooooui !

Et j'entends ce cri de joie résonner dans la cour de l'église sans même me rendre compte que j'ai ouvert la bouche. Mon Dieu, je suis si bouleversée que je ne reconnais même plus ma voix. En fait, on dirait davantage la voix de...

Maman.

Je fais volte-face : elle est là, confuse, la main devant la bouche.

— Pardon ! murmure-t-elle, tandis qu'un immense éclat de rire secoue la foule.

— Madame Bloomwood, croyez bien que je serais très honoré, dit Luke d'un ton amusé, mais il me semble que vous n'êtes pas libre.

Puis, il se tourne vers moi.

— Becky, s'il me faut attendre cinq ans, d'accord, j'attendrai. Ou huit, ou même dix. (Il marque un temps d'arrêt et le silence se fait. On n'entend que le vent, qui fait voler les confettis.) Mais j'espère qu'un jour très prochain, tu me feras l'honneur de m'épouser.

J'ai la gorge tellement nouée que je ne peux pas articuler un traître mot. Je fais un minuscule hochement de tête, Luke me prend la main. Il ouvre mes doigts, sort la bague de son écrin de tissu. Mon cœur bat la chamade. Luke veut m'épouser. Ça doit faire un bon moment qu'il prépare son coup. Sans rien dire.

Je regarde la bague. Les larmes me brouillent la vue. C'est une bague de fiançailles ancienne, en or, sertie d'un diamant. Je n'en ai jamais vu de pareille. Elle est sublime.

— Puis-je ?

— Oui, je murmure en le regardant me passer l'anneau au doigt.

Il me regarde de nouveau, plus tendrement que jamais, m'embrasse, et les félicitations commencent à fuser.

Je n'arrive pas à y croire : me voilà fiancée !

3

Bon d'accord, je suis peut-être fiancée, mais ne nous emballons pas.

On va y aller tout doux.

Je le sais bien, il y a des filles qui deviennent dingues, qui se mettent à préparer le mariage du siècle et ne pensent plus qu'à ça... Mais moi, je suis différente. Je ne vais pas laisser ce mariage prendre ma vie en otage. Il ne faut pas perdre de vue les vraies priorités. La robe, les chaussures, le choix des fleurs, qu'importe. Ce qui compte le plus, c'est l'engagement pour la vie, la promesse que l'on se fait.

J'arrête un instant d'étaler ma crème hydratante sur mon visage et je me contemple dans le miroir de ma chambre. « Moi, Becky, je murmure solennellement, moi, Rebecca, j'accepte de prendre Luke... »

Ces mots, ça vous donne de ces frissons...

« Pour être sienne... mien. Pour le meilleur et pour le pire. »

Je m'interromps, perplexe. Ça sonne bizarre. Bon, avant le jour J, j'ai le temps d'apprendre la formule exacte. Parce que ce qui compte, ce sont les vœux, et rien d'autre. Pas besoin d'en faire des tonnes. Juste une cérémonie très simple, élégante. Sans tralala. Roméo et Juliette n'ont pas eu besoin d'un grand mariage avec dragées et tout le toutim, si ?

En fait, on devrait peut-être se marier en secret, comme eux ? Brusquement, je nous vois, Luke et moi, agenouillés devant un curé italien, au cœur de la nuit, dans une minuscule chapelle en pierre. Mon Dieu, que ce serait romantique ! Et puis, pour une raison ou une autre, Luke croirait que je suis morte, et il se suiciderait, et moi aussi, du coup, et ce serait épouvantablement tragique, et tout le monde dirait que nous l'avons fait par amour, on nous citerait en exemple...

— Karaoké ? Euh, oui, pourquoi pas...

La voix de Luke, à l'extérieur de la chambre, me tire de ma rêverie.

La porte s'ouvre, et il entre en me tendant une tasse de café. Nous séjournons chez mes parents depuis notre retour du mariage, et quand, tout à l'heure, j'ai quitté la table du petit déjeuner, il arbitrait une discussion entre mes parents sur le thème : « Les alunissages ont-ils vraiment eu lieu ? »

— Ta mère a déjà trouvé une idée de date pour le mariage, dit-il. Que penses-tu de...

— Luke ! (Je lève la main pour l'arrêter.) Luke. Prenons les choses une par une, veux-tu ? (Je lui souris tendrement.) On vient à peine de se fiancer. Prenons notre temps. Inutile de fixer une date dès maintenant.

Je me regarde dans le miroir, en éprouvant le sentiment d'être vraiment adulte. Je suis fière de moi. Pour une fois dans ma vie, je ne me précipite pas. Je ne cède pas à la surexcitation.

— Tu as raison, convient Luke. C'est vrai. Et la date que suggérait ta mère nous obligerait à nous organiser sans tarder.

— Ah bon ? Et... Juste par curiosité... Elle proposait quoi ?

— Le 22 juin. De cette année. (Il secoue la tête.) C'est de la folie. C'est dans quelques mois, à peine.

— C'est du délire ! je renchéris en levant les yeux au ciel. Il n'y a vraiment pas d'urgence.

Non, mais franchement ! Le 22 juin ! À quoi pense maman ?

Quoique... J'imagine qu'un mariage aux beaux jours est une bonne idée, en théorie.

Et en fait, rien ne nous empêche de nous marier cette année.

Et si on opte pour juin, alors je peux déjà commencer à chercher une robe. À essayer des couronnes. À lire *Mariées*.

— D'un autre côté, j'enchaîne, l'air de rien, nous ne sommes pas obligés de repousser la date, si ? Comment dire... Maintenant qu'on est décidés, en un sens, autant... y aller, non ? À quoi bon tergiverser ?

— Tu en es certaine ? Becky, je ne veux te mettre aucune pression...

— Non, c'est bon ! Je suis sûre de moi. Marions-nous en juin !

Ça y est ! On va se marier ! En juin ! Hourra ! J'aperçois de nouveau mon reflet dans le miroir – et un immense sourire illumine mon visage.

— D'accord, je vais prévenir ma mère que ce sera le 22, dit Luke. Je sais qu'elle sera ravie. Bon, je dois y aller, ajoute-t-il en regardant sa montre.

— Oui, bien sûr, dis-je, pas exactement enthousiaste. Oui, je comprends que tu n'aies pas envie de la faire attendre.

Luke va passer la journée avec sa mère, Elinor, qui fait une escale à Londres avant de gagner la Suisse. Officiellement, elle va rendre visite à de vieux amis et respirer l'air de la montagne. Tout le monde sait qu'en réalité elle va subir son énième lifting.

Et puis, dans l'après-midi, mes parents et moi allons les retrouver au Claridge's pour le thé. Nous nous sommes tous réjouis de cette heureuse coïncidence : les deux familles vont pouvoir faire connaissance. Mais, chaque fois que j'y pense, mon estomac se noue. Ça ne me gênerait pas s'il s'agissait des vrais parents de Luke – son père et sa belle-mère, des gens vraiment adorables qui vivent dans le

Devon. Mais ils viennent justement de partir pour l'Australie rendre visite à la sœur de Luke qui s'est installée là-bas, et ils ne seront sans doute de retour que peu de temps avant le mariage. Du coup, il ne reste qu'Elinor pour représenter Luke.

Elinor Sherman. Ma future belle-mère.

Bon, ne pensons pas à ça. Contentons-nous de survivre à cette journée.

— Luke... Comment... crois-tu que va se passer cette première rencontre entre nos parents ? Tu comprends, ta mère et la mienne... Enfin, elles ne se ressemblent pas vraiment...

— Tout se passera bien ! Elles vont s'entendre à merveille, j'en suis certain.

Il ne voit manifestement pas à quoi je veux faire allusion. Je sais, c'est une bonne chose que Luke adore sa mère. Je sais, les fils doivent aimer leur mère. Et je sais aussi qu'il l'a à peine entrevue durant toute son enfance, qu'il essaie de rattraper le temps perdu... Mais n'empêche. Comment peut-il être aussi dévoué envers cette femme ?

Quand je redescends dans la cuisine, je trouve maman, les bols du petit déjeuner dans une main et le téléphone sans fil dans l'autre.

— Oui. C'est ça. Bloomwood, B-L-O-O-M-W-O-O-D, d'Oxshott, dans le Surrey. Et vous me le faxez ? Merci. Bien, ajoute-t-elle après avoir raccroché, avec un immense sourire. C'était le faire-part pour le *Surrey Post*.

— Encore un autre faire-part ? Maman ! Mais tu en as fait combien ?

— Juste le nombre qu'il faut, se défend-elle. Le *Times*, le *Telegraph*, le *Oxshott Herald*, et l'*Esher Gazette*.

— Et le *Surrey Post*.

— Oui. Ça ne fait donc que cinq.

— Cinq !

— Becky, on ne se marie qu'une fois !

— Je sais bien. Mais, franchement...

— Bon écoute, fait-elle, le visage un peu empourpré. Tu es notre fille unique et nous n'allons certainement pas regarder à la dépense. Nous voulons que tu aies le mariage dont tu as toujours rêvé. Qu'il s'agisse des faire-part, des fleurs, ou d'une calèche, comme Suze... Nous voulons te l'offrir.

— Maman, je voulais justement qu'on en discute, dis-je, mal à l'aise. Luke et moi voulons contribuer aux dépenses...

— Hors de question ! me coupe-t-elle sèchement. Nous ne voulons pas en entendre parler.

— Mais...

— Nous avons toujours voulu t'offrir ton mariage. Ça fait des années que je mets de l'argent de côté spécialement pour ça.

— C'est vrai ? dis-je en la dévisageant, émue. (Mes parents ont fait des économies pendant des années pour mon mariage et je n'en ai jamais rien su ?) Je... Je l'ignorais.

— Eh bien, je ne vois pas pourquoi on te l'aurait dit. Bon, dit-elle en prenant des allures de pro. Luke t'a-t-il dit que nous avions trouvé une date ? Ça n'a pas été simple, tu sais ! Tout était déjà pris. Mais j'ai parlé à Peter, à l'église, il a eu une annulation, et il peut nous caser à trois heures ce samedi-là. Sinon, il faudrait attendre jusqu'en novembre.

— Novembre ? je grimace. Ce n'est pas un bon mois pour un mariage.

— Exactement. Donc, je lui ai dit de nous noter, au crayon. Et moi, je l'ai noté là, sur le calendrier. Regarde.

Je tourne les yeux en direction du réfrigérateur. Sur le calendrier qui propose chaque mois une recette différente à base de Nescafé, effectivement, à la date du 22 juin, il y a écrit en gros : « MARIAGE DE BECKY ».

Je contemple ces mots, et ça me fait tout drôle. Ça y est, pour de bon. Je vais vraiment me marier. Je ne vais pas faire comme si.

— Et j'ai quelques idées pour la tente de jardin, ajoute maman. J'en ai vu une à rayures, ma-gni-fi-que, l'autre jour quelque part dans un magazine et j'ai pensé, il faut absolument que je la montre à Becky...

Elle tend la main derrière elle et ramène un tas de magazines. *Mariées. Mariées d'aujourd'hui. Mariage et Maison.* Tous aussi luisants et appétissants qu'une assiette de beignets tout frais.

— Mince alors ! je m'exclame, en m'empêchant de me ruer dessus. Ça fait des lustres que je n'ai pas jeté un coup d'œil à ces magazines. Je ne sais même plus à quoi ça ressemble !

— Ni moi non plus, renchérit immédiatement maman en feuilletant avec dextérité un numéro de *Mariage et Maison*. Enfin, pas exactement. J'y ai juste jeté un coup d'œil, et franchement il y a surtout de la publicité...

Je promène un doigt hésitant sur la couverture de *Votre mariage*. J'ai peine à croire que j'ai vraiment le droit de lire ça, maintenant. Sans me cacher ! Plus besoin de passer des heures devant le stand du marchand de journaux, de regarder quelques pages à la dérobée, comme quand j'engloutis un gâteau en me demandant si quelqu'un m'a vue.

Or l'habitude est si bien ancrée en moi, que, même si j'ai maintenant une bague de fiançailles au doigt, je ne peux pas m'empêcher de feindre l'indifférence.

— Je suppose que ça peut toujours servir, dis-je, détachée. Ils doivent donner des informations de base... Pour se faire une idée de ce qu'on peut trouver...

Oh et puis merde ! Maman ne m'écoute pas, de toute façon, donc, inutile de jouer à celle qui ne va pas les lire de la première à la dernière page. Je m'installe aussitôt sur une chaise, béatement, j'attrape *Mariées*, et les dix minutes qui suivent nous trouvent, maman et moi, muettes comme des carpes, en train de nous abreuver d'images.

— La voilà ! s'exclame-t-elle, et elle retourne le magazine vers moi, où je découvre la photo d'une tente à rayures blanches et argent dont les pans flottent au vent. Elle est bien, non ?

— Très jolie, j'approuve en regardant plus attentivement l'autre photo, qui montre en gros plan les robes des demoiselles d'honneur et le bouquet de la mariée...

Et puis, mes yeux tombent, en bas de page, sur la date de parution du magazine.

— Maman ! Mais ça date de l'année dernière ! Comment se fait-il que tu achetais déjà des magazines de mariage l'an dernier ?

— Je l'ignore, réplique-t-elle, évasive. J'ai dû les récupérer quelque part... Dans la salle d'attente, chez le docteur, ou je ne sais plus où. Bref. Tu trouves des idées ?

— Euh... Je crois que j'aimerais quelque chose de simple.

Je me vois brusquement en longue robe blanche et diadème étincelant... Mon beau prince qui m'attend... Les hourras de la foule...

Bon, stop. Calmons-nous. Voilà déjà une décision de prise.

— D'accord, dit maman. Tu veux quelque chose d'élégant et de bon goût. Oh ! Regarde ces raisins couverts de feuilles d'or ! On pourrait faire les mêmes ! (Elle tourne la page.) Et là ! Des demoiselles d'honneur jumelles ! Comme elles sont mignonnes ! Tu ne connais personne qui a des jumelles, ma chérie ?

— Non, dis-je à regret. Je ne pense pas. Eh, ils font des horloges spécial mariage qui comptent à rebours jusqu'au jour J ! Et aussi un agenda et un cahier assorti pour tenir son journal du mariage. Tu crois que je devrais en avoir un ?

— Absolument. Si tu ne le fais pas, tu le regretteras. Tu sais, Becky, il y a une chose que je voulais te dire... Ne fais rien de tout ça à moitié. N'oublie pas, on ne se marie qu'une fois...

— Coucou ?

Nous sursautons en entendant frapper à la porte.

— Ce n'est que moi ! crie Janice, derrière la vitre.

Elle nous adresse un petit signe de la main. Janice est notre voisine, je la connais depuis toujours. Son ombre à paupières est assortie à son corsage à fleurs d'un turquoise criard, et elle transporte un classeur sous le bras.

— Janice ! s'exclame maman. Viens boire un café !

— Avec plaisir. J'ai apporté mon Canderel. (Elle entre et vient me serrer dans ses bras.) Et voici la reine du jour. Félicitations, ma chérie !

— Merci, je fais avec un sourire timide.

— Et cette bague ! Mon Dieu !

— Deux carats, annonce aussitôt maman. Et ancienne. Un bijou de famille.

— Non ! s'exclame Janice, le souffle coupé. Oh, Becky, mais comment vas-tu faire pour tout organiser alors que tu vis à New York ?

— Becky n'aura à se soucier de rien, précise maman avec autorité. Je m'occupe de tout. Comme il se doit.

— En tout cas, tu sais que tu peux compter sur mon aide, souligne Janice. Vous avez déjà choisi la date ?

— Le 22 juin ! crie maman par-dessus le bruit du moulin à café. Quinze heures, à Sainte-Marie.

— Quinze heures ! Magnifique. (Janice me dévisage soudain, l'air impatient.) Tu sais, Becky, je voulais te dire quelque chose. Vous le dire à toutes les deux, en fait.

— Oui ? je réponds, avec une légère appréhension.

Et, tandis que maman repose la cafetière, Janice prend une profonde inspiration.

— Eh bien, cela me ferait un immense plaisir de vous maquiller pour le mariage. Vous deux et toutes les invitées.

— Janice ! s'écrie ma mère avec ravissement. Que tu es gentille ! Tu imagines, Becky ? Un maquillage professionnel !

— Euh... Oui. Fantastique !

— J'ai appris tellement de choses à mon cours que je connais tous les trucs. Et j'ai tout un dossier de photos que vous pouvez consulter pour choisir votre style. Je l'ai apporté avec moi, regardez ! (Janice ouvre son classeur et se met à le feuilleter. On dirait que les modèles photographiés ont été maquillés dans les années soixante-dix.) Ce maquillage-là s'appelle « Reine de la promo », c'est pour un visage jeune, souffle-t-elle. Et ici, c'est la « Mariée radieuse », avec un mascara superwaterproof... Ou alors, il y a aussi le look « Cléopâtre », si tu veux quelque chose de plus spectaculaire...

— Génial, j'articule faiblement. Je regarderai ça en temps voulu...

Hors de question que je la laisse me maquiller.

— Et tu vas demander à Wendy de te faire le gâteau, n'est-ce pas ? ajoute Janice.

— Quelle question ! réplique maman en posant une tasse de café devant notre invitée. Wendy Price, qui habite sur Maybury Avenue, ajoute-t-elle à mon intention. Tu t'en souviens ? C'est elle qui avait fait le gâteau pour le départ à la retraite de ton père, avec la tondeuse à gazon dessus. C'est extraordinaire ce que cette femme est capable de réaliser avec une douille !

Je me souviens bien du gâteau en question. Le glaçage était tout vert et la tondeuse avait été fabriquée avec une boîte d'allumettes peinturlurée. On voyait encore le nom de la marque sous la peinture.

— Tu sais, j'ai vu quelques pièces montées vraiment étonnantes là-dedans, je tente, en agitant un numéro de *Mariées*. Elles viennent de chez ce pâtissier, à Londres, tu sais... On pourrait peut-être aller y jeter un coup d'œil.

— Oh, ma chérie ! mais on ne peut pas faire ça à Wendy ! s'exclame maman, étonnée. Elle serait tellement déçue... Tu sais que son mari vient tout juste d'avoir un infarctus. Les petites roses en sucre qu'elle fabrique lui changent les idées.

— Ah, très bien. Je ne savais pas. Bon... d'accord. Je suis sûre que ce sera très beau.

— Nous avons été très contents du gâteau de mariage de Tom et Lucy, soupire Janice. Nous avons gardé la décoration du haut pour le premier baptême. Becky, tu sais qu'ils sont là en ce moment ? Ils vont certainement passer te féliciter. Tu te rends compte, déjà un an et demi qu'ils sont mariés !

— Vraiment ? fait maman en buvant une gorgée de café, et en souriant à peine.

Le mariage de Tom et Lucy a laissé un douloureux souvenir dans la famille. Comme nous adorons Janice et Martin, nous n'en reparlons jamais, mais, pour être franche, aucun de nous trois n'apprécie Lucy.

— Et toujours pas de signe de... d'un... ? s'enquiert maman en esquissant un geste vaguement euphémique. D'un début de famille ?

— Non, pas encore. (Le sourire de Janice s'estompe.) Martin et moi, nous pensons qu'ils veulent d'abord profiter l'un de l'autre. Ils sont tellement heureux. Ils s'adorent ! Et puis, Lucy doit songer à sa carrière...

— Oui, j'imagine, acquiesce maman, compréhensive. Mais tout de même, rien ne sert d'attendre trop longtemps...

— Oui, je suis d'accord avec toi, convient Janice.

Puis elles se tournent toutes deux vers moi – et, brusquement, je comprends où elles veulent en venir.

Pour l'amour de Dieu, je suis fiancée depuis un jour à peine ! Laissez-moi le temps de respirer !

Je me sauve pour siroter tranquillement mon café dans le jardin. La neige commence à fondre, on devine des carrés de pelouse et quelques rosiers. En marchant le long de l'allée, je retrouve cette douce sensation qui procure une petite flânerie dans un jardin anglais, même s'il fait un peu froid. À Manhattan, aucun jardin ne ressemble à ceux d'ici. Il y a Central Park, et aussi ce curieux petit square fleuri. Mais il n'existe pas à proprement parler de jardin à l'anglaise, avec pelouse, arbres et massifs de fleurs.

Arrivée à la tonnelle, je me retourne pour regarder la maison et imaginer de quoi l'ensemble aura l'air avec une tente plantée sur la pelouse, quand brusquement des bruits de conversation me parviennent du jardin voisin. Pensant que c'est peut-être Martin, je m'apprête à passer la tête pour le saluer, lorsque j'entends une voix de fille :

— Explique-moi ce que tu entends par « frigide ». Parce que, si tu tiens à le savoir...

Bon sang ! c'est Lucy. Et elle a l'air furax. Je perçois ensuite une réponse étouffée. Tom... Ce ne peut être que lui.

— C'est vrai que tu t'y connais vachement bien, hein ?

Réponse étouffée.

— Oh arrête, s'il te plaît !

Je me dirige subrepticement jusqu'à la palissade, morte d'envie d'entendre la réplique de Tom.

— Ouais, eh bien, peut-être que si on avait une vie qui ressemble à quelque chose, et que si tu organisais vraiment quelque chose une fois tous les trente-six du mois, peut-être que si on n'était pas à ce point en train de s'encroûter...

Mon Dieu, à l'entendre, je peux vous dire qu'elle le prend vraiment de haut. Tom lui aussi hausse le ton, sur la défensive.

— Mais on est sortis... Seulement, t'arrêtais pas de te plaindre... C'est pas faute d'avoir fait des efforts, crois-moi...

Craaaaaack.

Eh merde ! *Merde !* J'ai marché sur une brindille.

Je veux partir en courant, mais trop tard, ils ont déjà passé la tête par-dessus la palissade. Tom est tout rouge et Lucy, les traits crispés, enrage.

— Oh, salut ! je lance, en affectant un air dégagé. Comment allez-vous ? Je me... baladais, et j'ai fait tomber mon... mouchoir.

— Ton mouchoir ? relève Lucy, en scrutant le sol avec suspicion. Où ça ? Je ne vois pas de mouchoir.

— Si... Heu... Alors... C'est bien, la vie conjugale ?

— Formidable ! riposte sèchement Lucy. Félicitations, au fait.

— Merci.

Un ange passe et je détaille la tenue de Lucy de pied en cap : son haut (un polo noir, sans doute de chez Marks & Spencer), son jean (Earl, pas mal du tout) et ses bottines (lacées et à talons hauts, des Russell & Bromley).

Regarder ce que les gens portent sur eux et en dresser la liste comme dans un magazine de mode, je l'ai toujours fait. Et je pensais que j'étais la seule, mais, une fois installée à New York, je me suis rendu compte que tout le monde là-bas faisait ça. La première fois que vous rencontrez quelqu'un, qu'il s'agisse d'une dame de la haute ou d'un portier, ils vous détaillent de la tête aux pieds en moins de trois secondes. Avant même qu'ils vous aient salué, vous les voyez calculer le montant exact, au dollar près, de ce que vous avez sur le dos. J'appelle ça le « coup d'œil Manhattan ».

— Alors, c'est comment, New York ?

— Génial ! Vraiment excitant... J'adore mon boulot... Et c'est une ville fantastique.

— Je ne connais pas, dit Tom, des regrets dans la voix. Je voulais y aller pour notre lune de miel.

— Ah non, Tom ! Tu ne vas pas recommencer ! le coupe Lucy sèchement.

— Je pourrais peut-être venir te voir un week-end, hasarde Tom. Oui, ce serait possible.

— Euh... Mais oui, avec plaisir ! Vous pouvez venir tous les deux... (Ma voix s'éteint en voyant Lucy rouler des yeux avant de repartir vers la maison.) Bon, c'était sympa de vous revoir et je suis contente que la vie de couple vous... réussisse.

Je rentre dare-dare pour raconter à maman la conversation que je viens de surprendre. Mais il n'y a plus personne dans la cuisine.

— Maman ! Tu es où ? Je viens de voir Tom et Lucy !

Je fonce à l'étage, où je la trouve perchée sur l'échelle qui mène au grenier. Elle descend un énorme ballot blanc et tout mou, enveloppé de plastique.

— C'est quoi ? je demande, en l'aidant à descendre.
— Ne dis rien, réplique-t-elle en cachant son excitation. (Toute tremblante, elle défait la fermeture Éclair de la housse.) Mais regarde !
— Hé, ta robe de mariée ! je m'exclame en la voyant extraire la dentelle blanche et mousseuse. Je ne savais pas que tu l'avais gardée !
— Évidemment que si ! riposte-t-elle en ôtant les protections de papier de soie. Elle a trente ans, mais elle est comme neuve. Tu sais Becky, c'est une idée comme ça...
— Quelle idée ?
— Peut-être qu'elle ne t'ira pas, mais...
Lentement, je relève les yeux. Non ! À sa tête, je vois bien qu'elle ne plaisante pas.
— Je ne crois pas que j'y rentrerai, dis-je d'un ton qui se veut indifférent. Tu étais sûrement beaucoup plus mince. Et... moins grande.
— Mais on fait la même taille, dit maman, désarçonnée. Oh ! s'il te plaît, Becky, essaie-la !
Cinq minutes plus tard, je me regarde dans le miroir de la chambre de maman. J'ai l'air d'une saucisse dans un chausson de pâte feuilletée. Le corsage en dentelle me serre à mort, il y a plein de froufrous sur les manches et autour du décolleté, c'est moulant jusque sur mes hanches, où il y a encore d'autres froufrous, puis ça s'évase, au niveau de la traîne.
Jamais de ma vie je n'ai porté un vêtement aussi peu flatteur.
— Oh, Becky ! (Je relève la tête et... horreur ! Maman a les larmes aux yeux.) Que je suis sotte ! fait-elle en riant et s'essuyant les yeux. Tu comprends, voir ma petite fille chérie... dans la robe que je portais...
— Oh, maman ! (Je la prends dans mes bras.) C'est une... Elle est vraiment belle...
Comment vais-je pouvoir ajouter « mais je n'en veux pas » ?

— Et elle tombe à merveille sur toi, articule-t-elle en cherchant un mouchoir en papier. Mais la décision t'appartient. Si tu trouves qu'elle ne te va pas... Tu peux dire non. Je ne t'en voudrai pas.
— Je... Eh bien...
Zut de zut !
— Je... Je vais réfléchir, finis-je par articuler en esquissant un piètre sourire.

Une fois la robe rangée dans sa housse, nous déjeunons de quelques sandwiches, puis nous regardons un vieil épisode d'une sitcom sur le nouveau téléviseur que mes parents ont fait installer et câbler. Ensuite, bien qu'il soit encore un peu tôt, je monte dans ma chambre, histoire de commencer à me préparer pour le rendez-vous avec Elinor. La mère de Luke est l'une de ces femmes de Manhattan qui sont toujours tirées à quatre épingles, et aujourd'hui plus que n'importe quel autre jour, je veux me montrer à la hauteur.

J'enfile le tailleur de DKNY que je me suis offert à Noël, une paire de collants neufs et mes nouvelles chaussures Prada achetées en solde. Je m'inspecte très soigneusement, à l'affût de la moindre tache ou d'un faux pli. Cette fois, je ne vais pas me laisser prendre en défaut. Pas question qu'Elinor déniche un fil tiré ou un faux pli sur lequel focaliser son regard à rayons X.

Je viens de finir mon inspection quand maman fait irruption dans ma chambre, très élégante dans son tailleur Windsmoor, le visage rayonnant de joie et d'impatience.

— Comment tu me trouves ? demande-t-elle avec un petit rire. Assez élégante pour le Claridge's ?

— Tu es splendide ! Cette couleur te flatte vraiment. Laisse-moi juste...

Je prends un mouchoir en papier que j'humidifie, et j'essuie un peu ses joues, sur lesquelles elle a essayé la technique de Janice : le blush « au blaireau ».

— Voilà. Parfait !

— Merci, ma chérie, dit-elle en s'admirant dans le miroir de la penderie. C'est formidable de rencontrer enfin la maman de Luke.
— Mm mm..., je fais, sans trop m'avancer.
— J'espère que nous allons bien nous entendre ! Nous pourrions nous occuper des préparatifs ensemble... Tu sais, Margot, qui habite en face, eh bien elle est tellement amie avec la mère de son gendre qu'elles passent leurs vacances ensemble. Elle dit qu'elle a perdu une fille, mais qu'elle a gagné une amie !

Maman a l'air tout excitée. Hélas ! que pourrais-je lui dire pour la préparer à affronter la vérité ?

— Et Elinor a l'air si charmante ! À la façon dont il parle d'elle, Luke semble l'adorer !

— Oui, je reconnais à contrecœur. Il l'aime beaucoup.

— Ce matin, il nous parlait de toutes ces bonnes œuvres dont elle s'occupe avec tant de dévouement. Elle doit avoir un cœur d'or !

Je laisse maman continuer sur sa lancée, et je me remémore une conversation que j'ai eue avec Annabel, la belle-mère de Luke, quand son mari et elle sont venus nous voir à New York.

J'adore Annabel. Elle est très différente d'Elinor, beaucoup plus douce, plus calme, et quand elle sourit, son visage s'illumine. Elle et le père de Luke vivent dans un coin tranquille du Devon, près de la mer, dommage que nous n'ayons pas assez de temps pour aller les voir. Luke est parti de chez eux à dix-huit ans, et il n'y est quasiment jamais revenu depuis. En fait, je crois qu'il trouve que son père a un peu gâché sa vie en allant s'installer comme avocat en province au lieu de partir conquérir le monde.

Quand ils sont venus à New York, Annabel et moi avons réussi à passer un après-midi en tête à tête. Nous nous sommes baladées dans Central Park en bavardant de tout et de rien. Aucun sujet ne semblait tabou. Aussi, j'ai fini par prendre une grande une grande inspiration pour lui demander ce que je voulais savoir depuis une éternité – à savoir, comment elle pouvait supporter que Luke soit à ce point béat d'admiration devant Elinor. Elinor a beau être sa mère biologique, c'est tout de même elle, Annabel, qui s'est toujours occupée de lui. C'est elle qui l'a soigné quand il était malade, qui l'a aidé à faire ses devoirs et qui lui a préparé à dîner tous les soirs. Et maintenant, c'est comme s'il la tenait à l'écart.

Une fois ma question formulée, j'ai bien vu la douleur que ressentait Annabel. Mais elle a esquissé un sourire et m'a répondu qu'elle comprenait parfaitement. Luke, m'a-t-elle expliqué, a toujours voulu, depuis qu'il est tout petit, connaître sa mère. Maintenant, il a l'occasion de passer un peu de temps avec elle, et il est normal qu'il en profite.

— Imaginez que votre marraine la bonne fée arrive, a-t-elle dit. Ne seriez-vous pas émerveillée ? Ne délaisseriez-vous pas tout pour elle ? Il a besoin de passer du temps avec elle.

— Mais ce n'est pas sa marraine la bonne fée ! me suis-je indignée. C'est une vieille sorcière.

— Becky, c'est sa vraie mère, a rétorqué Annabel, un doux reproche dans la voix.

Puis elle a changé de sujet. Jamais elle ne dirait du mal d'Elinor.

Annabel est une sainte.

— C'est tellement dommage qu'ils ne se soient pas vus quand Luke grandissait ! continue maman. Quelle tragédie. (Elle baisse la voix, comme si Luke était quelque part dans la maison.) Luke me disait ce matin combien sa mère avait eu envie de l'avoir avec elle en Amérique. Mais son nouveau mari américain l'en empêchait ! Pauvre femme. Elle a dû être bien malheureuse. Contrainte et forcée d'abandonner son enfant !

— Euh... oui, peut-être, je fais, révoltée. Sauf que... rien ne l'obligeait à partir. Si elle était si malheureuse, pourquoi n'a-t-elle pas envoyé paître son nouveau mari ?

Maman me regarde, surprise.

— Tu as la dent dure, Becky.

— Oui, sans doute, je consens avec un léger haussement d'épaules, avant d'attraper mon crayon à lèvres.

Je n'ai aucune intention de semer la pagaille. Donc, autant ne pas dire ce que je pense vraiment, à savoir qu'Elinor n'a jamais manifesté le moindre signe d'intérêt envers Luke avant que son agence de communication commence à marcher aussi bien. Luke a toujours cherché à impressionner sa mère – c'est même la raison pour laquelle il a créé une filiale de l'agence à New York –, même s'il ne le reconnaîtra jamais. Or, en bonne garce qu'elle est, Elinor s'est contentée de l'ignorer jusqu'à ce qu'il commence à signer quelques contrats vraiment importants et qu'on le cite dans la presse. Là, brusquement, elle s'est dit que son fils pourrait lui être utile. Et, juste avant Noël, elle a fondé sa propre association caritative – la fondation Elinor Sherman – et a nommé Luke directeur. Elle a ensuite donné un grand gala d'inauguration – et devinez qui a passé vingt-cinq heures par jour à l'aider jusqu'à épuisement, si bien qu'à Noël il n'y avait plus personne ?

Mais impossible de faire la moindre remarque à Luke. La fois où j'ai abordé le sujet, il s'est tout de suite mis sur la défensive. Il a prétendu que j'avais toujours eu un problème avec sa mère – jusque-là, il avait entièrement raison –, qu'elle sacrifiait la majeure partie de son temps pour les nécessiteux, et qu'est-ce que je voulais de plus, bon sang ?

Argument difficile à contrecarrer.

— C'est certainement une femme très seule, risque maman. La pauvre. A-t-elle au moins un chat pour lui tenir compagnie dans son petit appartement ?

— Maman, dis-je en posant une main sur la sienne. Elinor ne vit pas dans un « petit appartement », mais dans un duplex, sur Park Avenue.

— Un duplex ? C'est quoi ? Une maisonnette ? fait-elle avec une petite grimace de compassion. Oui, mais ce n'est quand même pas pareil qu'une jolie maison, si ?

J'abandonne. C'est sans espoir.

À l'heure où nous en traversons le hall, le Claridge's est rempli de gens élégants venus boire le thé. Serveurs en veste grise, théières à rayures vertes et blanches, conversations animées... Je ne vois ni Luke ni Elinor nulle part, et tout en regardant plus attentivement, je me mets soudain à espérer qu'ils ne sont pas là. Qu'Elinor a peut-être eu un empêchement ! Que nous allons pouvoir savourer notre thé tranquillement, entre nous. Merci mon Dieu pour ce...
— Becky ?
Je me retourne et mon enthousiasme retombe. Ils sont là, installés dans un canapé d'angle. Luke a cette expression radieuse qu'il arbore chaque fois qu'il voit sa mère, laquelle est assise les fesses sur le bord du coussin, en tailleur pied-de-poule à col de fourrure, ses cheveux raides de laque font comme un casque sur sa tête. Quant à ses jambes, gainées de collants clairs, on dirait qu'elles sont encore plus fines que d'habitude. Elle lève la tête, sans qu'aucune expression ne transparaisse sur son visage, mais, au battement de ses paupières, je vois bien qu'elle passe mes parents au crible du coup d'œil Manhattan.
— C'est elle ? chuchote maman, abasourdie, tandis que nous tendons nos manteaux au préposé au vestiaire. Mon Dieu ! Mais elle a l'air... Très jeune !
— Détrompe-toi, je marmonne. Elle s'est beaucoup fait aider.
Maman me regarde sans comprendre, et tout d'un coup, elle pige.
— Tu veux dire... qu'elle s'est fait lifter ?
— Oui, et pas qu'une fois. Donc, on évite le sujet, OK ?
Tandis que nous attendons que papa ait donné son manteau, maman, perdue dans ses pensées, digère cette nouvelle information et tente de la caser quelque part dans sa tête.
— Pauvre femme ! dit-elle brusquement. Ce doit être terrible, de se sentir aussi peu sûre de soi. Je suis certaine que c'est le fait de vivre en Amérique.

Lorsque nous nous approchons du canapé, Elinor lève les yeux et sa bouche s'étire de trois millimètres de chaque côté – c'est-à-dire qu'elle sourit.

— Bonsoir, Rebecca. Et toutes mes félicitations pour vos fiançailles. C'est pour le moins inattendu.

Ce qui veut dire ?

— Merci, dis-je avec un sourire forcé. Elinor, je vous présente mes parents, Jane et Graham Bloomwood.

— Enchanté, dit mon père avec un sourire amical et en tendant la main.

— Graham, ne fais pas tant de chichis ! s'exclame maman. Nous allons être une seule et même famille dorénavant. (Et, avant que j'aie pu intervenir, la voilà qui serre dans ses bras une Elinor médusée.) Elinor ! Nous sommes tellement heureux de vous rencontrer ! Luke nous a tellement parlé de vous !

Lorsqu'elle se redresse, je vois qu'elle a ébouriffé la fourrure sur le col d'Elinor et je ne peux pas m'empêcher de pouffer.

— Cet endroit n'est-il pas merveilleux ? poursuit maman en s'asseyant. Tellement chic ! Bien, qu'allons-nous prendre ? Une bonne petite tasse de thé, ou quelque chose de plus fort, pour célébrer l'événement ?

— Pour moi, ce sera du thé, précise Elinor. Luke...

— Je vais commander, répond celui-ci en bondissant sur ses pieds.

Bon sang, que je déteste son empressement dès qu'il s'agit de sa mère. Lui qui est toujours si dur, si sûr de lui. Mais, en face de sa mère, il se comporte comme un simple petit employé face au P-DG d'une multinationale. Il ne m'a même pas encore dit bonsoir.

— Bon, Elinor, reprend maman, je vous ai apporté un petit quelque chose. J'ai trouvé ça hier, et je n'ai pas pu résister.

Elle sort un paquet enveloppé de papier doré, qu'elle lui tend.

Avec raideur, Elinor défait l'emballage – et découvre un carnet à la couverture bleue matelassée, sur laquelle maman a écrit, à l'encre argentée et d'une écriture emberlificotée, « Je marie mon fils ». À en juger par la façon dont Elinor fixe ce malheureux carnet, on croirait que maman lui a offert un rat crevé.

— Et j'ai exactement le même pour moi, annonce cette dernière d'un ton triomphal. (Elle sort de son sac le jumeau, rose, agrémenté de l'inscription « Je marie ma fille ».) C'est un kit de planning pour les mamans ! explique-t-elle. Il y a une page pour nos idées de menu, une pour la liste des invités, une pour les couleurs... Et regardez ! Il y a même une pochette en plastique où glisser une montre, pour que nous restions synchronisées. Et là, voici la page pour les idées... J'en ai déjà noté quelques-unes, alors si vous voulez en ajouter... Ou alors, s'il y a des plats particuliers que vous aimez... Nous tenons à vous associer le plus possible aux préparatifs. (Elle tapote la main d'Elinor.) Et si vous voulez venir passer quelque temps chez nous, pour que nous fassions plus ample connaissance...

— Je crains d'avoir un emploi du temps quelque peu chargé, répond Elinor avec un sourire glacial, au moment où Luke revient, son téléphone à la main.

— Le thé arrive. Et... on vient de m'annoncer une assez bonne nouvelle. Nous comptons désormais la Northwest Bank parmi nos clients. Nous allons lancer tout un nouveau secteur destiné aux particuliers. Ça va être géant.

— Luke ! je m'écrie. C'est merveilleux !

Ça fait des lustres qu'il rêve d'avoir la Northwest Bank dans son portefeuille de clients, et la semaine dernière, il pensait les avoir perdus, convaincu qu'ils allaient confier leur communication à une autre agence. Donc, c'est une excellente nouvelle.

— Bien joué, Luke, dit papa.

— Toutes mes félicitations, mon cher Luke, renchérit maman.

Elinor est la seule à rester muette. Le regard rivé à son sac Hermès, elle ne nous prête aucune attention.

— Qu'en pensez-vous Elinor ? je demande, effrontée. Ce sont de bonnes nouvelles, non ?

— J'espère que cela ne créera pas d'interférence avec ton travail pour la fondation, dit-elle en refermant son sac d'un geste brusque.

— Ça ne devrait pas.

— Le travail de Luke pour la fondation est bénévole, j'insiste doucement, alors que là, il s'agit de ses affaires.

— Tout à fait, répond Elinor en me fusillant du regard. Luke, si tu n'as pas le temps...

— Mais bien sûr que si, se défend Luke en me lançant un regard contrarié. Aucun problème.

Super. Maintenant, ils m'en veulent tous les deux.

Ma mère, qui a écouté ce petit échange, semble un peu déconcertée, et le thé qui arrive la détend visiblement.

— Exactement ce que le toubib m'a conseillé ! s'exclame-t-elle tandis que le serveur dépose une théière et des gâteaux sur la table. Elinor, je vous sers ?

— Prenez donc un scone, renchérit papa. Et un peu de crème ?

— Non, je préfère m'abstenir. (Elinor se recule imperceptiblement, comme si des particules de crème flottant dans l'air menaçaient d'entrer dans son corps, puis elle consulte sa montre et ajoute :) Je crains de devoir y aller.

— Comment ? s'exclame maman, abasourdie. Déjà ?

— Luke, pourrais-tu aller chercher la voiture ?

— Tout de suite, répond-il en vidant sa tasse.

— Quoi ? (Je n'en reviens pas.) Luke, que se passe-t-il ?

— Je vais conduire ma mère à l'aéroport.

— Mais pourquoi ? Pourquoi ne prend-elle pas un taxi ?

Au moment où les mots sortent de ma bouche, je me rends compte de ma grossièreté. Mais franchement ! On devait passer un bon moment tous ensemble. Ça ne fait même pas trois secondes que nous sommes arrivés.

— Je dois parler de certaines choses avec Luke, déclare Elinor en ramassant son sac à main. Nous le ferons dans la voiture. (Elle se lève et chasse une miette imaginaire sur le devant de sa jupe.) Ravie d'avoir fait votre connaissance, dit-elle à maman.

— C'est un plaisir partagé ! s'exclame maman, saisissant la dernière occasion de se montrer amicale. Un vrai plaisir, Elinor ! Je demanderai votre numéro de téléphone à Becky et nous pourrons ainsi bavarder et parler de nos tenues pour la noce ! Ce serait idiot que les couleurs détonnent, non ?

— Tout à fait, dit Elinor en fixant les chaussures de maman. Au revoir, Rebecca. Graham, ajoute-t-elle en hochant la tête dans sa direction.

— Au revoir Elinor, répond papa d'une voix en apparence polie – en l'observant à la dérobée, je vois bien qu'il n'est pas impressionné pour deux sous. À plus tard, Luke, ajoute-t-il, et tandis qu'ils disparaissent derrière les portes, il regarde sa montre et conclut : Douze minutes.

— Que veux-tu dire ? s'enquiert maman.

— C'est le temps qu'elle nous a accordé.

— Graham ! Je suis certaine qu'elle n'avait pas l'intention de...

Mais elle s'interrompt en apercevant le petit carnet bleu, resté sur la table dans son papier doré.

— Becky ! Elle a oublié son agenda ! Rattrape-la !

— Maman... Franchement... Ce n'est pas la peine. Je ne suis pas sûre que ça l'intéresse vraiment.

— Moi, je ne m'attends pas trop à ce qu'elle nous aide, dit papa en étalant une généreuse couche de crème sur un scone.

— Oh, fait maman. (Elle nous regarde, puis se laisse tomber dans son fauteuil, le carnet bleu à la main.) Je vois.

Elle boit une gorgée de thé et à l'évidence elle se creuse la tête pour trouver un mot gentil à ajouter.

— Bon... Sans doute ne souhaite-t-elle pas interférer ! dit-elle finalement. C'est tout à fait compréhensible.

Elle n'a pourtant pas l'air convaincue. Mon Dieu, ce que je peux haïr Elinor !

— Maman, finissons notre thé. Et après, on pourrait aller faire un tour aux soldes ?

— Oui, bonne idée, dit-elle après un temps de réflexion. Maintenant que tu en parles, j'aurais bien besoin d'une nouvelle paire de gants. (Elle avale une gorgée de thé, qui semble raviver son enthousiasme.) Et peut-être aussi d'un joli sac.

— Viens, dis-je en lui pressant le bras. Nous allons en profiter. Rien que nous trois.

Franton, Binton et Ogleby
Avocats
739 3ᵉ Avenue Suite 503
New York, NY 10017

Mademoiselle Rebecca Bloomwood
Apt B
251 11ᵉ Rue Ouest
New York
NY 10014

11 février 2002

Chère Mademoiselle,

Peut-être avons-nous la chance d'être les tout premiers à vous féliciter pour vos fiançailles avec Monsieur Luke Brandon, dont nous avons relevé l'annonce dans le *New York Times*. Nous imaginons quel doit être votre bonheur, aussi tenons-nous à vous adresser nos vœux les meilleurs et les plus sincères.

Nous ne doutons pas que vous devez être submergée de propositions importunes, certaines étant peut-être même de mauvais goût. Toutefois, nous souhaiterions attirer votre attention sur un service personnel que nous sommes les seuls en mesure de vous offrir.

Avocats spécialisés depuis trente ans dans les procédures de divorce, nous savons qu'un bon conseil juridique peut faire la différence. Loin de nous, naturellement, le souhait que Monsieur Brandon et vous-même vous trouviez un jour dans cette douloureuse situation. Néanmoins, si cela se produisait, sachez que nous sommes spécialistes des cas de figure suivants :

- **Contestation** des engagements prénuptiaux
- **Négociation** des prestations compensatoires
- **Obtention** d'injonctions du tribunal
- **Collecte** d'informations (en collaboration avec notre détective privé attitré).

Nous ne vous demandons pas de nous contacter dès à présent, mais simplement de conserver ce courrier en lieu sûr avec vos autres souvenirs de mariage. Si jamais un jour vous avez besoin de nous, vous saurez où nous trouver.

Avec encore une fois toutes nos félicitations !

Ernest P. Franton
Avocat associé

Cimetière des Anges de la Paix Éternelle
Westchester Hills, comté de Westchester
New York

Mademoiselle Rebecca Bloomwood
Apt B
251 11ᵉ Rue Ouest
New York
NY 10014

13 février 2002

Chère Mademoiselle,

Peut-être avons-nous la chance d'être les tout premiers à vous féliciter de vos fiançailles avec Monsieur Luke Brandon, dont nous avons relevé l'annonce dans le *New York Times*. Nous imaginons quel doit être votre bonheur, aussi tenons-nous à vous adresser nos vœux les meilleurs et les plus sincères.

Nous ne doutons pas que vous devez être submergée de propositions importunes, certaines étant peut-être même de mauvais goût. Toutefois, nous souhaiterions attirer votre attention sur un service personnel que nous sommes les seuls en mesure de vous offrir.

Un cadeau de mariage qui fait la différence

Quelle meilleure façon pour vos invités de reconnaître l'amour que vous éprouvez l'un pour l'autre, sinon en vous offrant des pierres tombales jumelles ? Dans la paix et la tranquillité de nos jardins soigneusement entretenus, vous et votre mari reposerez comme vous avez vécu : ensemble, pour l'éternité*.

Une double concession dans le prestigieux Jardin de la Rédemption est actuellement disponible, au prix exceptionnel de six mille cinq cents dollars. Pourquoi ne pas ajouter ce présent à votre liste de mariage – et donner ainsi l'occasion à ceux qui vous aiment de vous offrir un cadeau qui durera pour l'éternité** ?

Encore une fois, toutes nos félicitations et puissiez-vous avoir une longue et heureuse vie ensemble !

Hank Hamburg
Directeur des ventes

* En cas de divorce, les tombes peuvent être déplacées dans des parties opposées du cimetière.
** Les Pompes Funèbres Hamburg & Fils se réservent le droit de relocaliser les tombes, au terme d'un avis de trente jours, dans le cas d'une nouvelle extension du terrain. (Voir conditions ci-jointes.)

4

Qui se soucie de cette maudite Elinor, de toute façon ?
Avec ou sans son aide, nous aurons un beau mariage. Et, comme dit maman, c'est tant pis pour elle, elle le regrettera le jour venu, quand elle se sentira exclue... Nous nous sommes bien fait plaisir en sortant du Claridge's, en fait. Nous sommes allés faire les soldes chez Selfridge, où maman a trouvé un joli sac, et où j'ai acheté un nouveau mascara volumisateur. Papa, lui, est allé boire une bière au pub, comme il fait chaque fois. Et puis nous avons dîné au restaurant, et lorsque nous sommes rentrés à la maison nous étions d'humeur bien plus joyeuse. Nous avons même ri de l'épisode du Claridge's.

Le lendemain, nous avons raconté l'entrevue à Janice qui était passée boire un café. Elle était indignée. Elle a dit que si Elinor pensait qu'elle allait la maquiller gratis, eh bien, elle se mettait le doigt dans l'œil. Et puis papa nous a rejointes et s'est lancé dans une imitation réussie d'Elinor regardant le pot de crème comme s'il allait l'agresser. Nous sommes tous partis d'un rire hystérique – jusqu'à ce que Luke descende et nous demande ce qui nous faisait rire comme ça. Nous avons dû prétendre que c'était à cause d'une blague que nous venions d'entendre à la radio.

Je ne sais vraiment pas quoi faire, en ce qui concerne Luke et sa mère. Je me dis que je devrais me montrer honnête et dire à Luke à quel point Elinor nous a vexés, à quel point maman était blessée. Le problème, c'est que j'ai déjà, par le passé, essayé de lui parler avec sincérité d'Elinor. Chaque fois, ç'a dégénéré en mégadispute. Et je n'ai aucune envie qu'on se brouille alors qu'on vient juste de se fiancer, et qu'on flotte sur un petit nuage de bonheur.

Car, mis à part le problème « Elinor », tout se passe à merveille. La preuve, j'ai fait ce test dans *Maisons et Mariages* qui s'intitule « Prête pour le mariage ? » et figurez-vous que nous avons obtenu le maximum de points. Le résultat disait : « Félicitations ! Vous formez un couple amoureux, engagés l'un vis-à-vis de l'autre, capable de surmonter les problèmes. Le courant passe bien entre vous et vous avez un point de vue identique sur la plupart des sujets. »

Bon, d'accord, peut-être ai-je *un peu* triché. Par exemple, à la question « Quel est l'aspect de votre mariage qui vous rend le plus impatiente ? » j'étais sur le point de répondre (a) : « Choisir mes chaussures », quand j'ai vu que la réponse (c) : « M'engager pour la vie », rapportait dix points, alors que la réponse (a) n'en rapportait que deux.

De toute façon, je suis certaine que tout le monde fait pareil et jette un coup d'œil aux réponses avant. Ils en tiennent certainement compte, dans leurs tests.

Et puis, au moins, je n'ai pas choisi la réponse (d) : « Le gâteau ». (Zéro point.)

— Becky ?

— Oui ?

Nous sommes de retour chez nous, dans notre appartement de New York, depuis une heure, et Luke est en train d'éplucher le courrier.

— Becky ? Tu n'as pas vu le relevé de notre compte joint, par hasard ? Il faut que j'appelle la banque.

— Ah, si ! il est arrivé. Excuse-moi, j'ai oublié de te le dire.

Je file dans la chambre et sors le relevé de compte de sa cachette, non sans quelque appréhension.

En y repensant, il y avait aussi une question sur les finances, dans ce test. Je crois que j'ai coché la réponse (b) : « Nous avons les mêmes types de dépenses et l'argent n'est jamais un problème entre nous. »

— Le voilà, dis-je d'un ton léger en lui tendant la feuille.

— Je ne comprends vraiment pas pourquoi ce compte est tout le temps à découvert, fait remarquer Luke. Nos dépenses domestiques n'augmentent tout de même pas d'un mois sur l'autre... (Il examine attentivement le relevé, maculé d'épaisses taches blanches.) Becky... Pourquoi y a-t-il des pâtés de Tippex partout ?

— Je suis désolée ! je m'exclame d'un ton navré. Le flacon était mal bouché, et en déplaçant des livres... Tout s'est renversé.

— Mais c'est presque illisible !

— À ce point ? Oh, mon Dieu, quel dommage. Mais bon, c'est pas grave, ce sont des choses qui arrivent.

Je suis sur le point de le lui arracher des mains quand, brusquement, je vois qu'il plisse les yeux.

— Est-ce que je lis bien...

Il se met à gratter la feuille du bout de l'ongle, et, tout à coup, une grosse croûte de Tippex se détache.

Merde ! J'aurais dû prendre du ketchup, comme le mois dernier.

— Miu Miu... C'est bien ce qui me semblait. Becky, qu'est-ce que Miu Miu fabrique ici ?

Il continue à gratter, et d'autres flocons de Tippex commencent à tomber de la feuille.

Oh zut. Pourvu qu'il ne voie pas...

— Sephora... Joseph... Pas étonnant que nous soyons à découvert ! (Il me lance un regard exaspéré.) Becky, ce compte est censé servir aux dépenses communes. Pas à l'achat de jupes chez Miu Miu !

Il le prend comme ça ? OK. Quitte ou double.

Je croise les bras et le toise avec défi, menton relevé.

— Ainsi donc, une jupe n'est pas une dépense commune, selon toi ? C'est bien ce que tu viens de dire ?

Luke me regarde fixement.

— C'est exactement ce que j'ai dit.

— Alors vois-tu, c'est ça le problème. Peut-être que nous devrions clarifier un peu les choses.

— Je vois, fait Luke après un moment, et je remarque que sa bouche se crispe. Tu es en train de me dire que selon *ta* classification, une jupe Miu Miu est bien une dépense domestique.

— Cela se pourrait ! Elle se trouve dans l'appartement, après tout ?

Là, il n'est pas exclu que je me sois engagée sur un terrain glissant.

— Et puis même ! je me hâte d'enchaîner. En fin de compte, qu'est-ce que ça peut bien faire ? Nous sommes en bonne santé, nous sommes là l'un pour l'autre, nous avons... La beauté de la vie. Voilà ce qui compte ! Et non l'argent. Ni les comptes en banque. Ni les détails triviaux qui empoisonnent l'âme. (Je balaie l'air de ma main, avec l'impression de faire un discours à la remise des Oscars.) Nous ne sommes sur cette terre que pour très peu de temps, Luke. Vraiment très peu. Et lorsque ce temps sera écoulé qu'est-ce qui comptera le plus ? Un chiffre sur une feuille, ou l'amour qui aura uni deux êtres ? Avoir fait en sorte que quelques colonnes de chiffres insignifiants sont restées équilibrées, ou être devenu qui tu voulais être ?

Arrivée au terme de mon discours, je suis épatée par l'excellence de ma prestation. Je relève la tête, un peu étourdie, m'attendant à trouver Luke au bord des larmes et à l'entendre murmurer « Tu m'as convaincu ».

— Très émouvant ! Je me contenterai de te rappeler que, selon moi, les « dépenses domestiques » recouvrent les dépenses communes, liées à l'entretien de cet appartement et à notre vie quotidienne. Nourriture, gaz et électricité, produits ménagers, etc., etc., etc.

— Parfait ! (Je hausse les épaules.) Si c'est cette définition étroite et... franchement limitée que tu retiens, alors c'est parfait.

On sonne à la porte. Je vais ouvrir : c'est Danny.

— Danny, une jupe Miu Miu est-elle considérée comme une dépense domestique ?

— Absolument, approuve Danny en pénétrant dans le living.

— Tu vois ? fais-je en haussant les sourcils en direction de Luke. Mais, parfait, allons-y pour ta définition...

— Alors, vous êtes au courant ? m'interrompt Danny, d'une voix morose.

— Au courant de quoi ?

— Mme Watts vend.

— Quoi ? Tu es sérieux ?

— Sitôt la fin du bail, on est tous à la rue.

— Elle ne peut pas faire ça !

— C'est elle, la propriétaire. Elle peut faire ce qui lui chante.

Je fixe Danny d'un regard désemparé, puis me retourne vers Luke, qui range quelques papiers dans sa mallette.

— Luke, tu as entendu ?

— Oui, je le savais déjà.

— Quoi ? Tu le savais ? Pourquoi ne m'as-tu rien dit ?

— Désolé. J'avais l'intention de le faire, dit-il.

On dirait qu'il s'en fiche.

— Qu'est-ce qu'on va faire, alors ?

— Déménager.

— Mais je ne veux pas déménager, moi ! J'aime vivre ici !

J'embrasse du regard la pièce, le cœur dans un étau. C'est ici que nous sommes heureux avec Luke depuis un an. Je refuse de partir.

— Et vous voulez savoir ce qui me pend au nez ? demande Danny. Randall va prendre un appart avec sa copine.

Je le regarde, paniquée.

— Il te met à la porte ?

— Pratiquement. Il dit qu'il est temps pour moi de contribuer à la part qui m'échoit, et que sinon, je peux me mettre en quête d'un autre endroit où habiter. Mais comment suis-je censé me débrouiller ? (Danny ouvre les mains devant lui en signe d'impuissance.) Tant que ma nouvelle collection n'est pas prête, impossible. Il ferait tout aussi bien... De me commander un carton pour aller vivre dans la rue.

— Et cette nouvelle collection, elle en est où ? je m'informe, prudemment.

— Tu vois, être styliste est moins simple qu'il n'y paraît, se défend Danny. Tu ne peux pas créer comme ça, à la demande. C'est une question d'inspiration.

— Tu pourrais peut-être te trouver un job ? intervient Luke en attrapant son manteau.

— Un job ?

— Ils doivent bien avoir besoin de stylistes, je ne sais pas moi, chez Gap, par exemple ?

— Chez Gap ? répète Danny en le dévisageant. Tu penses que je devrais passer ma vie à dessiner des polos en coton ? Alors, et si on mettait deux manches là, et trois boutons, là, sur la patte, et quelques côtes ici... Passionnant !

— Qu'allons-nous faire ? je me lamente en regardant Luke.

— Pour Danny ?

— Pour notre appartement !

— Nous en trouverons un autre, me rassure-t-il. Ah tiens, ça me fais penser, ma mère voudrait déjeuner avec toi, aujourd'hui.

— Elle est déjà rentrée ? Enfin, je veux dire... c'est super qu'elle soit de retour.

— Ils ont été obligés de repousser son intervention, explique Luke avec une petite grimace. Les autorités de santé suisses font une enquête sur la clinique qui a dû fermer ses portes provisoirement... Donc, treize heures à La Goulue, ça marche ?

— Ouais, je fais en haussant les épaules.

Une fois qu'il a refermé la porte derrière lui, j'ai un peu honte de moi. Qui sait si Elinor n'est pas revenue à de meilleurs sentiments ? Ou peut-être veut-elle enterrer la hache de guerre et s'investir dans les préparatifs du mariage ? Oui, qui sait ?

J'avais prévu d'être super-cool, et de ne parler de mes fiançailles qu'à ceux et celles qui me demanderaient comment s'est passé notre séjour.

Finalement, me voilà en train de débouler au rayon des conseillères personnelles d'achat, chez Barneys, la main tendue devant moi en criant :

— Regardez !

Erin, ma collègue, relève la tête et fait de grands yeux en voyant ma main. Elle n'en revient pas.

— Oh mon Dieu mon Dieu mon Dieu.

— T'as vu !

— Tu es fiancée ? À Luke ?

— Évidemment, à Luke ! Et on se marie en juin.

— Et qu'est-ce que tu vas mettre ? bafouille-t-elle. Oh mon Dieu, je suis jalouse ! Fais-moi voir la bague ! Où tu l'as trouvée ? Le jour où je me fiance, je vais direct chez Harry Winstons. Et ce n'est pas un mois de salaire qu'elle coûtera, mais trente-six, au bas mot...

La contemplation de ma bague finit par lui clouer le bec.

— C'est un bijou de famille. Qui appartenait à la grand-mère de Luke.

— Ah... Bien. Alors... Il n'est pas neuf ? Eh bien...

— C'est... une bague « vintage », dis-je prudemment, et le qualificatif ravive son enthousiasme.

— Vintage ! Une bague *vintage* ! Génial !

— Félicitations, Becky, dit Christina, ma patronne, en me souriant chaleureusement. Je ne doute pas que Luke et vous serez très heureux ensemble.

— Je peux l'essayer ? demande Erin. Non ! Excuse-moi, je n'ai rien dit. C'est juste que... une bague vintage !

Elle est encore en train de la dévorer des yeux quand ma première cliente, Laurel Johnson, arrive.

Laurel est présidente-directrice générale d'une société de location de jets privés. C'est l'une de mes clientes préférées, même si elle me répète à longueur de temps que, à son avis, tous les vêtements que l'on trouve chez Barneys sont hors de prix et que, si ce n'était pas pour son travail, elle s'habillerait intégralement dans un K-Mart.

— Mais que vois-je là ? s'extasie-t-elle en ôtant son manteau.

— Je suis fiancée, dis-je avec un grand sourire.

— Fiancée ! (Elle s'approche pour examiner attentivement la bague de ses yeux sombres et pétillants.) Eh bien, j'espère que vous serez heureuse. Oui, je suis certaine que vous le serez. Et que votre mari aura assez de bon sens pour tenir sa queue à l'écart de cette petite blondasse de stagiaire qui lui dira que jamais auparavant elle n'avait rencontré un homme qui lui inspire un tel respect. Respect. Je vous demande un peu. Avez-vous déjà entendu un tel tombereau de... (Elle s'interrompt à mi-phrase et met la main devant sa bouche.) Oups !

— Ce n'est rien, dis-je pour la réconforter. J'ai réveillé malgré moi de fâcheux souvenirs.

Le premier de l'an, Laurel a pris la résolution de ne plus parler de son ex-mari ni de sa maîtresse, parce que Hans, son psy, lui a expliqué que ce n'était pas bon pour elle. Malheureusement, elle a du mal à tenir sa promesse. Non pas que je lui jette la pierre. Son ex a tout l'air d'être un porc de la pire espèce.

— Vous savez ce que m'a dit Hans la semaine dernière ? déclare-t-elle en ouvrant la porte de la cabine d'essayage. D'écrire tout ce que j'avais envie de dire à cette femme – et puis de déchirer la lettre. Il estime que ça me libérera.

— Ah ! très bien, dis-je, avec intérêt. Et alors ?

— J'ai tout écrit. Et puis, je lui ai envoyé la lettre.

— Laurel ! fais-je en retenant un rire.

— Je sais, je sais. Hans n'était pas content. Mais s'il savait quelle garce c'est...

— Bon, allons-y, je décide, avant qu'elle se mette à évoquer la fois où elle a trouvé son mari et la blonde en train de manger des fraises bouche contre bouche dans la cuisine. Je ne suis pas très en avance aujourd'hui...

Le temps que je me souvienne de ce dont Laurel a besoin aujourd'hui et que j'aille lui chercher quelques vêtements, nous avons contourné l'incident des fraises, et quasiment dépassé celui de la première « altercation » sur Madison Avenue.

— Jamais je n'ai éprouvé une telle satisfaction, dit-elle en enfilant la manche d'un chemisier en soie. Voir sa petite bouille toute choquée ! Jamais je n'avais frappé une femme auparavant ! Quel pied !

Elle enfile l'autre manche, et je cille en entendant le bruit net d'une déchirure.

— Je vous rembourserai, enchaîne Laurel sans reprendre son souffle. Bon, qu'avez-vous d'autre ?

Parfois, j'ai l'impression que Laurel vient essayer des vêtements dans le seul but de se battre avec eux.

— Vous ai-je dit comment elle l'appelle, au fait ? William. Elle trouve que ça sonne mieux que Bill. Mais c'est Bill, son nom, bordel !

— Et voici la veste..., dis-je en essayant de détourner son attention. Qu'en pensez-vous ?

Laurel l'enfile et s'examine dans le miroir.

— Vous voyez ? dit-elle finalement. Elle me va à la perfection. À quoi bon en essayer d'autres ? Je la prends. Et je prends aussi un chemisier comme celui ci. Pas déchiré. Je ne sais pas pourquoi, mais je me sens toujours mieux après être venue vous voir, Becky.

— Mystère ! dis-je avec un sourire en écrivant dans mon carnet.

Un des supercôtés de ce travail c'est que vous devenez vraiment proche de vos clientes. Certaines deviennent même des amies. La première fois que j'ai rencontré Laurel, elle venait de quitter son mari. Elle était remontée contre lui, contre elle-même, aussi, et n'avait quasiment aucune confiance en elle. Alors, sans vouloir me vanter, quand je lui ai trouvé la robe idéale – une Armani – pour ce grand gala de danse auquel le fameux mari assisterait lui aussi, et que j'ai vu Laurel s'admirer dans le miroir, relever le menton, et se sentir de nouveau désirable, j'ai franchement eu le sentiment d'avoir joué un rôle dans sa vie.

Tandis que Laurel renfile ses habits du jour, je sors de la cabine, une pile de vêtements dans les bras, et j'entends une voix féminine dire dans la cabine d'Erin :

— Je ne peux décemment pas porter ça.

— Mais si vous l'essayiez..., proteste Erin.

— Vous savez bien que je ne porte *jamais* cette couleur !

La voix a haussé d'un ton, et je me glace.

Un accent anglais.

— Je ne vais pas perdre mon temps plus longtemps. Si vous n'êtes pas fichue de m'apporter des vêtements qui me vont...

Je sens de minuscules araignées monter et descendre le long de mon dos. Je ne le crois pas ! Non, c'est impossible...

— Mais vous m'avez dit que vous vouliez un nouveau look ! se défend Erin, désespérée.

— Appelez-moi quand vous aurez ce que je vous ai demandé.

Et, avant que j'aie pu bouger, la voilà qui sort de la cabine, aussi grande, blonde et tirée à quatre épingles que d'habitude, arborant un rictus hautain. Ses cheveux sont brillants, ses yeux bleus étincellent, et elle semble planer au-dessus de toutes les contingences de ce bas monde.

Alicia Billington.

Alicia la Garce aux Longues Jambes.

Nos regards se croisent, je ressens comme une décharge électrique dans tout le corps. Mes jambes tremblent à l'intérieur de mon pantalon gris. Voilà plus d'un an que je n'ai pas vu Alicia. Je devrais être capable de lui faire face, mais c'est comme si tout ce temps écoulé n'avait pas existé. Les souvenirs de nos rencontres précédentes – de ce qu'elle m'a fait, de ce qu'elle a essayé de faire à Luke – me font encore mal.

Elle me toise avec la même condescendance qu'elle arborait quand elle était attachée de presse, et moi journaliste débutante. Et j'ai beau me dire que j'ai beaucoup mûri depuis cette époque-là, que je suis devenue une jeune femme forte, que ma carrière a le vent en poupe, et que je n'ai plus rien à prouver... Rien n'y fait, j'ai l'impression de rétrécir. Je redeviens la fille toujours à côté de la plaque, celle qui ne sait jamais quoi dire.

— Rebecca ! dit-elle, l'air amusé. Ça, par exemple !

— Salut Alicia, dis-je, en me fendant d'un sourire courtois. Comment allez-vous ?

— J'avais entendu dire que vous travailliez dans une boutique, mais j'avais cru à une plaisanterie. (Elle lâche un petit rire.) Et... vous voilà. À votre place.

Je suis furax. Je ne travaille pas simplement dans une boutique ! ai-je envie de lui crier. Je suis conseillère personnelle d'achat. C'est une profession reconnue. Je viens en aide aux gens.

— Et vous êtes toujours avec Luke ? poursuit-elle, le regard moqueur. Est-ce que sa société est finalement retombée sur ses pattes ? On raconte qu'il a traversé une mauvaise passe.

Cette fille a un culot monstre. C'est elle qui a essayé de saboter la société de Luke. C'est elle qui a monté une société concurrente qui s'est cassé la figure. Elle encore qui s'est retrouvée sans petit ami et sans argent – et qui a dû, paraît-il, appeler son père à la rescousse.

Et maintenant, elle se comporte comme si c'était elle la gagnante.

Je déglutis plusieurs fois en me creusant la tête pour trouver une bonne repartie. Je sais que je vaux bien plus qu'Alicia. Je devrais être capable de trouver la réponse idéale, polie et spirituelle à la fois. Mais ça ne vient pas.

— Moi aussi je vis à New York, m'annonce-t-elle gaiement. Je suppose que nous aurons l'occasion de nous revoir. Peut-être un jour me vendrez-vous une paire de chaussures ?

Sur ce, après m'avoir lancé un ultime sourire condescendant, elle reprend son sac Chanel et s'éloigne.

Une fois qu'elle est partie, je remarque que tout le monde nous a observées.

— C'était qui, ça ? s'exclame finalement Laurel, qui, à mon insu, est sortie de la cabine, à moitié rhabillée.

— Alicia la Garce aux Longues Jambes, dis-je, à moitié sonnée.

— Je dirais plutôt Alicia au Gros Cul, oui, rétorque Laurel. Comme je dis toujours, les garces anglaises sont les pires de toutes. (Elle me donne une accolade.) Ne vous en faites pas, Becky. Qui qu'elle soit, elle est juste jalouse.

— Merci, dis-je en me frictionnant le crâne, histoire de me remettre les idées en place.

Franchement, je suis encore un peu retournée. Jamais je n'aurais imaginé recroiser cette fille un jour.

— Becky, si tu savais comme je suis désolée ! vient me dire Erin tandis que Laurel regagne sa cabine. J'ignorais complètement qu'Alicia et toi vous vous connaissiez !

— Et moi, j'ignorais que c'était une de tes clientes !

— Elle ne vient pas très souvent, explique-t-elle avec une grimace. Jamais je n'ai rencontré quelqu'un d'aussi difficile. C'est quoi, le problème, entre vous deux ?

« Oh rien ! ai-je envie de dire. Elle m'a juste calomniée dans les journaux à scandale, elle a pratiquement ruiné la carrière de Luke, et elle s'est comportée comme une parfaite garce dès la première minute où elle m'a vue. Rien qui vaille la peine d'en parler. »

— Nous avons juste eu quelques... différends, je finis par dire.

— Tu sais qu'elle est fiancée, elle aussi ? À Peter Blake. Une très vieille fortune.
— Je ne comprends pas, dis-je, en fronçant les sourcils. Je croyais qu'elle s'était mariée l'an dernier. Avec un Anglais. Ed quelque chose.
— Oui ! Enfin, sauf que non. Mon Dieu ! Alors tu ne connais pas le fin mot de l'histoire ? (Comme deux clientes flânent à proximité de nos bureaux, Erin baisse la voix.) La cérémonie avait eu lieu, la fête battait son plein – et là, arrive Peter Blake, qui était le cavalier d'une invitée. Alicia ne savait pas qu'il serait là, mais, apparemment, dès qu'elle a appris qui il était, elle lui a littéralement sauté dessus. Ils ont commencé à bavarder et à bien s'entendre – mais *vraiment vraiment* bien, tu vois... Bon, que pouvait-elle faire ? Elle venait de se marier ! Eh bien, ni une ni deux, elle est allée trouver le prêtre et elle lui a dit qu'elle voulait faire annuler son mariage.
— Quoi ?
— Elle a demandé l'annulation, le jour de son mariage ! Elle a prétendu que comme elle n'avait pas « consommé », ça ne comptait pas. (Erin laisse étouffer un petit rire.) Tu imagines ?
Je ris moi aussi, mais le cœur n'y est pas.
— Je peux tout imaginer de la part d'Alicia.
— Elle a dit qu'elle obtenait toujours ce qu'elle voulait. Apparemment, ça va être un mariage renversant. Mais alors, ça l'obsède complètement ! Tu veux que je te dise ? Elle a pratiquement forcé un des garçons d'honneur à se faire refaire le nez. Elle a refusé tous les fleuristes de New York. L'organisatrice de son mariage devient dingue. Au fait, qui est-ce qui organise le tien ?
— Ma mère.
Erin ouvre de grands yeux ronds.
— Ta mère organise des mariages ? Je ne savais pas !
— Mais non, idiote ! dis-je en riant, un peu plus détendue. Seulement le mien.

— Ah, c'est bien. Ça te facilite sans doute les choses. Tu peux voir venir, comme ça.
— Oui, ça devrait marcher comme sur des roulettes. Croisons les doigts ! j'ajoute, ce qui nous fait rire toutes les deux.

J'arrive à La Goulue à treize heure tapantes, mais Elinor n'est pas encore là. On m'installe à notre table, et je sirote de l'eau minérale en l'attendant. Il y a du monde, comme toujours à cette heure-là – une clientèle majoritairement constituée de femmes élégantes. Autour de moi, ce ne sont que bavardages, miroitements de dents éclatantes et de bijoux qui ont coûté une fortune. Je profite sans vergogne de l'occasion pour écouter les conversations. À la table voisine, une femme avec une énorme broche et maquillée à la truelle déclare avec emphase :
— De nos jours, il est tout bonnement impossible de meubler un appartement pour moins de cent mille dollars...
À ma gauche, une rousse explique :
— ... alors j'ai dit à Edgar, je suis un être humain.
Son amie mâchonne une branche de céleri et attend la suite avec impatience.
— Et qu'a-t-il répondu ?
Les conversations se mêlent :
— ... pour une chambre, tu comptes trente mille.
— Il a dit, Hilary...
— Rebecca ?
Je lève la tête, un peu agacée de louper la réponse d'Edgar. Elinor est là, en veste crème à gros boutons noirs et pochette assortie. À mon grand étonnement, elle n'est pas seule. Une femme à la brillante chevelure châtain, coupée au carré, en tailleur bleu marine et avec un gros sac à main, l'accompagne.
— Rebecca, je vous présente Robyn de Berdern, une des meilleures organisatrices de mariages de la ville.
— Oh ! je fais, prise de court. Bonjour !

— Rebecca, dit Robyn en me prenant les mains et en plongeant ses yeux dans les miens. Enfin nous nous rencontrons ! Je suis tellement, tellement contente !

— Moi aussi ! dis-je en essayant de me mettre au diapason de son exubérance.

En même temps, je me creuse la tête. Elinor a-t-elle mentionné un rendez-vous avec une organisatrice de mariages ? Étais-je censée être au courant ?

— Quel joli visage ! s'exclame Robyn, sans me lâcher les mains.

Elle m'observe de la tête aux pieds, et du coup, j'en fais autant. Elle paraît avoir la quarantaine ; ses yeux noisette, très vifs, sont impeccablement maquillés ; elle a des pommettes saillantes et un sourire immense qui découvre une rangée de dents parfaites. Son enthousiasme est contagieux, et elle semble satisfaite de mon apparence, qu'elle a inspectée dans les moindres détails.

— Si jeune, si fraîche. Très chère, vous ferez une mariée éblouissante. Avez-vous déjà choisi ce que vous allez porter le grand jour ?

— Euh... Une robe de mariée, dis-je stupidement, ce qui la fait éclater de rire.

— Quel humour ! Ah, vous les Anglaises ! Vous aviez raison, ajoute-t-elle à l'intention d'Elinor, qui hoche gracieusement la tête.

Elinor avait raison ? Mais à quel sujet ?

Elles ont parlé de moi ?

— Merci... Pouvons-nous..., dis-je en tournant le menton vers la table.

— Allons-y, dit Robyn, comme si c'était une idée de génie.

Et, tandis qu'elle s'assoit, je remarque sa broche, deux alliances entrelacées et incrustées de diamants.

— Elle vous plaît ? Ce sont les Gilbrooks qui me l'ont offerte après le mariage de leur fille. Ç'a été une de ces histoires ! Cette pauvre Betty Gilbrooks s'est cassé un ongle à la dernière minute et il a fallu dépêcher un hélicoptère pour aller chercher sa manucure... (Elle s'interrompt comme si elle était perdue dans ses souvenirs.) Alors, reprend-elle avec un immense sourire, c'est vous la petite veinarde ? Vous avez *tellement, tellement* de chance ! Dites-moi, est-ce que vous appréciez chaque instant à sa juste valeur ?

— Eh bien...

— Je dis toujours que la première semaine qui suit les fiançailles est la plus précieuse de toutes. Il faut en savourer chaque minute.

— En fait, ça fait déjà plusieurs semaines maintenant...

— Savourez, répète Robyn en levant l'index. Profitez ! C'est toujours ce que je dis. Personne d'autre n'aura ces souvenirs à votre place.

— Bon, d'accord, j'acquiesce avec un sourire. Je vais... Savourer et profiter !

— Avant que nous commencions, intervient Elinor, je dois vous montrer ceci.

Elle attrape son sac et en sort un carton qu'elle pose sur la table.

De quoi s'agit-il.

Madame Elinor Sherman
a le plaisir de solliciter votre présence...

Waouh ! Elinor donne une réception pour nos fiançailles !

— Mince alors ! (Je relève la tête.) Merci ! Je ne savais pas qu'on aurait une réception de fiançailles.

— J'en ai parlé avec Luke.

— Vraiment ? Il ne m'en a rien dit.

— Cela a dû lui sortir de la tête, répond Elinor avec un sourire aussi gracieux que glacial. J'ai fait livrer quelques cartons chez vous afin que vous puissiez convier quelques amis. Disons... Dix.

— Ah... Bien... Merci.

— Bon, et si nous commandions du champagne pour fêter ça ?

— Quelle excellente idée ! approuve Robyn.
Elle m'adresse un sourire accompagné d'un clin d'œil et je lui souris en retour. Elle commence à me plaire. Mais je ne sais toujours pas ce qu'elle fabrique ici.
— Euh... Robyn, je me demandais... Vous êtes ici à titre professionnel ?
— Oh non ! Nooooon ! proteste-t-elle en secouant la tête. Ce n'est pas une profession. C'est une vocation ! Les heures que j'y consacre... L'amour infini que je porte à mon travail...
— Ah, bien, fais-je en glissant un coup d'œil hésitant vers Elinor. Parce que voyez-vous... je ne suis pas certaine d'avoir besoin d'aide. Mais c'est très gentil de votre part...
— Pas besoin d'aide ? répète Robyn en rejetant la tête en arrière dans un éclat de rire. Vous n'allez pas avoir besoin d'aide ? Becky ! Avez-vous idée de toute l'organisation que nécessite un mariage ?
— Eh bien...
— L'avez-vous déjà fait auparavant ?
— Non, mais...
— Beaucoup de jeunes filles pensent comme vous, dit Robyn en hochant la tête. Et qu'arrive-t-il à ces filles ?
— Euh...
— Elles fondent en larmes au-dessus de leur gâteau de mariage parce qu'elles sont trop épuisées pour s'amuser ce jour-là. Est-ce là ce que vous voulez ?
— Non ! dis-je, épouvantée.
— Bien ! Évidemment que non ! (Elle se cale contre son dossier, comme une institutrice satisfaite de ses petits élèves.) Rebecca, je veux vous épargner cette tension. Et vous épargner aussi les migraines, le plus dur du travail, le stress que génère une telle situation... Ah ! voilà le champagne !
Peut-être n'a-t-elle pas entièrement tort, me dis-je tandis que le serveur remplit nos flûtes. Peut-être que ce serait une bonne idée d'avoir un peu d'aide. Mais comment va-t-elle s'organiser avec maman, ça...

— Je vais devenir votre meilleure amie, Becky, m'explique Robyn en souriant de toutes ses dents. Le jour de votre mariage, je vous connaîtrai mieux que vos amies les plus proches. Les gens disent que j'ai des méthodes peu orthodoxes. Mais quand ils voient le résultat...

— Robyn est unique à New York, renchérit Elinor en buvant une gorgée de champagne – réflexion qui fait sourire modestement l'intéressée.

— Bien, commençons par le commencement, dit-elle en sortant un carnet en cuir. Le mariage est prévu le 22 juin...

— Oui.

— Rebecca et Luke...

— Oui.

— Au Plaza...

— Quoi ? (Je la fixe avec des yeux ronds.) Non, ce n'est pas...

— Je suppose que la cérémonie aussi aura lieu au Plaza ? poursuit-elle en regardant Elinor.

— Oui, c'est plus simple ainsi, confirme Elinor avec un hochement de tête.

— Excusez-moi...

— Donc... On va dire, la cérémonie dans la Terrace Room ? Et puis la réception dans la grande salle de bal. Merveilleux ! Et combien d'invités...

— Attendez ! De quoi parlez-vous ?

— De votre mariage, répond Elinor. Avec mon fils.

— À l'hôtel Plaza, ajoute Robyn, rayonnante. Inutile de vous dire la chance que vous avez. Obtenir cette date n'était pas gagné d'avance. En fait, une de mes clientes a annulé pour ce jour-là, aussi ai-je pu immédiatement vous inscrire à la place et...

— Mais je ne veux pas me marier au Plaza !

Robyn jette un regard perçant à Elinor, brusquement inquiète.

— Je pensais que vous aviez parlé à John Ferguson ?

— Tout à fait, répond sèchement Elinor. Je lui ai parlé hier.

— Bien ! Parce que, comme vous le savez, le temps nous est compté. Certaines organisatrices vous diraient d'emblée que c'est impossible. Mais pas moi. Une fois, j'ai organisé un mariage en trois jours. Trois jours, vous imaginez ! Évidemment, c'était sur une plage, donc un peu différent.

— Comment ça, le Plaza est retenu ? je demande en m'adressant à ma future belle-mère. Elinor, vous savez pertinemment que nous nous marions à Oxshott.

— Oxshott ? répète Robyn en plissant le nez. C'est dans l'État ?

— Quelques arrangements provisoires avaient été faits, explique Elinor avec dédain, mais ils peuvent facilement être annulés.

— Ils n'ont rien de provisoire ! je m'écrie, en colère. Et on ne peut pas les annuler !

— Oh oh, je sens quelques tensions, dit Robyn sans rien perdre de son enjouement. Je vais en profiter pour aller passer un ou deux coups de fil.

Elle prend son portable et s'éclipse dans un coin du restaurant tandis qu'Elinor et moi continuons à nous toiser. Je respire profondément, en essayant de garder mon calme.

— Elinor, je ne veux pas me marier à New York. Je me marie à la maison. Maman a déjà tout organisé. Vous le savez !

— Il est hors de question que vous vous mariiez dans l'arrière-cour d'un coin perdu de l'Angleterre, riposte sèchement Elinor. Savez-vous qui est Luke ? Savez-vous qui je suis ?

— Qu'est-ce que cela a à voir ?

— Pour quelqu'un qui dispose d'un minimum d'intelligence, vous êtes bien naïve. (Elle boit une gorgée de champagne.) Socialement parlant, ceci est l'événement le plus important de votre vie. Il doit être organisé dans les règles. Et en grande pompe. Le Plaza est ce qui se fait de mieux, pour les mariages. Vous devez le savoir.

— Mais maman a déjà commencé à tout organiser !

— Eh bien, elle peut arrêter. Rebecca, votre mère vous remerciera de lui ôter ce fardeau. Il va sans dire que tout sera à ma charge. Et qu'elle sera invitée.

— Mais elle ne veut pas être invitée ! C'est le mariage de sa fille ! C'est elle qui veut recevoir et tout organiser !

— Alors ? nous interrompt une voix enjouée. Le petit malentendu a été éclairci ?

Robyn se réinstalle en rangeant son téléphone.

— J'ai pris rendez-vous pour visiter la Terrace Room après déjeuner, dit Elinor sèchement. Je serais heureuse que vous ayez au moins la courtoisie de nous accompagner.

Je la défie du regard, tentée de jeter ma serviette et de lui répliquer qu'il n'en est pas question. Je n'arrive pas à croire que Luke soit au courant. En fait, l'envie me démange de l'appeler sur-le-champ et de lui dire ma façon de penser.

Mais je me souviens qu'il déjeune avec le conseil d'administration... Et je me souviens aussi qu'il m'a demandé de laisser une chance à sa mère. Bon, très bien. Je vais aller voir cette salle, en faire le tour, hocher poliment la tête et m'abstenir de tout commentaire. Et puis, tout aussi poliment, je lui dirai que je compte toujours me marier à Oxshott.

— D'accord, dis-je.

— Parfait, déclare Elinor en remuant à peine la bouche. Pouvons-nous commander ?

Tout au long du déjeuner, Elinor et Robyn évoquent des mariages new-yorkais auxquels elles ont assisté, et je mange en silence, résistant à toutes leurs tentatives de me faire participer à la conversation. En apparence, je suis calme, mais à l'intérieur j'enrage encore. Comment Elinor ose-t-elle s'approprier mon mariage ? Comment ose-t-elle engager une organisatrice sans même me consulter ? Comment ose-t-elle traiter le jardin de mes parents d'« arrière-cour d'un coin perdu de l'Angleterre » ?

Non, mais quelle garce ! Elle se mêle vraiment de ce qui ne la regarde pas. Si elle s'imagine que je vais me marier dans un hôtel immense et anonyme, plutôt que chez moi, entourée de ma famille et de mes amis, elle se fourre le doigt dans l'œil.

Le déjeuner terminé, nous refusons les cafés et sortons aussitôt. Il fait frais, le vent fait courir ces nuages dans le ciel bleu. Tandis que nous marchons vers le Plaza, Robyn me sourit.

— Je comprends que vous soyez un peu tendue. Ça peut être vraiment stressant, de préparer un mariage à New York. Parfois, mes clientes sont... comment dire ? mortes de trouille.

« Mais je ne prépare pas un mariage à New York, j'ai envie de hurler. Je prépare un mariage à Oxshott ! »

Je me contente pourtant de sourire et de dire :

— Oui, j'imagine.

— Une de mes clientes actuelles, en particulier, est vraiment très exigeante... (Robyn laisse échapper un soupir excédé.) Mais bon, comme je dis toujours, ce n'est pas un métier de tout repos. Ah ! Nous y voilà ! Impressionnant, non ?

Et, tandis que je lève les yeux vers la somptueuse façade qui se dresse derrière le square, je dois admettre que le Plaza en jette, avec ses allures de pièce montée et ses drapeaux qui flottent au-dessus du portique de l'entrée.

— Avez-vous déjà assisté à un mariage ici ? s'enquiert Robyn.

— Non. Je n'y suis même jamais entrée.

— Ah ! Eh bien, allons-y, dit-elle en nous poussant, Elinor et moi, vers le haut des marches.

Nous passons devant les portiers en uniforme, nous nous glissons dans la porte à tambour et pénétrons dans un immense hall, au sol en marbre, avec un plafond à moulures extraordinairement haut, soutenu par d'énormes colonnes. Juste en face de nous, dans une salle baignée de lumière, décorée de palmiers et de treilles, des gens dégustent leur café tandis que des serveurs en uniforme gris s'empressent autour d'eux avec des cafetières en argent.

Bon, pour être tout à fait honnête, je dois reconnaître que c'est plutôt impressionnant.

— Par ici, dit Robyn en me prenant le bras.

Elle nous dirige vers un escalier barré d'un cordon de velours rouge, qu'elle détache pour nous laisser passer. Nous gravissons cet escalier monumental, qui débouche sur un vaste hall, tout en marbre lui aussi. Partout où mon regard se pose, je ne vois que bas-reliefs ornementaux, objets anciens, tapisseries murales et chandeliers – les plus imposants que j'aie jamais vus.

— Voici M. Ferguson, le directeur du service traiteur.

Surgi de nulle part, un élégant monsieur en costume vient me serrer la main avec un grand sourire amical.

— Bienvenue au Plaza, Rebecca ! Et permettez-moi de vous féliciter pour la sagesse de votre choix. Rien n'égale de par le monde un mariage au Plaza.

— Certainement ! C'est un très bel hôtel...

— Quelle que soit la fantaisie que vous souhaitiez, quel que soit votre rêve le plus cher, nous ferons tout ce qui est en notre pouvoir pour le réaliser. N'est-ce pas, Robyn ?

— Tout à fait, répond-elle aimablement. Vous ne pourriez être en de meilleures mains.

— Voulez-vous que nous commencions par la Terrace Room ? s'enquiert M. Ferguson, en clignant des yeux. C'est là qu'aura lieu la cérémonie. Je pense qu'elle va vous plaire.

Une fois traversé le vaste hall, il ouvre deux doubles portes et nous pénétrons dans une salle immense, ceinte d'un balcon à balustrade blanche. À une extrémité de la salle, il y a une fontaine en marbre, et à l'autre, un escalier qui conduit au balcon. Partout où mes yeux se posent, des gens s'agitent, arrangent des fleurs, drapent des tissus et installent des rangées de chaises pliantes sur le tapis aux multiples motifs.

Waouh !

En fait... C'est plutôt bien.
Oh, et puis merde ! C'est même fantastique.
— Vous avez de la chance, déclare M. Ferguson, avec un grand sourire. Nous avons un mariage samedi, aussi pouvez-vous voir la salle en configuration.
— Très belles fleurs, souligne poliment Robyn, avant de se pencher vers moi pour me glisser à l'oreille : Nous ferons bien plus original que ça.
Plus original ? Mais ce sont les plus grandioses, les plus spectaculaires arrangements floraux que j'aie jamais vus ! Des cascades de roses, de tulipes, de lis... Et, ce sont des orchidées, là ?
— Donc, vous entrez par ces doubles portes, m'explique Robyn en me conduisant le long de la salle, et puis les clairons... Ou les trompettes, ou les instruments de votre choix, commenceront à jouer... Vous ferez une pause devant la grotte, le temps d'arranger votre traîne et de prendre quelques photos. Et puis le quatuor à cordes commencera à jouer...
— Le quatuor à cordes ? je répète, complètement étourdie.
— J'ai contacté le Philharmonique de New York, intervient Elinor. Ils vont consulter leur calendrier de tournée. Nous n'avons plus qu'à croiser les doigts.
Le Philharmonique de New York ?
— La mariée de samedi a opté pour sept harpistes, précise M. Ferguson. Et une soprano du Metropolitan.
Robyn et Elinor se consultent du regard.
— Tiens, c'est une idée, lance Robyn en sortant son carnet. Je vais creuser.
— Si vous voulez bien me suivre vers la salle Baroque..., suggère notre guide en nous conduisant vers un immense ascenseur à l'ancienne. La nuit qui précède le mariage, vous prendrez sans nul doute une suite à l'étage, ainsi vous profiterez de notre centre de soins, ajoute-t-il tandis que nous commençons notre ascension. Et le jour J, vous pourrez convoquer votre coiffeur et votre maquilleur. Mais je

suppose que vous avez déjà pensé à tout ça, conclut-il avec un sourire.

— Je... (Mon esprit affolé divague vers Janice et sa radieuse mariée de printemps.) En quelque sorte...

— Des cocktails seront proposés aux invités lorsqu'ils emprunteront la galerie, explique Robyn au moment où nous sortons de l'ascenseur. Voilà donc la salle Baroque, où seront servis les amuse-gueules, avant de passer dans la grande salle de bal. Mais j'imagine que nous n'avez pas encore eu le temps de réfléchir à ce détail !

— Eh bien...

Je suis à deux doigts de lui dire que tout le monde, en général, apprécie les mini-saucisses cocktail, quand elle enchaîne :

— Mais, juste à titre d'exemple, vous pouvez réfléchir à quelques options : un bar à caviar, un autre à huîtres, un autre encore pour des mezze méditerranéens ou, pourquoi pas, des sushis...

— Oui... Ça me semble... très bien.

— Et, bien entendu, nous pouvons décorer les lieux selon le thème de votre choix, continue-t-elle, en désignant la salle d'un ample geste. Nous pouvons la transformer en carnaval vénitien, en jardin japonais, en salle de banquet médiéval... Tout dépend de votre imagination.

— Et maintenant, la grande salle de bal pour la réception, annonce M. Ferguson d'une voix réjouie.

Il ouvre les battants d'une porte à la française et... Oh mon Dieu. Cette pièce est la plus spectaculaire de toutes. Tout est blanc et or, avec de très hauts plafonds, des balcons comme au théâtre, et des tables, installées tout autour de l'immense piste de danse au parquet verni.

— C'est ici que Luke et vous ouvrirez le bal, dit Robyn en soupirant, l'air comblé. Comme je dis toujours, c'est le moment que je préfère dans un mariage. La première danse.

Je regarde le sol miroitant et j'ai la soudaine vision de Luke et moi, tournoyant parmi les chandeliers, sous les regards admiratifs des invités.

Sans compter les sept harpistes.
Et le Philharmonique de New York.
Et le caviar... les huîtres... les cocktails...

— Rebecca ? Tout va bien ? s'enquiert brusquement M. Ferguson.

— Je pense qu'elle est un peu bouleversée, dit Robyn, avec un petit rire. Ça fait beaucoup pour une seule visite, non ?

— Euh...

Je prends une profonde inspiration et m'isole un instant. Bon, ne nous emballons pas. Tout cela a beau être incroyablement fastueux, je ne vais pas me laisser influencer. J'ai décidé de me marier en Angleterre – et je le ferai. Point à la ligne.

Sauf que... regardez-moi un peu tout ça !

— Venez vous asseoir, me propose Robyn en tapotant une chaise à côté d'elle. Je sais bien que, de votre point de vue, tout cela semble encore très loin. Mais nous n'avons vraiment pas de temps à perdre... Donc, je voudrais discuter de votre vision d'ensemble du mariage. Qu'est-ce qui vous plairait ? Qu'est-ce qui représente, pour vous, l'image absolue de l'amour ? La plupart de mes clientes me répondent Scarlett et Rhett, ou Fred et Ginger...

Elle me scrute de ses yeux brillants, le stylo en suspens au-dessus de son carnet.

Bon, ça suffit ! Je dois dire à cette femme que je ne vais pas me marier ici. Et lui dire qu'en fait rien de tout cela n'aura lieu. Allez Becky. Redescends sur terre.

— Je...

— Oui ?

— J'ai toujours adoré la fin de la Belle au bois dormant.

— Ah, oui, le ballet, intervient Elinor, d'un ton approbateur.

— Euh, non, en fait, je pensais au film de Walt Disney.

— Oh ! s'exclame Robyn, légèrement désarçonnée. Il va falloir que j'y rejette un coup d'œil ! Mais je suis certaine que ce sera une excellente source d'inspiration...

Tandis qu'elle se met à prendre des notes dans son calepin, je me mordille les lèvres.

Il faut que je mette un terme à tout ce cirque. Allez, Becky ! Dis quelque chose !

Mais, pour une raison que j'ignore, ma bouche demeure close. Je regarde autour de moi, le plafond à moulures, les stucs, les chandeliers qui étincellent. Robyn suit mon regard et me sourit.

— Vous savez, Becky, vous avez beaucoup de chance, dit-elle en me pressant affectueusement le bras. Nous allons bien nous amuser !

SECOND UNION BANK
300 WALL STREET
NEW YORK NY 10005

Mlle Rebecca Bloomwood
Apt B
251 11ᵉ Rue Ouest
New York
NY 10014

21 février 2002

Chère Mademoiselle,

Je vous remercie pour votre courrier du 20 février.

Malheureusement, je crains de ne pouvoir vous aider. En effet, je ne saurais vous dire si l'achat d'une jupe Miu Miu entre dans le cadre des dépenses domestiques.

Je vous prie de croire à mes sentiments les meilleurs.

Walt Pitman
Directeur du Service Clientèle

CHAMBRE DES LORDS

COMMISSION DE NOMINATION

FORMULAIRE DE CANDIDATURE

Nous vous remercions de bien vouloir résumer les raisons pour lesquelles vous pouvez prétendre à une recommandation en tant que pair non affilié à un parti politique, et dans quelle mesure vos qualités personnelles pourraient contribuer concrètement au travail de la Chambre des lords. Merci de bien vouloir joindre à ce formulaire un curriculum vitæ attestant de vos principales réalisations, de vos compétences et de votre expérience.

Nom : Rebecca Bloomwood
Adresse : Apt B
251 11ᵉ Rue Ouest
New York
NY 10014

Préférence de titre : Baronne Rebecca Bloomwood d'Harvey Nichols

Principales réussites

Patriotisme
J'ai servi la Grande-Bretagne pendant de nombreuses années, en soutenant l'économie, via la vente de détail.

Relations commerciales
Depuis que je vis à New York, je participe à la promotion du commerce international entre les États-Unis et l'Angleterre, en achetant toujours des produits importés (thé Twinings et marmelade).

Apparitions publiques
J'ai participé à des débats télévisés sur des problèmes d'actualité (dans l'univers de la mode).

Qualifications culturelles
Je suis collectionneuse d'antiquités et d'objets d'art, en particulier, les vases vénitiens et les articles de bar des années trente.

Votre contribution personnelle, en cas de nomination

En tant que nouveau membre de la Chambre des lords, je souhaiterais tout particulièrement tenir un rôle de consultante de mode, un secteur, hélas, jusque-là négligé – et pourtant totalement indispensable à la vitalité de la démocratie.

5

Bon, trêve de plaisanteries. Je ne vais pas me marier à New York, évidemment. Je vais me marier à la maison, comme prévu, sous une jolie tente, dans le jardin. Il n'y a absolument aucune raison pour que je modifie mes plans. Aucune.
Sauf que...
Oh, mon Dieu. Peut-être Elinor a-t-elle vu juste.
Ce que je veux dire, c'est que le mariage est une expérience unique. Ce n'est pas comme un anniversaire, ou Noël. On ne se marie qu'une fois, non ? Donc, si on a la chance de le faire dans un endroit vraiment exceptionnel, peut-être faut-il tout bonnement sauter sur l'occasion.
Parce que ce serait sublime. Marcher vers l'autel sous les yeux de quatre cents personnes, au son d'un quatuor à cordes, entourée de fabuleux arrangements floraux. Et puis, présider ce somptueux dîner... Robyn m'a donné quelques exemples de menus, je ne vous dis que ça ! Rosace de langouste du Maine, consommé de volaille aux quenelles de faisan, riz sauvage aux pignons...
Bon, je sais qu'il y a des traiteurs de qualité à Oxshott et à Ashtead, mais je ne suis pas sûre qu'ils sachent ce qu'est un pignon. (Pour être honnête, je ne le sais pas non plus. Mais là n'est pas le problème.)
Peut-être Elinor n'a-t-elle pas entièrement tort en disant que maman serait soulagée de ne pas avoir à s'occuper de

tout. Oui, peut-être trouve-t-elle déjà que toute cette organisation la fatigue plus qu'elle ne l'aurait imaginé. Si ça se trouve, elle regrette déjà, en son for intérieur, de s'être portée volontaire pour organiser le mariage. Alors que si nous nous marions au Plaza, elle n'aura rien d'autre à faire que de prendre l'avion. En plus, mes parents n'auraient pas à débourser un centime... Franchement, ça leur rendrait un grand service !

En retournant au travail, je prends mon téléphone portable et compose le numéro de la maison. Lorsque maman décroche, j'entends le générique de fin de *Crimewatch* en arrière-fond, et une brusque nostalgie m'envahit. Je les imagine, tous les deux, confortablement installés, les rideaux tirés, dans la lueur vacillante du feu de cheminée.

— Maman ? Bonjour !

— Becky ! Je suis tellement contente que tu appelles ! J'ai essayé de te faxer quelques-uns des menus que m'a proposés le traiteur, mais ton fax ne marche pas. Papa demande si tu as vérifié le papier, récemment ?

— Euh, je ne sais pas. Écoute, maman...

— Il faut que je te dise ! La belle-sœur de Janice connaît quelqu'un qui travaille dans une société qui fait des impressions sur ballons. Elle a dit que si on commande deux cents ballons, ou plus, on peut avoir l'hélium gratuitement.

— Génial ! Écoute, je pensais justement au mariage... Pourquoi suis-je aussi nerveuse, brusquement ?

— Ah oui ? Graham, tu peux baisser la télévision, s'il te plaît ?

— Je viens juste de penser... Enfin ce n'est qu'une possibilité... (Je suis prise d'un rire nerveux.)... Que Luke et moi pourrions aussi bien nous marier en Amérique.

— En Amérique ? (Il y a un long silence.) Comment ça, en Amérique ?

— C'était une idée comme ça ! Tu comprends, puisque Luke et moi vivons ici...

— Mais ça ne fait qu'un an, Becky ! me rétorque maman, choquée. Ta maison est ici !

— Euh oui... Mais je me disais juste que...

Quelque part, j'espérais que maman dirait : « Quelle idée fantastique ! » Ce qui m'aurait facilité la tâche.

— Comment veux-tu que j'organise un mariage en Amérique !

— Je ne sais pas ! Nous pourrions peut-être faire ça dans... un grand hôtel.

— Un hôtel ? répète-t-elle, comme si j'étais devenue folle.

— Et peut-être qu'Elinor nous aiderait, j'articule avec difficulté. Je suis sûre qu'elle contribuera, tu vois, si c'est plus cher...

À l'autre bout du fil, maman commence à perdre patience. Aïe ! Je n'aurais pas dû mentionner Elinor.

— Mais nous n'avons pas besoin de sa contribution. Figure-toi. Nous pouvons très bien nous débrouiller tout seuls. C'est une idée d'Elinor, l'hôtel ? Elle pense qu'on ne sera pas à la hauteur ?

— Non ! je me récrie. Ce n'est... rien. C'était juste...

— Papa dit que si elle aime tellement les hôtels, elle n'a qu'à y descendre, au lieu de venir chez nous.

Oh zut ! Je n'ai fait que rendre la situation plus tendue.

— Bon écoute, maman, oublie. C'était une idée stupide. Alors, comment avancent les préparatifs ?

Nous bavardons pendant encore quelques minutes, et j'apprends tout sur le gentil monsieur de la boîte de location de tentes – et sur leur devis tout à fait raisonnable – dont le fils était à l'école avec mon cousin Alex, le monde est petit, hein ? À la fin de la conversation, maman semble complètement rassurée, et les hôtels américains sont tombés aux oubliettes.

Je lui dis au revoir, raccroche et pousse un gros soupir. Bon, c'est décidé. Je ferais aussi bien d'appeler Elinor pour le lui dire. Inutile de tourner autour du pot.

Je reprends mon téléphone portable, compose les deux premiers chiffres du numéro, et m'interromps.

D'un autre côté, il n'y a pas non plus le feu au lac. À quoi bon prendre une décision hâtive ?

On ne sait jamais. Peut-être que papa et maman vont en discuter entre eux, ce soir, et changer d'avis. Peut-être vont-ils se dire que, finalement, ça mérite réflexion. Peut-être que s'ils voyaient le Plaza en vrai... S'ils voyaient la magie de l'endroit... À quel point c'est un lieu luxueux... glamour...

Aïe aïe aïe ! Je ne suis pas vraiment prête à renoncer à cette idée. Pas tout de suite.

Quand je rentre à la maison, Luke est plongé dans ses papiers, sourcils froncés.

— Tu es rentré tôt, dis-je, ravie de le trouver là.

— J'avais quelques trucs à finir, et c'est plus calme ici.

— Ah, bien.

En m'approchant, je vois que les papiers en question portent tous l'en-tête de la fondation Elinor Sherman. J'ouvre la bouche mais je m'abstiens de tout commentaire.

— Alors ? fait-il en levant la tête, un petit sourire aux lèvres. Que penses-tu du Plaza ?

— Tu étais au courant ?

— Oui, évidemment. Et je serais venu avec vous si je n'avais pas eu ce déjeuner.

— Mais Luke... (J'inspire profondément pour ne pas m'énerver.) Tu sais bien que ma mère prépare un mariage en Angleterre !

— Elle n'en est certainement qu'au tout début.

— Tu n'aurais pas dû fixer ce rendez-vous sans m'en parler !

— Ma mère pensait que ce serait une agréable surprise. Moi aussi, d'ailleurs.

— Une surprise ? Un coup monté, tu veux dire ! je lui rétorque, en colère.

Luke me dévisage, surpris.

— Tu n'as pas aimé le Plaza ? J'aurais cru que tu serais emballée !

— Mais si, ça m'a plu, ce n'est pas le problème.

— Je sais à quel point tu veux un grand mariage, une réception magnifique. Quand ma mère a proposé de nous offrir un mariage au Plaza, j'ai trouvé que c'était un superbe cadeau. En fait, je pensais que tu serais aux anges.

Il a l'air un peu déçu – et immédiatement, je culpabilise à mort. Il ne m'était pas venu à l'esprit que Luke pouvait être impliqué dans toute cette histoire.

— Luke ! Mais je suis aux anges ! C'est juste que... si on se marie en Amérique, je ne pense pas que ça va plaire à maman.

— Tu ne peux pas essayer de la convaincre ?

— Ce n'est pas si facile. La tienne s'est montrée assez tyrannique, tu sais...

— Tyrannique ? Elle veut simplement nous offrir le plus beau des mariages.

— Si c'est ce qu'elle veut vraiment, elle pourrait tout aussi bien nous offrir la même chose en Angleterre. Ou aider mes parents, et ils pourraient nous organiser un supermariage tous ensemble. Au lieu de quoi, elle a dit du jardin de mes parents que c'était « l'arrière-cour d'un coin perdu de l'Angleterre » !

Au souvenir de la voix méprisante d'Elinor, la colère s'empare de moi.

— Je suis certain qu'elle ne voulait pas...

— Juste parce que ce n'est pas en plein milieu de New York ! Et en plus, elle n'en sait rien, elle n'y est jamais allée !

— Bon d'accord, dit Luke d'un ton sec. Tu as gagné. Tu ne veux pas du Plaza, OK. Mais laisse-moi souligner que ma mère se montre d'une incroyable générosité. Nous offrir un mariage dans cet hôtel, sans parler de la réception somptueuse qu'elle va organiser...

— Qui a dit que je voulais une réception somptueuse pour nos fiançailles ? je laisse échapper avant d'avoir pu me retenir.

— Tu ne vas pas un peu loin, là ?

— Et si je m'en fichais, moi, des grandes pompes et du glamour et de... des choses matérielles ? Et si ma famille était plus importante pour moi ? Et la tradition et... l'honneur, aussi. Tu sais, Luke, on n'est sur cette terre que pour peu de temps...

— Ça suffit ! s'écrie-t-il, exaspéré. Tu as gagné. Si cela doit créer autant d'histoires, n'en parlons plus. Tu n'es pas obligée de venir à la réception de fiançailles si tu ne le veux pas – et nous irons nous marier à Oxshott. Tu es contente comme ça ?

— Je...

Ma voix s'éteint et je me frotte le nez. Bien sûr, maintenant qu'il a dit ça, je me sens pencher de l'autre côté. Parce que, si on y réfléchit, c'est tout de même une proposition assez alléchante. Et si j'arrivais à persuader mes parents, peut-être que nous aurions l'occasion de vivre là le plus beau moment de notre vie.

— Le problème, ce n'est pas de se marier ou non à Oxshott, dis-je finalement. La question c'est... de prendre la bonne décision. C'est toi qui disais que nous avions tout notre temps...

L'expression de Luke s'adoucit. Il se lève.

— Je sais, soupire-t-il. Écoute, Becky, je suis désolé.

— Moi aussi.

— Oh ! tout ça est ridicule. (Il m'enlace et m'embrasse sur le front.) Tout ce que je veux, c'est que tu aies le mariage dont tu as toujours rêvé. Et si tu n'as pas envie de te marier au Plaza, alors nous ne le ferons pas.

— Mais ta mère ?

— On lui expliquera. Becky, peu m'importe l'endroit où nous allons nous marier. Peu m'importe que les fleurs soient roses ou bleues. Ce qui compte, c'est que nous allons devenir un couple – aux yeux du monde entier.

Il a l'air si calme et sûr de lui que, soudain, j'ai comme une boule dans la gorge.

— C'est ce qui compte pour moi aussi, dis-je en déglutissant tant bien que mal. C'est ça le plus important.

— OK. Alors, qu'on soit bien d'accord. La décision t'appartient. Dis-moi juste où je devrai aller le jour J, et j'y serai.
— OK. Je promets de t'en informer au moins quarante-huit heures à l'avance.
— Vingt-quatre suffiront. (Il m'embrasse de nouveau, puis me désigne le buffet.) Au fait, ceci est arrivé pour nous. Cadeau de fiançailles.
Je suis son geste du regard et reste bouche bée. C'est un coffret rond et bleu entouré d'un ruban blanc : un cadeau de chez Tiffany !
— Je peux l'ouvrir ?
— Je t'en prie.
Tout excitée, je dénoue le ruban, ouvre le coffret et découvre une coupe en verre bleu nichée dans du papier de soie, accompagnée d'une carte : « Avec tous nos vœux, Marty et Alison Gerber. »
— Waouh ! C'est magnifique ! Qui sont les Gerber ?
— Je ne sais pas. Des amis de ma mère.
— Alors... Tous les gens invités au mariage nous feront un cadeau ?
— J'espère, oui.
— Ah...
Mince alors ! Je fixe la coupe, perdue dans mes pensées, tout en la caressant du bout du doigt.
Vous savez, peut-être que Luke marque un point, et qu'il serait grossier de repousser la proposition de sa mère.
Bon, voilà ce que je vais faire : je vais attendre que la réception de fiançailles soit passée. Et après, je déciderai.

La réception a lieu le vendredi suivant à six heures. Je comptais y arriver de bonne heure, mais j'ai eu une journée épouvantable au travail, avec trois urgences de taille – ce qui fait qu'il est six heures passées quand j'arrive chez Elinor. Mais le bon côté, c'est que je porte une robe fourreau noire absolument géniale qui me va à merveille. (En fait, elle était réservée pour Regan Hartman, une de mes clientes, mais je lui ai dit que, finalement, je ne pensais pas qu'elle lui irait.)

Le duplex d'Elinor est situé dans un imposant immeuble de Park Avenue, avec immense hall tout en marbre, et ascenseurs lambrissés dans lesquels flotte toujours un parfum de luxe. En arrivant au sixième, j'entends un brouhaha dans lequel on distingue à peine le son d'un piano. Des gens font la queue devant la porte et je prends place poliment derrière un couple d'un certain âge, tous deux vêtus de manteaux de fourrure assortis. Je peux juste entrapercevoir ce qui se passe dans l'appartement, où les lumières sont tamisées. Il semble déjà y avoir foule.

Franchement, je n'ai jamais beaucoup aimé l'appartement d'Elinor. Tout est bleu pâle, les canapés en soie, les rideaux, et les murs, auxquels sont accrochés les tableaux les plus tristes que j'aie jamais vus. Je n'arrive pas à croire qu'elle les aime vraiment, ni qu'elle les regarde, d'ailleurs.

— Bonsoir. (Une voix m'interrompt dans mes pensées et je m'aperçois que je suis arrivée devant la porte. Une femme en tailleur-pantalon noir, un clip-board dans la main, m'adresse un sourire professionnel.) Puis-je avoir votre nom ?

— Rebecca Bloomwood, dis-je d'un air modeste, en m'attendant à ce qu'elle s'exclame, ou, du moins, que son regard s'éclaire pour me signifier qu'elle sait qui je suis.

— Bloomwood... Bloomwood... (La femme consulte sa liste jusqu'au bout, tourne la page, suit les noms de l'index jusqu'à la fin, puis relève la tête.) Je ne trouve pas.

— Ah bon ? Mais c'est impossible !

— Je vais regarder de nouveau. (Elle reprend sa liste et repasse les lignes une à une, plus lentement.) Non, vraiment... Désolée. (Elle se tourne vers une blonde qui vient d'arriver.) Bonsoir ! Puis-je avoir votre nom ?

— Mais... Mais cette soirée est organisée en mon honneur. Enfin pas exactement, mais...

— Vanessa Dillon.

— Très bien, dit la femme en tailleur-pantalon, en barrant le nom avec un sourire. Entrez, je vous prie. Serge va prendre votre vestiaire. Pouvez-vous vous écarter, mademoiselle, ajoute-t-elle sèchement à mon intention. Vous bloquez le passage.
— Mais vous devez me laisser entrer ! Je suis forcément sur la liste. (Je glisse un œil à l'intérieur, espérant voir Luke, ou Elinor – mais je n'aperçois que des gens que je ne connais pas.) S'il vous plaît ! Je vous dis que je suis attendue.
La femme soupire.
— Avez-vous votre carton d'invitation ?
— Non ! Je ne pensais pas que j'en aurais besoin ! Je suis la... la fiancée !
— La quoi ? fait-elle en me regardant avec des yeux de merlan frit.
— Oh, mon Dieu, dis-je en scrutant l'intérieur de l'appartement – et juste à ce moment-là, j'aperçois Robyn, en petit haut à paillettes argentées et jupe à volants.
— Robyn ! j'appelle, aussi discrètement que possible. Robyn ! Ils ne veulent pas me laisser passer !
— Becky ! Mais entrez vite ! Vous êtes en train de tout rater ! dit-elle en levant joyeusement sa coupe de champagne.
— Vous voyez ? Je n'essaie pas de m'incruster. Je connais des gens !
La blonde me dévisage pendant un assez long moment, puis hausse les épaules.
— OK, vous pouvez entrer. Serge va prendre votre manteau. Vous avez un cadeau ?
— Euh... Non.
La femme lève les yeux au ciel – comme pour dire : « Le contraire m'aurait étonnée » – avant de se tourner vers l'invité suivant, et j'en profite pour entrer, avant qu'elle change d'avis.
— Je ne peux pas rester très longtemps, me dit Robyn lorsque je la rejoins. Je dois assister à trois répétitions de

dîner. Mais je voulais absolument vous voir ce soir, parce que j'ai des nouvelles super-excitantes. Un designer très talentueux va travailler sur votre mariage. Sheldon Lloyd, ni plus ni moins !

— Super ! fais-je en essayant de calquer mon enthousiasme sur le sien, même si je n'ai jamais entendu parler de ce Sheldon Lloyd.

— Ça vous épate, hein ? Comme je dis toujours, si vous voulez que les choses bougent, provoquez-les. Donc, j'ai parlé à Sheldon, et nous nous sommes un peu creusé la tête. Il a trouvé votre concept de la Belle au bois dormant fabuleux, au fait. Vraiment original. (Elle jette un regard alentour et baisse la voix.) Son idée... c'est de transformer la Terrace Room en forêt enchantée.

— Non ?

— Si ! Je suis tellement excitée ! Il faut que je vous montre !

Elle ouvre son sac et en sort une esquisse, que je fixe d'un œil un peu incrédule.

— Il y aura des bouleaux importés de Suisse, et des guirlandes de lumières. Vous descendrez une allée d'arbres, sous une voûte de feuillages. Ça embaumera les aiguilles de pin répandues au sol, des fleurs s'épanouiront comme par magie sur votre passage et des oiseaux apprivoisés se mettront à chanter... Que diriez-vous aussi d'un écureuil électronique ?

— Euh..., dis-je en esquissant une grimace.

— Je n'étais pas très convaincue moi non plus. OK, oublions les animaux des bois. (Elle prend un stylo et barre un élément de sa liste.) À part ça, ça va être fabuleux. Vous ne croyez pas ?

— Eh bien...

Dois-je lui avouer que je ne sais pas encore si, oui ou non, je vais me marier à New York ?

Non, impossible. Elle arrêterait immédiatement les préparatifs. Elle irait tout raconter à Elinor et ça ferait des histoires à n'en plus finir.

Et puis, surtout, je suis sûre qu'à la fin nous opterons pour le Plaza. Une fois que j'aurai trouvé le moyen de convaincre maman. Franchement, rater ça serait de la folie.

— Vous savez, Sheldon a travaillé pour plein de stars d'Hollywood, reprend Robyn en baissant la voix d'un ton. Quand nous le rencontrerons, vous verrez son book. Je peux vous dire que c'est quelque chose !

— Vraiment ? dis-je. Ça me semble... tout simplement génial !

— Bon ! fait-elle en regardant sa montre. Il faut que j'y aille. On se tient au courant.

Elle me serre la main, vide son verre de champagne et se hâte vers la porte. Je la suis des yeux, encore un peu étourdie.

Des stars d'Hollywood ! Si maman savait ça, ne verrait-elle pas tout le projet d'un autre œil ? Je suis sûre qu'elle aussi serait convaincue.

Le problème, c'est que je n'arrive pas à rassembler le courage nécessaire pour aborder de nouveau le sujet avec elle. Je n'ai même pas osé lui parler de cette réception. Ça n'aurait fait que la peiner, et elle aurait dit « Elinor nous juge-t-elle donc incapables de donner une belle réception de fiançailles ? » ou quelque chose dans ce goût-là. Du coup, j'aurais encore plus culpabilisé. Si maman savait que je suis allée me pavaner au Plaza avec Elinor, si elle savait que j'ai *vraiment* envisagé l'idée de me marier à New York plutôt qu'à la maison...

Un grand éclat de rire non loin de moi me tire de mes pensées, et je réalise que je suis seule dans cette foule. Je bois une gorgée de champagne et cherche une personne vers qui aller. Un détail cloche : cette réception est censée être notre fête de fiançailles, à Luke et moi. Or il doit y avoir au moins cent personnes ici, et je n'en connais aucune. Du moins, je reconnais de temps en temps un visage par-ci par-là – mais il ne s'agit que de connaissances bien trop vagues pour que j'ose aller les saluer. Je souris à une femme qui entre, mais elle me regarde bizarrement avant de rejoindre un groupe de gens près de la fenêtre. Je peux vous dire que ceux qui prétendent que les Américains sont plus sympas que les Anglais n'ont jamais mis les pieds à New York.

Danny devrait être quelque part par là, me dis-je en scrutant la foule. J'ai aussi invité Erin et Christina – mais elles étaient encore en plein boulot lorsque j'ai quitté Barneys. Sans doute arriveront-elles plus tard.

Bon allez ! Il faut que j'aille parler à quelqu'un. Elinor doit bien se trouver quelque part. Non pas qu'elle soit la compagnie que je préfère, mais peut-être saura-t-elle si Luke est arrivé. Je suis en train de me frayer un chemin dans un groupe de femmes en tailleur Armani noir, quand j'entends l'une d'elles demander :

— Connaissez-vous la mariée ?

Je me fige derrière une colonne, en m'efforçant de ne pas avoir l'air d'écouter.

— Non ? Mais quelqu'un la connaît ?

— Où vivent-ils ?

— Quelque part dans le Village. Mais, apparemment, ils vont venir s'installer dans cet immeuble.

Je fixe la colonne, interloquée. Qu'est-ce qu'elle raconte ?

— Ah bon ? Je pensais qu'il était impossible de trouver un appartement ici.

— Pas quand Elinor Sherman fait partie de votre famille !

La femme qui vient de parler éclate de rire et s'éloigne, happée par la foule, tandis que, le nez collé aux décorations en stuc de ma colonne, je reste complètement pétrifiée.

Elle doit avoir mal compris. Il est hors de question que nous venions habiter ici. Hors de question, vous m'entendez ?

J'erre comme une âme en peine pendant quelques minutes encore, puis je me trouve un verre de champagne et je m'efforce d'afficher un sourire enjoué. Mais ce n'est pas très concluant. Ce n'est pas exactement ainsi que j'imaginais ma fête de fiançailles. Pour commencer, les gens de l'accueil ont essayé de me refouler à l'entrée. Ensuite, je ne connais personne. Et pour finir, le buffet n'est composé que de nourriture basses calories – des cubes de poisson hyper-protéiné – et les serveurs vous regardent comme une bête curieuse si vous vous avisez d'en manger *pour de vrai*.

Je ne peux pas m'empêcher de songer, un peu nostalgique, à la fête de fiançailles de Tom et Lucy. Ce n'était pas aussi grandiose qu'ici, naturellement. Janice avait préparé un grand saladier de punch, il y avait un barbecue, et Martin avait chanté « Are You Lonesome Tonight » au karaoké. Mais bon, au moins, c'était drôle. Au moins, je connaissais des gens. En tout cas, plus qu'ici...

— Becky ! Où te cachais-tu ?

Je lève la tête, envahie d'un immense soulagement. Luke ! Mais où était-il donc, tout ce temps ?

— Luke ! Enfin ! je dis en marchant vers lui – et je lâche un petit cri de joie en reconnaissant l'homme à ses côtés, qui me fait un grand sourire. Michael ! je m'exclame, en lui passant un bras autour du cou.

Michael Ellis est l'une des personnes que je préfère au monde. Il vit à Washington, où il dirige une agence de communication incroyablement prospère. C'est aussi l'un des associés de la branche américaine de Brandon Communications, et Luke est en quelque sorte son protégé. Moi aussi, d'ailleurs. Sans le conseil qu'il m'a donné, il y a plus d'un an de ça, jamais je ne serais venue travailler à New York.

— Luke m'avait dit que vous viendriez peut-être !

— Vous pensiez que j'aurais raté ça ? réplique Michael avec un clin d'œil. Félicitations ! il ajoute en levant son verre. Vous savez, Becky, je parie que vous regrettez de ne pas avoir accepté mon offre de travail. Vous auriez pu avoir de vrais projets à Washington. Au lieu de quoi... (Il secoue la tête.) Regardez un peu comment les choses ont tourné pour vous. Un boulot formidable, un futur mari, un mariage au Plaza...

— Qui vous a parlé du Plaza ? dis-je, étonnée.

— Oh, mais tout le monde en parle. On dirait que ça va être un véritable événement.

— Eh bien...

— Qu'en dit votre maman ? Elle doit être impatiente, non ?

— Je... euh...

Je bois une gorgée de champagne pour me dispenser de répondre.

— J'imagine qu'elle n'a pas pu venir ?

— Non ! Le voyage aurait été trop long.

Je ris jaune et je vide mon verre.

— Je vais t'en chercher un autre, dit Luke. Et aussi chercher ma mère. Elle ne savait pas où tu étais... Je viens de demander à Michael d'être mon témoin. Et heureusement, il a accepté, ajoute-t-il en s'éloignant.

— Vraiment ? dis-je, ravie. C'est formidable ! Il n'aurait pas pu faire meilleur choix.

— Tout l'honneur et le plaisir seront pour moi, dit Michael. Sauf si vous me demandez de vous marier, évidemment. Je suis un peu rouillé, mais je devrais arriver à me souvenir des paroles...

— Ah bon ? Seriez-vous prêtre à vos heures perdues, en plus de tout ce que vous faites ?

— Non ! proteste-t-il en se mettant à rire. Mais il y a quelques années, des amis à moi voulaient que je les marie. J'ai tiré quelques ficelles et je me suis fait inscrire comme officiant.

— Je suis certaine que vous feriez un très bon prêtre, père Michael ! Les gens se battraient pour venir dans votre paroisse.

— Un prêtre athée, précise Michael en haussant les sourcils. Mais je suppose que je ne serais pas le premier. Alors, comment ça marche, votre travail ?

— Très bien.

— Vous savez, je vous recommande à chaque personne que je rencontre. « Si vous avez besoin de vêtements, allez voir Becky Bloomwood, chez Barneys. » Je parle de vous aux serveuses, aux femmes d'affaires, et aux gens que je croise au hasard dans la rue.

— Ah ! Je me demandais d'où venaient tous ces clients...

— Bon, sérieusement, Becky, j'ai un petit service à vous demander, reprend Michael en baissant imperceptiblement la voix. Je vous serais très reconnaissant si vous pouviez donner un coup de main à ma fille Deborah. Elle vient juste de rompre avec un garçon, et je pense qu'elle traverse une période où elle manque totalement de confiance en elle. Je lui ai dit que je connaissais quelqu'un qui pourrait l'aider à s'en sortir.

— Tout à fait, dis-je, touchée. J'en serais ravie.

— Mais il ne faudra pas la ruiner, hein, elle n'est qu'avocat salarié.

— Je vais essayer, dis-je en riant. Et pour vous ?

— Vous pensez que j'ai besoin d'aide ?

— Non, vous êtes déjà très élégant.

J'inspecte son impeccable costume gris foncé qui, j'en mettrais ma main à couper, a coûté au moins trois mille dollars.

— Je me mets toujours sur mon trente et un quand je sais que je vais côtoyer du beau monde. (Je suis le regard amusé qu'il promène alentour. À deux pas de nous, six femmes d'un certain âge discutent avec animation, sans jamais, dirait-on, reprendre leur souffle.) Ce sont des amies à vous ? s'enquiert Michael.

— Pas vraiment. Je ne connais pas beaucoup de gens, ici.

— Je m'en doutais. (Il me jette un regard malicieux et boit une gorgée de champagne.) Alors... Comment vous entendez-vous avec votre future belle-mère ?

Il dit ça d'un air si innocent que j'ai envie de rire.

— Bien. Vous savez...

— De quoi parlez-vous ? s'enquiert Luke en réapparaissant brusquement derrière moi.

Et, tandis qu'il me tend une coupe pleine, je glisse un regard du biais vers Michael.

— Nous parlions des projets du mariage, dit Michael, détendu. Avez-vous déjà réservé pour votre lune de miel ?

— Nous n'en avons pas vraiment parlé, mais j'ai quelques idées, je réponds, en regardant Luke. Nous avons besoin d'un endroit agréable, trente degrés minimum, et une touche de glamour. Et où je ne suis jamais allée.

— Tu sais, dit Luke en fronçant les sourcils, je ne suis pas certain de pouvoir trouver le temps de partir en lune de miel. Nous venons juste de rentrer le budget de la NorthWest. Il faudra peut-être nous contenter d'un long week-end.

— Un long week-end ? (Je le regarde, atterrée.) Mais ce n'est pas une lune de miel !

— Luke, intervient Michael, sur le ton du reproche. Ça ne suffit pas. Tu dois offrir à ta femme une vraie lune de miel. En tant que témoin, je me fais un devoir d'insister. Où n'avez-vous jamais été, Becky ? À Venise ? À Rome ? En Inde ? En Afrique ?

— Dans aucun de ces endroits !

— Je vois, fait Michael avec un haussement de sourcils. Cette affaire pourrait revenir cher...

— Tout le monde a voyagé, sauf moi. Jamais je n'ai pris une année sabbatique pour faire le tour du monde. Je ne connais ni l'Australie, ni la Thaïlande...

— Moi non plus, dit Luke en haussant les épaules. On s'en fiche, non ?

— Non ! Je ne m'en fiche pas, moi ! Tu sais, la meilleure amie de la mère de Suze est une paysanne bolivienne.

(J'essaie de l'impressionner.) Elles ont moulu du maïs ensemble dans les llanos.

— Je sens que ça va être la Bolivie, dit Michael en regardant Luke.

— C'est ce que tu veux faire pour ta lune de miel ? Moudre du maïs ?

— Je me disais que nous pourrions élargir un peu nos horizons. Tu vois... Partir à l'aventure, avec un sac à dos.

— Becky, dit Luke d'une voix douce, est-ce que tu comprends bien ce que signifie partir à l'aventure ? Toutes tes affaires dans un seul sac ? Que tu dois *porter*. Sans le secours de Fed Ex ?

— Mais j'en suis capable ! je riposte, indignée. Sans problème ! Et nous rencontrerions des tas de gens intéressants...

— Je connais déjà des tas de gens intéressants.

— Tu connais des banquiers et des gens qui bossent dans la communication ! Est-ce que tu connais des paysans boliviens ? Est-ce que tu connais des sans-abri ?

— Non, j'avoue. Et toi ?

— Ben... Moi non plus, j'admets, après réflexion. Mais là n'est pas le problème. Nous devrions en connaître !

— D'accord, fait Luke en levant la main. J'ai la solution. Tu organises notre lune de miel, tu choisis la destination, tant que ça ne prend pas plus de quinze jours.

— C'est vrai ? Tu es sérieux ?

— Tout à fait. Tu as raison, nous ne pouvons pas nous marier sans faire un vrai voyage de noces. Surprends-moi, conclut-il avec un sourire.

— OK. Compte sur moi.

Je bois une gorgée de champagne, toute pétillante d'impatience. C'est pas génial ? C'est moi qui vais choisir la destination de notre lune de miel ! Peut-être qu'on pourrait aller dans un de ces incroyables centres de remise en forme en Thaïlande ? Ou faire un safari spectaculaire...

— À propos de sans-abri, dit Luke à Michael, nous sommes à la rue en septembre.

— Ah bon ? Que s'est-il passé ?
— Notre bail arrive à terme et la propriétaire vend. Elle flanque tout le monde à la porte.
— Au fait, dis-je, brusquement tirée de mon rêve – Luke et moi au sommet d'une pyramide. J'ai surpris une conversation vraiment bizarre, tout à l'heure. Des gens disaient que nous allions emménager dans cet immeuble. Où sont-ils allés chercher ça ?
— C'est une possibilité, confirme Luke.
— Quoi ? Qu'entends-tu par « C'est une possibilité » ? Tu es devenu fou ?
— Pourquoi pas ?
Je baisse la voix.
— Tu crois vraiment que j'ai envie de vivre dans cet immeuble collet monté rempli de vieilles peaux qui te dévisagent comme si tu sentais mauvais ?
— Becky..., m'interrompt Michael en faisant non de la tête.
— Mais c'est vrai ! je poursuis en me tournant vers lui. Il n'y a pas une seule personne sympa dans cet immeuble. Je les ai croisées et elles sont toutes...
Je me tais d'un coup, en comprenant enfin ce que Michael essayait de me dire.
— Enfin, sauf la mère de Luke, évidemment, j'ajoute, avec le maximum de naturel dont je suis capable.
— Bonsoir Rebecca, dit une voix glaciale derrière moi, et je me retourne, les joues en feu.
Elle est là, vêtue d'une longue robe blanche dans le style grec, dont le plissé balaie le sol. Elle semble tellement maigre et pâle qu'on pourrait la confondre avec une des colonnes de son appartement.
— Bonsoir, Elinor, je dis poliment. Vous êtes resplendissante. Je suis désolée d'être arrivée un peu en retard.
— Rebecca, elle fait en me tendant la joue, j'espère que vous circulez parmi nos invités ? Que vous ne restez pas là, avec Luke ?
— Euh... J'essaie.

— C'est une excellente occasion pour vous de rencontrer des gens importants. La présidente de l'immeuble, par exemple.

— Très bien, j'acquiesce. Oui, sans doute.

L'instant est vraisemblablement mal choisi pour lui dire qu'il est hors de question que je vienne habiter ici.

— Je vous la présenterai plus tard. Mais pour l'heure, je voudrais porter un toast. Si vous voulez bien m'accompagner tous les deux sur l'estrade.

— Excellente idée ! dis-je entre deux gorgées de champagne.

— Mère, tu connais Michael ? s'enquiert Luke.

— Tout à fait, réplique Elinor avec un sourire gracieux. Comment allez-vous ?

— Très bien. J'avais l'intention d'assister à l'inauguration de la fondation, mais, malheureusement, j'ai été retenu à Washington ce jour-là. J'ai entendu dire que ça s'était très bien passé.

— Très bien, je vous remercie.

— Et voilà une autre heureuse occasion, enchaîne-t-il en désignant la pièce d'un geste. Je confiais justement à Luke combien il avait de la chance d'avoir trouvé une jeune fille aussi jolie, douée et accomplie que Becky.

— Tout à fait, répète Elinor, dont le sourire s'estompe imperceptiblement.

— Mais ce doit être également votre avis, insiste Michael.

Un ange passe.

— Évidemment, finit par convenir Elinor.

Elle tend la main et, après une minuscule hésitation, la pose sur mon épaule.

Oh, mon Dieu, ses doigts sont si froids ! J'ai l'impression que c'est la Reine de glace qui me touche. Je regarde Luke : il rayonne littéralement de bonheur.

— Bien ! Allons porter ce toast ! dis-je avec enjouement. Nous vous suivons, Elinor.

— À plus tard, Michael, dit Luke.

— Bon toast, réplique Michael en me faisant un minuscule clin d'œil. Luke, ajoute-t-il, tandis qu'Elinor s'éloigne, il faudra que je te dise un mot plus tard, à propos de la fondation.

— Très bien, fait Luke après une hésitation. Pas de problème.

Est-ce mon imagination, où Luke est-il un peu sur la défensive ?

— Mais d'abord le toast, dit Michael. Nous ne sommes pas là pour parler affaires.

En traversant la pièce en compagnie d'Elinor et de Luke, je vois les gens se retourner sur notre passage en murmurant. Une petite estrade a été installée dans un angle de la pièce, et, au moment où nous y grimpons, je sens, pour la première fois de la soirée, la nervosité me gagner. Le silence s'est fait et tout le monde s'est approché pour nous regarder.

Deux cents yeux, qui me scannent tous de leur coup d'œil Manhattan.

Tout en m'efforçant de rester naturelle, je scrute la foule en quête de visages connus ou amis. Mais, mis à part celui de Michael, vers le fond, je n'en vois pas un seul.

Je continue à sourire, pourtant je me sens un peu triste. Où sont mes amis ? Je sais que Christina et Erin sont en route – mais Danny ? Il avait promis de venir.

— Mesdames et messieurs, dit gracieusement Elinor, je vous souhaite la bienvenue. C'est un immense plaisir pour moi de vous recevoir ce soir en cette heureuse occasion. Je remercie tout particulièrement Marcia Fox, la présidente de cet immeuble, et Guinevre von...

— Mais je m'en fiche, de cette liste à la noix ! lance une voix aiguë, vers la porte.

Quelques têtes se retournent.

— Von Landenburg, associée de la fondation Elinor Sherman, poursuit Elinor, la mâchoire crispée.

— Laissez-moi passer, espèce d'idiote !

Il y a comme un bruit de bagarre, puis un petit cri fuse, et là, c'est toute l'assemblée qui se retourne.

— Ne me touchez pas ! Je suis enceinte, OK ? S'il se passe quoi que ce soit, je vous traîne en justice !

— Non ! je m'écrie de joie, en sautant en bas de l'estrade. Suze !

— Bex ! (Suze passe la porte, toute bronzée et visiblement en pleine forme, des perles dans les cheveux, un ventre bien rond qui pointe sous sa robe.) Surprise !

— *Enceinte ?* répète Tarquin qui la suit, vêtu d'une antique queue-de-pie enfilée sur un polo, l'air complètement abasourdi. Suze, chérie, mais de quoi parles-tu ?

6

— On s'est dit qu'on allait te faire une surprise, dit Suze une fois l'agitation retombée. (Elinor a porté son toast – et, soit dit en passant, elle n'a mentionné Luke et moi qu'une fois, contre six fois la fondation Elinor Sherman.) C'est notre dernière bouchée de lune de miel. Alors on est passés chez toi...

— Et vu que, comme toujours, j'étais pile à l'heure..., dit Danny avec un sourire d'excuse.

— Alors Danny a pensé que nous pourrions venir te faire une surprise !

— C'est à Tarquin que tu as fait une surprise ! dis-je en riant.

Je suis aux anges. Suze, Tarquin et Danny, ici, tous ensemble.

— Je sais, fait Suze avec une grimace triste. J'avais prévu de le lui annoncer plus... en douceur.

— Mais c'est incroyable qu'il n'ait pas deviné tout seul. Enfin, regarde-toi !

Je tends la main vers son ventre, moulé dans une robe en strech rouge. Franchement, difficile de faire plus évident !

— Il a bien fait un commentaire sur mon ventre une ou deux fois, dit Suze d'un air vague, mais je lui ai dit que j'étais susceptible au sujet de mon poids, et, du coup, il a arrêté. Mais il va bien. Regarde !

Elle me montre Tarquin, entouré de New-Yorkaises avides.

— Vous vivez dans un château ? entends-je l'une d'elles demander.

— Euh... oui.

— Et vous connaissez le prince Charles ? s'enquiert une autre, en ouvrant des yeux ronds.

— Nous avons joué au polo ensemble une ou deux fois...

Tarquin jette des regards désespérés autour de lui, en quête d'une échappatoire.

— Il *faut* absolument que vous rencontriez ma fille, dit une troisième en passant le bras autour de ses épaules comme pour se l'approprier. Elle adore l'Angleterre. Elle a visité Hampton Court *six fois*.

— Il est ahurissant, me chuchote une voix à l'oreille. Complètement ahurissant, répète Danny, en dévorant Tarquin des yeux par-dessus mon épaule. Il est mannequin ?

— *Quoi ?*

— Toutes ces histoires de fermier et tout ça, c'est des conneries, non ?

— Tu trouves que Tarquin devrait être mannequin ?

J'ai du mal à réprimer un éclat de rire.

— Eh bien, quoi ? fait Danny, brusquement sur la défensive. Il a un look incroyable. C'est un croisement entre le prince Charles et Rupert Everett...

— Danny ! Tu sais bien qu'il est hétéro !

— Évidemment que je le sais ! Tu me prends pour qui ? (Il réfléchit deux secondes.) Mais il est allé en pension en Angleterre, non ?

— Danny ! (Je lui donne un coup de coude et lève la tête.) Salut Tarquin ! Tu as réussi à t'échapper !

— Bonjour ! Suze chérie, as-tu donné à Becky ce que sa maman lui envoie ?

— Non, je l'ai laissé à l'hôtel. Becky, ajoute-t-elle en se tournant vers moi, nous sommes passés voir tes parents en partant à l'aéroport. Ils sont littéralement obsédés ! Ils ne parlent de rien d'autre que du mariage.

— Ça ne m'étonne pas, dit Danny. Ça risque d'être vraiment incroyable. Catherine Zeta-Jones peut aller se rhabiller.

— Qu'est-ce que tu veux dire ? demande Suze, intéressée.

Je me raidis. Merde. Becky, trouve un truc, vite.

— Danny ? dis-je l'air de rien. Je crois bien que la rédac chef du *Women's Wear Daily* est là.

— Non ! (Aussitôt, Danny tourne la tête de tous les côtés). Je reviens.

À mon grand soulagement, il part se noyer dans la foule des invités.

— Quand nous étions chez tes parents, ils étaient en train de se disputer à propos de la taille de la tente, reprend Suze en éclatant de rire. Ils nous ont fait asseoir sur la pelouse, et nous ont demandé de faire semblant d'être les invités.

Stop ! Je ne veux pas en entendre davantage. Je bois une gorgée de champagne en essayant de trouver un autre sujet de conversation.

— As-tu parlé à Becky de l'autre incident ? demande Tarquin, le regard soudain empreint de gravité.

— Euh... Non, pas encore, avoue Suze, l'air coupable.

Tarquin pousse un soupir profond.

— Becky, Suze doit te dire quelque chose.

— Oui, fait celle-ci en se mordillant la lèvre, confuse. Chez tes parents, j'ai demandé à ta maman de me montrer sa robe de mariage. On était tous en train de l'admirer, mais j'avais une tasse de café à la main... (Elle mime le geste.) Et je ne sais pas comment je me suis débrouillée... J'ai renversé la tasse sur la robe.

Je la regarde, incrédule.

— Sur la robe ? Tu plaisantes ?

— Nous avons proposé de la faire nettoyer, évidemment, intervient Tarquin. Mais je ne suis pas sûr qu'elle soit récupérable. Nous sommes vraiment désolés, Becky. Nous te paierons une autre robe, bien entendu. Vous voulez un autre verre, enchaîne-t-il en regardant le sien, qui est vide.

— Alors, la robe est... fichue ? je demande, pour bien m'en assurer.

— Oui, et je peux te dire que ça n'a pas été facile, ajoute Suze, aussitôt que Tarquin est assez loin pour ne pas nous entendre. À ma première tentative, ta mère l'a écartée juste à temps. Après, elle avait peur et a commencé à dire qu'elle ferait mieux de la ranger. J'ai quasiment été obligée de jeter ma tasse, juste au moment où elle l'emballait – et, même comme ça, il n'y a que la traîne qui a été touchée. Bien sûr, ta mère me déteste maintenant. Je pense que je ne serai pas invitée au mariage.

— Mais si, Suze ! Tu sais bien que si ! Merci, merci du fond du cœur. Tu es un as ! Franchement, je ne pensais pas que tu réussirais.

— Je ne pouvais pas te laisser ressembler à une escalope de veau le jour de ton mariage, dit Suze en souriant. Le truc bizarre, c'est que, sur les photos, cette robe est très jolie sur ta maman. Mais en vrai...

Elle fait une petite grimace.

— C'est tout à fait ça. Oh, Suze, je suis si heureuse que tu sois là ! (Je la serre dans mes bras.) Je pensais que tu serais tellement... mariée ! C'est comment, au fait, le mariage ?

— Comme avant, dit Suze après réflexion. Sauf que nous avons plus d'assiettes...

Je me retourne en sentant quelqu'un me toucher l'épaule – une femme rousse, vêtue d'un tailleur-pantalon en soie pastel.

— Laura Redburn Seymour, se présente-t-elle en tendant la main. Mon mari et moi sommes obligés de partir, mais je voulais vous dire que j'ai entendu parler de vos projets pour le mariage. Je me suis mariée au même endroit, il y a quinze ans, et je peux vous certifier qu'au moment où vous marchez vers l'autel... vous éprouvez un sentiment unique.

Elle joint les mains et sourit à son mari, qui ressemble comme deux gouttes d'eau à Clark Kent.

— Ça alors ! je fais. Eh bien... merci !
— Vous avez grandi à Oxshott alors ? demande joyeusement Suze. Quelle coïncidence !

Oh, merde !

— Je vous demande pardon ? dit Laura Redburn Seymour.
— Oxshott ! répète Suze.
— Ox... quoi ? fait la dame en regardant son mari, l'air interloqué.
— Connais pas, dit celui-ci, un peu froidement. Bonsoir. Et encore toutes nos félicitations.

Tandis que le couple s'éloigne, Suze me dévisage, intriguée.

— Bex ? Ils sont bizarres, non ?
— Je...

Je me frotte le nez pour gagner du temps. Sans trop savoir pourquoi, je sens que je n'ai vraiment pas envie de mettre Suze au courant du projet Plaza.

Bon, d'accord, je sais pourquoi. C'est parce que je connais d'avance sa réponse.

— Oui, finis-je par dire. Ils étaient un peu bizarres.
— On voit bien qu'elle ne s'est pas mariée à Oxshott. Alors pourquoi pense-t-elle que tu vas te marier au même endroit qu'elle ?
— Eh bien... tu sais... les Américains disent souvent n'importe quoi. Bon, alors, quand est-ce qu'on va voir les robes de mariée ? Demain ?
— Oh oui ! s'exclame Suze qui se détend aussitôt. On va aller où ? Il y a un rayon spécialisé chez Barneys ?

Dieu merci, Suze n'a jamais été suspicieuse.

— Oui, j'y ai déjà jeté un œil, mais je n'ai encore rien essayé. Le problème, c'est que je n'ai pas pris rendez-vous et que demain c'est samedi... On pourrait essayer chez

Vera Wang, dis-je en fronçant les sourcils, mais là aussi tout sera sans doute pris...

— Je voudrais aussi faire un peu de shopping pour le bébé. J'ai préparé une liste.

— J'ai déjà acheté deux ou trois babioles, dis-je en regardant tendrement son ventre. Quelques petits cadeaux.

— Je voudrais un joli mobile...

— Ne t'inquiète pas, je t'en ai trouvé un super... Avec quelques petites tenues.

— Bex ! Tu n'aurais pas dû !

— Il y avait des soldes chez Baby Gap, dis-je, en guise de défense.

— Excusez-moi, nous interrompt une femme en noir avec un collier de perles. Je n'ai pas pu m'empêcher d'entendre votre conversation. Je m'appelle Cynthia Harrison. Je suis une grande amie d'Elinor et de Robyn, votre organisatrice. Vous êtes entre d'excellentes mains.

— Ah ! parfait, dis-je poliment. Je suis heureuse de l'entendre.

— Si vous cherchez votre robe de mariée, puis-je vous inviter à venir dans ma nouvelle boutique, Dream Dress ? poursuit Cynthia Harrison avec un immense sourire. Voilà vingt ans que je vends des robes de mariée, et il se trouve que, cette semaine, je viens d'ouvrir une boutique sur Madison. Nous avons une très importante sélection de robes de couturiers, ainsi que des chaussures et des accessoires. Un service sur mesure, dans un environnement luxueux. Toute la panoplie de la mariée, de l'essentiel au détail le plus infime.

Elle s'interrompt abruptement, comme si elle avait fini de réciter un discours appris par cœur.

— Eh bien, d'accord. Nous passerons demain !

— Est-ce que onze heures vous conviendrait ?

Je jette un coup d'œil à Suze, qui approuve d'un hochement de tête.

— Parfait. Merci beaucoup.

Tandis que Cynthia s'éloigne, je souris à Suze, tout excitée, mais je la vois qui regarde de l'autre côté de la pièce.

— Qu'est-ce qu'il a, Luke ? demande-t-elle.

— Comment ça, qu'est-ce qu'il a ?

Je me retourne et découvre Luke et Michael isolés dans un coin. On dirait qu'ils sont en train de se disputer.

À ce moment-là, Luke hausse la voix, sur la défensive, et j'intercepte les mots « ... pour voir plus grand, nom de Dieu ! »

— De quoi parlent-ils ? demande Suze.

— Aucune idée !

Je tends l'oreille, mais je ne distingue que des bribes.

« ... simplement ça ne semble pas... convenable », dit Michael.

« ... à court terme... tout à fait convenable. »

Bon sang, Luke est dans une colère noire.

« ... fausse impression... abuses de ta position. »

« ... suffit maintenant ! »

Effarée, je vois Luke quitter la pièce en fulminant. Michael, lui, a l'air totalement désarçonné par sa réaction. Il reste sous le choc pendant quelques secondes, puis, il ôte ses lunettes et boit une gorgée de whisky.

Incroyable ! Jamais je n'avais vu Luke et Michael se disputer. Luke l'adore. Il le considère presque comme un père. Qu'a-t-il bien pu se passer ?

— Je reviens, dis-je à Suze et je file rejoindre Michael aussi discrètement que possible. Il a le regard dans le vague et n'a pas bougé d'un pouce.

— Michael, que se passe-t-il ? Vous vous êtes disputés ?

Il relève la tête, surpris, et essaie de me sourire.

— Juste un petit différend concernant nos affaires. Rien de grave. Alors, vous avez choisi la destination de votre lune de miel ?

— Michael ! C'est moi, Becky ! Vous pouvez me confier ce qui ne va pas ! (Je baisse la voix.) Que vouliez-vous dire, en reprochant à Luke d'abuser de sa position ?

Ma question est accueillie par un long silence, comme si Michael pesait le pour et le contre et hésitait à me répondre.

— Saviez-vous, lâche-t-il enfin, qu'un membre de l'équipe de Brandon Communications a été réaffecté à la fondation Elinor Sherman ?

— Quoi ? dis-je éberluée. Vous plaisantez !

— Je viens de découvrir qu'une nouvelle secrétaire de la société a été déléguée pour travailler avec la mère de Luke. C'est Brandon Communications qui la paie, mais elle est quasiment à plein temps au service d'Elinor. Bien évidemment, la situation ne convient pas du tout à la jeune fille, soupire-t-il. Je voulais simplement en discuter avec Luke, mais il est tout de suite monté sur ses grands chevaux.

— Je n'avais jamais entendu parler de ça ! dis-je, incrédule. Il ne m'en a rien dit.

— Il n'en a rien dit à personne. Je l'ai découvert par hasard, parce que cette secrétaire connaît ma fille et qu'elle s'est dit qu'elle devrait m'en parler. (Il baisse la voix.) Mais le danger, c'est qu'elle aille se plaindre aux actionnaires. Luke serait vraiment dans le pétrin.

Je n'en crois pas mes oreilles. Comment Luke peut-il être aussi maladroit ?

— C'est sa mère. Vous savez l'emprise qu'elle a sur lui. Il ferait n'importe quoi pour l'impressionner.

— Je sais, Becky, et je le comprends. On est tous sous l'emprise de quelqu'un. Bon, je crains de devoir me sauver, ajoute-t-il après avoir regardé sa montre.

— Michael, pas tout de suite ! Vous ne pouvez pas partir sans lui reparler !

— À mon sens, en reparler maintenant ne servirait pas à grand-chose. Becky, ne laissez pas ce petit problème gâcher votre soirée. Et n'allez pas lui faire des reproches. Il est très chatouilleux sur le sujet. Ça finira par s'arranger, conclut-il en me serrant le bras.

— D'accord, je vous promets. (Je me force à sourire.) Et merci d'être venu, Michael. Ça nous a fait chaud au cœur. À nous deux.

Je lui donne une chaleureuse accolade et le regarde s'éloigner. Puis, dès qu'il a disparu, je m'éclipse à mon tour. Il faut que je parle à Luke, le plus vite possible.

À l'évidence, Michael a raison. C'est un sujet sensible, donc je ne vais pas foncer tête baissée. Je vais me contenter de poser quelques questions avec tact, pour en savoir davantage, et ensuite, ramener doucement Luke dans la bonne direction. Exactement comme doit le faire une future épouse.

Je finis par le retrouver à l'étage, assis dans la chambre de sa mère, le regard perdu dans le vague.

— Luke, je viens de parler à Michael ! Tu as mis une employé de la société au service de la fondation de ta mère. Mais c'est de la folie !

Oups ! Ce n'est pas du tout ce que j'avais prévu...

— Une secrétaire, dit Luke sans tourner la tête. Il s'agit d'*une secrétaire*, OK ?

— Mais elle n'est donc pas fichue de l'employer elle-même, sa secrétaire ?

— C'était juste pour l'aider, bon sang...

— Enfin, tu ne peux pas te permettre de distribuer le personnel comme bon te semble. C'est ridicule !

— Vraiment ! gronde Luke d'une voix dangereusement grave. J'oubliais que tu es une experte en affaires...

— Non, mais j'en sais assez sur le sujet pour savoir qu'il ne faut pas agir ainsi. Luke, que diras-tu si les actionnaires l'apprennent ? Tu ne peux pas te servir de ta boîte pour entretenir la fondation de ta mère !

— Becky, je ne suis pas complètement idiot. La boîte aussi va tirer profit de cette association. (Il pivote enfin vers moi et me regarde.) Tout mon boulot tourne autour de l'image que je donne. Quand on me photographie en train de tendre un énorme chèque à une cause qui en a besoin, l'impact positif est immense pour Brandon Communications. De nos jours, les gens veulent s'associer à des boîtes qui leur offrent quelque chose en retour. Il y a déjà une photo prévue depuis plusieurs semaines, plus quelques articles judicieusement placés... Les retombées pour la société seront énormes.

— Alors pourquoi Michael n'est-il pas de cet avis ?

— Il n'écoutait pas. Tout ce qu'il était capable de me dire, c'est que je créais un fâcheux précédent.

— Il n'a peut-être pas tort. Après tout, quand tu embauches quelqu'un, c'est pour travailler avec toi, pas pour l'envoyer bosser pour quelqu'un d'autre...

— Il s'agit d'une exception, me coupe Luke. Et à mon avis, le bénéfice qu'en retirera la société compensera très largement le coût.

— Oui, mais tu n'en as parlé à personne, tu n'as demandé la permission à...

— Mais je n'ai pas besoin de demander de permission avant d'agir ! réplique Luke. Je suis le président-directeur général de cette boîte. Je peux prendre toutes les décisions qui me semblent opportunes.

— Ce n'est pas ce que je voulais dire. Simplement, Michael est ton associé. Tu devrais l'écouter ! Lui faire confiance.

— Lui aussi devrait me faire confiance ! s'emporte Luke. Il n'y aura aucun problème avec les actionnaires. Crois-moi, lorsqu'ils verront la publicité que cela va générer, ils seront plus qu'heureux. Si seulement Michael arrivait à le comprendre, au lieu d'ergoter sur des détails sans importance... Où est-il, au fait ?

— Il a dû partir.

Je vois le visage de Luke se décomposer.

— Il est parti ? Bon... Très bien.

— Ne le prends pas mal. Il était obligé. (Je m'assieds et mets la main de Luke dans la mienne.) Luke, n'entre pas en conflit avec Michael. C'est un si bon ami... Souviens-toi de tout ce qu'il a fait pour nous. Tu te rappelles de son discours, le jour de ton anniversaire ?

J'essaie de détendre l'atmosphère, mais, apparemment, Luke s'en fiche. Le visage fermé, il se tient sur ses gardes et il fait le dos rond. Il n'a aucunement l'intention de m'écouter. J'étouffe un soupir et bois une gorgée de champagne. Il me faut attendre une meilleure occasion.

Après quelques minutes de silence, nous nous détendons l'un et l'autre, comme si nous étions arrivés à une trêve.

— Je ferais mieux de redescendre. Suze ne connaît personne.

Luke relève la tête.

— Combien de temps reste-t-elle à New York ?

— Quelques jours seulement.

Je bois une nouvelle gorgée en regardant autour de moi. C'est la première fois que j'entre dans la chambre d'Elinor. Tout est impeccable, comme le reste de l'appartement, avec des murs couleur pastel et des tonnes de meubles sur mesure qui transpirent le luxe.

— Hé, tu sais pas ? Suze et moi allons choisir une robe de mariée, demain.

Luke me dévisage, l'air surpris.

— Je croyais que tu mettais celle de ta mère ?

— Oui mais... Le problème, c'est qu'elle a eu un accident...

Je ne peux que remercier la providence. Ainsi que Suze, son adresse et sa tasse de café.

Lorsque, le lendemain matin, nous arrivons devant la vitrine de Dream Dress sur Madison Avenue, je mesure brusquement l'ampleur du sacrifice que maman attendait de moi. Comment pouvait-elle vouloir que je porte cette monstruosité à fanfreluches, au lieu de l'une de ces incroyables et splendides créations dignes d'une cérémonie des Oscars ? Nous poussons la porte et découvrons, muettes d'admiration, la boutique feutrée, avec sa moquette champagne, son plafond décoré de nuages en trompe-l'œil et, suspendues à des portants de part et d'autre de la pièce, des robes de mariée étincelantes, brillantes, éblouissantes.

Une vague d'excitation me submerge. J'ai l'impression que je vais éclater de rire d'une minute à l'autre.

— Rebecca ! (Cynthia nous a vues entrer et vient nous accueillir avec un grand sourire.) Je suis tellement heureuse que vous soyez là. Bienvenue chez Dream Dress, où notre devise est...

— Oh, je parie que je sais ! l'interrompt Suze. C'est « Vivez votre rêve à Dream Dress » ?

— Non, fait Cynthia, avec un sourire.

— Alors c'est « Votre rêve deviendra réalité chez Dream Dress » ?

— Non, répète Cynthia, dont le sourire se crispe imperceptiblement. C'est « Nous vous trouverons la robe de vos rêves ».

— Ah, très joli, consent Suze poliment. Mais mes devises étaient mieux, me souffle-t-elle à mi-voix à l'oreille.

Cynthia nous installe sur un canapé crème dans le salon.

— Je suis à vous dans une seconde, dit-elle gentiment. Feuilletez donc quelques magazines en attendant.

Suze et moi échangeons un sourire impatient, puis, tandis qu'elle attrape un exemplaire de *Mariée d'aujourd'hui*, je m'empare du *Martha Steward* spécial mariage.

Dieu que j'aime ce magazine ! Je meurs d'envie d'entrer dans ces pages, avec tous ces gens délicieux, qui se marient à Nantucket ou en Caroline du Sud, qui gagnent la chapelle à cheval, et improvisent des porte-menus pour la table à partir de pommes reinettes givrées.

Je dévore des yeux un couple éblouissant de santé, photographié dans un champ de blé plein de coquelicots, avec, en arrière-plan, un magnifique paysage montagneux. On devrait peut-être se marier, nous aussi, dans un endroit pareil... J'aurais des épis de blé dans les cheveux, et Luke nous aurait sculpté un adorable siège de ses propres mains, parce que sa famille travaillerait le bois depuis six générations. Et puis, nous regagnerions notre maison dans une vieille carriole tirée par des chevaux...

— C'est quoi, un « service ganté à la française » ? demande Suze en regardant une pub, l'air dérouté.

— J'sais pas. (Je lève un regard rêveur.) Hé, Suze, regarde ça ! Tu crois que je devrais faire mon bouquet moi-même ?

— Faire quoi ?

— Regarde ! dis-je en lui montrant la page. On peut fabriquer ses fleurs avec du papier crépon et obtenir un bouquet original et imaginatif.

— Toi ? Fabriquer des fleurs en papier ?

— Mais j'en suis capable ! je proteste, légèrement agacée par son ton sarcastique. J'ai de l'imagination tu sais.

— Et s'il pleut ?

— Il ne pleuvra pas...

Je m'interromps aussitôt. J'étais sur le point de dire : « Il ne pleuvra pas au Plaza. »

— Je... Je sais qu'il ne pleuvra pas, je reprends en tournant précipitamment la page. Waouh ! Tu as vu ces chaussures !

— Bien, mesdemoiselles, et si nous commencions ?

Nous levons la tête. Cynthia est de retour, un bloc-notes à la main. Nous la regardons attentivement s'installer sur une petite chaise dorée.

— Rien dans votre vie ne vous a préparées à cette expérience · choisir votre robe de mariée, commence-t-elle. Vous pensez peut-être en connaître un rayon en matière de vêtements... (Elle esquisse un sourire et secoue la tête.) Mais choisir sa robe de mariée est une expérience radicalement différente. Comme nous disons, à Dream Dress, vous ne choisissez pas votre robe...

— C'est la robe qui vous choisit ? suggère Suze.

— Non, lui rétorque Cynthia, une lueur d'agacement dans le regard. Vous ne choisissez pas votre robe, répète-t-elle en se tournant vers moi, vous la *rencontrez*. Vous avez rencontré l'homme de votre vie... Et, maintenant, le temps est venu de rencontrer votre robe. Car, je peux vous l'assurer, cette robe vous attend. Ce sera peut-être la première que vous essaierez... (Et elle désigne une robe fourreau bain de soleil pendue à proximité.) Ce sera peut-être la vingtième. Mais, lorsque vous enfilerez cette robe-là... (Elle se frappe la poitrine.) Vous saurez que c'est *elle*, exactement comme lorsqu'on tombe amoureuse. On le sait.

— Vraiment ? dis-je en regardant autour de moi, assaillie d'excitation. Et à quoi le sait-on ?

— Vous le saurez, point, fait-elle avec un sourire averti. Avez-vous déjà quelques idées ?

— Oui, évidemment, j'y ai un peu pensé...

— Parfait. C'est toujours mieux de pouvoir circonscrire les recherches. Avant de commencer, laissez-moi vous poser quelques questions de base. Pensez-vous à quelque chose de simple ? s'enquiert-elle en dévissant le capuchon de son stylo.

— Tout à fait. Simple et élégant. Ou alors, plus sophistiqué, j'ajoute, tandis que mon regard se pose sur une robe de rêve, avec une cascade de roses cousues dans le dos.

— Bien. Donc... Simple ou sophistiqué..., note-t-elle. Voudriez vous des perles, ou des broderies ?

— Peut-être.

— OK... Avec manches, ou bustier ?

— Bustier, peut-être, dis-je, pensive. Ou alors avec des manches.

— Une traîne ?

— Oh oui !

— Mais ça t'est égal s'il n'y en a pas, n'est-ce pas ? intervient Suze qui est en train de feuilleter *Coiffures de mariées*. Tu as toujours la solution de mettre un de ces très longs voiles pour la cérémonie.

— C'est vrai. Mais j'aime bien l'idée d'une traîne... (En la regardant, une idée me vient à l'esprit.) Dis Suze, si j'attendais deux ou trois ans pour me marier, ton bébé pourrait tenir ma traîne !

— Oh ! s'exclame-t-elle, la main devant la bouche. Ce serait tellement chou ! Oui, mais, s'il trébuchait ? Ou s'il se mettait à pleurer ?

— Ce ne serait pas grave. Et on pourrait lui trouver une adorable petite tenue...

— Si nous pouvions en revenir à ce qui nous occupe..., me coupe Cynthia en consultant son bloc-notes. Donc, en résumé, nous cherchons une robe sobre ou sophistiquée, avec manches ou bustier, éventuellement avec des perles et/ou des broderies, et avec traîne ou sans traîne.

Elle promène son regard autour de la boutique.

— Exactement ! dis-je en l'imitant. Mais vous savez, je suis assez flexible.

— Parfait, s'exclame-t-elle en se replongeant un instant dans ses notes. Parfait, répète-t-elle. Le seul moyen de savoir est d'essayer, non ? Alors, commençons !

Pourquoi avoir attendu si longtemps ? Jamais je ne me suis autant amusée qu'en ce moment. Cynthia m'ouvre une cabine d'essayage spacieuse, tapissée de papier peint à motifs de chérubins blanc et or, et dotée d'un grand miroir. Elle me tend une guêpière de dentelle et une paire d'escarpins en satin – puis sa vendeuse m'apporte les robes par lots de cinq. J'essaie des fourreaux en mousseline de soie décolletés dans le dos, des robes-tutus avec des corsages cintrés et des jupons de tulle, des robes de satin duchesse incrusté de dentelles, des robes discrètes avec des traînes spectaculaires, des robes toutes simples, des robes scintillantes...

— Quand vous la verrez, vous le saurez, n'arrête pas de répéter Cynthia, tandis que sa vendeuse replace les robes sur leurs cintres. Continuez, continuez...

— Avec plaisir ! dis-je en me glissant dans une robe bustier incrustée de dentelle perlée.

Je sors de la cabine pour parader devant Suze.

— Fantastique ! Elle est encore mieux que celle à fines bretelles.

— Je sais ! Mais j'aime bien quand même celle avec les manches en dentelles à mi-épaules..., dis-je en m'examinant dans le miroir. J'en ai essayé combien, jusque-là ?

— Ça nous en fait... trente-cinq, annonce Cynthia en consultant sa liste.
— Et j'en ai retenu combien ?
— Trente-deux.
— Ah bon ? Lesquelles n'ai-je pas retenues ?
— Les deux robes roses et la robe manteau.
— Oh non, j'aime bien la robe manteau. Notez-la dans la liste des possibilités.

Je me promène encore un peu dans la boutique, en jetant un œil sur les portants, au cas où je découvrirais quelques robes qui m'auraient échappé. Je m'arrête devant des petites robes de demoiselles d'honneur et pousse un soupir – plus profond que je n'en avais l'intention.

— Mon Dieu, c'est délicat, n'est-ce pas ? dis-je. Choisir une robe... Une seule.
— Je ne crois pas que Becky ait jamais acheté un seul vêtement à l'unité, explique Suze à Cynthia. C'est un peu un choc culturel, pour elle.
— Je ne comprends pas pourquoi il faut se restreindre à une seule robe. C'est censé être le plus beau jour de votre vie, non ? On devrait avoir la possibilité d'en porter cinq.
— Ce serait chouette, approuve Suze. Tu en aurais une romantique pour entrer dans l'église, une plus élégante pour en sortir... Et une autre lors du cocktail...
— Et une sexy pour danser... Et une autre pour...
— Pour que Luke te l'arrache, complète Suze, le regard malicieux.
— Mesdemoiselles, dit Cynthia avec un petit rire. Rebecca, je sais que c'est difficile... Mais il va bien falloir faire un choix. Pour un mariage en juin, vous vous y prenez déjà bien tard.
— Comment aurais-je pu m'y prendre avant ? Je viens à peine de me fiancer !

Cynthia secoue la tête.

— Pour choisir une robe de mariée, c'est tard. Nous recommandons toujours, si la mariée pense que les fiançailles seront brèves, de commencer à prospecter avant.

— Oh ! là, là ! je fais, découragée. Je ne me doutais pas que ce serait si difficile.

— Essaie celle-là, dit Suze. La dernière de la rangée avec les manches pagodes en mousseline. Tu ne l'as pas encore essayée, si ?

Je fais non de la tête et j'emporte la robe dans la cabine, écarte les froufrous et me glisse à l'intérieur.

La robe est cintrée juste ce qu'il faut à la taille, épouse parfaitement mes hanches et tombe à terre en une minuscule traîne ondoyante. Le décolleté est flatteur, et la teinte va très bien avec ma peau. Je m'y sens bien. Elle me va bien.

— Dis donc ! fait Suze en se redressant lorsque j'émerge de la cabine. Elle est super, celle-là.

— N'est-ce pas ? dis-je en grimpant sur l'estrade.

Je me regarde dans la glace, et je ne peux m'empêcher de sourire. Il s'agit d'une robe toute simple – mais j'ai vraiment l'air fantastique dedans. Elle m'amincit ! Elle m'illumine le teint... Bon sang ! C'est peut-être la bonne !

Le silence s'est fait dans la boutique.

— La sentez-vous ici ? demande Cynthia en refermant le poing sur son estomac.

— Je... Je ne sais pas ! Je crois ! (Je lâche un petit rire excité.) Je crois que oui !

— Je le savais. Vous voyez ? Quand vous la trouvez, l'évidence s'impose. C'est impossible à prévoir, à planifier par écrit. Vous savez que c'est la bonne, c'est tout.

— J'ai trouvé ma robe ! Ça y est ! Je l'ai trouvée !

— Enfin ! soupire Cynthia, un soupçon de soulagement dans la voix. Buvons une coupe de champagne pour fêter ça !

Tandis qu'elle s'éclipse, je m'admire de nouveau dans le miroir. C'est une évidence, et c'est inexplicable. Qui aurait cru que j'allais finalement choisir des manches pagodes ?

Une vendeuse passe avec une autre robe, dont j'aperçois le corset, en soie brodée et lacé de rubans.

— Hé, elle est jolie, celle-là aussi !

— Peu importe, réplique Cynthia en me tendant une coupe. Vous avez trouvé la vôtre.

Elle lève son verre pour porter un toast, mais je ne peux quitter le corset des yeux.

— J'aimerais tout de même l'essayer. Vite fait.

— Tu sais à quoi je pense ? dit Suze en levant les yeux de son magazine. Et si tu choisissais une robe qui n'est pas une robe de mariée ? En couleur, par exemple ?

— Oui. Du rouge, par exemple ?

— Ou alors un tailleur-pantalon, suggère-t-elle, en me montrant une photo dans le magazine. C'est cool, non ?

— Mais vous avez trouvé votre robe, piaille Cynthia. Vous n'avez plus besoin de chercher.

— Mmmm..., je fais avec une grimace. Vous voyez, je n'en suis pas si sûre.

À la façon dont Cynthia me dévisage, j'ai l'affreux pressentiment qu'elle va me lancer son verre de champagne à la figure.

— Je croyais que c'était la robe de vos rêves !

— C'est la robe de certains de mes rêves, je lui explique. Mais j'ai beaucoup de rêves, vous savez. Pouvons-nous l'ajouter à la liste des possibilités ?

— Bien, s'incline-t-elle. Une autre possibilité. Je note.

Cynthia quitte la pièce et Suze me fait un sourire complice.

— Oh, Bex ! Ça va être tellement romantique ! Tarkie et moi sommes entrés dans l'église où vous allez vous marier. Elle est adorable !

— Oui, adorable, renchéris-je, aussitôt assaillie par une vague de culpabilité.

Encore que... Pourquoi me sentir coupable ? Rien n'a été arrêté pour l'instant. Je peux encore me marier à Oxshott.

C'est dans l'ordre du possible.

— Ta maman a prévu d'installer une magnifique arche de roses au-dessus du portail, et des bouquets de roses sur chaque banc, à l'église... Et tout le monde aura une rose à la boutonnière. Elle pensait à du jaune, mais ça dépendra des autres couleurs...

— Ah, très bien... En fait, je ne suis pas encore vraiment certaine...

Mais je m'interromps en voyant la porte de la boutique s'ouvrir.

C'est Robyn, en tailleur mauve, son sac Mulberry à la main. Nos regards se croisent dans le miroir et elle me fait un signe de la main.

Qu'est-ce qu'elle fiche ici ?

— Et puis sur les tables, de jolis petits bouquets...

Robyn approche. Je ne suis pas certaine d'aimer ça.

— Euh, Suze, dis-je avec un sourire que j'espère naturel. Pourquoi n'irais-tu pas voir euh... ces coussins à alliances[1], là bas ?

— Quoi ? s'exclame-t-elle, en me dévisageant comme si j'étais devenue dingue. Tu ne vas pas acheter un coussin à alliances ? S'il te plaît... Ne me dis pas que t'es américanisée à ce point !

— Bon alors... Va voir les diadèmes. Je pourrais en mettre un !

— Bex, qu'est-ce qui cloche ?

— Rien, rien ! Je pensais que peut-être tu avais envie de... Oh, bonjour Robyn !

Je m'efforce de lui sourire amicalement.

— Becky ! s'exclame-t-elle en joignant les mains. Cette robe n'est-elle pas magnifique ? Dieu que vous êtes jolie ! C'est la bonne, vous croyez ?

— Je n'en suis pas encore absolument sûre. (Mon sourire est tellement crispé que j'ai mal aux mâchoires.) Robyn, comment diable saviez-vous que j'étais ici ? Ce doit être de la télépathie !

— Cynthia m'avait prévenue de votre visite. C'est une amie de longue date. Et voici donc votre amie d'Angleterre, ajoute-t-elle en se tournant vers Suze.

---

1. Dans la tradition américaine, coussin ouvragé, en forme de cœur et en satin la plupart du temps, sur lequel on présente les alliances aux mariés lors de la cérémonie. *(N.d.T.)*

— Oui. Suze, Robyn. Robyn, Suze.
— Suze ? La demoiselle d'honneur en personne ? Oh, mais c'est un immense plaisir de vous rencontrer ! Vous serez tout simplement superbe dans... (Son regard s'arrête sur le ventre de Suze.) Ma chère, attendriez-vous un heureux événement ?
— Le bébé sera né au moment du mariage, la rassure Suze.
— Parfait ! dit Robyn, soulagée. Donc, je disais que vous seriez superbe en violet.
— En violet ? répète Suze, perplexe. Mais je pensais mettre du bleu.
— Non, non. Du violet ! tranche Robyn.
— Bex, je suis pourtant sûre que ta mère a dit que...
— Peu importe ! j'interromps en hâte. Robyn, je n'ai pas trop de temps, là...
— Je sais, et je ne veux pas vous retarder. Mais puisque je suis là... On pourrait voir un ou deux détails ensemble. J'en ai pour deux secondes, je vous promets. (Elle sort son carnet.) Tout d'abord, j'ai la confirmation, pour l'orchestre. Ils vont envoyer une liste de morceaux pour que vous choisissiez. Quoi d'autre ? enchaîne-t-elle en consultant son carnet.
— Formidable ! dis-je en risquant un regard vers Suze, qui observe Robyn, de plus en plus perplexe. Vous savez Robyn, on pourrait discuter de tout ça par téléphone...
— Je n'en ai pas pour longtemps ! Oui, voilà, l'autre chose, c'était... le rendez-vous pour goûter le buffet, le 23 au Plaza, dans la salle à manger du chef. Je leur ai fait part de votre suggestion, la lotte, c'est bien ça ? Donc, ils vont y repenser... (Elle tourne la page.) Ah oui, et il me faut absolument la liste de vos invités, ajoute-t-elle en relevant la tête et en agitant un index réprobateur. Nous n'aurons pas le temps de dire ouf, qu'il nous faudra déjà penser aux faire-part. Surtout ceux destinés aux invités d'outre-Atlantique.
— D'accord..., je marmonne. Je vais m'en occuper.

Je n'ose pas regarder Suze.

— Parfait ! Donc, on se retrouve lundi à dix heures chez Antoine. Ces gâteaux... Vous allez fondre. Bon, je file, elle dit en refermant son carnet et en souriant à Suze. Ravie de vous avoir rencontrée, Suze. Et à très bientôt, au mariage !

— Oui, tout à fait ! À très bientôt ! répond Suze.

La porte se referme. Je déglutis, le visage cuisant.

— Bon, je crois que je ferais mieux de me rhabiller.

Je regagne la cabine en évitant Suze. Mais elle m'emboîte le pas.

— C'était qui ? elle demande, l'air de rien, tandis que je descends la fermeture Éclair de la robe.

— Ça ? C'était... Robyn. Elle est sympa, non ?

— Et de quoi parlait-elle ?

— De... du... tu sais, du mariage, tout ça... Tu m'aides à enlever le haut ?

— Mais pourquoi pense-t-elle que tu vas te marier au Plaza ?

— Aucune idée !

— Mais si tu sais ! Et cette femme, hier, à la réception ! (Elle hausse brusquement le ton.) Bex, qu'est-ce que tu manigances ?

— Mais rien !

Elle m'agrippe l'épaule.

— Bex, arrête ! Tu ne vas pas te marier au Plaza, hein ?

Je la regarde fixement, je me sens rougir comme une pivoine.

— C'est... une option.

— Comment ça, « une option » ? Comment cela pourrait être une option ?

Je glisse la robe sur le cintre, en cherchant à gagner du temps et à refouler la culpabilité qui m'assaille. Si je feins de trouver la situation tout à fait normale, peut-être le deviendra-t-elle ?

— C'est-à-dire que... Elinor a proposé de donner cette incroyable réception pour Luke et moi. Je n'ai pas encore décidé si j'acceptais ou non. Quoi ? j'aboie finalement en voyant la tête de Suze.

— Comment ça, « Quoi » ? elle explose. « Quoi » à propos de ta mère qui est déjà en train de tout organiser ? À propos d'Elinor qui est une garce finie ? À propos de toi, qui as perdu la tête ? Mais pourquoi diable voudrais-tu te marier au Plaza ?

— Parce que... Parce que... Suze, il faudrait que tu voies ça ! Il y aura un quatuor à cordes, et du caviar, des huîtres... Et des porte-cartes de chez Tiffany pour chaque personne à table... Du Cristal Roederer comme champagne... Et la salle sera transformée en forêt enchantée, avec de vrais bouleaux, et des oiseaux chanteurs...

— De vrais bouleaux ? relève Suze avec une grimace. Mais tu comptes en faire quoi ?

— Ce sera comme dans la Belle au bois dormant ! Moi, je serai la Princesse, et Luke sera le...

Mais à voir le regard lourd de reproches de Suze, je m'interromps.

— Et ta maman, dans tout ça ?

Un ange passe, je feins d'être occupée à dégrafer ma guêpière. Je ne veux pas penser à ma mère, ce n'est pas le moment.

— Bex ! Et ta maman ?

— Il faut juste que je lui en touche deux mots.

— *Que tu lui en touches deux mots ?*

— Elle-même m'a dit que je ne devais rien faire à moitié, en ce qui concerne mon mariage ! je me récrie. Si elle voyait le Plaza, et tous les projets...

— Mais elle a déjà préparé plein de choses ! Quand nous sommes passés les voir, elle ne parlait que de ça ! Avec... Comment s'appelle sa voisine, déjà ?

— Janice.

— Oui. Elles ont rebaptisé votre cuisine le central des opérations. Il y a au moins six tableaux d'affichage aux murs, et des listes, et du matériel un peu partout... Elles sont tellement contentes. Becky ! elle s'exclame avec un regard sincère. Tu ne peux pas leur annoncer comme ça que tu n'as plus besoin d'elles ! Tu ne peux pas !

— Mais Elinor leur enverra un billet d'avion, je dis sur un ton coupable que je fais semblant de ne pas entendre. Elles se régaleront ! Ce sera une expérience unique dans leur vie, à elles aussi ! Elles pourront s'installer au Plaza, et danser toute la nuit, et visiter New York... Ce sera leurs plus belles vacances.

— Tu as expliqué tout ça à ta mère ?

— Non. Je ne lui ai encore rien dit. Je veux être sûre à cent pour cent.

Silence. Suze étrécit les yeux.

— Bex, tu vas faire quelque chose, hein ? Tu ne vas pas te contenter de faire l'autruche ?

— Mais pour qui me prends-tu ! Jamais je ne ferais ça ! je m'indigne.

— Bex ! Tu ne me la fais pas, à moi ! Je sais comment tu es. Comme si je ne t'avais jamais vue jeter tous tes reçus de carte de crédit dans une benne en espérant qu'un inconnu paierait tes notes !

Voilà ce qui arrive quand vous confiez vos secrets les plus intimes à vos amis. Ils s'en servent ensuite contre vous.

— J'ai mûri, depuis cette époque-là, je dis avec un semblant de dignité. Et je vais résoudre ce problème. J'ai juste besoin de réfléchir encore un peu.

Il y a un long silence. À l'extérieur de la cabine, j'entends Cynthia réciter : « Ici, à Dream Dress, nous avons une devise : "Vous ne choisissez pas votre robe..." »

— Écoute, Bex, je ne peux pas prendre de décision à ta place. Ni moi, ni personne. Mais laisse-moi te donner un conseil : si tu dois renoncer à la cérémonie qu'organise ta mère, il faut que tu lui dises et *vite*.

        Les Pins
     43 Elton Road
        Oxshott
         Surrey

FAX

POUR BECKY BLOOMWOOD

DE LA PART DE MAMAN

Le 20 mars 2002

Ma chérie ! J'ai une merveilleuse nouvelle !

Peut-être as-tu appris que Suze a renversé du café sur la robe. C'était un vrai massacre !

Mais je l'ai portée chez le teinturier... Et il a fait des miracles. Elle est redevenue blanche comme neige, et finalement, tu vas pouvoir la mettre.

Je t'embrasse très fort. Je t'appelle bientôt.

Maman

7

Suze a raison : impossible de tergiverser plus longtemps. Je dois me décider.
 Le lendemain de son départ pour l'Angleterre, je passe la pause-déjeuner dans mon bureau, avec une feuille et un crayon. Je vais procéder avec logique. Noter les « pour » et les « contre », les peser – et prendre une décision rationnelle. Bon, c'est parti.

Pour Oxshott :
1. Maman sera contente
2. Papa sera content
3. Ce sera un beau mariage

Je regarde cette liste, puis trace une nouvelle colonne.

Pour New York :
1. J'aurai le mariage le plus extraordinaire du monde.

Bon sang ! Je plonge la tête dans mes mains. Ce n'est pas plus facile par écrit.
 En fait, c'est même plus compliqué, parce que ça m'oblige à regarder le dilemme en face – et je ne peux plus le laisser là où j'ai envie qu'il soit : dans une petite boîte au fin fond de ma tête, où je ne le verrais pas.

— Becky ?
— Oui ?

Je relève la tête en couvrant machinalement la feuille de la main. Sur le seuil de mon salon d'essayage, je découvre Elise, une de mes clientes. Elle a trente-cinq ans, est avocate et part travailler pendant un an à Hong-Kong. Elle va me manquer, en fait. C'est toujours agréable de discuter avec elle, même si elle n'a pas vraiment le sens de l'humour. Ce qu'elle déplore, je crois, mais le problème, c'est qu'elle ne comprend pas l'utilité des blagues.

— Bonjour Elise ! Nous avions rendez-vous ? Je pensais que vous partiez aujourd'hui.

— Non, demain. Mais je voulais vous trouver un cadeau de mariage avant mon départ.

— Oh ! Mais ne vous sentez pas obligée ! je dis, néanmoins ravie de son intention.

— Je voulais juste savoir où vous avez déposé votre liste.

— Ma liste ? Vous voulez dire, la liste de mariage ? En fait, je ne m'en suis pas encore occupée.

— Ah bon ? s'étonne Elise en fronçant les sourcils. Mais alors, comment vais-je faire ?

— Eh bien... Vous pourriez simplement... Acheter un petit truc.

— Sans liste ? elle dit avec un regard sans expression. Mais quoi ?

— Je ne sais pas ! Ce qui vous fait plaisir ! Un... grille-pain ? je suggère avec un petit rire.

— Un grille-pain. D'accord. (Elle plonge la main dans son sac en quête d'un papier.) Quel genre ?

— Je ne sais pas ! J'ai dit ce qui me passait par la tête. Écoutez, Elise... Pourquoi ne me trouveriez-vous pas quelque chose à Hong-Kong ?

— Vous allez aussi faire une liste là-bas ? Dans quel magasin ?

— Non ! Je voulais dire que... Écoutez, dès que j'ai déposé une liste quelque part, je vous le fais savoir, d'accord ? Vous pourrez sûrement passer commande par Internet.

— Bon... D'accord. (Elle range son papier et me jette un regard réprobateur.) Mais vous devriez vous dépêcher. Les gens vont commencer à vouloir faire leurs cadeaux.

— Je suis désolée. En tout cas, j'espère que vous vous plairez à Hong-Kong.

— Merci. (Elle marque un temps d'hésitation, puis, mal à l'aise, vient m'embrasser sur la joue.) Au revoir, Becky. Merci pour votre aide.

À nouveau seule, je me rassieds et tente de me reconcentrer sur ma liste des « pour » et des « contre ».

Mais je n'arrête pas de penser à la remarque d'Elise.

Et si elle avait raison ? Si des tas de gens, ici ou là, cherchaient en vain à nous offrir des cadeaux ?

Brusquement, la terreur me cloue sur place. Et si, découragés, ils renonçaient à leur intention ?

J'empoigne le téléphone et compose le numéro direct de Luke.

Puis, en attendant que la communication soit établie, je me rappelle lui avoir promis, l'autre jour, de ne plus l'appeler au bureau pour l'entretenir de ce qu'il appelle « les futilités du mariage ». Ce jour-là, je l'avais retenu une demi-heure en ligne pour lui décrire trois services de table possibles pour la réception, et, à cause de moi, il a raté un appel super-important du Japon.

Mais là, il s'agit d'un cas exceptionnel, non ?

— Écoute ! dis-je sitôt qu'il décroche. Il faut que nous déposions une liste de mariage. Le plus vite possible !

— Becky, je suis en réunion. Ça ne peut pas attendre ?

— Non ! C'est crucial !

Il y a un silence, et puis je l'entends dire : « Si vous voulez bien m'excuser quelques minutes... »

— OK, fait-il. Reprends depuis le début. De quoi s'agit-il ?

— Le problème, c'est qu'il y a des gens qui essaient de nous faire des cadeaux ! Nous devons déposer une liste. S'ils ne savent pas quoi acheter, ils risquent de se décourager et de renoncer !

— Eh bien, faisons une liste, en ce cas.
— Mais je n'attends que ça ! J'attends depuis des jours que tu aies une soirée de libre...
— Je n'ai pas eu une seconde à moi, se défend-il avec véhémence. Je n'ai pas pu faire autrement.
Je sais pourquoi il se met autant sur la défensive : il a travaillé tous les soirs à cette stupide campagne de promotion pour la fondation d'Elinor. Et il sait ce que j'en pense.
— Bon, il faut qu'on s'en occupe. Nous devons décider de ce que nous voulons.
— Et ma présence est indispensable ?
— Mais évidemment ! Tu n'as pas envie de choisir les assiettes dans lesquelles tu mangeras ?
— Tu veux une réponse franche ? Non.
— *Non ?*
Je prends une profonde inspiration, prête à me lancer dans une tirade du genre « Si tu te fiches des assiettes, alors peut-être te fiches-tu également de notre relation », quand, juste à temps, il me vient à l'esprit que, en étant seule, je pourrai choisir exactement ce dont j'ai envie.
— Bon, OK. Je m'en charge. Je vais aller chez Crate and Barrel. D'accord ?
— Parfait. Et j'ai accepté une invitation de ma mère à venir boire un verre chez elle ce soir. À six heures et demie.
— Oh ! je grimace. D'accord. On se voit là-bas tout à l'heure. Je peux te rappeler en revenant de chez Crate and Barrel, pour te raconter ce que j'ai choisi ?
— Becky, si tu t'obstines à m'appeler au bureau pour me parler du mariage, il se pourrait qu'il n'y ait pas de mariage du tout.
— Ça va ! J'ai compris ! Si ça ne t'intéresse pas, je m'occupe de tout, et on se donne rendez-vous à l'église. C'est ça que tu veux ?
Silence. Il est en train de se marrer, j'en mettrais ma main à couper.

— Tu préfères une réponse honnête, ou une réponse comme dans les tests de *Cosmo*, « Vous aime-t-il vraiment ? »

— La seconde, dis-je après réflexion.

— Je veux m'impliquer dans chaque petit détail de notre mariage, fait-il, sincère Je comprends que s'il m'arrive de manifester un certain désintérêt, c'est le signe d'un non-engagement de ma part envers la belle femme attentionnée et, à tous les égards, exceptionnelle, que tu es, et que franchement je ne mérite pas.

— Pas mal, je trouve. Et la réponse honnête, c'est quoi ?

— Rendez-vous à l'église.

— Ha ha. Crois-moi, tu risques de le regretter, quand je te demanderai d'enfiler un smoking rose.

— Sans doute. Bon, Becky, je dois te laisser. À ce soir.

— Salut.

Je raccroche, attrape mon sac et enfile mon manteau ; en le boutonnant, je pose un regard vaguement coupable sur ma feuille de papier. Peut-être ferais-je mieux de rester là pour réfléchir encore un peu et essayer de prendre une décision.

Mais bon... Que l'on se marie ici ou en Angleterre, il nous faudra de toute façon déposer une liste de mariage, non ? Donc, en un sens, il est plus raisonnable de déposer cette liste d'abord, et ensuite de décider du lieu.

Absolument.

Ce n'est qu'en pénétrant chez Crate and Barrel que je mesure brusquement mon ignorance en matière de liste de mariage. Pour le cadeau de Tom et Lucy, je m'étais associée à mes parents, et c'est maman qui s'était occupée de tout. Sinon, la seule autre personne de ma connaissance à s'être mariée, c'est Suze, et Tarquin et elle n'avaient pas de liste.

Je regarde au hasard dans la boutique, sans trop savoir par où commencer. L'éclairage est vif ; j'aperçois un peu partout des tables dressées comme pour un dîner, et des présentoirs où verres, couteaux et ustensiles de cuisine en inox brillent de tous leurs feux.

Tandis que je flâne autour d'une pyramide de casseroles rutilantes, je remarque une fille avec une longue queue-de-cheval qui fait le tour des rayons en cochant un formulaire. En me rapprochant pour épier son manège, je distingue l'en-tête de la feuille qu'elle tient à la main : « Dépôt de liste de mariage, Crate and Barrel. » Elle dépose sa liste ! Parfait, je vais pouvoir observer comment elle procède.

— Hé, fait-elle, en relevant justement la tête. Vous vous y connaissez en matériel de cuisine ? Vous savez ce que c'est, ce machin ?

J'ai du mal à ne pas sourire, car le machin en question est une poêle. Franchement ! Les filles de Manhattan ne connaissent rien à rien. Elle n'a sans doute jamais préparé un seul repas de sa vie.

— C'est une poêle, lui dis-je gentiment. Pour faire frire des aliments.

— Ah ! Et ça ?

Elle prend une autre poêle, avec un fond cannelé, celle-là, et deux poignées en forme d'anse sur les côtés. Mince alors ! À quoi celle-là peut-elle bien servir ?

— Je... euh... je pense que c'est une poêle... Une plaque de cuisson... Un poêlon... à omelette.

— Ah... Bien.

Tandis qu'elle contemple l'engin d'un air perplexe, je bats précipitamment en retraite, contourne un présentoir de bols à céréales en faïence, et me retrouve devant un terminal informatique baptisé « Dépôt de listes ». Peut-être est-ce là qu'on retire les formulaires ?

« Bienvenue chez Crate and Barrel », annonce le message d'accueil sur l'écran. « Veuillez faire votre sélection. »

Distraitement, j'appuie deux ou trois fois sur l'écran en écoutant vaguement un couple qui, derrière moi, se chamaille pour des assiettes.

— La faïence taupe ne me ressemble absolument pas, dit la fille, au bord des larmes.

— Bien, alors qu'est-ce qui te ressemble ? lui répond l'homme.

— Je ne sais pas !

— Essaies-tu de me dire que la faïence taupe me ressemble, Marie ?

Bon, revenons à nos moutons. Je me concentre de nouveau sur l'écran et tombe sur une curieuse rubrique. Tiens, on peut consulter les listes des gens pour leur offrir un cadeau. Je m'apprête à revenir au menu principal quand j'ai une idée.

Ce serait pas mal de jeter un œil à ce que les autres ont choisi, non ?

Prudemment, je tape SMITH et presse la touche Envoi.

À mon immense étonnement, une longue liste de couples apparaît à l'écran.

Rachel Smith et David Forsyth, Oak Springs, Massachusetts.

Annie M. Winters et Rod Smith, Raleigh, Caroline du Nord.

Richard Smith et Fay Bullock, Wheaton, Illinois.

Leroy Elms et Rachelle F. Smith...

C'est génial ! Bon, voyons ce qu'ont choisi David et Rachel. J'envoie la requête, et l'instant d'après la machine commence à imprimer des feuilles.

Plat en verre à caviar ou à crevettes	4
Plat à gâteau à pied et avec cloche	1
Saladier nénuphar	2
Carafe à vin classique 37,5 cl...	

Waouh, ça a l'air super, tout ça. J'ai vraiment envie d'un saladier nénuphar. Et d'un plat à crevettes.

Bon, voyons ce qu'ont pris Annie et Rod. Je réitère l'opération, et une autre liste apparaît à l'écran.

Mince alors ! Ils adorent les articles de bar, ceux-là. Que vont-ils faire de six seaux à glace ?

Plus moyen de m'arrêter ! Passons maintenant à Richard et Fay. Et puis à Leroy et Rachelle... J'imprime ces deux dernières listes tout en me disant que je pourrais essayer un autre nom – Brown, par exemple –, quand une voix lance :

— Puis-je vous aider, mademoiselle ? (Je me retourne et avise un vendeur tout souriant, Bud, à en croire son badge.) Auriez-vous du mal à trouver la liste que vous cherchez ?

Je sens l'embarras me picoter.

Impossible d'admettre que je faisais de l'espionnage.

— Je... En fait... je viens de trouver, dis-je en attrapant au hasard quelques pages d'une liste. Richard et Fay. Ce sont des amis à moi. Hum... Je voudrais leur offrir un cadeau. C'est pour cela que je suis venue. Et je voudrais déposer une liste, aussi.

— Bon, commençons par choisir le cadeau de vos amis. Qu'aimeriez-vous leur acheter ?

— Hum... Eh bien... (Je consulte la liste.) Euh...

Allons ! Je ne vais tout de même pas acheter un cadeau à deux parfaits étrangers. Je n'ai qu'à admettre la vérité. Que je me mêlais de ce qui ne me regarde pas.

— Vous avez une idée ?

— Peut-être les quatre saladiers ? m'entends-je répondre.

— Excellent choix ! commente Bud en m'entraînant jusqu'à une caisse. Voulez-vous ajouter un message ?

— Un message ?

— Pour vos amis.

Il s'empare d'un stylo et me regarde, l'air d'attendre que je me décide.

— Oui. Pour Richard et Fay. (Je déglutis.) J'espère que votre mariage sera magnifique. Avec toutes les amitiés de Becky.

— Et votre nom de famille ? Juste pour qu'il n'y ait pas d'ambiguïté sur l'identité de l'expéditeur.

— Euh... Bloomwood.

— ... les amitiés de Becky Bloomwood, répète Bud en écrivant soigneusement.

L'espace d'une seconde, j'imagine Richard et Fay lisant mon message et échangeant un regard interloqué.

Enfin, bref. Ils y gagnent quatre saladiers, non ?

— Bien. Maintenant, occupons-nous de votre liste, dit joyeusement Bud en cachetant mon message. Voici pour vous une liste imprimée, où vous pourrez cocher les articles qui vous intéressent... Vous verrez, la plupart de nos articles sont classés par sections...

— Ah, très bien. Quelles sortes de...

— Ustensiles de cuisine, services de table, récipients divers, articles de bar, verres à pied, verrerie... (Il reprend son souffle.) Et divers.

— Parfait...

— Cela va peut-être vous déstabiliser, de décider quels objets vous voulez pour votre nouvelle maison. Alors, ce que je vous conseille, c'est de commencer par des basiques. Réfléchissez à ce dont vous vous servirez tous les jours – et partez de là. Si vous avez besoin de moi, n'hésitez pas à me faire signe.

— Parfait. Merci beaucoup !

Tandis que Bud s'éloigne, je regarde tout autour de moi, parcourue d'un frisson d'impatience. Je n'ai pas été aussi excitée depuis le temps où j'écrivais des lettres au père Noël. Et même alors, maman restait dans mon dos, à faire des remarques, telles que « Je ne suis pas certaine que le père Noël puisse t'apporter de vraies pantoufles en rubis, chérie. Pourquoi ne pas lui demander à la place un joli livre de coloriage ? »

Cette fois, il n'y a personne pour me dire ce que je peux ou non commander. Je suis libre de choisir tout ce dont j'ai envie ! Ces assiettes, là... Et cette carafe... Et cette chaise... Si je voulais, je pourrais tout demander ! La boutique entière !

Enfin, vous me comprenez. En théorie. Car je ne vais pas m'emballer. Je vais commencer par ce dont j'aurai besoin tous les jours, exactement comme l'a suggéré Bud.

Avec le délicieux sentiment de me comporter en personne responsable, je fais le tour d'un présentoir d'ustensiles en tous genres et examine le contenu des étagères.

Oh ! là, là ! Ces pinces à langouste ! Je vais en prendre quelques-unes. Et ces minuscules instruments pour tenir les épis de maïs ! Ne sont-ils pas mignons ? Et ces adorables petites marguerites en plastique. Je ne sais pas à quoi elles servent, mais elles sont tellement chou !

Je note soigneusement les références sur mon formulaire. Bon... Quoi d'autre ? Je regarde autour de moi, et mes yeux se posent sur un étalage d'appareils chromés.

Il nous faut absolument une sorbetière. Et un moule à gaufres. Et une machine à cuire le pain, et une centrifugeuse. Et un four à toast Pro Chef Premium. Je note les références et promène un regard satisfait tout autour. Pourquoi diable n'ai-je pas déposé de liste plus tôt ? Faire du shopping sans dépenser un centime !

Vous savez quoi ? Il y a longtemps que j'aurais dû me marier.

— Excusez-moi ? (C'est la fille avec la queue-de-cheval qui arrive au rayon des couteaux.) Vous savez à quoi sert une cisaille à volaille ?

Et elle brandit un instrument que je n'ai jamais vu de ma vie.

— C'est... pour cisailler les volailles... Enfin, j'imagine...

Nous échangeons un regard inexpressif, puis la fille hausse les épaules.

— OK, fait-elle en inscrivant la référence de l'instrument sur sa liste.

Peut-être que moi aussi je devrais prendre une cisaille à volaille ? Et aussi un de ces trucs tellement cool pour hacher les herbes. Et aussi un de ces chalumeaux pour faire brunir les crèmes brûlées.

Non pas que j'aie déjà fait de crème brûlée dans ma vie, mais vous savez... Quand je serai mariée, il se pourrait que ça m'arrive. Je me vois, soudain, en tablier, caramélisant nonchalamment des crèmes d'une main tout en les aspergeant de sucre de l'autre, sous le regard admiratif de Luke et d'invités pleins d'esprit.

— Où avez-vous déposé vos autres listes ? s'enquiert la fille en s'emparant d'un batteur à œufs pour l'observer de plus près.

Je la regarde, désarçonnée.

— Que voulez-vous dire ? On peut déposer plus d'une liste ?

— Bien entendu ! J'en ai trois. Une ici, une chez William-Sonoma, et une chez Bloomingdale. Ici, c'est vraiment pratique, on peut tout passer en revue sur cette...

— Trois listes !

Si on m'avait dit ! Et à bien y réfléchir, pourquoi même se contenter de trois ?

Ainsi donc, quand j'arrive chez Elinor, j'ai pris rendez-vous chez Tiffany, Bergdorf-Goodman, Bloomingdale et Barneys, j'ai commandé le catalogue de William-Sonoma et j'ai déposé une liste en ligne.

Avec tout ça, je n'ai guère trouvé le temps de décider où nous allions nous marier – mais encore une fois, priorité aux priorités.

Quand Elinor m'ouvre la porte, il y a de la musique dans l'appartement où il flotte un agréable parfum de fleurs. Elinor est vêtue d'une robe portefeuille, ses cheveux ont l'air plus doux que d'habitude et tout en m'embrassant, elle serre brièvement ma main dans la sienne.

— Luke est déjà là, m'informe-t-elle tandis que nous nous engageons dans le couloir. Vous avez de très jolies chaussures. Elles sont nouvelles ?

— Euh... Oui. Merci !

Je n'en reviens pas. C'est bien la première fois qu'Elinor me fait un compliment.

— Et on dirait que vous avez un peu minci. Cela vous va bien.

Je suis tellement estomaquée que je m'arrête net ; puis je me dépêche de la rattraper. Elinor Sherman va-t-elle enfin, après tout ce temps, faire un effort pour être gentille avec moi ? J'ai du mal à le croire.

Mais pourquoi pas ? En y repensant, elle s'est montrée plutôt sympathique, à la fin de la réception de fiançailles. Que mon nom n'ait pas figuré sur la liste des invités était une erreur, m'a-t-elle expliqué avant de s'excuser.

En fait, elle ne s'est pas vraiment excusée : elle a dit qu'elle allait intenter un procès aux organisateurs. Mais bon, c'était une façon de me manifester son intérêt, non ?

Mon Dieu ! Et si, depuis le début, je l'avais mal jugée ? Si nous l'avions tous mal jugée ? Peut-être qu'une personne radicalement différente se cache sous cet extérieur glacial ? Mais oui, c'est ça ! Elinor est un être vulnérable, qui manque d'assurance et se protège derrière sa carapace. Et je suis la seule à le percevoir... lorsque je vais révéler à tout le monde qui est la véritable Elinor Sherman, le Tout-New York s'émerveillera, Luke m'aimera encore plus, et les gens me surnommeront la Fille qui a transformé Elinor Sherman, alors...

— Becky ? (La voix de Luke interrompt mes pensées.) Tu vas bien ?

— Oui, dis-je alors que je bute contre la table basse. Oui, je vais bien.

Je m'installe à ses côtés sur le canapé, et Elinor me tend un verre de vin glacé, que je sirote en contemplant par la fenêtre le panorama illuminé de Manhattan. Elinor et Luke sont lancés dans une discussion sur la fondation. Je grignote une amande salée et laisse mon esprit poursuivre. Je suis en plein rêve : Elinor déclare à une assistance fournie : « Becky Bloomwood est non seulement une belle-fille modèle, mais c'est en plus une amie chère », et moi je souris avec modestie au public qui applaudit. Mais un bruit sec, comme un claquement, me ramène à la réalité si brusquement que je renverse quelques gouttes de vin.

Elinor vient de refermer le calepin en crocodile dans lequel elle prenait des notes. Elle le pose, baisse un peu la musique et me regarde bien en face.

— Rebecca.

— Oui ?

— Je vous ai demandé de venir ce soir parce que j'aimerais discuter de certaines choses avec vous.

Elle me ressert un peu de vin et je lui souris.

— Oui ?

— Comme vous le savez, Luke est un jeune homme très fortuné...

— Oh, oui je sais, je fais, légèrement embarrassée. Enfin, je... je le suppose.

— J'ai parlé à mes avocats... Et avec ceux de Luke. Nous sommes tous du même avis. Donc, si vous me permettez de vous donner ceci...

Elle me sourit de toutes ses dents bien blanches et me tend une épaisse enveloppe avant d'en tendre une identique à Luke.

En la prenant, je frissonne d'impatience. Vous voyez ? Elinor se montre déjà beaucoup plus amicale. C'est exactement comme dans *Dallas*. Elle veut sans doute m'associer à quelque entreprise familiale ou un truc de ce genre pour m'accueillir dans la dynastie. Mais oui ! Et je pourrai aller aux réunions du conseil d'administration, et nous mettrons au point d'incroyables OPA, et je porterai de grosses boucles d'oreilles...

Tout excitée, j'ouvre l'enveloppe et en extrais un épais document dactylographié. Mais, tandis que je commence à le lire, je sens mon excitation fondre comme neige au soleil.

Contrat
entre Luke James Brandon (ci-après dénommé l'époux) et Rebecca Jane Bloomwood (ci-après dénommée l'épouse) de...

Je ne comprends pas. Contrat de quoi ? Est-ce que c'est... Ce n'est tout de même pas...

Médusée, je regarde Luke feuilleter le document, l'air aussi abasourdi que moi.

— Mère, qu'est-ce que c'est que ça ?

— Une simple précaution, répond Elinor avec un vague sourire. Une forme d'assurance.

— Oh, mon Dieu. Un contrat en vue du mariage !

Le cœur au bord des lèvres, je feuillette le document. Il fait environ dix pages, et comporte des articles tels que « Répartition des biens en cas de divorce ».

— Une assurance contre quoi, exactement ? reprend Luke, incrédule.

— Allons, ne faisons pas semblant de vivre dans un conte de fées, réplique sa mère sèchement. Nous savons tous ce qui peut arriver.

— À savoir ?

— Ne fais pas l'idiot, Luke. Tu sais parfaitement de quoi je parle. Et si on a en mémoire le passé de Rebecca en matière de dépenses – si je puis formuler ça ainsi ?

Elle regarde mes chaussures avec insistance. Maintenant, je commence à comprendre pourquoi elle m'a demandé si elles étaient neuves. Quelle humiliation !

Loin d'elle le désir de se montrer gentille. Elle rassemblait ses munitions en vue de l'offensive !

Bon sang ! Comment ai-je pu être aussi stupide ? Cette femme n'a pas de cœur, tout simplement.

— Si je comprends bien, dis-je en respirant un bon coup, vous pensez que je ne veux me marier avec Luke qu'à cause de son argent ?

— Becky ! Vous savez bien qu'il ne s'agit pas de ça !

— Mais si !

— Un contrat prénuptial, n'est rien d'autre qu'une démarche raisonnable, une étape vers le mariage.

— Eh bien, c'est une étape par laquelle nous n'avons pas besoin de passer, rétorque Luke avec un petit rire.

— S'il vous plaît, réfléchissez, dit Elinor. Mon seul désir est de vous protéger. Tous les deux, ajoute-t-elle, peu convaincante.

— Vous pensez... que je vais demander le divorce pour profiter de l'argent de Luke ? (« Comme vous avez fait, vous, avec vos maris », suis-je sur le point d'ajouter, mais je me retiens à temps.) Vous pensez que je veux l'épouser pour cette raison ?

— Becky..., dit Luke.

— Bien entendu, vous pouvez prendre tout votre temps pour lire le contrat...

— Je n'ai pas besoin de temps pour le lire, dis-je.

— Dois-je comprendre que vous refusez de le signer ? déclare Elinor avec un regard triomphant, comme si ma réponse confirmait ses soupçons.

— Non, dis-je d'une voix mal assurée. Non, je ne refuse pas de signer ! Je signerai tout ce que vous voudrez ! Je ne vais pas vous laisser imaginer que je cours après l'argent de Luke !

J'attrape le stylo sur la table et, furieuse, signe la première page, en appuyant si fort que je déchire un peu le papier.

— Becky ! Ne sois pas idiote ! Mère...

— Tout va très bien ! Je vais les signer une à une... Ces fichues...

J'ai le visage en feu et les yeux qui brûlent tandis que je tourne les pages, les signant les unes après les autres, sans même les lire. Rebecca Bloomwood. Rebecca Bloomwood.

— En ce qui me concerne, je ne signerai pas, décrète Luke. Je ne souhaite pas faire de contrat de mariage. Et je ne signerai certainement pas un document que je vois pour la première fois de ma vie.

— Voilà, c'est fait. (Je pose le stylo et attrape mon sac.) Je pense que je vais y aller. Bonsoir Elinor.

— Becky... Mère, qu'est-ce qui t'a pris de faire ça ?

Je sors dignement de l'appartement, mais le sang me martèle les tempes. J'attends l'ascenseur, puis, comme il n'arrive pas, je décide d'emprunter les escaliers. Je bous de rage. De mortification. Elle pense que seul l'argent de Luke m'intéresse. Elle me prend pour une coureuse de dot.

Est-ce ce que tout le monde pense ?

— Becky ! (C'est Luke, qui dévale les escaliers quatre à quatre derrière moi.) Becky, attends ! Je suis vraiment désolé. Je n'avais aucune idée de...

Au rez-de-chaussée, il me serre contre lui, mais je reste là, sans bouger.

— Crois-moi, reprend-il. Le choc est le même pour moi.

— Eh bien... Tu vois... Je crois que tu devrais le signer, dis-je en regardant par terre. Tu dois songer à te protéger. C'est tout à fait normal.

— Becky, il s'agit de moi. De nous. (D'un geste tendre, il me relève le menton, jusqu'à ce que nos regards se croisent.) Je sais que tu es en colère. Mais il faut que tu excuses ma mère. Elle vit en Amérique depuis longtemps. Ce genre de contrat est monnaie courante ici. Elle n'avait pas l'intention de...

— Si, dis-je, complètement humiliée. C'était précisément son intention. Elle pense que j'ai tout prévu pour te prendre ton argent... Et le dilapider jusqu'au dernier cent en paires de chaussures !

— Ce n'était pas ton intention ? s'exclame Luke, en feignant la surprise. Et c'est maintenant que tu me le dis ? Bon, si tu te mets à changer les règles de base, peut-être que, finalement, nous devrions établir un contrat...

J'esquisse un sourire – mais en mon for intérieur, je suis toujours à vif.

— Je sais bien que des tas de gens font des contrats ici. Mais elle n'aurait pas dû... en faire établir un sans nous consulter ni l'un ni l'autre ! Tu as idée de ce que je ressens ?

— Oui, répond Luke en me caressant le dos pour m'apaiser. Je suis furieux contre elle.

— Ce n'est pas vrai.

— Bien sûr que si.

— Non. Jamais tu n'es furieux contre elle ! C'est bien là le problème !

Je me dégage de son étreinte en essayant de me calmer.

— Becky ? s'inquiète Luke. Quelque chose d'autre ne va pas ?

— Mais rien ne va ! La façon dont elle entend tout régenter pour la cérémonie de notre mariage. Son attitude hautaine et odieuse avec mes parents...

— C'est quelqu'un d'un naturel très formel, réplique Luke, sur la défensive. Elle n'a pas voulu être hautaine. Si tes parents la connaissaient vraiment...

— Et la façon dont elle se sert de toi ! (Je sais que j'arrive en terrain miné, mais, maintenant que j'ai commencé, je ne peux plus reculer.) Tu lui consacres des heures et des heures. Tu lui fournis du personnel pour sa fondation. Tu t'es même brouillé avec Michael à cause d'elle. Je ne te comprends pas ! Tu sais que Michael ne te veut que du bien. Tu sais qu'il n'a que ton intérêt à cœur ! Mais à cause de ta mère, tu as même cessé de lui parler.

Je vois Luke ciller et je sais que j'ai touché un point sensible.

— Et maintenant, elle veut que nous emménagions dans son immeuble. Tu es donc aveugle ? Tout ce qu'elle veut, c'est avoir la mainmise sur toi ! Elle va te demander de lui rendre service à longueur de journée, et elle ne nous laissera jamais seuls... Luke, tu lui donnes déjà tellement !

— Qu'y a-t-il de mal à ça ? rétorque Luke, de plus en plus tendu. Je te rappelle que c'est ma mère.

— Je sais ! Regarde les choses en face. Elle t'a ignoré jusqu'à ce que tes affaires marchent. Tu te souviens de notre premier séjour à New York ? Tu ne savais plus quoi inventer pour l'impressionner, et elle n'a même pas daigné t'accorder cinq minutes ! Mais maintenant que tu t'es fait un nom, que tu as des relations avec les médias, et des ressources, alors là, tout à coup, elle veut en retirer tout le crédit et se servir de toi...

— Ce n'est pas vrai.

— Bien sûr que si ! Simplement, tu es incapable de le voir, tellement elle t'éblouit !

— Écoute, Becky, pour toi c'est facile de critiquer, dit-il avec véhémence. Tu as une relation formidable avec ta mère. Moi, j'ai à peine vu la mienne pendant mon enfance et...

— Exactement ! Ça prouve bien ce que je dis ! Elle se fichait de toi comme de sa première paire de bas !

Merde ! Je n'aurais pas dû dire ça. Je vois un éclair de souffrance traverser le regard de Luke, et brusquement, on dirait un petit garçon de dix ans.

— Tu sais bien que c'est faux. Ma mère me voulait à ses côtés. Ce n'est pas sa faute.

— Je sais. Excuse-moi.

Je m'avance vers lui, mais il se recule d'un coup.

— Becky, mets-toi un peu à sa place, pour changer. Pense à tout ce qu'elle a traversé. Devoir abandonner son enfant. Devoir faire comme si tout allait bien. Elle a été habituée à cacher ses sentiments pendant si longtemps... Pas étonnant qu'elle ait du mal à se montrer affectueuse ou que, parfois, ses manières paraissent un peu étranges.

En l'écoutant, j'ai presque envie de pleurer. Il s'est fait un film. Il est toujours ce petit garçon qui inventait toutes les raisons imaginables pour excuser sa mère qui ne venait jamais le voir.

— Mais maintenant, nous avons l'occasion de rétablir cette relation mère-fils, reprend Luke. Peut-être manque-t-elle de tact de temps à autre. Mais elle fait vraiment de son mieux.

« Ouais, c'est ça, ai-je envie de lui rétorquer. Elle fait vraiment de son mieux avec moi. »

Mais je me contente de hausser les épaules, en marmonnant :

— Tu as sans doute raison.

Luke s'avance vers moi et me prend la main.

— Viens, on remonte. On va boire un autre verre. Et on oublie ce qui s'est passé.

— Non, dis-je en soupirant avec agacement. Je crois... Que je vais rentrer. Remonte, toi. À tout à l'heure.

Sur le chemin de la maison, il se met à pleuvoir. La pluie dégouline des balcons et ruisselle dans le caniveau. Les gouttes éclaboussent mes joues brûlantes, me mouillent les cheveux et font des auréoles sur mes nouvelles chaussures en daim. Mais c'est à peine si j'y prête attention. Je suis bouleversée par ce qui vient de se passer. Par le regard foudroyant d'Elinor. Par l'humiliation qu'elle m'a fait subir. Par l'attitude de Luke.

Le tonnerre retentit à l'instant où j'entre dans l'appartement. J'allume toutes les lampes et la télévision, et je ramasse le courrier. Il y a une lettre de ma mère, que j'ouvre en premier. Un échantillon de tissu tombe de l'enveloppe, et je respire sur le papier un peu du parfum familier.

Ma chérie,
J'espère que tout va pour le mieux dans la Grosse Pomme !
Voici la couleur à laquelle nous songions pour les serviettes. Janice dit que nous aurions dû choisir du rose, mais je trouve que ce prune clair sera très joli, notamment avec les couleurs auxquelles nous avons pensé pour les fleurs. Mais donne-moi vite ton avis, c'est toi la mariée !
Le photographe que nous a recommandé Dennis est passé hier et nous étions tous très impressionnés. Papa a entendu dire du bien de lui au club de golf, ce qui est toujours bon signe. Il peut faire de la couleur et du noir et blanc, et il inclut dans le prix un album de photos, ça semble une bonne affaire. Et il peut aussi faire cent mini-puzzles de ta photo préférée pour les envoyer aux invités en guise de remerciement.
Je lui ai dit que le plus important, c'est que nous ayons plein de photos de toi devant le cerisier en fleur. Nous l'avons planté à ta naissance, et j'ai

toujours rêvé de ce jour où ma petite fille chérie poserait devant lui dans sa robe de mariée. Tu es notre fille unique et ce jour est tellement important pour nous !

Je t'embrasse très très fort.
Maman.

En lisant les derniers mots, je suis en larmes. Comment ai-je pu imaginer me marier à New York ? Je ne sais même pas pourquoi j'ai laissé Elinor m'emmener dans son Plaza à la noix. C'est à la maison que je veux me marier. Avec papa et maman, et le cerisier, et mes amis et tout ce qui compte vraiment pour moi.

Voilà, j'ai fait mon choix. Je l'annoncerai à tout le monde demain.

— Becky ?

Je sursaute et, en tournant la tête, je découvre Luke dans l'embrasure de la porte d'entrée, essoufflé et trempé de la tête aux pieds. La pluie a plaqué ses cheveux et quelques gouttes coulent encore le long de ses joues.

— Becky... Je suis désolé. Vraiment. Je n'aurais jamais dû te laisser partir comme ça. Avec cette pluie... Je ne sais pas à quoi je pensais... (Il s'interrompt en voyant mon visage baigné de larmes.) Ça va ?

— Très bien. Luke, moi aussi, je suis désolée.

Il me regarde longuement, le visage ému, le regard de braise.

— Becky Bloomwood, dit-il enfin. Tu es la plus magnanime... La plus généreuse... La plus aimante... Je ne mérite pas tant de...

Il se tait et s'approche, l'air déterminé, presque féroce. Tandis qu'il m'embrasse, des gouttelettes de pluie ruissellent de ses cheveux jusque sur ma bouche et se mêlent à la tiédeur saline de sa peau. Je ferme les yeux et laisse mon corps s'abandonner progressivement, le plaisir monter par vagues. Je sens à quel point il me désire, agrippé à mes hanches, me voulant, là, tout de suite, pour s'excuser, pour me dire qu'il m'aime, et qu'il ferait n'importe quoi pour moi...

Mon Dieu, que j'aime les réconciliations sur l'oreiller.

8

En me réveillant le lendemain matin, je me sens drôlement bien, épanouie, contente de moi. Je reste lovée contre Luke, forte de mes résolutions. J'ai compris quelles sont mes priorités. Rien ne pourra plus me faire changer d'avis.
— Luke ? dis-je, tandis qu'il amorce un mouvement pour sortir du lit.
— Mmmmm ?
Il se retourne et m'embrasse, tout tiède, et câlin et tendre.
— Ne t'en va pas. Reste. Toute la journée.
— Toute la journée ?
— On pourrait dire qu'on est malades. D'ailleurs, je me sens un peu barbouillée.
— Ah bon ? Barbouillée d'où ?
— De... du ventre.
— Il m'a l'air normal, ce ventre, dit-il en jetant un œil sous la couette. Tout à fait normal. Désolé... Tu n'auras pas de mot d'excuse.
— Rabat-joie.
Je l'observe sortir du lit, enfiler un peignoir et marcher vers la salle de bains.
— Luke ?
— Oui ?
Je veux lui annoncer qu'hier soir j'ai pris une grande décision, que je veux me marier à Oxshott comme c'était

prévu, que je vais tout annuler au Plaza. Et que si Elinor s'en étouffe de rage, eh bien, ce sera son problème.

Mais je ne dis rien.

— Qu'y a-t-il, Becky ?

— Rien... Fais juste attention à me laisser un peu de shampooing.

Je n'ai pas le courage d'aborder le chapitre du mariage. Ce n'est pas le moment : nous vivons une véritable idylle. Et, de toute façon, Luke se moque pas mal que nous nous mariions ici ou ailleurs. Il l'a dit lui-même.

J'ai pris ma matinée pour accompagner Robyn à la dégustation de gâteaux, mais le rendez-vous n'est pas avant dix heures. Une fois Luke parti, je traîne donc dans l'appartement, et, tout en me préparant un petit déjeuner, je réfléchis à ce que je vais dire à Elinor.

Tout le truc, c'est d'y aller franco. Ferme, sans détour, mais gracieuse. Un comportement adulte et responsable, comme quand, en affaires, on doit annoncer à quelqu'un qu'il est viré. Rester calme et prononcer des phrases du style : « Nous avons préféré suivre une autre voie. »

— Bonjour Elinor, dis-je à mon reflet dans le miroir, j'ai quelque chose à vous annoncer. J'ai préféré choisir une autre voie.

Non, ça ne va pas. Elle va s'imaginer que je suis devenue lesbienne.

— Bonjour, Elinor, j'ai beaucoup réfléchi à votre aimable proposition concernant le mariage. Et bien qu'elle présente de nombreux attraits..

OK, vas-y, continue.

Sans tenir compte des protestations de mon estomac noué, je soulève le combiné et compose le numéro d'Elinor.

« *Elinor Sherman n'est pas en mesure de répondre à votre appel...* »

Elle est sortie.

Je ne peux quand même pas laisser un message pour lui dire que j'annule tout, si ?

Non, je ne peux pas.
Je raccroche précipitamment, sans attendre le signal sonore. Bon. Et je fais quoi, maintenant ?
Ça coule de source : j'appelle Robyn. L'important, c'est de faire part de ma décision à quelqu'un avant qu'une étape supplémentaire soit franchie.
Je rassemble mes pensées et compose le numéro de Robyn.
« Hellooooo ! Est-ce un carillon de noces que j'entends ? J'espère, car vous appelez Robyn de Berdern, l'organisatrice de mariages qui exaucera vos rêves les plus fous. Je suis navrée d'être injoignable en ce moment, mais votre appel est important pour moi et... »
Robyn est sûrement en route pour notre rendez-vous chez le pâtissier. Je pourrais l'appeler là-bas. Ou lui laisser un message.
Mais, en entendant sa voix enjouée et sirupeuse, je culpabilise. Robyn s'est déjà tellement investie ! En fait, je me suis attachée à elle. Avec une soudaine fermeté, je repose le téléphone et j'attrape mon sac.
Je vais me comporter en adulte, aller chez le pâtissier et lui faire part de ma décision de vive voix.
En ce qui concerne Elinor, je verrai plus tard.

Pour tout vous avouer, les gâteaux de mariage, ça n'a jamais été mon truc. J'en accepte toujours un morceau parce que, sinon, ça porte malheur, mais en fait, tous ces gâteaux aux fruits, ces massepains et ces glaçages étouffe-chrétien, ça me rend un peu malade. Et je suis tellement nerveuse à l'idée d'annoncer à Robyn qu'on arrête tout, que j'ai du mal à imaginer pouvoir avaler quoi que ce soit.
Pourtant, je ne peux m'empêcher d'avoir l'eau à la bouche en arrivant chez le pâtissier. La pièce est grande et lumineuse, avec d'immenses vitrines, et il flotte là-dedans une délicieuse et alléchante odeur de sucre et de beurre.
Il y a d'immenses pièces montées en exposition, et des rangées de décorations en sucre dans des boîtes transparentes. Debout devant des tables en marbre, des employés

cisèlent de délicates roses en sucre ou colorent des branches de lierre en sucre elles aussi.

Tandis que je patiente à l'entrée, une fille maigre comme un clou sur ses sandales à talons hauts se fait traîner dehors par sa mère. Il y a de l'orage dans l'air.

— Il ne s'agissait que de les goûter ! tempête la mère. Tu te rends compte de toutes ces calories ?

— Je m'en fiche, lui rétorque sa fille les larmes aux yeux. Je ferai du 2 pour mon mariage même si je dois en mourir.

Du 2 !

Ça fait un petit moment que je suis ici, mais j'ai encore du mal à m'habituer aux tailles américaines. Ça fait combien, en vrai, une taille 2 ?

Du 38.

Bon, je me sens un peu mieux.

— Becky ! (Je lève les yeux et aperçois Robyn, qui a l'air un peu agitée.) Vous êtes là ! Bonjour !

— Robyn. (Mon estomac se noue.) Écoutez, il faut que je vous parle. J'ai essayé d'appeler Elinor, mais elle était... Enfin, peu importe. Je dois vous dire quelque chose...

— Oui oui, répond distraitement Robyn. Antoine et moi sommes à vous dans un instant, mais nous avons une petite crise sur les bras. (Elle baisse la voix.) Un des gâteaux a eu un accident, malheureusement.

— Mademoiselle Bloomwood ? (Je tourne la tête et vois s'approcher un homme aux cheveux gris et au regard pétillant, en habit de chef.) Antoine Montignac. Le pâtissier des pâtissiers. Peut-être avez-vous déjà vu mon émission à la télévision ?

— Antoine, je ne suis pas certaine que le problème avec... l'autre cliente soit résolu, glisse Robyn avec anxiété.

— Je viens tout de suite, dit-il en la renvoyant d'un signe de la main. Mademoiselle Bloomwood, asseyez-vous.

— En fait, je ne suis pas certaine de vraiment vouloir...

Mais avant de comprendre ce qui m'arrive, je me retrouve assise sur une chaise cousue d'or, devant une table cirée sur laquelle Antoine étale des classeurs remplis de photos sur papier glacé.

— Je peux créer pour vous le gâteau qui surpassera tous vos rêves, annonce-t-il avec modestie. Rien n'est inaccessible à mon pouvoir créatif.

— Vraiment ?

Je tombe sur la photo d'un gâteau absolument spectaculaire, à six étages, décoré de tulipes en sucre, puis, en tournant la page, en découvre un autre, en forme de papillon. Ce sont les gâteaux les plus géants que j'aie jamais vus. Et ces décorations !

— Ces gâteaux sont tous fourrés aux fruits ?

— Aux fruits ? Non, mais non ! s'exclame Antoine en riant. C'est très anglais, le gâteau de mariage aux fruits. Ce gâteau, là... c'était du biscuit à la cuillère, et chaque étage avait trois garnitures différentes : caramel d'orange, fruit de la passion-mangue, et soufflé aux noisettes.

Mince alors.

— Si vous aimez le chocolat, nous pouvons imaginer un gâteau entièrement à base de différentes variétés de chocolat. (Il tourne la page.) Celui-ci était une génoise au chocolat noir fourrée à la ganache et à la crème de chocolat blanc, et agrémentée de truffes au Grand Marnier.

Je n'imaginais pas une seule seconde que les gâteaux de mariage pouvaient ressembler à ça. Je feuillette le catalogue, un peu étourdie par ce défilé de gâteaux tous plus étonnants les uns que les autres.

— Si vous ne voulez pas de la pièce montée traditionnelle, je peux vous faire un gâteau représentant quelque chose que vous aimez tout particulièrement. Votre tableau préféré... Ou une sculpture... (Il me regarde de nouveau.) Ou une malle Louis Vuitton.

Un gâteau en forme de malle Louis Vuitton ! Ce serait bien, ça ?

— Antoine ? Si vous pouviez venir une seconde ?

C'est Robyn, dont la tête émerge de la petite salle de réunion adjacente – et en dépit de son sourire, elle a l'air excédée.

— Excusez-moi, mademoiselle, dit Antoine, l'air navré. Davina, apportez donc quelques gâteaux à Mlle Bloomwood s'il vous plaît.

Une vendeuse souriante s'éclipse derrière une double porte – puis réapparaît avec une coupe de champagne et une assiette en porcelaine sur laquelle sont disposées deux tranches de gâteau et un lis en sucre.

— Celui-ci, m'explique-t-elle en me tendant une fourchette, est une mousseline aux fruits de la passion, mangues, fraises et mandarines. Et celui-là, une crème au caramel à la pistache et à la truffe. Bonne dégustation mademoiselle !

Waouh ! Chaque tranche comporte une génoise légère, et trois couches de garnitures différentes. Je ne sais pas par laquelle commencer.

Bon... Goûtons la truffe au moka.

À la première bouchée, je manque défaillir de plaisir. Voilà à quoi devrait ressembler les gâteaux de mariage. Pourquoi n'avons-nous pas les mêmes, en Angleterre ?

Je bois quelques gorgées de champagne et grignote le lis en sucre – citronné et délicieux – puis je prends une seconde bouchée que je laisse fondre avec délice, en observant, non loin de moi, une fille qui s'escrime à fabriquer un brin de muguet.

Et si j'envoyais à Suze un de ces merveilleux gâteaux pour le baptême ? Je lui achèterais aussi un vrai cadeau, bien sûr – mais rien ne m'empêche d'envoyer un gâteau comme petit extra.

— Vous savez combien coûtent ces gâteaux ? je demande à la vendeuse, tout en attaquant la seconde tranche.

— Eh bien... ça dépend, dit-elle en relevant la tête. Je crois que ça démarre autour de mille dollars.

J'avale mon champagne de travers. Mille dollars ? Le gâteau le moins cher vaut mille dollars ?

Mais alors, j'ai mangé pour combien, là ? Il devait y en avoir au moins pour cinquante dollars sur cette assiette !

— Voulez-vous une autre tranche ? s'enquiert la vendeuse. J'ai l'impression qu'Antoine en a encore pour un petit moment.

— Oui, pourquoi pas ! Et pourrais-je goûter une de ces tulipes en sucre ? Juste pour me faire idée.

— Bien sûr. Goûtez tout ce que voulez.

Elle me sert une tulipe, ainsi que quelques autres minuscules fleurs blanches, auxquelles je fais un sort avec bonheur, avant de faire descendre le tout d'une gorgée de champagne.

Puis, je regarde un peu autour de moi, et lorgne sur une immense fleur très élaborée, blanche et jaune avec des gouttes de rosée. Ça m'a l'air délicieux ! Je tends la main vers un assortiment de cœurs en sucre, en prends un et je l'ai presque déposé dans ma bouche quand j'entends quelqu'un crier.

— Arrêteeeeeeeeeez ! Ne mangez pas la jonquille ! s'écrie un homme en fonçant vers moi.

— Oups ! (C'était moins une.) Je suis désolée. Je ne savais pas. C'est quelque chose de spécial ?

— Cela m'a demandé trois heures de travail, explique l'homme en m'ôtant la fleur de la main. Mais bon, il n'y a pas de mal.

Il me sourit, mais je vois bien, à son front couvert de sueur, qu'il a eu chaud.

Mmmm... Je vais peut-être m'en tenir au champagne à partir de maintenant. J'en bois une autre gorgée, et cherche des yeux la bouteille, quand le ton monte dans la pièce où sont enfermés Robyn et Antoine.

— Mais ce n'était pas délibéré de ma part, mademoiselle ! Je n'ai pas fait cela par *vendetta* !

— Si ! Vous me haïssez, n'est-ce pas ? lui rétorque une voix étouffée.

J'entends Robyn prononcer quelques paroles à l'évidence apaisantes que je ne distingue pas.

— Ça n'arrête pas !

C'est la voix de la fille, qui a monté d'un ton – et en l'entendant cette fois clairement, je m'arrête net, le verre à mi-chemin des lèvres.

Je n'arrive pas à y croire.

Ce n'est pas possible !

— C'est comme si on avait jeté un sort sur ce maudit mariage ! poursuit-elle. Depuis le commencement, tout part de travers.

La porte s'entrebâille et maintenant, sa voix est parfaitement audible.

Je ne me trompais pas : Alicia.

Mon corps tout entier se raidit.

— D'abord, le Plaza, qui ne peut pas nous trouver de date. Et maintenant, c'est le fiasco avec les gâteaux ! Et vous ne savez pas la dernière ?

— Non..., fait Robyn d'une voix effrayée.

— Ma demoiselle d'honneur s'est teint les cheveux en rouge ! Ça va jurer avec les autres ! C'est la plus stupide, la plus égoïste des...

La porte s'ouvre en grand sur Alicia, dont les talons aiguilles résonnent comme de la mitraille sur le sol. En me voyant, elle s'arrête net et je la dévisage, le cœur battant.

— Salut Alicia, dis-je, en m'efforçant de paraître détendue. Navrée pour votre gâteau. C'était délicieux, Antoine, au fait.

— Quoi ? éructe Alicia, incrédule.

Son regard zigzague de ma bague de fiançailles à mon visage, à ma bague de nouveau, puis à mes chaussures, à mon sac – sans oublier ma jupe – pour finalement revenir se poser sur ma bague. C'est le coup d'œil Manhattan dans une galerie des glaces.

— Vous allez vous marier ? dit-elle enfin. Avec Luke ?

— Oui. (L'air de rien, je regarde le diamant à ma main gauche et lui souris innocemment.)

Je commence à me détendre. Et à bien m'amuser.

Je procède à mon tour à l'inquisition Manhattan. Ma bague est un peu plus grosse que la sienne. Non pas que je cherche à comparer, mais c'est ainsi...

— Comment se fait-il que vous ne me l'ayez pas dit ? (« Tu n'as pas demandé », ai-je envie de lui rétorquer, mais à la place, je me contente de hausser les épaules.) Et où vous mariez-vous ?

Elle a retrouvé sa bonne vieille expression arrogante et je devine qu'elle se prépare à l'attaque.

— Eh bien... En fait...

Je m'éclaircis la voix. Bon, c'est le moment. C'est le moment d'annoncer LA nouvelle. De dire à Robyn que j'ai changé d'avis. Et que je vais me marier à Oxshott.

— En fait...

J'inspire profondément. Allez ! Lance-toi ! C'est comme arracher un pansement. Plus vite je le ferai, plus vite ce sera fini. Dis-le !

Je m'apprête à annoncer ma décision quand je commets l'erreur fatale de relever la tête. Alicia a ce regard hautain et arrogant qu'elle a toujours eu avec moi. Toutes ces années passées à me sentir nulle et stupide face à elle remontent en moi comme de la lave dans le cratère d'un volcan, et, c'est plus fort que moi, je m'entends dire :

— En fait, nous allons nous marier au Plaza.

Tel un élastique, le visage d'Alicia se rétracte sous le choc.

— Au Plaza ? Vraiment ?

— Ce devrait être pas mal, j'ajoute, détendue. C'est un si bel endroit ! C'est là que vous vous mariez aussi ?

— Non, elle fait, l'air crispé. Ils n'ont pas pu nous trouver de date dans un délai aussi bref. Quand avez-vous réservé ?

— Oh... Il y a une semaine ou deux, je dis avec un vague haussement d'épaules.

Oh ! là, là ! La tête !

— Ça va être merveilleux, intervient Robyn avec enthousiasme. J'ai eu le paysagiste ce matin, au fait. Il a commandé deux cents bouleaux et ils vont nous expédier des échantillons d'aiguilles de pin...

Je peux vous assurer que ça travaille dur, dans la tête d'Alicia.

— Alors c'est *vous*, la forêt enchantée... J'en ai entendu parler. Ça va coûter une fortune. Et vous faites venir des violonistes du Philharmonique de Vienne. C'est vrai ?

— Le Philarmonique de New York était en tournée, déplore Robyn. Mais apparemment, ces Viennois sont aussi bons...

— Je suis certaine que ce sera formidable, dis-je en souriant à Robyn, et elle me gratifie d'un immense sourire, telle une alliée de longue date.

— Mademoiselle Bloomwood. (Antoine, apparu de je ne sais où, prend ma main et la porte à ses lèvres.) Je suis maintenant entièrement à vous. Navré pour ce petit retard. Un de ces minuscules incidents irritants...

Le visage d'Alicia se fige.

— Bon, fait-elle, il faut que j'y aille.

— Au revoir, dit Antoine, sans même prendre la peine de lever la tête.

— Salut, Alicia, dis-je innocemment. Et... beau mariage.

Tandis qu'elle sort d'un pas raide, je m'écroule sur ma chaise, le cœur encore battant de joie. Ç'a été l'un des meilleurs moments de ma vie. J'ai cloué le bec à Alicia la Garce aux Longues Jambes ! Enfin ! Franchement, combien de fois a-t-elle été odieuse envers moi ? Environ un millier de fois. Et à combien d'occasions, ai-je eu la bonne repartie ? Aucune.

Jusqu'à aujourd'hui !

Je vois Robyn et Antoine échanger un regard, et je meurs d'envie de leur demander ce qu'ils pensent d'Alicia. Mais... Ce serait malvenu de la part d'une future mariée.

En plus, s'ils disent du mal d'elle, ils pourraient tout aussi bien en dire de moi.

— Parfait ! s'exclame Robyn. Passons à des choses plus plaisantes. Antoine, vous avez pris connaissance des détails du mariage de Becky, n'est-ce pas ?

— Tout a fait, répond-il en me souriant de toutes ses dents. Ça va être un événement magnifique.

— Je sais, m'entends-je dire d'une voix joyeuse. Il me tarde tellement !

— Bien. Parlons du gâteau... Je dois aller chercher quelques photos pour vous les montrer. Reprendrez-vous un peu de champagne, en attendant ?

— Oh oui, avec plaisir, fais-je en tendant mon verre.

Le champagne, délicieux et clair, pétille dans la coupe. Antoine s'éclipse et je bois une gorgée en souriant pour masquer mon malaise.

Maintenant qu'Alicia est partie, inutile de continuer à jouer la comédie. Je devrais poser mon verre, prendre Robyn à part, m'excuser pour lui avoir fait perdre son temps, et l'informer que le mariage au Plaza est annulé, et que je vais me marier à Oxshott. Simple et direct.

C'est que je devrais faire.

Mais voilà... Il se passe quelque chose de vraiment étrange depuis ce matin. J'ai du mal à l'expliquer. D'une certaine façon, me retrouver ici, à boire du champagne et à déguster des gâteaux à mille dollars... Je ne me sens pas dans la peau de quelqu'un qui va se marier dans un jardin à Oxshott.

Pour être tout à fait honnête, je me sens plutôt dans la peau d'une personne qui se prépare à un mariage archiluxueux.

Et, plus encore, je veux être cette personne qui va se marier en grande pompe au Plaza. Je veux être cette fille qui se rend chez de grands chefs pâtissiers, cette fille courtisée par des fournisseurs qui la traitent comme une princesse. Si j'annule ce projet, tout va s'arrêter. Et alors, adieu courbettes et traitements de faveur ! Adieu luxe et glamour !

Oh, mon Dieu, mais que m'est-il arrivé ? J'étais si résolue ce matin !

Bon, fermons les yeux et pensons à maman et à son cerisier en fleur. Mais rien à faire, ça ne marche pas. Peut-être est-ce à cause du champagne ? En tout cas, au lieu d'être submergée d'émotion et de penser : « Je dois me marier à la maison », je me surprends à penser : « Et si on se débrouillait pour caser le cerisier dans la forêt enchantée ? »

— Ça va, Becky ? demande Robyn avec un sourire. Vous m'avez l'air bien songeuse...

— Oh, fais-je en secouant la tête. Je pensais juste que... Ce mariage va être absolument fantastique.

Que vais-je faire ? Vais-je lui parler ?

Oui ? Non ?

Allez Becky ! Décide-toi !

— Bien... Voulez-vous voir ce que j'ai dans mon sac ? dit Robyn, l'œil brillant.

— Euh... Oui.

— Ta daa !

Elle sort une épaisse carte imprimée de caractères en relief qu'elle me tend.

Mme Elinor Sherman
Serait très honorée de votre présence
au mariage de
Rebecca Bloomwood
avec son fils
Luke Brandon

Je dévore des yeux le faire-part, mon cœur bat à tout rompre. Ça y est. Je ne rêve pas. C'est écrit, noir sur blanc. Ou du moins, bronze sur taupe.

Je tourne et retourne l'épais carton entre mes doigts.

— Qu'en pensez-vous ? s'enquiert Robyn. Exquis, n'est-ce pas ? La carte est à quatre-vingts pour cent en lin.

— C'est... très joli. (Je déglutis.) Ce n'est pas un peu tôt pour envoyer les invitations ?

— Nous n'allons pas les envoyer tout de suite ! Mais je préfère qu'elles soient prêtes à l'avance. Comme je dis toujours, on ne fait jamais assez attention aux coquilles. Vous n'avez certainement pas envie de convier vos invités à venir en « tenue de foirée » comme cela est déjà arrivé, dit-elle en partant d'un rire aigu.

— Certes, dis-je en regardant de nouveau le faire part.

le samedi 22 juin à 19 heures ;
à l'hôtel Plaza,
New York

Là, c'est du sérieux. Si je dois dire quelque chose, c'est maintenant ou jamais. Si je veux annuler le mariage au Plaza, je dois le faire maintenant. Sans attendre une minute de plus.

Mais ma bouche refuse de s'ouvrir.

Est-ce que cela veut dire que je choisis finalement le Plaza ? Que je trahis la cause maternelle ? Que j'opte pour les paillettes et le glamour ? Que je me range du côté d'Elinor au détriment de papa et maman ?

— Je me disais que vous aimeriez en envoyer un à votre mère, dit Robyn.

Je relève la tête brusquement ; le visage de Robyn respire l'innocence.

— C'est tellement dommage qu'elle ne soit pas là pour s'associer aux préparatifs, poursuit-elle. Mais je suis sûre qu'elle sera enchantée du résultat, qu'en dites-vous ?

— Oui... Oui, elle sera enchantée.

Je glisse le faire-part dans mon sac et fait claquer le fermoir, un peu nauséeuse.

Donc voilà. C'est New York.

Maman comprendra. Quand je lui expliquerai tout comme il faut, elle changera d'avis. De toute façon, elle n'a pas le choix.

La dernière création d'Antoine, à la mandarine et aux lychees, est fabuleuse. Cependant, j'y goûte sans appétit.

J'ai testé quantité d'autres parfums, mais n'ai toujours pas fait mon choix. Antoine et Robyn échangent un regard et me suggèrent de m'accorder le temps de la réflexion. Je glisse une dernière rose en sucre dans mon sac avant de prendre congé et je file chez Barneys, où, toute la journée, je m'occupe de mes clientes avec bonne humeur, comme si rien ne me tracassait.

Mais je n'arrête pas de penser au coup de fil que je dois passer. À la façon dont je vais annoncer la nouvelle à maman. Dont je vais tout lui expliquer.

Je ne vais pas lui déclarer en bloc : « Je vais me marier au Plaza. » Pas de but en blanc. Je vais d'abord me contenter de dire que c'est une possibilité, si cela nous convient à toutes les deux. Voilà la formule clé. *Si cela nous convient à toutes les deux.*

La vérité, c'est que je n'ai jamais pris la peine de tout lui expliquer clairement jusque-là. Une fois au courant des détails, elle sautera sur l'occasion, j'en suis certaine. Dès que je lui aurai parlé de la forêt enchantée, du quatuor à cordes, de l'orchestre pour le bal et du gâteau à mille dollars. Un mariage on ne peut plus luxueux, tous frais payés ! Franchement, qui ne sauterait pas sur l'occasion ?

Mais, en montant les escaliers jusqu'à notre appartement, j'ai les nerfs en pelote. Je sais que je me raconte des histoires. Je sais pertinemment ce dont maman a envie.

Et je sais aussi que si je force la dose, elle ne me refusera rien.

Je referme la porte derrière moi et prends une profonde inspiration. Deux secondes plus tard, on sonne, et je fais un bond. Oh, mon Dieu, je suis vraiment à cran.

— Ah salut, Danny ! dis-je en ouvrant la porte. Écoute, j'ai un coup de fil très important à passer. Alors, si ça ne t'embête pas...

— OK, j'ai un service à te demander, répond-il en entrant et en ignorant complètement ce que je viens de dire.

— C'est quoi ?

— Randall me met un peu la pression, là. Dans le genre : « Où est-ce que tu les vends, au juste, tes vêtements ? Qui sont tes clientes ? Est-ce que tu as un plan de carrière ? » Alors moi, je réponds : « Évidemment que j'ai un plan de carrière, Randall. Tu me prends pour qui ? Je pensais racheter Coca-Cola l'an prochain... »

— Danny...

— Alors il a commencé à dire que si je n'avais pas une clientèle de base je ferais aussi bien de laisser tomber, et qu'il allait arrêter de m'entretenir. C'est ce qu'il a dit, « entretenir » ! Tu le crois ?

— Ben..., dis-je distraitement, c'est lui qui paye ton loyer. Et qui a payé tous ces rouleaux de suédine rose dont tu avais besoin...

— Ben, d'accord, fait Danny après réflexion. D'accord, la suédine rose, c'était une erreur. Mais putain ! Il ne lâche pas le morceau ! Je lui ai parlé de ta robe, et alors là, c'était genre : « Daniel, on ne peut pas baser une entreprise commerciale sur une seule cliente qui habite à l'étage au-dessous. » (Il se ronge nerveusement le pouce.) Alors, je lui ai dit que je venais justement d'avoir une grosse commande d'un grand magasin.

— Non ! Lequel ?

— Barneys.

Je le regarde. Il a réussi à attirer mon attention.

— *Barneys ?* Danny, pourquoi as-tu dit Barneys ?

— Pour que tu puisses me couvrir ! S'il t'en parle, tu me couvres d'accord ? Toutes tes clientes se battent pour acheter mes créations, et on n'a jamais vu une hystérie pareille depuis que le magasin existe.

— Tu es cinglé ! Il ne marchera jamais. Et tu feras comment, s'il te réclame de l'argent ?

— Mais j'en aurai, à ce moment-là.

— Et s'il va vérifier ? S'il va voir chez Barneys ?

— Il n'ira pas, rétorque Danny d'une voix méprisante. Il n'a pas le temps de me parler plus d'une fois par mois, alors une visite impromptue chez Barneys, laisse tomber... Mais s'il te croise dans l'escalier, joue le jeu. C'est tout ce que je te demande.

— Bon... D'accord.

Non mais franchement ! Comme si je n'avais pas assez de soucis en ce moment !

— Danny, il faut vraiment que je passe ce coup de fil...

— Et vous avez trouvé un autre appart ? demande-t-il alors, en s'affalant dans un fauteuil.

— Non, on n'a pas eu le temps de s'en occuper.

— Pas même le temps d'y penser ?

— Elinor veut que nous emménagions dans son immeuble, et j'ai dit non. Pour l'instant, nous n'en n'avons pas rediscuté.

— Ah bon ? Mais tu ne veux pas rester dans le Village ?

— Bien sûr que si ! Il est hors de question que je quitte ce quartier.

— Tu vas faire quoi, alors ?

— Je... je ne sais pas ! J'ai d'autres choses en tête en ce moment. D'ailleurs, en parlant de ça...

— Stress prénuptial, commente Danny, d'un air entendu. La solution, c'est un double martini. Il ouvre le meuble bar, d'où dégringole un tas de brochures de listes de mariage.

— Hé ! s'exclame-t-il d'une voix chargée de reproches, en les ramassant. Tu es allée déposer ta liste sans moi ? Je n'y crois pas ! J'ai toujours rêvé de faire une liste de mariage ! Tu as demandé un percolateur ?

— Euh... oui. Je crois...

— Grosse erreur. Les cafés ne sont jamais aussi bons qu'avec une cafetière manuelle. Écoute, si tu veux que je réceptionne des colis pour toi, tu sais que je suis là...

— Ouais, fais-je, avec un regard qui en dit long. Tu crois qu'avec ce qui s'est passé à Noël...

Je garde un souvenir cuisant de Noël. Je pensais que commander des tonnes de cadeaux par Internet serait une bonne idée. Mais ils ne sont jamais arrivés, alors j'ai dû passer la journée du 24 à galoper dans les magasins pour trouver des solutions de rechange. Puis, le matin de Noël, nous sommes montés boire un verre chez Danny et Randall, et j'ai trouvé Danny drapé dans le peignoir en soie que j'avais acheté pour Elinor, en train de s'empiffrer des chocolats destinés à ma collègue Samantha.

— Eh ben quoi ? Qu'est-ce que j'étais censé faire ? se défend-il. C'était Noël, ils étaient enveloppés de papier cadeau... Je me suis dit, « Tu vois, Daniel, le père Noël existe bel et bien »... (Il attrape la bouteille de vermouth et en verse quelques mesures dans le shaker.) Fort ? Moyen fort ?

— Danny, il faut absolument que je passe ce coup de fil. Je reviens dans cinq minutes.

Je débranche le téléphone, l'emporte dans la chambre, ferme la porte et essaie de rassembler mes esprits.

Bon. Pas de panique. Je vais y arriver. Je compose le numéro de la maison puis patiente, une légère angoisse au ventre.

— Allô ? fait une toute petite voix.

— Allô ?

Je veux bien croire que c'est un appel longue distance, mais ce n'est pas la voix de maman.

— Becky ! C'est Janice ! Comment vas-tu, ma chérie ?

C'est étrange. Ai-je composé par mégarde le numéro des voisins ?

— Je vais bien.

— Parfait. Tiens, puisque je t'ai au téléphone, tu préfères l'Évian ou la Vittel ?

— La Vittel, dis-je machinalement. Janice...

— Parfait. Et pour l'eau pétillante ? Tu comprends, c'est qu'il y a de plus en plus de gens qui boivent de l'eau, aujourd'hui, avec toutes ces histoires d'alcootest... Que penses-tu du Perrier ?

— Je... Je ne sais pas. Janice, dis-je en inspirant profondément, est-ce que maman est là ?

— Mais tu n'es pas au courant ? Tes parents sont partis ! Pour Lake District !

Quelle idiote ! Comment ai-je pu oublier leur virée à Lake District ?

— Je suis juste passée arroser les plantes. Mais si c'est urgent, je peux aller chercher le numéro qu'ils m'ont laissé...

— Non, non, ce n'est pas la peine.

Je commence à me calmer et je dois bien avouer que je suis un peu soulagée. Voilà qui m'enlève une épine du pied, pour l'instant. Ce n'est pas ma faute si mes parents sont absents, hein ?

— Tu es sûre ? reprend Janice. Parce que je peux vraiment...

— Non, franchement, ce n'est pas la peine ! Ce n'était rien d'important, je m'entends dire. Bon, ravie d'avoir parlé avec vous Janice... À bientôt !

Et je raccroche d'un coup, la main légèrement tremblante.

Ça ne retarde jamais que de quelques jours. Ça ne fera pas une grande différence.

Je retourne dans le salon, où je trouve Danny affalé sur le canapé, en train de zapper.

— Tout va bien ? demande-t-il, en levant la tête.

— Très bien. Alors, on le boit ce verre ?

— Dans le shaker, indique-t-il, d'un mouvement de tête.

Juste à ce moment-là, la porte s'ouvre.

— Coucou ! Luke ? C'est toi ? Tu arrives juste à temps pour...

Mais tandis qu'il avance dans le salon, je m'interromps et le dévisage avec inquiétude. Son visage est tout pâle, il a les traits tirés ; même ses yeux semblent plus sombres que d'habitude. C'est la première fois que je le vois dans cet état-là.

Danny et moi échangeons un regard et je sens mon cœur vaciller.

— Luke ! Ça va ?

— Ça fait au moins une heure que j'essaie de t'appeler. Tu n'étais pas au travail, la ligne ici était occupée...

— Tu as dû appeler chez Barneys tandis que j'étais en route. Et ensuite, il fallait que je passe un coup de fil. (La

gorge nouée, je fais un pas vers lui.) Que s'est-il passé, Luke ? C'est ton travail ?
— C'est Michael. Je viens de l'apprendre. Il a eu un infarctus.

9

La chambre de Michael est au troisième étage d'un grand hôpital de Washington. Luke et moi marchons dans le couloir en silence, les yeux rivés droit devant nous. Ni lui ni moi n'avons réellement dormi la nuit dernière – et je doute même que Luke ait seulement fermé l'œil. Il n'a pas prononcé trois mots depuis ce matin, mais je sais que la culpabilité le ronge.

— Michael aurait pu mourir, a-t-il dit cette nuit, alors que nous étions allongés dans le noir.

— Oui, mais il n'est pas mort, ai-je répondu en prenant sa main.

— Il aurait pu l'être.

Et c'est vrai. Il aurait pu. Chaque fois que j'y repense, j'en ai des haut-le-cœur. Jamais, jusqu'à aujourd'hui, aucun de mes proches n'est tombé malade. Bon, il y avait bien ma grand-tante Muriel, qui avait un problème aux reins, mais je ne l'avais vue qu'une fois ou deux. Et mes grands-parents sont encore vivants – à l'exception de grand-père Bloomwood, qui est mort quand j'avais deux ans.

En fait, c'est à peine si j'ai mis les pieds dans un hôpital, à moins de prendre en compte *Urgences*. Et tandis que nous dépassons des panneaux terrifiants qui indiquent « ONCOLOGIE » ou « UNITÉ RÉNALE », je mesure brusquement à quel point ma vie a été préservée jusque-là.

Luke s'arrête devant la porte 465.
— Nous y voilà. Tu es prête ?
Il frappe doucement, attend un instant, puis pousse la porte.

Michael est assoupi dans un grand lit métallique. Il y a au moins six énormes bouquets sur la table de chevet, et d'autres encore ailleurs dans la chambre. Un goutte-à-goutte est fixé à sa main, et un autre tuyau relie sa poitrine à une machine qui émet de petits signaux lumineux. Son visage est pâle, fatigué et il a l'air... vulnérable.

Je n'aime pas ça. Jamais je ne l'ai vu autrement qu'en costume de luxe, un cocktail chic et cher à la main. Grand, rassurant, indestructible. Alors, de le voir allongé sur un lit, affublé d'un pyjama d'hôpital...

Blanc comme un linge, Luke regarde intensément Michael. On dirait qu'il est sur le point de pleurer.

Oh, mon Dieu. Maintenant, c'est moi qui ai envie de pleurer.

Et puis, Michael ouvre les yeux et j'ai l'impression qu'on m'ôte un énorme poids. Ses yeux, au moins, sont exactement comme avant. Ils ont la même chaleur. La même étincelle d'humour.

— Eh bien. C'est gentil à vous d'avoir fait tout ce trajet.
Sa voix est sèche, et plus sérieuse que d'habitude.
— Michael, dit Luke en s'avançant immédiatement. Comment te sens-tu ?
— Mieux. Beaucoup mieux. Et toi ? ajoute-t-il en couvrant Luke d'un regard narquois. Comment te sens-tu ? Tu as une de ces mines !
— Je me sens affreusement mal. Terriblement...
Mais il n'achève pas sa phrase et avale sa salive.
— Ah bon ? Tu devrais passer quelques examens. C'est très réconfortant. Je sais maintenant que j'ai une angine. Mais que, par ailleurs, ma lymphe se porte bien, et que je ne suis pas allergique aux cacahouètes. Ce qui est toujours bon à savoir. C'est pour moi ? demande-t-il en regardant la corbeille de fruits que Luke tient à la main.

— Oui ! fait celui-ci, comme s'il venait de s'en souvenir. Juste un petit... Où puis-je la poser ?

Tandis qu'il fait un peu de place au milieu des bouquets de fleurs exotiques, j'aperçois une carte de la Maison-Blanche. Mince alors !

— Des fruits, dit Michael en hochant la tête. Très attentionné de ta part. Tu as parlé à mon médecin, toi. Ils sont très stricts, ici. Les visiteurs qui apportent des sucreries sont conduits dans une pièce spéciale où on les oblige à courir pendant dix minutes.

— Michael... (Luke s'interrompt pour prendre une profonde inspiration et je vois sa main se crisper sur le rebord de la corbeille.) Je voulais te dire... Je suis désolé. À propos de notre dispute.

— C'est de l'histoire ancienne.

— Non, pas pour moi.

— Luke, reprend Michael, le regard adouci. Ce n'était pas grand-chose.

— Mais je me suis senti...

— C'était un désaccord, voilà tout. D'ailleurs, depuis, j'ai réfléchi à ce que tu as dit. Et je dois admettre que tu as raison. Si Brandon Communications s'associe publiquement à une bonne cause, cela ne peut que faire du bien à l'image de la société.

— Mais je n'aurais jamais dû prendre cette initiative sans t'en parler, marmonne Luke.

— Oui... mais comme tu l'as si bien dit, c'est ta boîte. C'est toi qui contrôles l'exécutif. Je respecte cela.

— Et moi, je respecte ton avis. Je le respecterai toujours.

— Parfait. Pouvons-nous enterrer la hache de guerre alors ?

Michael tend la main, couverte d'hématomes à cause de l'aiguille du goutte-à-goutte – et après une seconde d'hésitation, Luke la prend dans la sienne.

Là, je m'étouffe carrément avec les larmes que j'ai refoulées.

— Il faut que j'aille boire, je marmonne, et je sors de la chambre, en respirant avec difficulté.

Je ne peux pas éclater en sanglots devant Michael. Il me trouverait ridiculement pathétique.

Ou alors, il irait s'imaginer que je pleure parce que je sais quelque chose que lui ignore. Il croirait qu'on a vu son médecin traitant et que ce n'est pas du tout une angine. Que c'est un caillot au cerveau inopérable, sauf par un spécialiste de Chicago, qui a refusé de s'occuper de Michael à cause d'une vieille querelle entre hôpitaux...

Bon, il faut que j'arrête de confondre la réalité et *Urgences*.

Je marche jusqu'à l'accueil, en inspirant profondément pour recouvrer mon calme, et je m'assieds à côté d'une femme entre deux âges, vêtue d'un vieux cardigan bleu.

— Vous allez bien ? s'enquiert-elle gentiment. (Je relève la tête et vois qu'elle me tend un mouchoir en papier.) Ça vous retourne, hein ? continue-t-elle, tandis que je me mouche. Vous êtes venue voir un parent ?

— Un ami. Et vous ?

— C'est mon mari, Ken. On lui a fait un pontage.

— Oh ! Je... Je suis vraiment désolée.

Un frisson me parcourt tandis que j'essaie d'imaginer dans quel état je serais si Luke était sur un lit d'hôpital.

— Il devrait s'en sortir, s'il commence à faire attention. Ces hommes ! Ils prennent toujours tout pour acquis. (Elle secoue la tête.) Mais quand vous atterrissez ici... Là, vous comprenez ce qui est important, vous ne croyez pas ?

— Tout à fait, dis-je très sincèrement.

Nous restons assises sans rien ajouter pendant un petit moment et je pense à Luke avec anxiété. Peut-être vais-je le pousser à fréquenter davantage la salle de sport. Et à manger de ces trucs qui font baisser le taux de cholestérol. Juste histoire de mettre toutes les chances de son côté.

Quand la femme se lève et s'éloigne en me saluant d'un sourire, je ne bouge pas. Je veux offrir à Luke et Michael quelques minutes de tête-à-tête supplémentaires. Non loin de moi, deux malades en chaise roulante, avec leur goutte-à-goutte, discutent près de la fenêtre ; une vieille dame toute frêle vient accueillir un visiteur, sans doute son petit-fils. Son visage s'illumine, et tout à coup elle semble rajeunir de dix ans – et voilà que je me remets à renifler.

Deux filles en jean sont assises non loin de là et l'une d'elles m'adresse un sourire avenant.

— Quel spectacle touchant, dit-elle.

— Vous savez, si les malades étaient entourés de leur famille, ils guériraient certainement beaucoup plus vite, dis-je avec conviction. Ils devraient aménager des chambres d'invités à chaque étage, dans les hôpitaux. Et les gens rentreraient sans doute chez eux deux fois plus vite !

— Voilà une remarque tout à fait sensée, commente une voix agréable dans mon dos. (Je me retourne, surprise, et découvre une très jolie doctoresse avec des cheveux sombres qui me sourit.) Une étude récente menée à Chicago en est arrivée exactement à la même conclusion.

— Vraiment ? dis-je en rougissant de fierté. Eh bien... merci. Je ne faisais que commenter ce que j'avais sous les yeux...

— Mais c'est exactement le genre d'attitude qu'on attend aujourd'hui d'un médecin, reprend-elle. Regarder au-delà des chartes. S'intéresser à la personne autant qu'au malade. Devenir médecin, ce n'est pas juste passer des examens ou mémoriser tous les noms des os du squelette. C'est aussi chercher à découvrir comment l'être humain est fait – non seulement sur le plan physique, mais aussi sur le plan mental et spirituel.

Waouh ! Je dois dire que je suis impressionnée. Jamais je n'ai vu de médecin anglais se promener dans les couloirs en discourant brillamment sur la profession médicale. En général, ils se contentent de passer en coup de vent, l'air harassé.

— Avez-vous toujours rêvé de devenir médecin ? s'enquiert-elle en me souriant.

— Euh... Eh bien... Pas exactement, dis-je prudemment. Cela me semble un peu grossier de dire qu'en fait je n'ai même jamais pensé à faire des études de médecine.

Mais en y réfléchissant bien... Ce n'est pas idiot. En fait, je me sens tout à coup attirée par cette idée. J'étais justement là, à me dire que je n'avais jamais rien accompli de signifiant dans ma vie. Pourquoi ne deviendrais-je pas médecin ? Il y a bien des gens qui se reconvertissent à mi-parcours, non ? Et maintenant que j'y pense, j'ai toujours eu en moi ce désir instinctif de guérir les gens. Sûrement un trait de caractère que cette doctoresse a immédiatement repéré. Parce que, sinon, pourquoi viendrait-elle vers moi pour me suggérer d'embrasser la carrière médicale ?

Dr Rebecca Bloomwood.

Baronne Rebecca Bloomwood, docteur en médecine, membre de l'ordre de l'Empire britannique.

Maman serait tellement fière de moi.

La doctoresse recommence à parler, mais je ne l'écoute plus. Totalement transportée, je m'imagine en blouse blanche, pénétrer d'un pas pressé dans une chambre, déclarer « tension 40-25 » ou je ne sais combien, et repartir du même pas sous le regard subjugué de tout le monde.

La chirurgienne Rebecca Bloomwood, pionnière dans la profession, n'aurait jamais embrassé la carrière médicale sans une rencontre de hasard dans un couloir d'hôpital. À cette époque, la célèbre spécialiste travaillait dans la mode...

— D'aussi loin que je me souvienne, j'ai toujours voulu être médecin, dit énergiquement une des filles en jean, ce qui me fait lever la tête, un peu irritée.

Coup classique. Une copieuse. C'est moi qui voulais être docteur, pas elle.

— Moi, quand j'étais petite, je voulais être dentiste, dit l'autre. Mais je suis vite revenue à la raison.

J'entends des éclats de rire. Étonnée, je regarde autour de moi, et remarque qu'un groupe de gens s'est formé autour de nous.

Que se passe-t-il ? Pourquoi sont-ils tous en train de s'immiscer dans notre conversation ? Je regarde, désemparée, la brochure que tient un type à côté de moi, et lis, sur la couverture : « Guide des diplômes médicaux ».
Ah...
Bien.
Bon, et alors ? Moi aussi, je peux passer un diplôme médical. J'en sais probablement autant que ces gens-là en médecine, et, en plus, je suis capable de faire des commentaires sensés.

— Y a-t-il des questions, à ce stade ? s'enquiert la jolie doctoresse.

Celle-là, en tout cas, est accueillie par un silence gêné.

— Allons ! n'ayez pas peur. Il y a certainement des points que vous aimeriez éclaircir.

Toutefois, le silence perdure et je lève les yeux au ciel. Franchement ! Ils sont tous pathétiques. Je pense au moins à dix questions vraiment intéressantes, sans même me creuser la tête.

— J'en ai une ! dis-je, un quart de seconde après qu'un type a levé la main.

— Bien ! dit la doctoresse. Voilà qui me plaît. Je vais d'abord répondre à la vôtre, ajoute-t-elle en désignant le garçon.

— Je m'intéresse à la chirurgie cérébrovasculaire. Et je me demandais quels étaient les moyens actuels pour traiter les anévrismes intracrâniens ?

— Ah oui ! Eh bien, il y a eu des progrès passionnants dans ce domaine, répond la doctoresse en souriant largement à l'assemblée. Peut-être certains d'entre vous ont-ils entendu parler de l'anneau embolismique détachable des anévrismes de Guglielmi ?

Quelques personnes hochent la tête, tandis que les autres prennent des notes.

— Des tests ont été récemment menés en Californie...

Vous savez quoi ? Je n'ai plus très envie de poser ma question. En fait, je devrais même m'éclipser pendant que la doctoresse est lancée dans son explication.

Mais trop tard. Elle a justement terminé et elle se tourne vers moi.

— Et votre question ?

— Oh, elle est sans importance.

— Non, non, allez-y. Demandez tout ce que vous voulez savoir.

Les regards convergent vers moi.

— Eh bien..., dis-je, le visage en feu, je voulais juste savoir... si on avait le droit de teindre sa blouse de la couleur de son choix.

OK, je ne deviendrai peut-être pas médecin, après tout. Mais je me demande bien pourquoi il a fallu qu'ils rient tous autant. Je parie que certaines filles étaient curieuses, sans l'avouer, de connaître la réponse, car j'ai bien vu que ma question en intéressait quelques-unes. En regagnant la chambre de Michael, j'ai encore le rouge aux joues.

— Salut ! fait Luke en levant la tête à mon arrivée.

Il est assis au chevet de Michael, et l'atmosphère semble beaucoup plus détendue.

— Je racontais à Luke que ma fille insiste pour que je prenne ma retraite, me dit Michael tandis que je m'assieds. Ou du moins, pour que je lève le pied. Et que je parte m'installer à New York.

— C'est vrai ? Quelle bonne idée. Ça me plairait beaucoup.

— Excellente idée, renchérit Luke. Quand on pense que tu fais l'équivalent de six pleins temps au moins...

— J'aime beaucoup votre fille, dis-je avec enthousiasme. Nous nous sommes bien amusées quand elle est venue me voir chez Barneys. Comment se passe son nouveau boulot ?

La fille de Michael est avocat spécialiste des lois d'exploitation, et tout en elle respire l'intelligence. Mais, d'un autre côté, jusqu'à ce que je le lui dise, elle n'avait jamais remarqué qu'elle choisissait des couleurs qui ne mettaient pas son teint en valeur.

— Très très bien, dit Michael. Elle vient juste d'entrer chez Finerman Wallstein, précise-t-il à l'intention de Luke. Ils ont des bureaux d'un prétentieux !

— Je les connais. Je me suis adressé à eux pour une affaire privée, il y a quelques semaines... Pour mon testament, en fait. La prochaine fois, je la ferai prévenir que je suis là.

— Oui, n'hésite pas. Ça lui fera plaisir.

— Tu as fait un testament ? dis-je, intéressée.

— Évidemment. Pas toi ?

— Non, je réponds, l'air pas concernée. Quoi ? Qu'est-ce qu'il y a ? j'ajoute, en surprenant le regard que me jettent Luke et Michael.

— Mais tout le monde devrait faire un testament, dit Michael très sérieusement.

— Il ne m'était jamais venu à l'esprit que tu n'en avais pas fait, ajoute Luke en secouant la tête.

— Il ne m'est jamais venu à l'esprit d'en faire un ! Je n'ai que vingt-sept ans !

— Je te prendrai rendez-vous avec mon avocat. Il faut régulariser tout ça, dit Luke.

— Bon, si tu veux. Mais franchement...

Et là, une idée me traverse l'esprit.

— Alors, à qui as-tu tout légué ?

— À toi. À l'exception de quelques legs mineurs.

— À moi ? (J'en reste bouche bée.) C'est vrai ?

— N'est-ce pas l'usage qu'un mari lègue ses biens à sa femme ? À moins que tu y voies un inconvénient ? ajoute-t-il avec un sourire.

— Non ! Bien sûr que non ! C'est juste que... je ne m'y attendais pas.

Je sens un étrange sentiment de plaisir m'envahir. Luke m'a tout légué !

J'ignore pourquoi cela me surprend. Nous allons nous marier. Ça coule donc de source. Mais quand même, je suis rudement contente.

— Dois-je comprendre que tu n'as pas l'intention de me laisser quoi que ce soit ? s'enquiert Luke.
— Mais bien sûr que si !
— Je ne veux te mettre aucune pression, dit-il en souriant à Michael.
— Mais je t'assure que je vais le faire. C'est juste que je n'y avais jamais pensé.
Et, pour faire diversion, je m'empare d'une poire que je commence à grignoter. À bien y réfléchir, comment n'ai-je jamais songé à faire un testament ? Sans doute parce que je n'ai jamais vraiment réfléchi au fait que j'allais mourir un jour. Cela pourrait arriver, pourtant, non ? Notre train pourrait dérailler au retour ; un meurtrier pourrait s'introduire dans notre appartement... Ou alors... Je pourrais être prise par mégarde pour un agent du gouvernement et kidnappée par un gang de terroristes étrangers...
Et qui hériterait de mes affaires ? Hein ?
Mon Dieu, Luke a raison. C'est un cas d'urgence.
— Becky ? Ça va ?
Je relève la tête et voit Luke qui enfile son manteau. Il faut qu'on y aille.
— Merci de votre visite, dit Michael en serrant ma main dans la sienne au moment où je me penche pour l'embrasser. Ça m'a fait un immense plaisir.
— Et je te tiens au courant pour le mariage, dit Luke. N'espère pas échapper à tes devoirs de garçon d'honneur.
— Je n'en ai pas l'intention ! Mais tiens, au fait... Je ne savais plus trop quoi penser, en bavardant avec les invités à votre soirée de fiançailles. Vous vous mariez à New York ou en Angleterre, finalement ?
— À New York, répond Luke en plissant le front, un peu décontenancé. C'est ce qui a été décidé en fin de compte, n'est-ce pas Becky ? Et j'ai oublié de te demander comment ta mère avait pris la nouvelle...
— Je... euh...

J'essaie de gagner du temps en enroulant mon écharpe autour de mon cou.

Je ne peux pas admettre la vérité, et leur dire que maman n'est encore au courant de rien.

Pas ici. Pas maintenant. Je n'ai pas très envie que Michael fasse un nouvel infarctus.

— Eh bien, je mens, en sentant mes joues devenir écarlates. Elle est ravie de venir à New York.

J'éclate de rire et me penche pour ramasser mon sac.

D'un autre côté, ce n'est qu'un demi-mensonge. Dès que maman sera rentrée, je la mettrai au courant.

Lorsque nous grimpons dans le train, Luke me semble pâle et vidé. Je crois que voir Michael à ce point affaibli l'a plus remué qu'il ne veut le laisser paraître. Il contemple par la fenêtre le paysage assombri, et j'essaie de penser à quelque chose qui pourrait lui remonter le moral.

— Regarde ! (J'attrape mon sac et en extrais le livre que j'ai acheté l'autre jour : *Les Serments de votre vie.*) Nous devons composer les serments que nous allons prononcer.

— Les composer ? s'étonne Luke. Mais ce ne sont pas toujours les mêmes ?

— Non ! Ça, c'était avant ! De nos jours, chacun compose ses propres serments. Écoute. « Vos serments de mariage sont pour vous le moyen unique de montrer au monde ce que l'autre représente pour vous. Avec la proclamation de l'officiant qui vous a unis, ils sont le pivot de toute la cérémonie. Ils doivent être les mots les plus beaux et les plus émouvants prononcés lors de votre cérémonie de mariage. »

J'observe Luke, dans l'attente d'une réaction, mais il regarde obstinément par la fenêtre.

— Ils expliquent que nous devons réfléchir au genre de couple que nous formons, j'insiste. Sommes-nous de « jeunes amants », ou des « compagnons d'automne » ?

Luke ne m'écoute même pas. Bon, d'accord, peut-être devrais-je trouver des exemples un peu plus pertinents.

Je tombe sur une page intitulée « Mariage d'été », ce qui semble déjà plus approprié.

Tandis que les roses éclosent en été, ainsi mon amour pour toi éclôt-il lui aussi. Et tandis que de blancs nuages prennent leur essor, ainsi mon amour lui aussi prend-il son essor.

Je grimace. Bof, finalement... Je tourne quelques pages, tout en les lisant en biais.

Tu m'as aidé à traverser l'épreuve de la réhabilitation... Bien que tu sois incarcéré pour meurtre, notre amour brillera tel un phare...

— Oh, écoute celui-là ! dis-je brusquement. C'est pour des amoureux qui se sont connus au lycée. *Nos yeux se sont croisés pendant le cours de maths. Comment aurions-nous pu deviner que la trigonométrie nous conduirait jusqu'à l'autel ?*

— Nos yeux se sont croisés pendant une conférence de presse, dit Luke. Comment aurions-nous pu savoir que l'amour allait éclore quand j'annoncerai la création d'un nouveau portefeuille d'investissements dans les sociétés émergentes européennes, avec facilités de suivi, coûts à taux fixes et primes tout au long du premier exercice ?

Bon, OK, le moment est peut-être mal choisi. Je referme le livre et regarde Luke avec inquiétude.

— Luke... Ça va ?
— Oui.
— Tu te fais du souci pour Michael ? Tu sais, je suis sûre qu'il va se remettre. Tu as entendu ce qu'il a dit ? C'était juste un avertissement.

Luke ne répond rien, puis il tourne la tête vers moi.

— Pendant que tu étais aux toilettes, dit-il lentement, j'ai croisé les parents de son voisin de chambre. Lui aussi a eu un infarctus la semaine dernière. Tu sais quel âge il a ?

— Non ? fais-je, avec une brusque appréhension.
— Trente-trois ans.
— Mon Dieu ! C'est atroce !

Luke n'a qu'un an de plus que lui.

— Il est courtier en Bourse, je crois. Très doué. (Il expire lentement.) Ça donne à réfléchir, non ? Réfléchir à ce que tu fais de ta vie. Tu te poses des questions.

— Euh... Oui. (J'ai l'impression de marcher sur des œufs.) Oui, tout à fait.

Jamais Luke n'a parlé comme ça. En général, si je commence à parler du sens de la vie – ce qui, je vous l'accorde, n'arrive pas très souvent – soit il écarte le sujet, soit il me tourne en dérision. Mais jamais au grand jamais il n'a avoué douter de la façon dont il menait la sienne. Je voudrais vraiment l'encourager à se confier, hélas, j'ai peur de parler à tort et à travers et de le couper dans son élan.

Et voilà qu'à nouveau il regarde par la fenêtre.

— Que voulais-tu dire exactement ? je demande doucement.

— Je ne sais pas, dit-il après réflexion. Je suppose qu'après ça tu vois les choses sous un jour nouveau.

Il me regarde, et l'espace de quelques minutes il me semble pouvoir lire en lui comme dans un livre ouvert et accéder à une part de lui dont il m'avait interdit l'accès jusqu'à maintenant. Plus douce, plus calme, et perclue de doute, comme tout le monde.

Puis, il cligne des paupières – et c'est comme s'il refermait l'obturateur d'un appareil photo. Il est redevenu celui qu'il est habituellement, l'homme d'affaires sûr de lui.

— Quoi qu'il en soit, je suis content que Michael et moi nous soyons réconciliés, dit-il en buvant une gorgée d'eau.

— Moi aussi.

— Il a fini par approuver mon point de vue. La publicité que nous allons obtenir par le biais de la fondation sera d'un énorme bénéfice pour la boîte. Et le fait que ce soit la fondation de ma mère ne change rien.

— Oui, admets-je à contrecœur. Je suppose.

Je ne tiens pas trop à ce qu'on parle de sa mère maintenant, alors je rouvre le bouquin sur les serments.

— Hé, écoute ! Il y en a un pour le coup de foudre. *Nous nous sommes rencontrés il y a une heure, mais je sais déjà que je t'aimerai toujours...*

Quand nous arrivons à Grand Central, la gare est noire de monde. Tandis que Luke fait un saut aux toilettes, je file vers le kiosque à journaux pour m'acheter une sucrerie. Je passe sans m'arrêter devant le présentoir à journaux, puis me fige. Attendez. C'était quoi, ça ? Je reviens sur mes pas, regarde la une du *New York Times*, et avise, dans un encadré annonçant un portrait en pages intérieures, une petite photo d'Elinor.

J'attrape le journal et me hâte de tourner les pages.

L'article est titré : « COMMENT COMBATTRE L'INDIFFÉRENCE ENVERS LES BONNES ŒUVRES », et illustré d'une photo d'Elinor, sourire glacial aux lèvres, debout sur les marches d'un grand bâtiment et tendant un chèque à un homme en costume. Perplexe, je lis la légende. *Elinor Sherman livre combat contre l'apathie générale pour lever des fonds au profit de la cause en laquelle elle croit.*

N'était-ce pas Luke qui était censé remettre le chèque ?

Je lis le papier en diagonale, pour vérifier s'il y est bien fait mention de Brandon Communications ou de Luke. Mais, arrivée à la fin de la page, je constate que son nom n'apparaît pas une seule fois. C'est comme s'il n'existait pas.

Je n'en reviens pas.

Après tout ce qu'il a fait pour elle ? Comment peut-elle le traiter ainsi ?

— Qu'est-ce qu'il y a ?

La voix de Luke me fait sursauter. J'envisage un instant de cacher le journal sous mon manteau. Mais ça ne servirait pas à grand-chose. Tôt ou tard, il verra l'article.

— Luke...

J'hésite, puis finalement, tourne la page vers lui.

— C'est ma mère ? demande-t-il, ébahi. Elle ne m'avait pas dit que tout était arrangé. Montre !

— Luke... (Je prends une profonde inspiration.) On ne parle nulle part de toi. Ni de ta société.

Je cille en le regardant parcourir l'article ; en voyant l'incrédulité se peindre progressivement sur son visage. Sa journée a été assez éprouvante comme ça, sans, par-dessus le marché, découvrir que sa mère l'a complètement grugé.

— Elle ne t'avait même pas dit qu'elle allait donner cette interview ?

Pas de réponse. Il sort son téléphone portable, appuie nerveusement sur les touches et patiente. Puis il laisse échapper un soupir d'exaspération.

— J'avais oublié. Elle est repartie pour la Suisse.

J'avais oublié, moi aussi. Elle est allée « rendre visite à ses amis » une fois de plus, juste à temps pour le mariage. Cette fois, elle y reste deux mois entiers, ce qui signifie qu'elle va se faire faire la totale. Elle a dû donner l'interview avant de partir.

J'essaie de prendre la main de Luke dans la mienne il ne réagit pas, mais Dieu sait ce qu'il pense.

— Luke... Peut-être y a-t-il une explication...

— Laisse tomber.

— Mais...

— Laisse tomber, répète-t-il avec une pointe d'agacement qui me fait tressaillir. La journée a été longue et pénible. Rentrons à la maison.

DERNIÈRES VOLONTÉS ET TESTAMENT DE REBECCA BLOOMWOOD

Je, soussignée REBECCA JANE BLOOMWOOD, déclare mes dernières volontés et mon testament comme étant les suivants.

PREMIÈREMENT : J'annule par le présent tous précédents testaments et codicilles que j'ai pu faire.

DEUXIÈMEMENT : (a) Je donne et lègue à SUSAN CLEATH-STUART ma collection de chaussures, tous mes jeans, mon manteau de cuir, la totalité de mon maquillage – à l'exception de mon rouge à lèvres Chanel –, mon coussin de sol en cuir, mon sac à main de Kate Spade +, mon anneau en argent incrusté d'une pierre de lune et mon tableau avec les deux éléphants.

(b) Je donne et lègue à ma mère JANE BLOOMWOOD tous mes autres sacs à main, mon rouge à lèvres Chanel, mes bijoux, ma parure de lit en coton de chez Barneys, mon peignoir en coton nid d'abeille, mon vase en verre de Venise, ma collection de cuillères à confiture et ma montre Tiffany★.

(c) Je lègue à mon père GRAHAM BLOOMWOOD mon jeu d'échecs, la collection de CD de musique classique qu'il m'a offerte à Noël, mon sac de voyage Bill Amberg, ma lampe de bureau en titane, et le manuscrit incomplet de mon guide de développement personnel *Gérez votre argent avec la méthode Bloomwood*, dont il devient le bénéficiaire pour l'ensemble des droits.

(d) Je lègue à mon ami DANNY KOVITZ tous mes anciens numéros de l'édition britannique de *Vogue* ++, ma lampe en lave, mon blouson en jean customisé et ma centrifugeuse.

(e) Je lègue à mon amie ERIN GAYLER mon pull en cachemire Tse, ma robe Donna Karan, mes robes Betsy Johnson et mes élastiques à cheveux Louis Vuitton.

TROISIÈMEMENT : Je lègue tout le restant de mes possessions, où qu'elles se trouvent – à l'exception de tout vêtement trouvé dans des sacs au fond du dressing-room★★ – à LUKE JAMES BRANDON.

+ À moins qu'elle ne préfère le nouveau DKNY avec la bandoulière.
★ Et aussi mon porte-clés Tiffany, que j'ai perdu, mais qui doit être quelque part dans l'appartement.
++ Plus tous les autres magazines que j'aurais achetés par la suite.
★★ Dont il conviendra de disposer avec discrétion.

10

Nous traversons une sale période.
Une période épouvantable, même. De la minute où il a vu l'article, Luke s'est muré dans le silence. Il n'en parle pas, et l'atmosphère dans l'appartement est de plus en plus tendue. Il y a quelques jours, j'ai acheté des bougies parfumées relaxantes, mais elles ne sentaient pas grand-chose à part la cire. Alors, hier, j'ai tenté de re-disposer les meubles pour améliorer le feng shui et l'harmonie de l'appartement. Mais Luke est entré dans le salon juste au moment où je cognais un des pieds du canapé contre le lecteur de DVD, et je ne crois pas qu'il l'ait très bien pris.
J'aimerais tellement qu'il me parle. Mais chaque fois que je demande : « Est-ce tu veux qu'on discute ? » et que je tapote le coussin du canapé pour l'inviter à m'y rejoindre, au lieu de me répondre : « Oui, Becky, j'ai quelques soucis que j'aimerais partager avec toi », soit il m'ignore, soit il m'informe que nous sommes à court de café.
Je sais qu'il a essayé d'appeler sa mère, mais les téléphones portables ne sont pas autorisés dans sa stupide clinique suisse. Je sais aussi qu'il a parlé plusieurs fois au téléphone avec Michael. Et que la secrétaire qui avait été détachée au service d'Elinor a réintégré Brandon Communications. Mais quand j'en ai parlé à Luke, il s'est contenté d'écarter le sujet sans rien répondre. On dirait qu'il n'arrive pas à admettre ce qui s'est passé.

La seule chose qui se passe de bien en ce moment, ce sont les préparatifs du mariage. Robyn et moi avons vu plusieurs fois le paysagiste, qui déborde d'idées absolument renversantes. Et puis, l'autre jour, nous avions rendez-vous au Plaza pour une dégustation de desserts et j'ai manqué m'évanouir face à tous ces puddings absolument délicieux entre lesquels il me fallait choisir. On a bu du champagne du début à la fin, les serveurs étaient déférents, et tous me traitaient comme une vraie princesse...

Mais pour être tout à fait honnête, je dois avouer que même cela n'a pas été aussi agréable et relaxant que ç'aurait dû l'être. Tout en dégustant des pêches blanches pochées à la mousse de pistaches et aux croquants à l'anis sur une assiette à liseré d'or, je ne pouvais chasser la culpabilité qui interférait avec mon plaisir.

Je pense que je serai bien plus heureuse quand j'aurai annoncé la nouvelle à maman.

Certes, je n'ai aucune raison de me sentir mal. Je ne pouvais pas faire grand-chose tant qu'ils étaient à Lake District. Je n'allais tout de même pas gâcher la quiétude de leurs vacances.

Or ils rentrent demain. Donc, mon plan, c'est d'appeler maman, le plus calmement possible, pour lui dire que j'ai énormément apprécié tout le mal qu'elle s'est donné, et que, sans vouloir faire preuve d'ingratitude, j'ai cependant décidé...

Non. Que *Luke* et moi avons décidé...

Non. Qu'Elinor a très aimablement proposé de...

Ou que nous avons décidé d'accepter...

Oh, zut ! Rien que d'y penser, j'en ai l'estomac tout retourné.

Bon, inutile de se mettre martel en tête. D'autant que je préfère être naturelle et spontanée. Mieux vaut attendre le moment et improviser.

Quand j'arrive chez Barneys, Christina est en train de remettre en ordre un portant de vestes du soir.

— Bonjour Becky ! Avez-vous pensé à signer ces courriers ?

— Comment ? dis-je distraitement. Euh, non, je suis désolée, j'ai oublié. Je vais le faire aujourd'hui.

— Becky ? fait-elle en me dévisageant. Vous allez bien ?

— Très bien ! C'est juste que... Je ne sais pas, le mariage...

— J'ai croisé India, hier soir, qui travaille à l'atelier de la Boutique Mariée. Elle m'a dit que vous aviez réservé une robe de Richard Tyler.

— Oui, c'est exact.

— J'aurai pourtant parié vous avoir entendue parler avec Erin, l'autre jour, d'une robe de Vera Wang.

Je détourne les yeux en tripotant la fermeture Éclair de mon sac.

— Eh bien, en fait, j'en ai réservé plusieurs.

— Combien ?

— Quatre, dis-je sans hâte.

Inutile de mentionner aussi celle que j'ai réservée chez Kleinfeld.

Christina part d'un grand éclat de rire en rejetant la tête en arrière.

— Becky ! Mais vous ne pourrez en mettre qu'une ! Il va bien falloir que vous fassiez votre choix.

— Je sais, dis-je d'une voix faible en m'engouffrant dans mon salon d'essayage avant qu'elle puisse ajouter autre chose.

Ma première cliente de la journée, c'est Laurel. Elle est invitée à un week-end « décontracté » qu'organise son entreprise et l'idée qu'elle se fait du décontracté, c'est un pantalon de survêtement et un tee-shirt Hanes.

— Vous avez une mine épouvantable, me dit-elle sitôt arrivée. Il y a quelque chose qui cloche ?

— Non, rien ! dis-je avec un grand sourire. Je suis juste un peu préoccupée en ce moment.
— Vous vous disputez avec votre mère ?
Je sursaute.
— Non. Pourquoi cette question ?
— C'est ce qui se passe en général, explique Laurel en ôtant son manteau. Toutes les futures mariées se disputent avec leur mère. Si ce n'est pas à propos de la cérémonie, c'est à propos des fleurs. J'ai lancé une passoire à thé à la tête de la mienne parce qu'elle avait rayé trois de mes amis de la liste des invités sans me demander mon avis.
— Non ! Mais ensuite, vous vous êtes réconciliées ?
— Nous sommes restées cinq ans sans nous parler.
— Cinq ans ! je m'exclame en la regardant avec des yeux ronds. Juste pour une liste d'invités ?
— Becky, il n'y a rien de pire que « juste une liste ». C'est joli, ça, dit-elle en soulevant un pull en cachemire.
— Mmmm, fais-je, distraite.
Ça y est, je commence à m'inquiéter.
Et si je me brouillais avec maman ? Si elle se sentait tellement offensée qu'elle ne veuille plus me parler ? Après, Luke et moi aurons des enfants qui ne connaîtront jamais leurs grands-parents. À chaque Noël, ils achèteront des cadeaux pour mamie et papi Bloomwood, au cas où, mais, chaque année, les paquets resteront sous le sapin, l'emballage intact et nous les mettrons de côté. Et puis un jour, notre petite fille demandera : « Maman, pourquoi elle nous hait, mamie Bloomwood ? » et je devrai lui répondre en ravalant mes larmes : « Mais non, chérie, elle ne nous hait pas. C'est juste que... »
— Becky ? Ça va ?
Je reviens à la réalité et vois Laurel qui me dévisage d'un air inquiet.
— Becky, vous n'avez vraiment pas l'air dans votre assiette. Un petit break vous ferait peut-être du bien.
— Non, franchement, je vais bien, dis-je en me forçant à sourire. Bon... Voici les jupes auxquelles je pensais. Si vous essayiez celle-là, avec le chemisier blanc cassé...

Tandis que Laurel procède aux essayages, je m'installe sur le tabouret, hoche la tête, et fais quelques commentaires sans penser vraiment à ce que je dis, l'esprit toujours préoccupé. J'ai l'impression d'être allée si loin dans cet imbroglio que j'ai perdu tout sens des proportions. Maman va-t-elle ou non se mettre en rogne quand je vais évoquer le Plaza ? Mystère.

Parce que, par exemple, prenons ce qui s'est passé à Noël. Je pensais qu'elle en ferait une maladie quand je lui aurais annoncé que Luke et moi ne serions pas avec eux, et il m'a fallu des siècles pour rassembler le courage de l'appeler. Mais, à mon grand étonnement, elle ne l'a pas mal pris du tout. Elle m'a répondu que papa et elle passeraient un Noël agréable avec Janice et Martin, et que je n'avais pas à m'inquiéter. Alors, qui sait si ce ne sera pas pareil cette fois ? Lorsque je lui aurai tout expliqué, elle dira : « Oh, ma chérie, ne sois pas sotte, évidemment que tu peux te marier où tu veux ! »

Ou alors, elle va fondre en larmes, me demander comment je peux la décevoir à ce point, et me répondre que ce n'est que morte qu'on réussira à la traîner au Plaza.

— Donc, j'ai reçu cette déposition au courrier. Cette petite garce a engagé des poursuites ! Vous y croyez, vous ? Des poursuites !

En entendant la voix agacée de Laurel, je m'alarme. Je relève la tête et la vois s'emparer d'une robe en tissu fin que j'avais sélectionnée pour le soir.

— Elle prétend avoir subi un préjudice moral et physique ! Vous vous rendez compte du culot de cette fille ?

— Laurel, dis-je, nerveuse. Pourquoi ne pas essayer cette robe plus tard ?

Je cherche désespérément autour de moi un vêtement solide et robuste que je pourrais lui donner à la place. Un manteau en tweed. Ou une tenue de ski. Mais Laurel ignore ma proposition.

— D'après ses avocats, j'ai bafoué le droit le plus élémentaire de tout être humain, à savoir, aimer la personne de son choix. Elle dénonce une agression hystérique de ma part. Ça, c'est la meilleure ! Une agression hystérique ! (Et la voilà qui enfile une jambe dans la robe avec la même vigueur que si elle cherchait à envoyer un coup de pied dans la tête de la stagiaire blonde.) Évidemment que je suis agressive ! Elle m'a volé mon mari. Elle m'a volé mes bijoux ! Qu'est-ce qu'elle croyait ? (Une manche se tire-bouchonne sur son épaule et, là, j'entends nettement le bruit d'une déchirure.) Je vous rembourserai, ajoute-t-elle sans reprendre son souffle.

— Elle vous a volé vos bijoux ? Comment ça ?

— J'ai dû vous en parler, non ? Les disparitions ont commencé à l'époque où Bill la ramenait en douce chez nous. Un pendentif avec une émeraude que m'avait donné ma grand-mère. Quelques bracelets. Évidemment, je n'avais pas la moindre idée de ce qui se tramait, alors je mettais en cause ma négligence. Mais quand tout a éclaté, là, j'ai compris. Ce ne pouvait être qu'elle.

— Vous ne pouviez rien faire ?

— Oh, j'ai essayé ! J'ai prévenu la police, dit-elle, le menton crispé tandis qu'elle boutonne la robe. Ils sont allés l'interroger et fouiller son appartement. Mais ils n'ont rien trouvé. Le contraire aurait été étonnant ! (Elle me fait un curieux petit sourire.) Et puis elle a mis Bill au courant. Il est devenu fou. Il est allé à la police et il leur a dit... Enfin, je ne sais pas trop ce qu'il leur a dit. Mais ce même après-midi, la police m'a rappelée pour dire qu'ils laissaient tomber l'enquête. À l'évidence, ils pensaient que je n'étais qu'une épouse éconduite et vindicative. Et ils n'avaient pas tort !

Elle s'examine dans le miroir, et peu à peu son visage s'apaise.

— Vous voyez, j'avais toujours pensé qu'il reviendrait à la raison. Je pensais que ça durerait un mois, peut-être deux. Et puis qu'il reviendrait en rampant, que je l'enverrais au diable, qu'il re-reviendrait à genoux, que nous nous disputerions, mais que finalement... (Elle pousse un bref soupir.) Mais non. Il ne revient pas.

Elle croise mon regard dans le miroir et j'éprouve une brusque bouffée d'indignation.

— Cette robe me plaît, dit-elle d'une voix plus enjouée. Sans la déchirure, bien sûr.

— Je vais vous en chercher une autre. Elles sont à cet étage.

Je sors de la cabine et me dirige vers les robes. Il est encore tôt pour les clientes normales, les rayons sont quasi déserts. Mais, tandis que je cherche la robe dans la taille de Laurel, je prends brusquement conscience qu'une silhouette familière passe dans mon champ de vision. Je me retourne, intriguée, mais la silhouette a disparu.

Bizarre.

Je finis par trouver la robe, je prends au passage une écharpe frangée assortie, je me retourne – et la silhouette est de nouveau là. Danny ! Que diable fiche-t-il chez Barneys ? Je m'approche et remarque ses yeux injectés de sang, ses cheveux en bataille, son air hagard et inquiet.

— Danny ! (Il bondit littéralement.) Qu'est-ce que tu fabriques ici ?

— Oh, rien ! Je... Je regarde.

— Ça va ?

— Très bien ! Tout va bien. Bon, fait-il en consultant sa montre, je suppose que tu es en plein travail ?

— Oui, dis-je à regret. J'ai une cliente qui m'attend. Sinon, on aurait pu descendre boire un café.

— Non non, c'est bon. Vas-y. À plus tard.

— OK, dis-je en repartant vers mon salon d'essayage, toujours intriguée.

Laurel décide de prendre trois des tenues que je lui ai sélectionnées, et en partant elle me serre longuement dans ses bras.

— Ne laissez pas ce mariage vous envahir. Il ne faut pas m'écouter. Je suis un peu blasée sur la question. Je sais que Luke et vous serez heureux.

— Laurel, vous êtes formidable.

Laurel est devenue une des personnes que j'apprécie le plus au monde. Si jamais je rencontre son abruti de mari, je lui fais sa fête, vous pouvez me croire !

Une fois Laurel partie, je consulte mon emploi du temps pour le reste de la journée. J'ai une heure de battement avant l'arrivée de ma cliente suivante, alors je décide d'aller flâner au rayon mariée pour revoir ma robe. Ça va incontestablement se jouer entre celle-là et la Vera Wang. Ou peut-être entre ces deux-là et celle de Tracy Connop.

Mais ce sera une des trois, à coup sûr.

Tandis que je traverse l'étage, je m'arrête net. Danny est toujours là, devant un portant de petits hauts, en train d'en tripoter un, l'air décontracté. Mais qu'est-ce qu'il fabrique ? Je suis sur le point de l'appeler pour lui proposer d'aller boire un cappuccino, quand je le vois se pencher subrepticement et attraper quelque chose dans son sac en toile. C'est un tee-shirt avec des manches en tissu brillant, glissé sur un cintre. Il l'insère sur le portant, regarde autour de lui, et recommence son manège.

Je le fixe, complètement abasourdie. Qu'est-ce qu'il trafique donc ?

Il continue, regarde de nouveau autour de lui, et extrait cette fois de son sac un petit carton plastifié, qu'il place à l'extrémité du portant.

C'est quoi à la fin, ce cirque ?

— Danny !

— Quoi ? fait-il, en sursautant. (Il tourne la tête et me voit.) Becky ! Chuuuut !

— Que fabriques-tu avec ces tee-shirts ? je m'exclame.

— Je me mets en rayon.

— Comment ça, *tu te mets en rayon* ?

D'un mouvement de tête, il m'indique le carton plastifié, où je lis, sans en croire mes yeux :

La collection Danny Kovitz
Un nouveau talent d'exception chez Barneys.

— Ils ne sont pas tous sur des cintres de Barneys, dit-il en ajoutant un autre tee-shirt sur le portant. Mais je pense que ça n'a pas trop d'importance...

— Danny, tu n'as pas le droit de faire ça ! Tu ne peux pas...

— Je le fais.

— Mais...

— Bon, écoute, Becky, je n'ai pas le choix, d'accord ? Randall va venir ici, il est en route, et il s'attend à voir un portant Danny Kovitz chez Barneys.

Je le fixe, épouvantée.

— Tu avais dit qu'il ne vérifierait pas !

— Il ne l'aurait pas fait ! s'emporte Danny en ajoutant encore un tee-shirt. Mais il a fallu que son idiote de petite amie vienne fourrer son nez là-dedans. Elle n'a jamais manifesté le moindre intérêt pour mon travail, mais dès qu'elle a entendu le mot Barneys, ç'a été : « Oh, Randall, mais il faut que tu encourages ton frère ! Va chez Barneys demain et achète un tee-shirt. » Alors moi j'ai dit : « Mais non tu n'as pas à faire ça. » Mais une fois que Randall a eu cette idée dans la tête, c'était genre « Bon, j'y ferai un saut peut-être demain », et du coup, j'ai passé toute cette putain de nuit à coudre...

— Tu as fait tout ça cette nuit ?

Incrédule, j'attrape un des tee-shirts. Un morceau de cuir tressé se détache et tombe par terre.

— Ouais, bon, forcément, les finitions ne sont pas tout à fait conformes à mes standards habituels, explique Danny, sur la défensive. Ne les manipule pas trop, OK ? (Il se met à compter les cintres.) Deux... quatre... six... huit... dix. Ça devrait suffire.

— Danny... (Je regarde autour de moi et remarque que Carla, une des vendeuses, nous observe d'un drôle d'air.) Bonjour ! je lance d'une voix enjouée. Je... J'aide un de mes clients... C'est pour sa petite amie... (Carla nous lance un regard suspicieux, puis s'éloigne.) Danny ! Ça ne marchera jamais ! je marmonne dès qu'elle s'est éloignée. Tu vas devoir enlever ça d'ici. Tu ne devrais même pas être dans ce rayon.

— Deux minutes, Becky, c'est tout ce dont j'ai besoin. Deux petites minutes, le temps qu'il vienne, qu'il voie la pancarte et qu'il reparte. Allez Becky ! Personne ne va... (Il se fige.) Le voilà.

Je suis son regard et avise Randall qui traverse l'étage dans notre direction.

Pour la énième fois, je me demande comment Randall et Danny ont pu être conçus par les mêmes parents. Alors que Danny est sec et toujours en mouvement, Randall remplit généreusement son costume croisé et affiche en toute circonstance un froncement de sourcils réprobateur.

— Bonjour, Daniel. Becky, ajoute-t-il avec un hochement de tête.

— Salut, Randall, dis-je avec un sourire que j'espère naturel. Comment vas-tu ?

— Les voilà, donc ! dit Danny, une note de triomphe dans la voix, en s'écartant du portant et en désignant les tee-shirts d'un geste. Ma collection. Chez Barneys. Comme je t'avais dit.

— Je vois je vois, répond Randall en scrutant attentivement les vêtements.

Il y a un silence tendu, et j'ai la certitude qu'il va relever la tête et dire : « Mais à quoi vous jouez, au juste ? » Non, il ne dit rien – et je me rends compte avec surprise qu'il marche à fond.

Mais une fois de plus, qu'y a-t-il d'étonnant à cela ? Les créations de Danny n'ont pas du tout l'air décalées, sur ce portant.

— Eh bien, félicitations ! lâche enfin Randall. C'est une vraie réussite, ajoute-t-il en tapotant maladroitement l'épaule de son frère avant de se tourner vers moi. Ils se vendent bien ?

— Euh... Oui. Ils ont du succès, je crois.

— Et combien les vendez-vous ? (En le voyant attraper un tee-shirt, Danny et moi retenons involontairement notre respiration, et, pétrifiés, nous le regardons chercher l'étiquette, puis relever la tête, les sourcils froncés.) Il n'y a pas d'étiquette !

— C'est parce que... ils viennent juste d'arriver, je m'entends expliquer précipitamment. Mais je crois qu'ils sont à... Quatre-vingt-neuf dollars.

— Je vois, fait Randall en hochant la tête. Bon, je n'ai jamais été porté sur la couture...

— Tu m'en diras tant, me chuchote Danny à l'oreille.

— Mais s'ils se vendent, c'est qu'il y a une raison. Daniel, je te tire mon chapeau. (Il attrape un autre tee-shirt, avec des rivets à l'encolure, et l'observe méticuleusement.) Bon, lequel puis-je acheter ?

— N'en achète pas ! s'écrie Danny. Je te... Je t'en ferai un. Ce sera un cadeau.

— Non, j'insiste. Si je ne peux pas encourager mon propre frère...

— Randall, s'il te plaît, le supplie Danny avec sincérité. Permets-moi de te faire un cadeau. C'est la moindre des choses. Tu as été si gentil pendant toutes ces années. Vraiment.

— Bien, si tu en es sûr, dit enfin Randall avec un haussement d'épaules. (Il jette un coup d'œil à sa montre.) Je dois y aller. C'était sympa de te voir, Becky.

— Je te raccompagne aux ascenseurs, dit Danny en me lançant un regard de jubilation.

Tandis qu'ils s'éloignent, un rire de soulagement monte en moi. Ouf, c'était moins une. Je n'arrive pas à croire que nous nous en soyons tirés si facilement.

— Hé ! s'écrie brusquement une voix derrière moi. Regarde ça ! C'est nouveau, non ?

Une main manucurée s'empare d'un tee-shirt de Danny avant que j'aie pu l'en empêcher. Je me retourne, et là je me dis que ça va mal tourner. C'est Lisa Farley, une cliente d'Erin, une fille adorable mais complètement dingue. Elle doit avoir vingt-deux ans, ne semble pas travailler et dit toujours tout ce qui lui passe par la tête, sans songer à

ménager qui que ce soit. Une fois, elle a demandé à Erin : « Ça ne vous complexe pas, d'avoir une bouche aussi bizarre ? »
Elle tient à présent le tee-shirt contre elle et s'admire.
Merde. J'aurais dû les faire disparaître de ce portant immédiatement.
— Salut Becky ! lance-t-elle avec bonne humeur. Hé, c'est cool, ça. Je ne les avais jamais vus.
— En fait, je m'empresse de répondre, ils ne sont pas encore en vente. Je dois euh... Je dois les rapporter au stock.
J'essaie de récupérer le tee-shirt, mais elle recule.
— Je vais me regarder dans la glace. Hé, Tracy ! Qu'est-ce que tu en penses ?
Une autre fille, vêtue de la nouvelle veste Dior imprimée, nous rejoint.
— De quoi ?
— De ces nouveaux tee-shirts. Ils sont super, non ?
Elle en attrape un autre, qu'elle tend à Tracy.
— Si vous pouviez me les rendre, dis-je, désespérée.
— Il est joli, celui-là !
Les voilà maintenant qui les passent tous en revue avec des gestes brusques, et c'en est trop pour les malheureux tee-shirts. Les ourlets se défont, des paillettes se détachent, les ficelles de strass se décousent, quelques sequins volent à terre.
— Oups ! Cette couture vient de lâcher, dit Lisa, désemparée. Becky, elle a lâché comme ça ! Je n'ai pas tiré !
— Ça va, dis-je tout bas.
— Est-ce que tout est censé tomber comme ça ? Hé, Christina ! appelle brusquement Lisa. Cette nouvelle ligne est vraiment marrante !
Christina ?
Je pivote et mon estomac se soulève d'horreur en découvrant Christina, postée à l'entrée du département des conseillères d'achat, qui discute avec le chef du personnel.

— Quelle nouvelle ligne ? demande-t-elle en regardant vers nous. Ça va, Becky ?

Zut zut zut. Il faut que j'interrompe cette conversation tout de suite.

— Lisa, dis-je, désespérée, venez voir les nouveaux manteaux de Marc Jacobs que nous avons rentrés.

Lisa m'ignore.

— Ce nouveau... Comment s'appelle-t-il... ? (Elle plisse les yeux pour déchiffrer la signature.) Danny Kovitz ! Je ne peux pas croire qu'Erin ne m'en ait pas parlé ! Vilaine fille ! dit-elle en agitant l'index dans un reproche feint.

J'assiste à toute cette scène sans savoir quoi faire tandis que Christina relève la tête, alertée. Laissez entendre que son service n'est pas parfait, et elle démarre au quart de tour.

— Excusez-moi deux secondes, dit-elle au chef du personnel avant de s'avancer vers nous. De quoi Erin ne vous a-t-elle pas parlé ? demande-t-elle aimablement.

— De ce nouveau styliste ! Je n'ai jamais entendu parler de lui !

— Aïe ! s'écrie Tracy en éloignant brusquement sa main du tee-shirt. Une épingle m'a piquée.

— Une épingle ? répète Christina. Donnez-moi ça.

Elle s'empare du tee-shirt en loques et le regarde, médusée. Puis elle aperçoit le panonceau en plastique avec le nom de Danny.

Quelle idiote je fais ! Pourquoi n'ai-je pas retiré au moins ça ?

En lisant le nom de Danny, l'expression de Christina change. Elle relève la tête et le regard qu'elle me lance me glace le sang. Je n'ai jamais eu de problème avec Christina. Mais je l'ai entendue engueuler des gens au téléphone et je peux vous dire qu'elle sait se montrer très féroce.

— Vous êtes au courant de quelque chose, Becky ? demande-t-elle plaisamment.

— Je... (Je m'éclaircis la voix.) En fait, c'est...

— Je vois. Lisa, je crains qu'il n'y ait eu un petit malentendu, explique-t-elle avec son sourire professionnel. Ces articles ne sont pas à vendre. Becky ? Nous serons mieux dans mon bureau.

— Christina, je... suis désolée, dis-je en sentant mon visage devenir aussi rouge qu'une pivoine. Je suis vraiment...

— Qu'y a-t-il ? demande Tracy. Pourquoi ne sont-ils pas à vendre ?

— Est-ce que Becky a des ennuis ? lance Lisa, désemparée. Elle va se faire renvoyer ? Non, ne renvoyez pas Becky ! On la préfère à Erin... Oups ! s'exclame-t-elle en plaquant la main sur sa bouche. Désolée Erin, je ne vous avais pas vue.

— C'est bon, fait Erin avec un sourire pincé.

Ça ne s'arrange vraiment pas.

— Christina, je ne peux que m'excuser. Je n'avais pas l'intention de semer la panique, ni de tromper les clientes...

— Dans mon bureau, répète Christina en levant la main pour me faire taire. Si vous avez quelque chose à dire, Becky, vous pourrez...

— Stooooop ! brame alors une voix mélodramatique derrière nous. (Nous nous retournons comme un seul homme pour voir Danny accourir vers nous, le regard encore plus halluciné que d'habitude.) Arrêtez, s'il vous plaît ! N'en voulez pas à Becky, dit-il en venant se placer devant moi. Elle n'y est pour rien. Si vous devez renvoyer quelqu'un, ce n'est pas elle – c'est moi.

— Danny, je marmonne. Elle ne peut pas te renvoyer, tu ne travailles pas ici.

— À qui ai-je le plaisir ? s'enquiert Christina.

— Danny Kovitz.

— Danny Kovitz. Ah. (Le visage de Christina s'éclaire.) C'est donc vous qui avez... conçu ces vêtements. Et les avez mis sur nos portants.

— Quoi ? Ce n'est pas un vrai styliste ? s'écrie Tracy, horrifiée. Je le savais ! On ne me la fait pas !

Elle replace le cintre qu'elle tenait sur le portant, comme si elle avait été contaminée.

— N'est-ce pas contraire à la loi ? demande Lisa, en ouvrant des yeux ronds.

— Peut-être, dit Danny, sur la défensive. Mais puis-je vous expliquer pourquoi j'en suis réduit à des actes hors la loi ? Savez-vous combien il est difficile de pénétrer dans ce qu'on appelle le monde de la mode ? (Il regarde autour de lui pour s'assurer que son public l'écoute.) Tout ce que je veux, c'est faire connaître mes idées aux gens qui vont les adorer. Je mets toute ma vie dans mon travail. Je pleure, je hurle de douleur, j'extrais de mon corps tout le sang créatif, mais l'*establishment* de la mode n'est pas intéressé par de nouveaux talents. On s'en fiche d'aider un nouveau venu qui ose afficher sa différence ! (Sa voix enfle avec passion.) Si j'en suis acculé à prendre des mesures désespérées, pouvez-vous me blâmer ? Si vous me poignardez, ne vais-je pas saigner ?

— Oh ! là, là ! s'exclame Lisa. Je ne me doutais pas que c'était si dur, dans ce milieu.

— Vous m'avez fait saigner, intervient Tracy, nullement impressionnée par le speech de Danny. Avec votre saleté d'épingle.

— Christina ! s'écrie Lisa. Vous devez lui donner une chance ! Regardez ! Il a une telle vocation !

— Je veux juste faire connaître mes idées aux gens qui vont les adorer, recommence Danny. Mon seul désir est qu'un jour quelqu'un porte un de mes vêtements et se sente transformé. Mais, tandis que je me traîne vers eux, sur les mains et à genoux, on continue à me claquer les portes au nez...

— Ça suffit comme ça ! le coupe Christina, mi-exaspérée, mi-hilare. Vous cherchez la chance de votre vie ? Laissez-moi jeter un œil à ces vêtements.

Soudain, tout le monde se tait et attend. Je regarde Danny à la dérobée. Peut-être que ça y est ! Christina va déceler son talent, Barneys va acheter toute sa collection et il va devenir célèbre. Gwyneth Paltrow portera un de ses tee-shirts à l'émission de Jay Leno, et tout le monde se battra pour en avoir un, et tout à coup il deviendra tellement célèbre qu'il aura sa propre boutique !

Christina attrape un tee-shirt éclaboussé de teinture et de strass sur le devant, et je retiens ma respiration en l'observant le détailler de haut en bas. Lisa et Tracy échangent un haussement de sourcils. Quant à Danny, même s'il est aussi immobile qu'une statue, je vois bien qu'il est plein d'espoir. Il y a un silence de mort quand Christina repose le tee-shirt – et nous reprenons tous notre souffle quand elle en attrape un second. D'un œil critique, elle étire le tissu pour mieux l'examiner... Une des manches lui reste entre les mains, laissant derrière elle une couture à vif.

Personne ne pipe mot.

— C'est le look, se justifie Danny, un quart de seconde trop tard. C'est... une approche déconstructiviste...

Christina secoue la tête et repose le tee-shirt.

— Jeune homme... Vous avez certainement du flair. Peut-être même du talent. Malheureusement, ça ne suffit pas. Tant que vous ne serez pas capable de finir proprement votre travail, vous n'irez pas bien loin.

— Mes modèles bénéficient en général d'une finition irréprochable, se défend Danny. Peut-être ai-je terminé cette collection un peu dans l'urgence...

— Je vous suggère de tout reprendre depuis le début, de ne faire que quelques pièces, très soigneusement...

— Vous insinuez que je ne suis pas soigneux ?

— J'insinue que vous devez apprendre à mener un projet du début jusqu'à la fin, lui rétorque Christina en souriant gentiment. Ensuite, nous verrons.

— Mais j'en suis capable, s'indigne Danny. C'est justement un de mes points forts ! C'est un de mes... Becky m'aurait-elle demandé de lui faire sa robe de mariée, si ce n'était pas le cas ? (Il m'attrape par le bras comme si nous allions interpréter un duo.) Le vêtement le plus important de toute sa vie ? Elle croit en moi, elle. Et quand Becky

Bloomwood s'avancera vers l'autel, au Plaza, dans une création de Danny Kovitz, alors vous ne direz plus que je ne suis pas soigneux. Et quand les téléphones commenceront à sonner...

— Quoi ? dis-je bêtement. Danny...

— Vous faites la robe de mariée de Becky ? s'étonne Christina en se tournant vers moi. Mais je pensais que vous alliez porter du Richard Tyler ?

— Richard Tyler ? répète Danny, incrédule.

— Je croyais que tu porterais du Vera Wang, renchérit Erin qui n'a assisté qu'à la fin de la petite scène et nous considère depuis un moment d'un air hébété.

— J'ai entendu dire que vous alliez porter la robe de votre mère, intervient Lisa.

— Mais c'est moi qui fais ta robe ! dit Danny, les pupilles dilatées par le choc. N'est-ce pas ? Tu me l'as promis ! Nous avions passé un accord !

— La Vera Wang me semble parfaite, insiste Erin. Il faut que tu mettes celle-là.

— Moi, je préférerais celle de Richard Tyler.

— Et la robe de votre mère ? Ce serait tellement romantique !

— La Vera Wang serait divine.

— Mais comment pouvez-vous refuser la robe de votre propre mère ? Comment pouvez-vous briser une tradition de famille ? Becky, vous n'êtes pas d'accord avec moi ?

— Ce qui compte, c'est d'être belle ! dit Erin.

— Non, c'est d'être romantique ! lui rétorque Lisa.

— Mais... Et ma robe ? larmoie Danny. Que fais-tu de la loyauté envers ton meilleur ami ? Qu'en fais-tu, Becky Bloomwood ?

J'ai l'impression que leurs voix me transpercent le crâne, et ils sont tous là, à me dévorer des yeux en attendant ma réponse... Et sans crier gare, je leur rétorque sèchement :

— Je n'en sais rien, OK ? Je ne sais pas ce que je vais faire !

Brusquement, j'ai presque les larmes aux yeux, ce qui est complètement ridicule. Parce que, enfin... ce n'est pas comme si je n'avais pas de robe.

— Becky, je crois que nous devrions avoir une petite conversation, vous et moi, dit Christina avec un regard insistant. Erin, voulez-vous ranger tout ça, s'il vous plaît, et nous excuser auprès de Carla ? Becky, suivez-moi.

Nous entrons dans le bureau raffiné de Christina, tout en beige et peau retournée. Elle se tourne vers moi – et l'espace d'un instant atroce, je suis persuadée qu'elle va me crier dessus. Mais en fait, elle me fait signe de m'asseoir et me dévisage longuement.

— Comment allez-vous, Becky ?
— Bien !
— « Bien » ? Je vois, fait-elle avec un hochement de tête sceptique. Que se passe-t-il dans votre vie, en ce moment ?
— Pas grand-chose, dis-je d'un ton faussement enjoué. Enfin, vous savez, toujours les mêmes...
— Les préparatifs du mariage se passent bien ?
— Oui ! dis-je précipitamment. Oui ! Très bien. Il n'y a absolument aucun problème de ce côté-là.
— Je vois. (Elle ne dit plus rien pendant un petit moment, se contentant de mordiller son crayon.) Vous avez rendu visite à un ami à l'hôpital, récemment. Qui était-ce ?
— Ah oui... C'est un ami de Luke, en fait. Michael. Il a eu un infarctus.
— Cela a dû être un choc pour vous.
— Eh bien... Oui, un peu, finis-je par dire en caressant du doigt l'accoudoir du fauteuil. Mais ça l'a surtout été pour Luke. Michael et lui ont toujours été très proches, mais ils ont eu un petit différend, et Luke se sentait très coupable. Et puis, quand nous avons appris ce qui était arrivé à Michael – vous comprenez, s'il était mort, Luke n'aurait jamais pu... (Je m'interromps et me frotte le **visage** en sentant l'émotion me nouer la gorge.) Et puis, évidemment, il y a toute cette tension entre Luke et sa mère en ce

moment qui n'aide pas. Elle s'est complètement servie de lui. En fait, c'est même pire, elle a abusé de sa confiance. Il a le sentiment d'avoir été trahi. Mais il refuse d'en discuter. (Ma voix commence à trembler.) Il refuse de discuter de quoi que ce soit en ce moment. Du mariage, de la lune de miel... Et même de notre prochain appartement ! On nous met à la porte de chez nous, et nous n'avons encore rien trouvé d'autre, et je ne sais même pas quand nous allons commencer à chercher...

À mon grand étonnement, une larme ruisselle le long de mon nez. D'où elle sort, celle-là ?

— Mais à part ça, conclut Christina, tout va bien.

— Oh, oui ! dis-je en me frottant la joue. À part ça, tout va très bien.

— Becky ! (Elle secoue la tête.) Non, ça ne va pas. Je veux que vous preniez quelques jours de vacances. Vous avez des jours à prendre, de toute façon.

— Mais je n'ai pas besoin de vacances !

— J'avais remarqué que vous étiez tendue, ces derniers temps, mais je n'avais pas idée que ça allait aussi mal. Ce n'est que quand Laurel est venue me parler, ce matin...

— Laurel ?

— Elle se fait du souci, elle aussi. Elle trouve que vous avez perdu votre étincelle. Même Erin l'a remarqué. Elle m'a raconté qu'elle vous avait parlé d'une braderie de prototypes de Kate Spade hier, et que vous aviez à peine réagi. Ce n'est pas la Becky que j'ai embauchée.

— Vous me renvoyez ? dis-je, d'un air malheureux.

— Mais non ! Je me fais du souci pour vous. Becky, cette série d'événements dont vous venez de me parler. Votre ami... Luke... Sa mère... Votre appartement...

Elle attrape une bouteille d'eau minérale, remplit deux gobelets et m'en tend un.

— Et ce n'est pas tout. N'est-ce pas ?

— Que voulez-vous dire ? dis-je avec appréhension.

— Je pense qu'il y a une autre complication, dont vous ne m'avez pas parlé. Relative au mariage. Je me trompe ? ajoute-t-elle en me regardant dans les yeux.

Oh, mon Dieu !
Comment a-t-elle deviné ? J'ai fait tellement attention, j'ai...
— Est-ce que je me trompe ? répète-t-elle doucement.
Tout d'abord, je reste complètement inerte. Puis, très lentement, je hoche la tête.
C'est presque un soulagement de penser que mon secret a été découvert.
— Comment avez-vous deviné ? je demande, en me laissant aller contre le dossier du fauteuil.
— C'est Laurel qui me l'a dit.
— *Laurel ?* (Une nouvelle onde de choc me parcourt.) Mais je ne lui en ai jamais...
— C'est évident, selon elle. De plus, vous avez laissé filtrer deux ou trois petites choses... Vous savez, garder un secret n'est jamais aussi facile qu'on l'imagine.
— Je n'arrive pas à croire que vous êtes au courant ! Je n'ai osé en parler à personne ! (Je repousse mes cheveux de mon visage brûlant.) Qu'allez-vous penser de moi, maintenant ?
— Personne ne pense du mal de vous, Becky. Personne.
— Jamais je n'ai voulu que les choses m'échappent à ce point.
— Bien entendu ! Inutile de culpabiliser.
— Mais tout est ma faute !
— Non, ce n'est pas vrai. C'est parfaitement normal.
— *Normal ?*
— Oui ! Toutes les futures mariées se chamaillent avec leur mère à propos du mariage. Vous n'êtes pas la seule, Becky.
Je la regarde, en proie à la plus grande confusion. Qu'est-ce qu'elle vient de dire ?
— Je peux imaginer la pression qu'elle vous a mise, reprend-elle en me regardant avec sympathie. Surtout si vous avez toujours été proche d'elle...
— Christina pense que...
Brusquement, je comprends qu'elle attend une réponse.

— Euh... oui. Ç'a été... assez difficile.

Elle approuve, comme si je venais de confirmer tous ses doutes.

— Becky, je ne vous donne pas souvent de conseils, n'est-ce pas ?

— Euh... non.

— Mais je voudrais que vous écoutiez celui-là. N'oubliez jamais : c'est de votre mariage qu'il s'agit. Pas de celui de votre mère. De votre mariage, à vous et à Luke. Et vous n'avez droit qu'à un essai. C'est pourquoi il faut qu'il soit comme vous le voulez, vous. Sinon, croyez-moi, vous le regretterez.

— Mmmm... Mais le problème, c'est... (J'avale ma salive.) C'est que ce n'est pas si simple...

— Au contraire, c'est très simple, Becky. C'est votre mariage. Le *vôtre*.

Sa voix est claire et emphatique, et je la regarde attentivement, le gobelet à mi-chemin de mes lèvres, avec le sentiment qu'un rai de lumière passe enfin entre les nuages.

C'est mon mariage. Je n'avais jamais pensé au problème en ces termes.

Ce n'est pas le mariage de maman. Ce n'est pas celui d'Elinor. C'est le mien.

— On peut facilement tomber dans le piège de vouloir faire plaisir à sa mère, est en train d'expliquer Christina. C'est un réflexe naturel, généreux. Mais parfois, il faut penser d'abord à soi. Quand je me suis mariée...

— Vous avez été mariée ? Je ne savais pas.

— C'était il y a bien longtemps. Ça n'a pas marché. Peut-être parce que j'ai détesté chaque seconde de la cérémonie. De la musique au cortège, aux vœux que ma mère a insisté pour composer elle-même. (Sa main se crispe sur le gobelet en plastique.) Des horribles cocktails bleus à cette robe vulgaire, mais vulgaire...

— Vraiment ? Mais c'est affreux !

— De l'eau a passé sous les ponts, depuis. (Le gobelet éclate, ce qui lui arrache un sourire amer.) Gardez mon

conseil à l'esprit. Cette journée est la vôtre. À vous et à Luke. Faites-en ce que bon vous semble, et ne culpabilisez pas. Et puis aussi...
— Oui ?
— N'oubliez pas que vous et votre mère êtes deux adultes. Alors, ayez une conversation d'adultes. Vous pourriez être surprise du résultat, ajoute-t-elle avec un haussement de sourcils.

Christina a mille fois raison. C'est évident !
Sur le chemin de la maison, j'y vois subitement très clair. Toute mon approche du mariage s'en trouve changée. Je suis emplie d'une détermination toute neuve. C'est mon mariage. Cette journée sera la mienne. Si je veux me marier à New York, c'est là que je le ferai. Si je veux porter une robe de Vera Wang, c'est celle-là que je porterai. Éprouver de la culpabilité serait ridicule.
Il faut que j'appelle maman. J'ai trop attendu. Enfin quoi ? De quoi ai-je peur ? Qu'elle éclate en sanglots ? Nous sommes toutes deux adultes, non ? Nous allons avoir une conversation entre personnes mûres et sensées, j'avancerai calmement mon point de vue, et l'affaire sera réglée, une bonne fois pour toutes. Mon Dieu, je me sens libérée. Je vais l'appeler immédiatement.
Une fois arrivée, je fonce dans notre chambre, laisse tomber mon sac sur le lit et compose le numéro de mes parents.
— Bonjour papa, dis-je quand il décroche. Est-ce que maman est là ? Il faut que je lui parle. C'est assez important.
Quand je croise mon reflet dans le miroir, j'ai l'impression d'être une journaliste du JT sur NBC, toute bouclée, bien dans ma peau, bien dans mon rôle.
— Becky ? fait papa, interloqué. Tu vas bien ?
— Très bien. Il faut juste que je discute de deux ou trois petites choses avec maman.

Tandis que mon père lâche le téléphone, j'inspire profondément et je repousse mes cheveux en arrière. Je me sens tout d'un coup très mûre. Regardez-moi ! Je vais avoir une conversation d'adulte à adulte avec ma mère, sans faux-fuyants, pour, probablement, la première fois de ma vie.

Vous savez, cela va peut-être inaugurer une relation entièrement nouvelle avec mes parents. Un nouveau respect mutuel. Une compréhension partagée de la vie.

— Allô, ma chérie ?

— Salut maman. (Je prends une profonde inspiration. On y va. Calme et adulte.) Maman...

— J'allais justement t'appeler. Tu ne devineras jamais qui nous avons croisé à Lake District !

— Qui ça ?

— Tante Zannie ! Tu te souviens, tu te déguisais avec ses vieux colliers et ses chaussures ? Ça nous a bien fait rire de nous rappeler de toi, qui trottinais...

— Maman, il faut que je te parle de quelque chose d'important.

— Et il y a toujours le même épicier, au village. Celui qui te vendait des bonbons. Tu te souviens de la fois où tu en avais trop mangé et où tu étais barbouillée, après ? Ça nous a fait rire, ça aussi !

— Maman...

— Et figures-toi que les Tiverton habitent toujours la même maison... Mais...

— Mais quoi ?

— J'ai peur que... L'âne Poil de carotte, tu sais, ne soit... (Elle baisse la voix.)... parti au ciel, ma chérie. Mais il était très vieux, et il sera très heureux là-haut...

Arrêtez ! C'est impossible ! Je n'ai pas du tout l'impression d'être adulte. J'ai l'impression d'avoir six ans !

— Ils t'embrassent tous, enchaîne maman en arrivant enfin à la fin de ses réminiscences. Et, bien entendu, ils seront tous là au mariage. Alors, papa m'a dit que tu voulais me parler ?

— Je... (Je m'éclaircis la gorge, en prenant brusquement conscience de l'écho du silence sur la ligne et de la distance qui nous sépare.) Eh bien, je voulais...

Oh, zut ! Mes lèvres tremblent et ma voix de journaliste de télé s'est muée en glapissement étranglé.

— Qu'y a-t-il, Becky ? s'alarme aussitôt maman. Quelque chose ne va pas ?

— Non ! C'est seulement que... que...

C'est inutile.

Je sais que Christina a raison. Je sais que je n'ai pas à me sentir coupable. C'est mon mariage, je suis grande, et je peux me marier où bon me semble. Ce n'est pas comme si je demandais à mes parents de me payer le Plaza. Je ne leur demande pas le moindre effort.

Mais même comme ça...

Je ne peux pas annoncer à maman, par téléphone, que je vais me marier à New York, au Plaza. C'est impossible.

— Je pensais rentrer et venir vous voir, je m'entends dire d'un trait. C'est ça, que je voulais te dire. Je rentre à la maison.

Finerman Wallstein
Avocats
Finerman House
1398 Avenue of the Americas
New York, NY 10105

Mademoiselle Rebecca Bloomwood
Apt B
251 11ᵉ Rue Ouest
New York
NY 10014

18 avril 2002

Chère Mademoiselle,

Je vous remercie pour votre courrier daté du 16 avril concernant votre testament. Je vous confirme qu'à la seconde clause, section (e), j'ai fait ajouter, comme vous le souhaitiez, « Et aussi mes nouvelles boots en jean à talons hauts ».

Avec mes sentiments les meilleurs.

Jane Cardozo

11

Sitôt que j'aperçois maman, la nervosité me gagne. Debout aux côtés de mon père, près de la porte du terminal 4, elle scrute le flot des passagers qui arrivent. À peine me voit-elle que son visage tout entier s'éclaire, de plaisir et d'anxiété mêlés. Elle a semblé plutôt prise de court quand je lui ai annoncé que je rentrais en Angleterre sans Luke – en fait, j'ai dû la rassurer à maintes reprises et lui promettre que tout allait toujours bien entre nous.

Puis, j'ai dû lui assurer que je n'avais pas été renvoyée de chez Barneys.

Et enfin, lui jurer que je n'avais pas d'usuriers à mes trousses.

Vous savez, quand je repense à ces dernières années, parfois, je me sens un peu piteuse en songeant à tout ce que j'ai pu faire endurer à mes parents.

— Becky ! Graham, elle est là ! (Elle s'élance vers moi, bousculant au passage une famille enturbannée.) Becky chérie ! Comment vas-tu ? Comment va Luke ? Tout va bien ?

— Bonjour, maman, dis-je en la serrant dans mes bras. Je vais bien. Luke va bien, il vous embrasse. Tout va bien.

Tout sauf un minuscule détail : j'ai projeté dans ton dos de me marier à New York.

Arrête ! j'ordonne à mon cerveau, tandis que papa m'embrasse et s'empare de mon chariot. Ce n'est pas encore le moment d'aborder le sujet. Il est même trop tôt pour y penser déjà. J'y viendrai plus tard, une fois à la maison, quand l'occasion se présentera naturellement dans la conversation.

Car elle finira bien par se présenter.

« *Alors Becky, as-tu repensé au projet de te marier en Amérique ?*

— Eh bien écoute, maman, c'est drôle que tu me poses la question... »

Voilà. Je vais attendre ce type d'occasion.

Toutefois, j'ai beau feindre l'insouciance, je ne pense qu'à ça. Et pendant que mes parents cherchent à localiser la voiture sur le parking, puis se chamaillent pour savoir quelle est la bonne sortie et si trois livres soixante est un prix raisonnable pour une heure de parking, une crampe douloureuse me noue l'estomac, et se resserre davantage chaque fois que les mots « mariage », « Luke » ou « Amérique » sont prononcés, même en passant.

Exactement comme la fois où j'avais raconté à mes parents que je passais l'option maths pour le brevet des collèges. Mon voisin, Tom, y était inscrit et Janice s'en vantait amplement, alors j'ai dit à mes parents que moi aussi j'allais la passer. Et puis les examens ont commencé, et j'ai dû mentir et faire semblant d'avoir une épreuve de trois heures (que j'ai passées chez Topshop). Quand les résultats du brevet sont arrivés, mes parents n'arrêtaient pas de me demander combien j'avais eu en maths.

Alors, j'ai inventé une histoire : la correction de l'option maths était, leur ai-je dit, plus longue parce que l'épreuve était plus difficile que les autres. Et franchement, je suis persuadée qu'ils m'auraient crue si Janice n'avait pas rappliqué dare-dare à la maison en disant : « Tom a eu un A à l'option maths. Et Becky ? »

Maudit Tom !

— Tu n'as encore posé aucune question à propos du mariage, s'étonne Maman tandis que nous roulons sur l'A3 en direction d'Oxshott.

— Ah, tiens, c'est vrai ! je réplique, en essayant de prendre une voix enjouée. Alors... euh... Comment se passent les préparatifs ?

— Pour être francs, nous n'avons pas fait grand-chose jusque-là, répond papa tandis que nous bifurquons à la sortie indiquant Oxshott.

— Oui, c'est encore un peu tôt, renchérit maman.

— Et ce n'est jamais qu'un mariage, ajoute papa. À mon avis, les gens font tout un plat pour pas grand-chose. On trouve toujours à s'arranger à la dernière minute.

— Je suis bien d'accord ! dis-je, soulagée.

Eh bien, merci mon Dieu ! Je me laisse retomber contre le dossier de la banquette en sentant mon anxiété perdre du terrain. Voilà qui va me faciliter la tâche. S'ils n'ont pas encore pris trop de dispositions, ce sera bien plus simple de tout annuler. En fait, on dirait que le mariage ne les préoccupe pas le moins du monde. Parfait, tout va s'arranger ! Si ça se trouve, je me suis rongée les sangs pour rien.

— Au fait, Suzie a téléphoné, dit maman alors que nous approchons de la maison. Elle aimerait bien te voir, un peu plus tard dans la journée. Je lui ai dit que tu serais certainement... Oh, et il faut que je te prévienne. (Elle se retourne vers moi.) Tom et Lucy !

— Oui ? je fais, d'ores et déjà résignée à entendre tous les détails sur leur nouvelle cuisine intégrée, ou sur la dernière promotion de Lucy.

— Ils ont rompu.

Elle a dit ça à voix basse, bien qu'il n'y ait que nous trois dans la voiture.

— Rompu ? (Je la regarde avec des yeux ronds, complètement sciée.) Tu plaisantes ! Mais ils ne sont mariés que depuis...

— Même pas deux ans. Janice est anéantie, tu penses bien.

— Mais que s'est-il passé ? je demande, d'une voix blanche.

Maman pince les lèvres.

— Cette Lucy est partie avec un batteur.
— Un batteur ?
— Oui, le batteur d'un groupe de musique. Apparemment, le type a un piercing au... (Et tandis qu'elle marque une pause lourde de désapprobation, mon imagination se déchaîne quant aux localisations possibles – incluant certaines dont maman n'a certainement jamais entendu parler – dudit piercing. Et pour ne rien cacher, je n'en avais jamais entendu parler moi non plus avant d'habiter dans le Village.)... au téton achève-t-elle, à mon grand soulagement.
— Attends, résumons : Lucy est partie, avec un batteur, qui a un piercing au téton.
— Et qui habite dans une caravane, ajoute papa, en mettant le clignotant.
— Après tout le mal que Tom s'est donné pour ce si joli jardin d'hiver ! soupire maman. Il y a des filles qui n'ont vraiment aucune gratitude.

Alors là ! Je n'en reviens pas ! Lucy travaille à la Wetherby's Investment Bank. Tom et elle vivent à Reigate. Ils ont des rideaux assortis au canapé. Comment diable s'est-elle débrouillée pour rencontrer un batteur avec un piercing au téton ?

Brusquement me revient en mémoire la conversation que j'ai surprise dans le jardin, lors de mon dernier séjour chez mes parents. Lucy n'avait pas vraiment l'air heureuse. Cela dit, elle ne semblait pas *non plus* sur le point de prendre ses cliques et ses claques.

— Et comment va Tom ?
— Il fait aller, dit papa. En ce moment, il est chez Janice et Martin, le pauvre.
— Si vous voulez mon avis, ajoute maman d'un ton sec, il est bien mieux sans elle. C'est pour Janice que je suis navrée. Elle avait préparé une si jolie noce. Ils se sont tous fait berner par cette fille.

La voiture stoppe devant la maison, et je m'étonne de découvrir deux camionnettes garées dans l'allée.

— Que se passe-t-il ?
— Rien, dit maman.
— Les plombiers, répond papa.
Mais ils font tous les deux une drôle de tête. Maman a les yeux brillants, et, tandis que nous gagnons la porte d'entrée, elle n'arrête pas de lancer des regards furtifs à papa.
— Bon, tu es prête ? me dit celui-ci, d'un ton détendu.
Il glisse la clé dans la serrure et ouvre grand la porte.
— Surprise ! s'écrient-ils alors en chœur.
Je n'en crois pas mes yeux.
Le vieux papier peint de l'entrée a disparu. La vieille moquette aussi. Toute la pièce a été redécorée avec des couleurs fraîches et lumineuses, un tapis de sisal au sol, et de nouveaux luminaires. Tandis que je lève un regard incrédule vers l'étage, j'aperçois un type en salopette qui repeint la rampe de l'escalier. Et sur le palier du premier, il y en a deux autres qui, debout sur un escabeau, fixent un plafonnier. Tout embaume le neuf et la peinture fraîche. Et l'argent dépensé.
— Vous avez fait refaire la maison, dis-je tout bas.
— Pour le mariage ! précise maman avec un sourire rayonnant.
— Vous venez de me dire... (J'avale ma salive.) que vous n'aviez pas fait grand-chose.
— Nous voulions te faire la surprise !
— Alors Becky, qu'en penses-tu ? demande papa en faisant un geste circulaire. Ça te plaît ? Est-ce que ma princesse est satisfaite ?
À sa voix, on pourrait croire qu'il plaisante, mais je peux vous dire que mon avis lui importe vraiment. Leur importe vraiment. Ils ont fait tout ça pour moi.
— C'est... formidable, dis-je d'une voix rauque. Vraiment très beau.
— Et viens voir le jardin !
Complètement anéantie, je suis maman jusqu'à la porte-fenêtre, où je découvre une équipe de jardiniers en uniforme en train de s'activer autour d'un massif de fleurs.

— Ils vont écrire « Becky et Luke » avec des pensées, dit maman. Elles fleuriront en juin, juste à temps. Et nous faisons aussi installer un nouveau jet d'eau, juste à côté de l'entrée, là où il y aura la tente. J'ai pris l'idée à la télé, dans une émission du *Parfait Jardinier*.

— Ça va être... super.

— Et la nuit, il s'illumine, alors quand on tirera le feu d'artifice...

— Quel feu d'artifice ?

Maman me regarde, étonnée.

— Mais je t'ai envoyé un fax à ce sujet, Becky ! Ne me dis pas que tu as oublié.

— Non ! Bien sûr que non !

Je repense à tous ces fax qu'elle m'a envoyés et que, rongée de culpabilité, j'ai planqués sous le lit, certains après les avoir survolés, d'autres sans même les avoir lus.

Qu'est-ce que j'ai fait ? Pourquoi n'ai-je pas prêté attention à ce qui se tramait ?

— Becky, ma chérie, tu n'as pas l'air dans ton assiette. Ce doit être la fatigue du voyage. Viens boire un petit café.

En pénétrant dans la cuisine, je me sens vraiment mal.

— Vous avez *aussi* installé une nouvelle cuisine ?

— Oh non ! proteste gaiement maman. Nous avons juste repeint les placards. C'est joli, non ? Tiens. Prends un croissant. Ils viennent de la nouvelle boulangerie.

Elle me tend une corbeille – mais j'ai le cœur au bord des lèvres et je suis incapable d'avaler quoi que ce soit. J'étais si loin de me douter de ce qui se préparait !

— Becky ? Quelque chose ne va pas ?

— Non non ! Tout va bien. Tout va... très bien.

Qu'est-ce que je vais faire ?

— Tu sais..., je reprends, en réussissant à esquisser un pauvre sourire. Je crois que je vais monter défaire ma valise.

Histoire d'y voir un peu plus clair.

Je referme la porte de ma chambre, un sourire encore accroché aux lèvres, mais à l'intérieur mon cœur bat à tout rompre.

Rien ne se déroule comme prévu.

Mais alors, vraiment rien. Un nouveau papier peint ? Une nouvelle fontaine ? Un feu d'artifice ? Comment se fait-il que je n'aie rien su de tout ça ? J'aurais dû me douter de quelque chose. Tout est ma faute. Oh, mon Dieu mon Dieu...

Comment vais-je pouvoir leur annoncer que tout est annulé ? Comment ?

Je ne peux pas.

Il faut pourtant que le fasse.

Mais je ne peux pas. Je ne peux absolument pas.

C'est *mon* mariage, je me dis alors avec fermeté en essayant de retrouver mon assurance new-yorkaise. Je peux l'organiser où bon me semble.

Mais les mots sonnent faux dans ma tête et me font frémir. Peut-être était-ce vrai, au début. Avant que rien n'ait été entrepris. Maintenant... Ce n'est plus seulement de mon mariage qu'il s'agit. Mais d'un cadeau que me font papa et maman. Du plus gros cadeau qu'ils m'aient jamais fait, et dans lequel ils ont investi tout l'amour et toute l'attention dont ils sont capables.

Et je suis sur le point de le rejeter. De leur dire : « Merci, c'est très gentil, mais je n'en veux pas. »

Je sors de ma poche les notes que j'ai griffonnées dans l'avion, en essayant de me souvenir de toutes mes bonnes raisons d'annuler le mariage à Oxshott.

Raisons pour lesquelles notre mariage doit avoir lieu au Plaza :
1. N'aimeriez-vous pas faire un voyage à New York, tous frais payés ?
2. Le Plaza est un hôtel fantastique.
3. Vous n'auriez rien à préparer.
4. Une tente abîmerait le jardin.
5. Vous seriez dispensés d'inviter tante Sylvia.
6. On vous offrirait des cadres de chez Tiffany.

Ces arguments me semblaient si convaincants, quand je les ai écrits. Maintenant, ils ont l'air ridicules. Maman et papa n'ont probablement jamais entendu parler du Plaza. Pourquoi auraient-ils envie de traverser l'océan pour aller dans un hôtel de snobinards qu'ils n'ont jamais vu ? Pourquoi souhaiteraient-ils renoncer à leur rôle d'hôtes de ce mariage dont ils ont rêvé depuis que je suis née ? Je suis leur seule fille. Leur seule et unique enfant.

Bon... Qu'est-ce que je vais faire ?

Je reste assise à fixer ma feuille, la respiration courte, en laissant mes pensées se battre dans ma tête. Elles s'y bousculent avec l'énergie du désespoir, pour trouver une solution, une échappatoire par laquelle m'esquiver. Pas question que j'abandonne avant d'avoir exploré jusqu'à la dernière possibilité. Mais je tourne en rond, sans avancer d'un pouce, tel un lapin mécanique qui bat du tambour.

— Becky ?

La culpabilité m'arrache un sursaut en voyant ma mère entrer et je froisse la liste dans ma main.

— Coucou ! je lance d'une voix enjouée. Oh, du café. Génial !

— C'est du déca, précise-t-elle en me tendant un mug sur lequel est écrit *Nul besoin de te rendre chèvre à organiser ton mariage, ta maman s'en occupe.* Je me disais que tu buvais peut-être du décaféiné, en ce moment.

— Non, dis-je, étonnée. Mais ça ne fait rien.

— Et comment te sens-tu ? (Elle vient s'asseoir à côté de moi, et subrepticement je transfère la feuille froissée dans l'autre main.) Un peu fatiguée ? Et barbouillée, aussi, sans doute.

— Non, pas trop. (Je lâche un soupir plus profond que je n'en avais l'intention.) Mais le plateau-repas dans l'avion était assez sinistre.

— Il faut que tu gardes tes forces ! dit maman en me serrant dans ses bras. Bien, j'ai quelque chose à te montrer, ma chérie. (Elle me tend un papier.) Qu'en penses-tu ?

Je déplie la feuille et je la regarde, médusée. C'est le plan d'une maison. D'une maison de quatre chambres à Oxshott, pour être précise.

— C'est bien, non ? (Son visage est rayonnant.) Et regarde un peu les détails.

— Mais vous n'allez pas déménager maintenant ?

— Pas nous, bécasse ! Mais, tu vois, vous seriez juste à côté de nous ! Regarde, il y a un barbecue en dur, deux salles de bains...

— Maman, nous vivons à New York.

— Oui, pour l'instant. Enfin, vous n'allez pas passer votre vie à New York, si ?

Une brusque angoisse noue sa voix, et malgré son sourire je vois bien qu'elle est tendue. J'ouvre la bouche pour répondre – mais je me rends compte que Luke et moi n'avons jamais abordé la question du long terme.

Sans doute ai-je toujours supposé que nous reviendrions en Angleterre un jour ou l'autre. Mais quand... ?

— Tu ne projettes sans doute pas de rester là-bas définitivement ? ajoute-t-elle avec un petit rire.

— Je ne sais pas... Je ne sais pas ce que nous voulons faire.

— Mais tu ne peux pas élever des enfants dans ce petit appartement ! Tu auras envie de rentrer à la maison. Tu voudras une jolie maison avec un jardin. Surtout maintenant.

— Pourquoi maintenant ?

— Maintenant que...

Et elle esquisse un geste devant son ventre.

— Quoi ?

— Oh, Becky, soupire-t-elle. Je comprends que tu sois un peu... gênée de le dire. Sache qu'il n'y a pas de problème, ma chérie ; de nos jours, c'est tout à fait accepté. Il n'y a pas de honte à avoir.

— Mais de honte à quoi...

— Il y a juste une chose que j'ai besoin de savoir... (Elle fait une pause.) La robe, de combien faudra-t-il la... ?

La... quoi ? De quoi elle me...
Hé, minute.
— Maman ! Tu ne crois tout de même pas que je. . que je...
J'imite son geste.
— Non ?
La déception se peint sur son visage.
— Mais non ! Bien sûr que non ! Pourquoi diable es-tu allée imaginer une chose pareille ?
— Tu as dit à ton père que tu avais quelque chose d'important à nous annoncer, se défend-elle, avant de boire une gorgée de café. Ce n'était pas à propos de Luke, ni de ton travail, ni de ton banquier. Et comme Suze va avoir un bébé et que vous êtes si proches, toutes les deux, nous avons pensé que...
— Bon, eh bien, vous vous êtes trompés, d'accord ? Et, avant que tu poses la question, sache que je ne me drogue pas non plus.
— Bon, alors, qu'avais-tu à nous dire ? (Elle repose sa tasse et me scrute d'un air anxieux.) Qu'y a-t-il de si important pour que tu sois venue nous voir ?
Le silence tombe. Ma main se crispe sur la tasse.
Nous y voilà. C'est le moment de me lancer. C'est l'occasion que j'attendais pour tout avouer. Pour tout lui expliquer au sujet du Plaza. C'est maintenant ou jamais. Avant qu'ils aillent plus loin. Avant qu'ils dépensent encore plus d'argent.
— Eh bien, c'est... (Je m'éclaircis la gorge.) C'est juste que...
Je m'interromps et bois une gorgée de café. Ma gorge est nouée, et je me sens vaguement nauséeuse. Comment puis-je dire à maman que je vais me marier ailleurs ? Comment puis-je lui faire ça ?
Je ferme les yeux et laisse l'image du Plaza scintiller derrière mes paupières, pour ressusciter tout le glamour et l'excitation. Les pièces et leurs merveilleuses dorures, le luxe ambiant. Moi, tournoyant sur cette immense piste

de danse miroitante sous les yeux admiratifs de la foule des invités.

Mais d'une certaine façon... Ça me transporte moins qu'avant. Ça me semble moins convaincant.

Bon sang, mais qu'est-ce que je veux ? Qu'est-ce que je veux vraiment ?

— Je le savais !

Je rouvre les yeux et constate que maman me fixe d'un air catastrophé.

— Je le savais ! répète-t-elle. Luke et toi avez rompu, c'est ça ?

— Maman...

— Je le savais. Je l'ai dit et redit à ton père. « Je le sens dans ma chair. Becky rentre pour nous dire que le mariage est annulé. » Il m'a répondu que je racontais n'importe quoi, mais je le sentais. Là ! (Elle se frappe la poitrine.) Une mère sent ces choses-là. Et j'avais raison, hein ? Tu veux annuler le mariage, n'est-ce pas ?

Je la regarde, foudroyée de stupeur. *Elle sait que je suis revenue à la maison pour lui annoncer que j'annulais le mariage.* Mais comment a-t-elle deviné ?

— Becky ? Tu vas bien ? (Elle me glisse un bras autour des épaules.) Écoute, ma chérie, ce n'est pas grave, pour nous. Tout ce que nous souhaitons, papa et moi, c'est ton bonheur. Et si cela veut dire annuler le mariage, eh bien, nous le ferons. Ma chérie, tu ne dois pas t'engager si tu n'es pas certaine à cent pour cent.

— Mais... vous avez déjà fait tellement de choses..., je marmonne. Vous avez dépensé tout cet argent...

— Ce n'est pas grave ! L'argent, ça ne compte pas ! (Elle me presse le bras.) Becky, si tu as le moindre doute, on annule tout, tout de suite. Tout ce que nous voulons, c'est que tu sois heureuse. Rien d'autre.

Maman est si gentille et si compréhensive que j'en reste sans voix. Elle est là, en train de m'offrir exactement ce que je suis venue chercher. Sans poser de questions. Sans reproches. Sans rien d'autre que son amour et son soutien.

Et tandis que je contemple son visage si doux, si bon, si familier, je sais, sans le moindre doute, qu'il m'est cependant impossible de lui mentir.

— Tout va bien, maman, réussis-je enfin à articuler. Luke et moi n'avons pas rompu. Le mariage est... toujours d'actualité. (Je me frotte le visage.) Tu sais, je crois que je vais... aller prendre l'air.

Quand j'arrive dans le jardin, les deux jardiniers relèvent la tête et me saluent. Je leur souris à peine. Je me sens complètement paranoïaque, comme si mon secret était tellement énorme que les gens pouvaient le voir flotter au-dessus de ma tête, comme dans une bulle de bande dessinée.

J'ai programmé un autre mariage.
Le même jour.
Mes parents n'en savent rien.

Oui, je sais que je suis dans de sales draps.
Oui, je sais que j'ai été idiote.
Oh, et puis fichez-moi la paix ! Ne voyez-vous pas à quel point je suis stressée ?

— Salut, Becky !

Je sursaute et me retourne. C'est Tom, derrière la palissade du jardin voisin, qui me regarde d'un air dépité.

— Tom ! Salut ! dis-je en essayant de ne rien trahir du choc que me cause son apparence.

Bon sang... Il a une mine épouvantable, il est tout pâle et triste et il porte des vêtements abominables. Non que Tom ait jamais été le roi du style – mais, du temps où il était avec Lucy, il avait fini par acquérir un vernis qui le rendait présentable, et sa coiffure commençait à avoir de l'allure. Mais maintenant, les cheveux gras sont de retour, ainsi que le pull marron que Janice lui a offert, il y a cinq Noëls de ça.

— Je suis navrée...

Je laisse ma phrase bizarrement en suspens.

— Ça va. (Il arrondit les épaules d'un air malheureux et regarde les jardiniers qui bêchent et taillent derrière moi.) Alors, comment se passent les préparatifs ?

— Euh... Très bien, dis-je d'une voix enjouée. Tu sais, à ce stade, ce ne sont encore que des listes. Les choses à faire, à vérifier, les petits détails à... finaliser.

Par exemple, décider sur quel continent je vais me marier. Oh, mon Dieu mon Dieu !

— Et... comment vont tes parents ? dis-je.

— Je me souviens des préparatifs de notre mariage, répond Tom en secouant la tête. J'ai l'impression que ça s'est passé il y a des millions d'années. Nous n'étions pas les mêmes.

— Oh Tom... (Je me mordille la lèvre.) Je suis désolée. Changeons de...

— Tu sais ce qui est le pire ? poursuit Tom en ignorant ce que je viens de dire.

— Euh...

« Tes cheveux », ai-je failli dire. *Failli.*

— Le pire, c'est que je croyais la comprendre. Je croyais que nous nous comprenions. Mais pendant tout ce temps... (Sa voix se brise et il sort un mouchoir de sa poche.) Tu vois, à présent, quand je regarde en arrière, je vois bien qu'il y avait des signes.

— Ah bon ?

— Oui. C'est juste que je n'y avais pas prêté attention.

— Quel genre de signes ? dis-je, en essayant toutefois de ne pas avoir l'air trop curieuse.

— Eh bien. (Il réfléchit deux secondes.) Par exemple, le fait qu'elle répétait sans cesse qu'elle allait se flinguer si elle devait vivre une minute de plus à Reigate.

— Ah..., fais-je, un peu sciée.

— Et puis ces hurlements au Salon du meuble...

— Des hurlements ?

— Oui, elle s'est mise à hurler : « J'ai vingt-sept ans ! J'ai vingt-sept ans ! Qu'est-ce que je fous ici ? » Les vigiles de la sécurité ont dû intervenir et la calmer.

— Mais je ne comprends pas. Je pensais qu'elle adorait Reigate ! Vous sembliez tellement...

« Suffisants », voilà le mot que je cherchais.

— Tellement... heureux.

— Elle a été heureuse tant que les cadeaux de mariage n'ont pas tous été déballés, déclare Tom d'un air pensif. Et puis... ç'a été comme si, brusquement, elle regardait autour d'elle et découvrait ce qu'était devenue sa vie. Et ce qu'elle a vu ne lui a pas plu. Moi inclus, je suppose.

— Oh, Tom !

— Elle a commencé à dire que la banlieue la rendait malade, et qu'elle voulait un peu profiter de la vie tant qu'elle était jeune. Mais moi, je me disais, on vient juste de repeindre la maison, on n'a pas fini les travaux du jardin d'hiver, ce n'est pas le moment de déménager... (Il relève la tête, ses yeux sont emplis de tristesse.) Mais j'aurais dû l'écouter, non ? Peut-être même que j'aurais dû me faire faire ce tatouage.

— Elle voulait que tu te fasses un tatouage ?

— Oui, assorti au sien.

Lucy Webster a un tatouage ! J'ai presque envie d'éclater de rire. En voyant Tom et sa mine pitoyable, je sens finalement la colère me gagner. Certes, Tom et moi n'avons pas toujours été d'accord. Mais il ne mérite pas ça. Il est comme il est. Et si cela ne fait pas le bonheur de Lucy, alors pourquoi l'a-t-elle épousé ?

— Tom, tu as tort de culpabiliser, dis-je avec fermeté. Il me semble que Lucy avait ses propres problèmes.

— Tu crois ?

— Bien sûr. Elle avait beaucoup de chance de t'avoir. Tant pis pour elle, si elle n'a pas su l'apprécier.

Dans un élan de compassion, je me rapproche de la palissade et le serre dans mes bras. Puis, quand je le lâche et que je me recule, il me regarde avec de grands yeux, comme un chien.

— Toi, tu m'as toujours compris.

— Ben... C'est qu'on se connaît depuis longtemps.

— Personne ne me connaît aussi bien que toi.

Sa main est toujours posée sur mon épaule et il ne semble pas pressé de la retirer ; je recule donc encore de quelques pas, en faisant un geste vers la maison de mes parents, où un homme en salopette repeint les fenêtres.

— Tu as vu tout le mal que papa et maman se sont donné ? C'est incroyable.

— Oh oui. Ils sont vraiment décidés à faire la fête. J'ai entendu parler de feux d'artifice. Tu dois être impatiente.

— Oui, il me tarde, dis-je machinalement.

C'est ce que je réponds dès que quelqu'un me parle du mariage. Mais là, tandis que je regarde notre bonne vieille maison à laquelle on refait une beauté, comme une femme qu'on maquille, je commence à ressentir une étrange impression. Un drôle de pincement au cœur.

Et, brusquement, je comprends qu'il me tarde vraiment.

Il me tarde de voir notre jardin envahi de ballons. De voir maman, sur son trente et un, rayonner de bonheur. De me préparer dans *ma* chambre, devant *ma* coiffeuse. De dire au revoir comme il se doit à mon ancienne vie. Et non pas dans une suite d'hôtel impersonnelle... Je veux le faire ici. À la maison. Dans la maison où j'ai grandi.

Tant que j'étais à New York, je n'arrivais pas à envisager ce mariage ici. Il semblait si insignifiant en comparaison de ce qui était prévu au Plaza ! Mais maintenant, c'est le Plaza qui commence à me sembler irréel. C'est lui qui s'efface, comme un souvenir lointain de vacances exotiques qu'on commence déjà à oublier. Ça a été très amusant de jouer à la princesse new-yorkaise qui va se marier, très agréable de goûter des plats somptueux, de discuter champagnes millésimés et décoration florale à un million de dollars. Mais c'est bien là le problème. C'était un jeu.

La vérité, c'est que mon pays est ici. Ici, dans ce jardin anglais que j'ai toujours connu.

Donc... Que faire ?

Vais-je vraiment...

Je n'arrive même pas à le formuler clairement.

Vais-je vraiment envisager la possibilité d'annuler ce grand mariage hors de prix ?

Cette seule pensée me noue l'estomac.

— Becky ?

La voix de maman me tire de mes pensées. Elle est devant la porte du patio, une nappe à la main.

— Becky ! Téléphone !

— Très bien. Qui est-ce ?

— Quelqu'un du nom de Robin. Tom ! Bonjour, mon grand !

— Robin ? dis-je en plissant le front.

Intriguée, je rebrousse chemin vers la maison. Robin qui ?

Je suis sûre que je ne connais pas de Robin. Mis à part Robin Anderson, qui travaillait pour *L'Investisseur du mois*, mais je le connaissais à peine, alors...

— Je crains de n'avoir pas compris le nom de famille, dit maman, mais elle a l'air très gentille. Elle a dit qu'elle appelait de New York...

Robyn ?

Brusquement, je me change en statue. Pétrifiée d'horreur sur les marches du patio.

Robyn au téléphone... Ici ?

Tout va de travers. Robyn n'appartient pas à cet univers. Elle appartient à New York. C'est comme au cinéma, quand les gens remontent dans le temps et fichent la pagaille dans l'histoire.

— C'est une de tes amies ? demande innocemment maman. Nous avons eu une charmante petite discussion à propos du mariage.

La terre se dérobe sous mes pieds.

— El... Elle a dit quoi ? je parviens à articuler.

— Rien de particulier ! (Maman me regarde avec étonnement.) Elle m'a demandé de quelle couleur j'allais m'habiller... Et elle n'arrêtait pas de dire un truc bizarre à propos de violonistes... Tu ne veux pas de violonistes, au mariage, n'est-ce pas, chérie ?
— Bien sûr que non ! je m'écrie, d'une voix de crécelle. Pour quoi faire des violonistes ?
— Becky ? Tu es certaine que ça va, ma chérie ? Tu veux que je lui dise que tu la rappelleras ?
— Non ! Ne lui parle plus ! Enfin, je veux dire... C'est bon. J'y vais.
Je me hâte de rentrer, mon cœur bat à trois cents à l'heure. Qu'est-ce que je vais lui dire ? Est-ce que je devrais lui annoncer tout de suite que j'ai changé d'avis ?
En soulevant le combiné, je m'aperçois que maman m'a suivie. Zut ! Mais comment vais-je me sortir de ce pétrin ?
— Robyn ! Bonjour ! (J'essaie d'être aussi naturelle que possible.) Comment ça va ?
Bon, je vais me débarrasser d'elle, et vite fait.
— Becky ! Bonjour ! Je suis tellement heureuse d'avoir pu bavarder avec votre maman ! Elle a l'air adorable. Il me tarde tant de la rencontrer !
— Moi aussi. Enfin, je veux dire... Il me tarde que vous fassiez sa connaissance.
— J'étais cependant surprise qu'elle ne soit pas au courant, pour les violonistes viennois. Tttt, vous devriez la tenir davantage au courant.
— Je sais, dis-je après une pause. C'est juste que j'ai été assez occupée...
— Je comprends, je comprends. Pourquoi ne lui enverrais-je pas un petit résumé avec toutes les informations ? Ce serait très simple par Fed Ex. Elle verrait ainsi par elle-même tout ce qui se prépare. Si vous me donniez son adresse...
— Noooooooon ! (Trop tard. Ça m'a échappé.) Je veux dire... Ne vous inquiétez pas. Je vais tout lui raconter moi-même. Vraiment. Ce n'est pas la peine d'envoyer quoi que ce soit. Rien du tout.

— Même pas quelques cartes du menu ? Je suis certaine que ça lui plairait beaucoup de...
— Non ! Rien !
J'ai la main crispée sur le combiné et le visage qui transpire. Je n'ose même plus regarder maman.
— Bon, comme vous voulez. C'est vous le chef ! Alors, j'ai parlé à Sheldon Lloyd de la décoration des tables...
Et tandis qu'elle poursuit son bavardage, je jette un regard furtif vers maman, qui se tient à un mètre de moi. Je suis sûre que, de là où elle est, elle entend tout ce que dit Robyn. Qu'elle a entendu le mot « Plaza ». Qu'elle a entendu que Robyn parlait du mariage et de la salle de bal.
— Parfait, dis-je en n'ayant rien écouté des explications de Robyn. Tout cela me semble parfait. (J'enroule le cordon du téléphone autour de mes doigts.) Mais écoutez, le truc... c'est que je suis rentrée en Angleterre pour ne plus entendre parler de tout ça. Alors, vous seriez très gentille de ne plus me rappeler ici, d'accord ?
— Vous ne voulez donc pas que je vous tienne au courant ? s'exclame-t-elle.
— Non. Ça ira. Faites... ce que vous devez faire, et vous me raconterez tout à mon retour, la semaine prochaine.
— OK, pas de problème, je comprends. Vous avez besoin de vous aérer ! Becky, sauf cas d'urgence, je vous laisse tranquille. Profitez bien de vos vacances !
— Merci, Robyn, je n'y manquerai pas. Au revoir.
Je raccroche en tremblant de soulagement. Dieu merci, c'est fini.
Mais je me sens vraiment dans mes petits souliers. Maintenant, Robyn a le numéro de la maison. Elle peut rappeler n'importe quand. C'est quoi un « cas d'urgence », en termes de planning de mariage, hein ? Ça peut être n'importe quoi. Un pétale de rose qui n'est pas au bon endroit. Et il suffirait qu'elle dise un mot de trop à maman, et là, toutes les deux se rendraient compte de ce qui se trame. Maman comprendrait immédiatement pourquoi je suis rentrée. Et ce que j'essaie de lui dire.

Oh, mon Dieu, elle serait tellement blessée Je ne peux pas prendre le risque qu'une telle catastrophe arrive.

Bon, j'ai deux options. Option numéro un : faire déménager papa et maman sur-le-champ. Option numéro deux...

— Écoute, maman, dis-je en me tournant vers elle. Cette femme, Robyn. Elle est...

— Oui ?

— Elle est... marteau.

— Marteau ? Comment ça, chérie ?

— Elle... Elle est amoureuse de Luke.

— Oh, bonté divine !

— Oui, et elle s'imagine qu'elle va se marier avec lui.

— Se marier avec lui ? répète maman, bouche bée.

— Oui ! Au Plaza ! Apparemment, elle a même essayé de réserver la salle. Sous mon nom !

Nerveusement, je me triture les doigts. Je dois être devenue marteau moi aussi. Jamais maman n'avalera un tel bobard. Jamais.

— Eh bien, tu vois, ça ne me surprend pas ! s'exclame-t-elle. Dès le début j'ai trouvé qu'elle était bizarre. Cette histoire sans queue ni tête à propos de violons ! Et le fait qu'elle semblait littéralement obsédée par la couleur de ma robe pour le...

— Oh, oui, elle est complètement obsédée. Donc... si jamais elle rappelait, invente une excuse et raccroche. Et quoi qu'elle dise, même si ça a l'air plausible... N'en crois pas un mot. Promets-le-moi !

— Très bien, ma chérie, dit maman en hochant la tête. Je ferai tout ce que tu voudras.

Et tandis qu'elle se dirige vers la cuisine, je l'entends annoncer : « Pauvre femme ! On a vraiment envie de la plaindre. Graham, tu as entendu ça ? Cette dame qui a appelé Becky d'Amérique ? Elle est amoureuse de Luke ! »

Je ne peux plus supporter cette situation.

Il faut que je voie Suze.

12

J'ai rendez-vous avec Suze à Sloane Square pour prendre le thé. Quand j'arrive, il y a une telle foule de touristes qui traîne là que je ne la vois pas. Puis, la foule se disperse, et Suze apparaît, assise près de la fontaine, au soleil, un halo de lumière autour de sa chevelure blonde.

En la voyant, je n'ai qu'une envie : courir vers elle, m'écrier : « Suze, je vis un cauchemar ! » et tout lui raconter.

Je suis sur le point de céder à cette impulsion quand je me retiens. Regardez-la ! On dirait un ange. Tout en sérénité, beauté et perfection.

Brusquement, en comparaison, je me sens calamiteuse et idiote. J'avais l'intention de décharger mon fardeau sur elle, comme toujours, et d'attendre qu'elle me trouve une solution. Mais là... je ne peux pas. Elle a l'air si paisible, si heureuse. Ce serait comme larguer des déchets toxiques dans une belle mer aux eaux limpides.

— Bex ! Salut !

Elle se lève en m'apercevant et c'est un nouveau choc de voir à quel point elle est... énorme.

— Suze ! dis-je en me hâtant vers elle pour la serrer très fort dans mes bras. Tu as une mine fantastique.

— Je me sens en pleine forme ! Comment vas-tu ? Et le mariage ?

— Oh... Très bien ! dis-je, après un silence. Tout va très bien. Viens, allons prendre notre thé.

Je ne vais rien lui dire. C'est décidé. Pour une fois dans ma vie, je vais me dépatouiller de mes problèmes toute seule.

Nous entrons chez Oriel et nous installons à une table près de la vitrine. Tandis que je commande un chocolat chaud, Suze tend au serveur un petit sachet de thé.

— Des feuilles de mûrier, explique-t-elle. Ça renforce l'utérus. Pour le travail, tu comprends.

— Bien, dis-je en hochant la tête. Le travail... Bien sûr.

Un léger frisson, que j'essaie de masquer d'un sourire, me chatouille le bas du dos.

Secrètement, je ne suis pas entièrement convaincue par toutes ces histoires à propos de la maternité. Vous comprenez, regardez un peu la taille du ventre de Suze. Et regardez la taille d'un bébé sur le point de naître. Ensuite, expliquez-moi comment ça va réussir à passer par...

Je connais la théorie, évidemment. C'est juste que, franchement, je ne vois pas comment ça peut marcher.

— C'est quand déjà, que tu accouches ? dis-je en regardant son ventre.

— Dans quatre semaines pile !

— Donc... il va continuer à grossir, non ?

— Oh, oui ! dit-elle en se caressant tendrement le ventre. Encore un peu, j'imagine.

— Bien, dis-je faiblement, tandis qu'un serveur dépose la tasse de chocolat devant moi. Excellent. Et comment va Tarquin ?

— Très bien ! Il est à Craie en ce moment. Tu sais ? Son île en Écosse... C'est la période de l'agnelage, alors il est allé donner un coup de main. Avant que le bébé arrive.

— Ah ! très bien. Et tu n'as pas voulu l'accompagner ?

— Eh bien, cela aurait été un peu risqué, répond Suze en agitant pensivement son sachet de feuilles de mûrier. Et le truc, c'est que ça ne m'intéresse que moyennement, les moutons. Enfin, je ne dis pas que ce n'est pas intéressant, corrige-t-elle. Mais, tu comprends, quand tu en as déjà vu un millier...

— Mais il sera rentré à temps, n'est-ce pas ?

— Oui ! Il est vraiment très excité. Il a suivi des cours et tout et tout !

Mon Dieu, je n'arrive pas à prendre conscience que, dans quelques semaines, Suze aura un bébé. Et je ne serai même pas là quand elle accouchera.

— Je peux toucher ? je demande, en posant délicatement la main sur son ventre. Je ne sens rien. C'est normal ?

— Il doit dormir.

— Tu sais si c'est un garçon ou une fille ?

— Non, je l'ignore. (Elle se penche vers moi, l'air grave.) Mais j'ai tendance à penser que c'est une fille, parce que, d'instinct, je ne regarde que ces petites robes adorables, dans les magasins. Comme une envie, tu vois ? Et ils disent dans les livres que ton corps te dicte ce dont il a besoin. Alors, tu comprends, c'est sans doute un signe.

— Et tu vas l'appeler comment ?

— Nous n'arrivons pas à nous décider. C'est tellement dur ! Tu sais, tu achètes ces bouquins, et tous les prénoms te semblent nuls... (Elle boit une gorgée de son infusion.) Comment tu l'appellerais, toi ?

— Oh, je ne sais pas ! Peut-être Lauren, comme Ralph Lauren. Ou Dolce.

— Dolce Cleath-Stuart, récite Suze d'un ton songeur. J'aime bien ! On pourrait l'appeler Dolly.

— Ou Vera. Comme Vera Wang.

— Vera ? fait Suze en me regardant avec des yeux ronds. Ah, non ! Je ne vais pas appeler mon bébé Vera !

— On ne parle pas de ton bébé ! On parlait du mien. Je trouve que ça sonne vraiment bien.

— Vera Brandon, se moque-t-elle, on dirait un personnage de série télé. Mais Dolce, ça me plaît. Et si c'était un garçon ?

— Harvey. Ou Barney, dis-je après une brève réflexion. Selon qu'il naît à Londres ou à New York[1].

---

1. Référence aux grands magasins Harvey Nichols, à Londres, et Barneys, à New York. (*N.d.T.*)

Je bois une gorgée de chocolat chaud, puis lève la tête et m'aperçois que Suze me regarde gravement.

— Bex, tu n'envisages pas sérieusement d'avoir un bébé en Amérique, n'est-ce pas ?

— Aucune idée. Comment savoir ? Nous n'aurons sans doute pas d'enfants avant des années !

— Tu sais, tu nous manques vraiment, à tous.

— Suze ! Tu ne vas pas t'y mettre, toi aussi, dis-je en riant à moitié. Maman m'a fait la comédie toute la journée pour que je revienne m'installer à Oxshott.

— Mais elle a raison ! Tarkie disait l'autre jour que Londres n'est plus pareil, sans toi.

— C'est vrai ?

Je la regarde, démesurément émue par sa remarque.

— Et ta maman me demande sans cesse si tu vas rester à New York pour toujours... Tu ne vas pas faire ça, hein ?

— À vrai dire Suze, je n'en sais rien. Tout dépend de Luke... Et de ses affaires...

— Mais ce n'est pas à lui de tout décider ! Tu as ton mot à dire aussi. Tu as envie de rester là-bas, toi ?

— Je ne sais pas. (Je grimace, en essayant d'expliquer ce que je ressens.) Parfois, je me dis que oui. Quand je suis à New York, j'ai l'impression que c'est l'endroit le plus important au monde. J'ai un job génial, les gens sont fantastiques, et tout y est merveilleux. Mais quand je reviens à la maison, brusquement, je me dis : « Attends, c'est ici ma vraie maison. C'est d'ici que je viens. » (Je me mets à déchiqueter un sachet de sucre vide.) De là à savoir si je suis prête à rentrer, là, maintenant.

— Oh, Becky ! dit Suze d'une voix enjôleuse. Reviens en Angleterre et fais un bébé ! Comme ça on jouera aux mamans ensemble !

— Suze ! Franchement ! dis-je en roulant des yeux. Comme si je n'avais que ça à faire en ce moment.

Et je me lève pour filer aux toilettes sans lui laisser le temps d'ajouter quoi que ce soit.

D'un autre côté... Elle n'a pas tort. Pourquoi ne ferais-je pas un bébé ? Les autres gens en font – alors, pourquoi pas moi ? Le truc, voyez-vous, c'est que, si je pouvais, d'une manière ou d'une autre, brûler l'étape de l'accouchement... Peut-être pourrais-je subir une de ces opérations qui nécessitent une anesthésie générale ? Et à mon réveil, le bébé serait là !

Une agréable vision traverse mon esprit : Suze et moi, côte à côte dans la rue, poussant chacune un landau. Ce pourrait être chouette, après tout. Et puis, on trouve des tonnes de petits vêtements super-mignons, de nos jours. Des petits chapeaux adorables, et des mini-blousons en jean... Et, mais oui, il me semble bien que Gucci a sorti un kangourou super-cool...

Nous boirions des cappuccinos ensemble avant d'aller faire les boutiques, et... À peu de chose près, c'est ce que font toutes les mères, non ? À bien y réfléchir, ça me conviendrait à la perfection.

Je dois absolument avoir une petite conversation avec Luke.

Ce n'est qu'au moment de quitter Oriel que Suze dit :
— Alors Bex, tu ne m'as rien dit à propos du mariage !
Mon estomac fait un looping, et je détourne la tête, sous prétexte d'enfiler mon manteau.
J'avais plus ou moins réussi à tout oublier.
— Oui. Eh bien... ça se passe à merveille.
Je ne vais pas enquiquiner Suze avec mes problèmes. C'est hors de question.
— Luke était d'accord pour que la cérémonie ait lieu en Angleterre ? demande-t-elle en me regardant anxieusement. Je veux dire, ça n'a pas causé de dispute entre vous, ni rien de ce genre ?
— Non, dis-je, après une seconde de réflexion. Très honnêtement, je peux te dire que non.
Je lui tiens la porte et nous sortons sur Sloane Square. Une chenille de mômes d'une d'école maternelle, en

culotte de velours, monopolise le trottoir, et nous nous écartons pour leur céder le passage.

— Tu sais, tu as pris la bonne décision, déclare Suze en me serrant le bras. Je me faisais du souci, j'avais peur que tu ne choisisses New York. Qu'est-ce qui t'a finalement décidée ?

— Oh, tu sais, des choses et d'autres... Dis, tu as vu, ces nouvelles propositions pour privatiser la distribution de l'eau ?

Mais Suze ignore ma question. Franchement ! Elle ne s'intéresse donc pas à l'actualité ?

— Comment a réagi Elinor, quand tu lui as annoncé que tu annulais la réception au Plaza ?

— Elle a, euh... Eh bien, elle n'était pas contente. Elle a dit qu'elle était très en colère et que, euh...

— « Très en colère » ? répète Suze en arquant les sourcils. C'est tout ? J'aurais cru qu'elle serait folle de rage !

— Oui, bien sûr qu'elle était folle de rage ! je corrige avec précipitation. Tellement folle de rage qu'elle a... un vaisseau sanguin qui a éclaté.

— Un de ses vaisseaux sanguins a éclaté ? répète Suze, éberluée. Où ça ?

— Sur, euh... le menton.

Il y a un silence. Suze s'est immobilisée et j'observe l'expression de son visage changer lentement.

— Bex...

— Allons voir les vêtements pour bébés ! dis-je avec empressement. Je connais une boutique avec des choses adorables juste à côté, là...

— Bex ! Que se passe-t-il ?

— Rien !

— Mais si ! Je le vois bien ! Tu me caches quelque chose.

— Mais non !

— Tu as bien annulé le mariage à New York, n'est-ce pas ?

— Je...

— Bex ? Dis-moi la vérité.
Jamais je ne lui ai entendu une voix aussi sévère.
Oh, bon sang. Je ne peux pas continuer à lui mentir.
— Je... Je vais le faire, dis-je d'une voix faible.
— Tu vas le faire ? (Le désarroi fait grimper sa voix dans les aigus.) Tu vas le faire ?
— Suze...
— J'aurais dû m'en douter ! J'aurais dû le deviner ! Mais je me suis dit que c'était réglé, puisque ta mère poursuivait les préparatifs à Oxshott, et que personne ne parlait de New York ni du Plaza. Je me suis dit : « Bon, finalement, Bex a dû décider de se marier à la maison... »
— Suze, s'il te plaît, ne t'inquiète pas. Reste calme... Respire à fond...
— Comment veux-tu que je ne m'inquiète pas ? s'écrie-t-elle. Bex, tu m'as promis, il y a trois semaines, de régler ce problème. Tu avais promis !
— Je sais ! Et je vais m'en occuper. C'est juste que... c'est tellement compliqué, de se décider. Les deux options semblent l'une et l'autre tellement parfaites, dans des genres complètement différents...
— Bex ! Un mariage n'est pas un sac à main ! s'exclame Suze, d'un ton incrédule. Tu ne peux pas décider de t'offrir les deux !
— Je sais ! Je sais ! Je vais me décider...
— Mais pourquoi ne m'en as-tu pas parlé avant ?
— Parce que tu es si jolie, si sereine, si heureuse ! je me lamente. Je ne voulais pas tout gâcher avec mes problèmes idiots.
— Oh, Bex... (Suze me regarde en silence, puis glisse un bras autour de moi.) Alors... que vas-tu faire ?
Je prends une profonde inspiration.
— Je vais dire à Elinor que le mariage à New York est annulé. Et que je me marie ici, en Angleterre.
— C'est vrai ? Tu es sûre de toi ?
— Oui. Tout à fait. Après avoir vu papa et maman... Et maman a été si gentille... Elle n'a pas la moindre idée de ce

que j'ai tramé dans son dos... (J'avale douloureusement ma salive.) Et tout à l'heure, au moment où je partais, papa m'a prise à part pour me dire combien maman avait été bouleversée quand j'ai seulement suggéré l'éventualité d'un mariage aux États-Unis. Ce mariage est tout pour elle. Suze, je me sens tellement conne. Je ne sais pas à quoi je pensais. Je ne veux pas me marier au Plaza. C'est à la maison que je veux me marier, nulle part ailleurs.

— Tu ne vas plus changer d'avis ?

— Non, pas cette fois. Je te promets, Suze, c'est vraiment décidé.

— Et Luke ?

— Il s'en fiche. Il m'a dit depuis le début de décider ce que je veux.

Suze garde le silence un petit moment. Puis elle sort son téléphone portable du sac et me le tend.

— Bon, si tu dois le faire, fais-le tout de suite. Appelle-la.

— Je ne peux pas. Elinor est en Suisse dans une clinique. J'avais l'intention de lui écrire une lettre...

— Non. (Suze secoue énergiquement la tête.) Fais-le tout de suite. Il y a bien quelqu'un que tu peux prévenir. Appelle cette organisatrice, Robyn, et dis-lui que tu annules. Bex, tu ne peux pas te permettre de laisser pourrir la situation plus longtemps.

— OK, dis-je d'un air faussement détendu. OK, je vais le faire. Je vais... Je vais l'appeler. Je connais le numéro par cœur.

J'approche le téléphone de mon oreille, puis l'éloigne. Prendre la décision était une chose, passer à l'acte en est une autre. Vais-je vraiment annuler tout le projet du mariage à New York ?

Que va dire Robyn ? Que dira tout le monde ? Mon Dieu, j'aurais bien besoin d'un petit temps de réflexion, juste pour préparer ce que je vais dire exactement...

— Vas-y ! m'ordonne Suze. Fais-le !

— D'accord !

D'une main tremblante, je compose le 001 pour les États-Unis – mais rien ne s'affiche sur l'écran.

— Oh ! fais-je, en prenant un air contrarié. Impossible d'avoir la tonalité ! Bon, il faudra que j'essaie plus tard...

— Non, pas question ! On va se promener jusqu'à ce que ça marche. Viens !

Suze se dirige vers King's Road et je lui emboîte nerveusement le pas.

— Essaie encore, dit-elle, au moment où nous arrivons devant le premier passage piétons.

Je m'exécute.

— Rien, dis-je d'une voix chevrotante.

Mon Dieu, Suze a une allure impressionnante, telle une figure de proue. Ses cheveux blonds flottent derrière elle et la détermination lui a rosi les joues. D'où lui vient cette énergie ? Je pensais que les femmes enceintes devaient y aller mollo.

— Essaie encore ! répète-t-elle tous les trois cents mètres. Je ne m'arrêterai pas tant que tu n'auras pas passé ce coup de fil !

— Il n'y a pas de tonalité !

— Tu es sûre ?

— Oui ! (Je pianote frénétiquement sur le clavier, manquant déclencher finalement un signal d'appel.) Regarde !

— Bex, essaie encore ! Allez !

— Mais je n'arrête pas !

— Aaaaaargh !

Suze vient de pousser un cri perçant qui m'arrache un sursaut d'effroi.

— J'essaie ! Franchement, Suze, j'essaie...

— Non ! Regarde !

Je m'arrête et me retourne. Elle est figée sur le trottoir, à dix mètres de moi, et une flaque d'eau s'est formée à ses pieds.

— Suze... Ne t'inquiète pas, dis-je, embarrassée. Je ne le dirai à personne.

— Non ! Tu ne comprends pas ! Ce n'est pas... (Elle a les yeux exorbités.) Je crois que je perds les eaux !

— Les quoi ? (Là, je suis complètement terrifiée.) Non ! Est-ce que ça veut dire que, euh... Tu vas...

Non, ce n'est pas possible.

— Je ne sais pas. (La panique se peint sur son visage.) Enfin, si, c'est possible... Mais c'est quatre semaines en avance ! C'est trop tôt ! Tarkie n'est pas là, rien n'est prêt... Oh, mon Dieu...

Jamais je n'ai vu Suze en proie à un tel affolement. Le désarroi qui s'empare de moi me fait suffoquer, et je dois lutter contre l'envie d'éclater en sanglots. Qu'ai-je encore fait ? Vraiment, je n'en rate pas une ! Voilà que ma meilleure amie va accoucher prématurément à cause de moi.

— Suze, je suis désolée.

— Mais tu n'y es pour rien. Ne sois pas stupide !

— Mais si ! Tu étais heureuse, sereine, et tout et puis tu m'as vue. Je ne devrais pas approcher des femmes enceintes...

— Il faut que j'aille à l'hôpital. (Son visage est blanc comme un linge.) Toutes les Cleath-Stuart ont des accouchements éclairs. Maman m'a eue en une demi-heure.

— Une demi-heure ? (Je manque de laisser tomber le téléphone.) Mais qu'attends-tu ? Allons-y. Viens !

— Mais je n'ai pas mon sac, ni rien. Il y a des tonnes de trucs que je dois emporter... (Elle se mord la lèvre.) Est-ce que je peux passer d'abord à la maison ?

— Pas question ! Tu n'as pas le temps ! De quoi as-tu besoin ?

— De Babygros... De couches... De choses comme ça...

— Bon, où... (Je jette des regards désemparés autour de moi, quand j'avise avec soulagement l'enseigne d'un magasin Peter Jones.) OK, dis-je en attrapant le bras de Suze. Viens.

Sitôt entrées chez Peter Jones, je me mets en quête d'une vendeuse. Et, Dieu merci, en voilà une qui arrive. Une dame aimable, entre deux âges, avec des lèvres peintes en rouge et des lunettes dorées pendues à une chaîne.

— Mon amie a besoin d'une ambulance, je bafouille.

— Tu sais, intervient Suze, un taxi fera l'affaire. C'est juste la poche des eaux qui s'est rompue. Il faut que j'aille à l'hôpital, explique-t-elle à la vendeuse.

— Ciel ! s'exclame celle-ci. Venez donc vous asseoir, mon petit, et je vous appelle un taxi...

Nous installons Suze à côté d'une caisse, tandis qu'une autre vendeuse court lui chercher un verre d'eau.

— Bon, Suze, dis-moi de quoi tu as besoin.

— Je n'arrive pas à me souvenir précisément, répond-elle, angoissée. On nous avait donné une liste... Peut-être qu'ils le savent, au rayon bébés.

— Ça ira, si je te laisse ?

— Oui, très bien.

— Tu es sûre ? j'insiste, en jetant un coup d'œil à son ventre.

— Bex ! Vas-y !

Non mais franchement ! Pourquoi diable sont-ils allés installer le rayon bébés aussi loin de l'entrée principale ? Vous pouvez me dire à quoi servent tous ces étages archinuls de vêtements, de cosmétiques et de sacs qui n'intéressent personne ? Après avoir monté et descendu au moins six escalators, je trouve enfin le rayon, et je m'accorde un instant de pause, un peu haletante.

Je prends le temps de regarder autour de moi, éberluée par tous ces noms de choses dont, jamais de ma vie, je n'ai entendu parler.

Plaid de réception ?

Tétines anti-coliques ?

Oh, et puis merde ! Je vais acheter de tout, c'est plus simple. Je fonce vers le premier rayon venu, et commence à attraper des articles au hasard. Babygros, mini-chaussettes, chapeau... Teddy... Couverture de berceau... Quoi d'autre ?

Un moïse... Des couches... Des petites marionnettes à glisser sur la main au cas où il faudrait distraire le bébé... Une petite veste Christian Dior vraiment trop mignonne... Je me demande s'ils la font aussi en taille adulte...

Je décharge tout ça sur le comptoir de la caisse et je dégaine ma carte Visa.

— C'est pour mon amie, j'explique, sans reprendre mon souffle. Elle vient juste de commencer le travail. Est-ce tout ce dont elle a besoin ?

— Je crains de ne pouvoir vous renseigner, répond la vendeuse, en scannant le code-barre d'un thermomètre de bain.

— J'ai une liste, ici, intervient une cliente, en salopette pour femme enceinte et Birkenstocks, à côté de moi. Voilà ce que le planning familial vous recommande d'emporter.

— Oh ! Merci.

Elle me tend une liste dactylographiée interminable. Oh ! là, là ! mais il me manque une tonne de trucs ! Moi qui pensais m'être si bien débrouillée ! Je n'ai même pas la moitié des machins qu'ils indiquent ici. Et si j'oublie quoi que ce soit, ce sera forcément un article d'une importance capitale, toute l'expérience de la maternité de Suze en sera gâchée et je ne me le pardonnerai jamais.

Tee-shirt ample... Bougies parfumées... Vaporisateur pour plantes...

Je relève la tête, interloquée. Ai-je bien la bonne liste ?

— Pour asperger le visage de la parturiente, m'éclaire la femme en salopette. Il fait très chaud, dans les salles d'hôpital.

— Vous trouverez ça au rayon des articles pour la maison, intervient la vendeuse.

— Ah, très bien, merci.

Enregistreur de cassettes... Cassettes relaxantes... Ballon gonflable...

Ballon gonflable ? Le bébé ne sera-t-il pas un peu petit pour jouer au ballon ?

— C'est pour la mère, pour qu'elle se couche dessus, explique gentiment la cliente. Ça aide à soulager les vagues de douleur. Ou alors, elle peut utiliser un gros coussin lesté.

Les vagues de douleur ? Oh, mon Dieu ! Rien qu'à penser à la souffrance que va endurer Suze, j'ai les entrailles toutes retournées.

— Je vais chercher un ballon et un coussin lesté, dis-je précipitamment. Et aussi, peut-être, de l'aspirine. De la super-forte.

Quand je regagne enfin le rez-de-chaussée, je suis épuisée, pantelante, écarlate. J'espère n'avoir rien oublié. N'ayant pas réussi à dégoter un seul ballon gonflable dans tout ce magasin à la noix, j'ai pris un canoë, que j'ai demandé au vendeur de me gonfler. Me voilà donc avec un canoë coincé sous un bras, un gros coussin Teletubbies et un moïse sous l'autre, et je ne vous parle même pas des cinq ou six sacs pleins à craquer suspendus à mes poignets.

Je jette un coup d'œil à ma montre. Horreur ! Cela fait déjà vingt-cinq minutes que je suis partie. Je m'attends à moitié à retrouver Suze sur sa chaise, le bébé dans les bras.

Mais elle est toujours là, seule, cillant imperceptiblement.

— Bex, te voilà ! Je crois que mes contractions ont commencé.

— Désolée d'avoir été si longue, je souffle. J'ai acheté tout ce dont tu pourrais avoir besoin. (Je me baisse pour ramasser une boîte de Scrabble qui vient de glisser d'un des sacs et de tomber par terre.) C'est au cas où on te ferait une péridurale, j'explique en désignant le Scrabble.

— Le taxi est là, annonce la dame aux lunettes dorées. Voulez-vous un coup de main pour vos paquets ?

Tandis que nous nous dirigeons vers le taxi, Suze observe mon chargement d'un air perplexe.

— Bex... Pourquoi as-tu acheté un canoë gonflable ?

— Pour que tu t'allonges dessus. Quelque chose comme ça.

— Et un pot à eau ?
— Je n'ai pas trouvé de vaporisateur pour plantes.

À bout de souffle, j'entreprends de tout caser dans le taxi.

— Mais pourquoi aurais-je besoin d'un vaporisateur pour plantes ?

— Écoute, l'idée ne vient pas de moi, d'accord ? Monte, on y va !

Sans que je sache comment, nous arrivons à tout caser dans le taxi. Une des rames du canoë retombe sur la chaussée au moment où nous fermons la portière, mais je ne prends même pas la peine de la récupérer. Ce n'est pas comme si Suze allait faire un accouchement aquatique, hein ?

— Le directeur commercial de Tarkie tente de le joindre, m'informe Suze tandis que nous filons sur King's Road. Mais, même s'il a un avion tout de suite, il va louper la naissance du bébé.

— Peut-être pas ! dis-je d'un ton encourageant. On ne sait jamais !

— Si, c'est sûr. (À mon grand désarroi, sa voix commence à trembler.) Il va louper l'accouchement de son premier enfant. Après avoir attendu tout ce temps. Et suivi les cours et tout et tout. Il était vraiment bon aux exercices de respiration, tu sais. Le prof les lui faisait faire devant tout le monde, tellement il était bon.

— Oh Suze... (J'ai envie de pleurer.) Peut-être qu'il te faudra des heures et des heures, et qu'il pourra finalement être là à temps.

— Tu vas rester avec moi, n'est-ce pas ? supplie-t-elle en pivotant brusquement sur son siège. Tu ne vas pas me laisser seule là-bas ?

— Bien sûr que non ! dis-je, pourtant épouvantée à la perspective de ce qui m'attend. Je ne te quitterai pas. (Je serre sa main.) On le fera ensemble.

— Tu sais comment ça se passe, un accouchement ?

— Euh... Oui. Bien sûr.

— Alors, dis-moi !
— Eh bien, je sais que tu as besoin de serviettes chaudes... (J'avise brusquement un carton de lait pour bébé qui dépasse d'un des sacs.) Et que plein de bébés ont besoin d'injections de vitamine K après la naissance.

Suze me dévisage, l'air impressionné.

— Dis donc ! Comment sais-tu ça ?
— Bah, je sais des trucs, c'est tout, dis-je en repoussant du pied le carton dans le sac. Tu vois ? Je serai parfaite !

OK, je peux le faire. Je peux aider Suze. Il faut juste que je reste calme, que je garde la tête froide, que je ne panique pas.

Enfin quoi, des milliers de femmes accouchent chaque jour, non ? C'est probablement une de ces choses qui ont l'air vraiment effrayantes, mais qui sont plutôt faciles, au final. Un peu comme le permis de conduire.

— Oh, mon Dieu ! (Le visage de Suze se contracte brusquement.) Ça recommence.
— OK ! Tiens bon ! (Avec un mouvement affolé, je me mets à fouiller dans l'un des sacs.) Tiens, voilà !

Suze rouvre les yeux, un peu dans les vapes, tandis que je brandis une élégante petite boîte sous cellophane.

— Bex, pourquoi tu me donnes du parfum ?
— Ils ont dit d'apporter de l'huile essentielle de jasmin pour aider à soulager la douleur, j'explique d'une traite. Mais, comme je n'en ai pas trouvé, j'ai pris Romance, de Ralph Lauren, à la place. Il y a des notes de jasmin. (Je déchire l'emballage et en vaporise dans sa direction avec l'espoir que ça marche.) Ça va mieux ?
— Pas vraiment, mais ça sent bon.
— Oui, n'est-ce pas ? dis-je, ravie. Et comme ça m'a coûté trente livres, ils m'ont offert une trousse avec un gant exfoliant pour le corps et...
— Hôpital Saint-Christophe, annonce soudain le chauffeur, en se garant le long d'un imposant bâtiment en brique rouge.

Suze et moi échangeons un regard et nous raidissons d'appréhension.

— Bon, Suze, du calme. Ne panique pas. Attends-moi ici.

J'ouvre la portière, bondis jusqu'à l'entrée de la maternité et me retrouve dans une réception meublée de chaises bleues. Quelques femmes en robe de chambre lèvent les yeux de leur magazine, mais, à part ça, il n'y a aucun signe de vie.

Nom d'un chien ! Mais où sont-ils tous passés ?

— Mon amie va accoucher ! je hurle. Vite, une civière ! Une sage-femme !

— Ça va ? demande alors une femme en uniforme blanc surgie de nulle part. Je suis sage-femme. Quel est le problème ?

— Mon amie est en plein travail ! Elle a besoin d'aide. Tout de suite !

— Où est-elle ?

— Je suis là, dit Suze en essayant de franchir la porte, trois sacs pendus à un bras.

— Suze ! je m'exclame, épouvantée. Ne bouge plus ! Tu devrais être couchée ! Elle a besoin de médicaments, dis-je à la sage-femme. Il lui faut une péridurale et une anesthésie générale, et aussi des gaz hilarants et... Bon, en gros, tout ce que avez...

— Ça va, répète Suze. Je t'assure.

— Nous allons vous installer dans une chambre, déclare calmement la sage-femme. Ensuite, on pourra vous examiner, et vérifier quelques détails...

— Je vais chercher le reste des affaires, dis-je en me dirigeant vers la porte. Suze, ne t'inquiète pas, je reviens. Suis la sage-femme, et à mon retour je finirai bien par te trouver...

— Attends ! s'écrie-t-elle, en faisant volte-face. Bex, attends !

— Quoi ?

— Tu n'as pas passé ce coup de fil. Tu n'as pas annulé le mariage à New York.

— Je le ferai plus tard. Vas-y. Suis la sage-femme.

— Fais-le maintenant.

— Maintenant ?

— Si tu ne le fais pas maintenant, tu ne le feras jamais ! Je te connais !

— Suze, ne sois pas cruche ! Tu es sur le point d'accoucher. Occupons-nous d'abord des priorités, d'accord ?

— J'accoucherai quand tu auras passé ton coup de fil ! s'obstine-t-elle. Aïe ! (Son visage se tord de douleur.) Ça recommence.

— Bon, dit calmement la sage-femme. Respirez... Essayez de vous détendre...

— Mais je ne peux pas me détendre ! Pas tant qu'elle n'aura pas annulé le mariage ! Sinon, elle va laisser courir. Je la connais !

— Mais non, je ne vais pas laisser courir !

— Mais si ! Bex ! Ça fait déjà des mois que tu hésites.

— Il est d'une sale engeance, alors ? intervient la sage-femme. Vous devriez écouter votre amie, ajoute-t-elle à mon intention. On dirait qu'elle sait de quoi elle parle.

— Les amies savent toujours reconnaître quand on tire le mauvais numéro, acquiesce une femme en robe de chambre rose.

— Mais ce n'est pas le mauvais numéro ! je proteste, indignée. Suze, s'il te plaît, calme-toi ! Suis la sage-femme ! Prends tes médicaments !

— Téléphone, réplique-t-elle, les traits tendus. Je suivrai la sage-femme quand tu auras téléphoné. Vas-y ! Fais-le !

— Si vous voulez que ce bébé naisse sans risque, me dit alors la sage-femme, à votre place, je téléphonerais.

— Allez ! Passez-le, ce coup de fil ! dit à son tour la femme en robe de chambre rose.

— OK ! OK ! (Je cherche le portable et compose le numéro.) J'appelle. Vas-y, Suze !

— Pas avant que je t'aie entendu le dire.

— Respirez jusqu'au bout de la douleur...
« Hellooooo ! piaille la voix de Robyn dans mon oreille. Est-ce un carillon de noces que j'entends... »
— Elle ne répond pas, dis-je en relevant la tête.
— Laisse un message, siffle Suze à travers ses dents serrées.
— Et respirez encore une fois à fond...
— ... votre appel est important pour moi et...
— Bex, parle !
— D'accord ! C'est parti ! (Et tandis que le bip retentit je prends une profonde inspiration.) Robyn, c'est Becky Bloomwood... Je vous téléphone pour annuler le mariage. Je répète, j'annule le mariage. Je suis vraiment désolée pour les inconvénients que cela va entraîner. Je sais que vous vous êtes beaucoup investie et je ne peux qu'imaginer combien Elinor sera en colère... (Je déglutis.) Mais j'ai pris ma décision – je veux me marier chez moi, en Angleterre. Si vous souhaitez en discuter, laissez-moi un message chez moi, et je vous rappellerai. Sinon, je pense que c'est le moment de nous dire au revoir. Et... merci. J'ai passé de très bons moments.

Je raccroche et regarde le téléphone, sans trop y croire.
Voilà. Je l'ai fait.
— Bravo, dit la sage-femme à Suze. C'était dur, hein ?
— Bravo Bex, renchérit Suze, le visage rosi. (Elle me serre la main avec un faible sourire.) Tu as fait ce qu'il fallait. Bon, allons-y, dit-elle en regardant la sage-femme.

Lentement, je me dirige vers la porte d'entrée. En sortant dans l'air frais, je ne peux réprimer un léger frisson. Ainsi donc, le sort en est jeté. Plus de mariage au Plaza. Plus de forêt enchantée. Plus de gâteau génial. Plus de rêves.

J'ai du mal à croire que c'est vraiment fini.
En même temps, pour être tout à fait honnête, tout cela n'était que du fantasme, non ? Je n'ai jamais cru que c'était la vraie vie.
La voilà, la vraie vie. Ici. Maintenant.

Je laisse un peu mes pensées voguer, jusqu'à ce que le son d'une sirène d'ambulance me ramène à la réalité. Je me dépêche de décharger le taxi et de régler la course. Puis je contemple l'invraisemblable amoncellement de paquets à mes pieds. Comment vais-je me débrouiller pour trimballer tout ce barda à l'intérieur ? Avais-je absolument besoin d'acheter un parc pliant ?

— Vous êtes Becky Bloomwood ?

En entendant cette voix qui m'interrompt dans mes pensées, je relève la tête et avise une jeune sage-femme devant la porte.

— Oui ! dis-je, dans un sursaut de panique. Est-ce que Suze va bien ?

— Oui, mais ses contractions s'accélèrent, et nous attendons toujours l'anesthésiste... Et elle dit qu'elle aimerait essayer d'utiliser... (Elle me regarde, incrédule.)... le canoë, c'est bien ça ?

Oh, mon Dieu.
Oh, mon Dieu.
Je ne peux même pas...

Il est neuf heures du soir, et je suis en loques. Je n'ai jamais rien vu de tel dans ma vie. Je n'avais pas idée que c'était aussi...

Que Suze serait si...

L'un dans l'autre, ça a pris six heures – ce qui, apparemment, est rapide. En tout cas, je peux vous assurer que je n'aimerais pas faire partie des lentes.

Je n'arrive pas à y croire. Suze a eu un petit garçon. Un minuscule bébé tout rose et nasillard, qui est né il y a une heure.

On l'a pesé, mesuré, habillé dans un superbe Babygros blanc et bleu avant de l'envelopper dans une couverture blanche, et maintenant il est dans les bras de Suze, le visage tout froissé et renfrogné, avec des touffes de poils noirs qui dépassent de la couverture au-dessus de ses oreilles. Le bébé de Suze et Tarquin. J'ai presque envie de pleurer...

Sauf qu'en même temps je suis aux anges. C'est un sentiment des plus bizarres.

Suze me fait un immense sourire. Elle a ce sourire depuis qu'il est né, et je me demande, à part moi, s'ils n'ont pas un peu forcé la dose de gaz hilarant.

— Est-ce qu'il n'est pas adorable ?
— Si, adorable.

D'un frôlement, je caresse son ongle minuscule en songeant qu'il a grandi à l'intérieur de Suze, pendant tous ces mois.

— Voulez-vous une tasse de thé ? demande une infirmière en entrant dans la chambre douillette et inondée de lumière. Vous devez être épuisée.

— Merci beaucoup, dis-je, en tendant la main avec gratitude.

— Je pensais à la maman, répond l'infirmière en me regardant de travers.

— Oh ! Oui, bien sûr, je bredouille, rouge d'embarras.

— C'est bon, dit Suze, donnez-la à Bex. Elle l'a bien méritée. Je suis désolée de m'être mise en colère contre toi, ajoute-t-elle avec un sourire piteux.

— Ce n'est rien. Et moi, je suis désolée de t'avoir demandé sans arrêt si ça faisait mal.

— Non, tu as été formidable. Franchement, sans toi, je n'y serais jamais arrivée.

— Vous avez reçu des fleurs, annonce la sage-femme en entrant. Et nous avons reçu un message de votre mari. Il est coincé sur l'île pour l'instant à cause du mauvais temps, mais il sera là dès que possible.

— Merci, dit Suze en se forçant à sourire. Parfait.

Mais une fois la sage-femme sortie, sa lèvre inférieure se met à trembler.

— Bex, qu'est-ce que je vais faire si Tarkie ne peut pas revenir ? Maman est à Oulan-Bator, et papa ne connaît rien aux bébés... Je vais être toute seule...

— Mais non ! dis-je en glissant aussitôt un bras autour de ses épaules. Je m'occuperai de toi.

— Il ne faut pas que tu repartes pour les États-Unis ?

— Du tout ! Je changerai la date de mon billet et je prendrai quelques jours de vacances. (Je la serre fort dans mes bras.) Je resterai aussi longtemps que tu auras besoin de moi ; et pas la peine de discuter.

— Mais, et le mariage ?

— Je n'ai plus à m'inquiéter de ça. Suze, je reste avec toi, un point c'est tout.

— C'est vrai ? (Je vois son menton qui tremble.) Merci Bex. (Elle soulève le bébé avec précaution et il fait un tout petit bruit.) Tu y connais quelque chose aux bébés ?

— Tu n'as pas besoin de connaître quoi que ce soit ! dis-je avec assurance. Tu dois juste les nourrir, leur mettre de jolis vêtements et aller les promener en poussette dans les magasins...

— Je ne suis pas sûre que...

— Et de toute façon, regarde ton petit Armani.

Je tends la main vers le paquet en couverture blanche et caresse tendrement la joue du bébé.

— On ne va pas l'appeler Armani ! Arrête de l'appeler comme ça !

— Bon, quel que soit son nom, c'est un ange. Ce doit être ce qu'on appelle un bébé facile.

— Il est sage, n'est-ce pas ? Il n'a pas pleuré une seule fois.

— Allez, Suze, ne t'inquiète pas. (Je bois une gorgée de thé et lui souris.) Tout va se passer comme sur des roulettes.

Finerman Wallstein
Avocats
Finerman House
1398 Avenue of the Americas
New York, NY 10105

Mademoiselle Rebecca Bloomwood
Apt B
251 11ᵉ Rue Ouest
New York
NY 10014

Le 6 mai 2002

Chère Mademoiselle,

Je vous remercie pour votre message du 30 avril, et je vous confirme que j'ai bien fait ajouter la section (f) à la seconde clause de votre testament, à savoir : « Je lègue à mon fantastique filleul Ernest la somme de mille dollars. »

Puis-je me permettre d'attirer votre attention sur le fait qu'il s'agit du septième amendement à votre testament depuis son enregistrement, il y a un mois ?

Je vous prie de croire, chère Mademoiselle, à l'expression de mes sentiments les meilleurs.

Jane Cardozo

13

Je gravis tant bien que mal le perron de notre immeuble. En titubant un peu, j'attrape ma clé, et ne réussis à la glisser dans la serrure qu'à la troisième tentative.

Retour à la maison.

Retour au calme.

— Becky ? C'est toi ?

Je reconnais la voix de Danny par-dessus le bruit de ses pas dans l'escalier.

Je lève un regard flou, incapable de faire la mise au point. J'ai l'impression d'avoir couru un marathon. Ou plutôt six marathons. Les deux semaines qui viennent de passer sont comme un mélange brumeux de nuits et de jours qui se confondent en une seule et interminable journée. Il n'y avait que moi, Suze et Ernest, le bébé. Et les pleurs.

N'allez pas me comprendre de travers. J'adore le petit Ernest. Vous voyez, je vais être sa marraine et tout et tout.

Mais... Mon Dieu, ces cris...

Je ne savais pas du tout que c'était comme ça, un bébé. Je pensais que ce serait amusant.

Je ne m'étais pas rendu compte que Suze allait devoir le nourrir toutes les heures. Ni qu'il pourrait refuser de dormir. Ni qu'il détesterait son berceau. Franchement, un berceau de Conran Shop ! Somptueux, en hêtre, avec de magnifiques courtepointes blanches. On aurait pu croire qu'il allait l'adorer. Eh bien, non. Quand on l'y couchait, il ne faisait rien d'autre que le débiner à coups de wahhhh wahhhh...

Ensuite, j'ai essayé de l'emmener faire du shopping – et au début, tout se passait bien. Les gens souriaient en regardant le landau, puis me souriaient, et je commençais à me sentir assez fière de moi. Mais chez Karen Millen, à peine avais-je enfilé la moitié d'un pantalon en cuir qu'il s'est mis à pleurer. Et je ne parle pas de petites pleurnicheries attendrissantes. De petites plaintes. Non, c'était un hurlement perçant, du genre *Cette fille m'a kidnappé, appelez les flics immédiatement.*

Je n'avais emporté avec moi ni biberon, ni couches, ni rien du tout. Aussi ai-je dû remonter Fulham Road ventre à terre, et, une fois arrivée à la maison, j'étais rouge pivoine et tout essoufflée, et Suze s'est mise à pleurer elle aussi tandis qu'Ernest me regardait comme si j'étais une *seriale killeuse.*

Et même une fois qu'il a eu tété, il a continué à crier, crier... Toute la nuit.

— Doux Jésus ! s'exclame Danny, en arrivant dans le hall. Qu'est-ce qui t'est arrivé ?

En me regardant dans le miroir, j'éprouve un choc. Je suis livide d'épuisement, j'ai les cheveux qui pendouillent et les yeux injectés. Il faut dire qu'en plus, dans l'avion du retour, je me suis retrouvée assise à côté d'une femme accompagnée de jumeaux de six mois. Bonjour l'angoisse !

— Mon amie Suze a eu un bébé, j'explique, avec des yeux larmoyants. Et son mari était coincé sur une île, alors je lui ai donné un coup de main...

— Luke m'avait dit que tu étais en vacances, dit Danny en me contemplant, horrifié. D'après lui, tu te reposais !

— Luke ne savait pas...

Chaque fois qu'il appelait, j'étais soit en train de changer une couche – ou de consoler un Ernie en pleurs, ou de réconforter une Suze en larmes –, soit complètement à plat, en train de dormir. Nous avons quand même eu une conversation, mais plutôt brève et décousue, et à la fin, au vu de mes propos incohérents, Luke a suggéré que j'aille me coucher.

À part ça, je n'ai parlé à personne. Maman a téléphoné pour me dire que Robyn avait appelé et laissé un message demandant que je la rappelle de toute urgence. J'avais bien l'intention de le faire. Mais chaque fois que j'avais cinq minutes à moi, d'une manière ou d'une autre, je n'arrivais pas à m'y résoudre. Je n'ai aucune idée de ce qui s'est passé depuis mon coup fil. Du genre de disputes et de retombées qu'il y a eu. Je me doute qu'Elinor est furax et que je vais essuyer l'engueulade du siècle.

Mais... je m'en fiche. Tout ce qui m'importe, pour l'instant, c'est d'aller dormir.

— Et tu as reçu une tonne de paquets de chez QVC, me dit Danny en me dévisageant avec curiosité. Tu as commandé une batterie de poupées Marie Osmond ?

— Je ne sais plus, j'avoue d'une voix blanche. Sans doute. J'ai commandé presque tout ce qu'ils avaient en catalogue.

J'ai le souvenir nébuleux d'une nuit, à trois heures du matin, où je berçais Ernest sur mes genoux tout en fixant vaguement l'écran de télé.

— Tu sais à quel point la télé anglaise est nulle à trois heures du matin ? (Je frotte mes joues toutes sèches.) Et pas la peine de regarder un film, parce qu'au moment où ça devenait intéressant le bébé se mettait à crier, et il fallait se lever, bouger autour de lui, en chantant « Ainsi font font font les petites marionnettes... », mais ça ne l'empêchait pas de continuer, alors il fallait zapper sur « À la claire fontaine... », mais sans plus de résultat...

— OK, OK, fait Danny en reculant d'un pas. Je te crois sur parole. Becky, tu ferais mieux d'aller faire une petite sieste.

— Oui. À plus tard.

J'entre dans l'appartement d'un pas chancelant, balance tout le courrier sur le canapé et file dans la chambre, aussi obsédée qu'un junkie en manque.

Dormir. J'ai besoin de dormir...

Une lumière clignote sur le répondeur, et en m'allongeant j'appuie machinalement sur la touche.

« Bonjour Becky, c'est Robyn. Je voulais juste vous dire que le rendez-vous avec Sheldon Lloyd pour discuter de la table centrale a été déplacé à mardi prochain, le 21, à quatorze heures trente. Au revooooir ! »

J'ai à peine le temps de me dire : « Tiens, c'est bizarre », que je sombre dans un sommeil profond et sans rêves.

Huit heures plus tard, je me réveille et me redresse d'un coup.

Qu'est-ce que c'est que cette histoire ?

Je tends la main et appuie de nouveau sur la touche du répondeur. La voix de Robyn me délivre exactement le même message, et l'affichage m'indique qu'il date d'hier.

Mais... Ça n'a aucun sens. J'ai tout annulé, non ?

Complètement désorientée, je promène mon regard dans l'appartement sombre. Mon horloge interne est tellement déboussolée qu'il pourrait être n'importe quelle heure. Je vais dans la cuisine me chercher un verre d'eau et, les yeux gonflés de sommeil, je contemple la fresque représentant des danseurs sur le mur de l'immeuble d'en face.

Je ne suis pas folle. J'ai annulé le mariage au Plaza. Il y avait des témoins. Pourquoi Robyn se préoccupe-t-elle encore de la table centrale ? Ce n'est pas comme si j'avais été évasive, dans mon message.

Que s'est-il passé ?

Je bois mon verre d'eau, m'en verse un second et entre dans le salon. À en croire le magnétoscope, il n'est que seize heures, donc, j'ai encore le temps de l'appeler. Je veux comprendre ce qui se passe.

— Bonjour ! Société Mariage and Co, annonce une voix que je ne reconnais pas. En quoi puis-je vous renseigner ?

— Bonjour, excusez-moi, je suis Becky Bloomwood. Vous vous occupez de mon mariage...

— Oh, bonjour Becky. Je suis Kirsten, l'assistante de Robyn. Permettez-moi de vous dire que la Belle au bois dormant, c'est une idée géniale. J'en ai parlé à mes amies, et elles ont toutes dit qu'elles l'adoraient et qu'elles voudraient la même chose pour leur mariage.

— Oh ! Euh... merci. Écoutez, Kirsten, ma question va peut-être vous paraître bizarre mais...

Comment la formuler ? Je ne peux pas dire : « Est-ce que mon mariage est toujours programmé ? »

— Mais... mon mariage est-il toujours programmé ?

— J'espère bien ! réplique Kirsten dans un éclat de rire. À moins que vous ne vous soyez disputée avec Luke ! Becky ? poursuit-elle, d'un ton brusquement différent. Vous vous êtes disputés ? Parce que nous avons une procédure spéciale au cas où...

— Non ! Pas du tout ! C'est seulement que... Vous n'avez pas eu mon message ?

— Lequel ? dit-elle avec enjouement.

— Celui que j'ai laissé il y a quinze jours !

— Oh, je suis navrée, mais avec toute cette histoire d'inondation...

— D'inondation ? je répète, en fixant le clavier du téléphone avec désarroi. Il y a eu une inondation ?

— J'étais persuadée que Robyn vous avez appelée en Angleterre pour vous prévenir. Bon, il n'y a pas eu de noyé. Nous avons juste dû évacuer les bureaux pendant quelques jours, et quelques appareils ont été endommagés... Sans compter, malheureusement, un coussin à alliances ancien, un bien de famille d'une cliente, qui est irrécupérable...

— Donc, vous n'avez pas eu le message ?

— Celui au sujet des hors-d'œuvre ? demande Kirsten d'une voix pensive.

Je déglutis plusieurs fois, prise d'une quasi-sensation de vertige.

— Becky, Robyn vient juste d'arriver, si vous voulez lui parler...
— Pas question. Je ne fais plus confiance au téléphone.
— Pouvez-vous la prévenir que je vais venir la voir ? Dites-lui de m'attendre, dis-je, en essayant de conserver mon calme. J'arrive aussi vite que possible.
— C'est urgent ?
— Oui, extrêmement.

Les bureaux de Robyn sont situés dans un immeuble luxueux sur la 96ᵉ Rue. Tandis que je frappe à la porte, j'entends son rire gouleyant, et en ouvrant prudemment je la vois, assise à son bureau, une coupe de champagne dans une main, le téléphone dans l'autre, une boîte de chocolats ouverte devant elle. Dans l'angle de la pièce, une fille avec des pompons dans les cheveux tape à l'ordinateur – Kirsten, sans doute.
— Becky ! s'exclame Robyn. Entrez ! J'en ai pour une seconde ! Jennifer ? Je pense que nous devrions opter pour le *dévoré* de satin. D'accord ? OK. À très bientôt. (Elle raccroche et m'adresse un sourire rayonnant.) Ma très chère Becky, comment allez-vous ? Comment c'était, l'Angleterre ?
— Très bien, merci. Robyn...
— Je rentre à l'instant d'un déjeuner au Carlton que Mme Herman Winkler a organisé pour me remercier. Il faut avouer que ç'a été un mariage somptueux. Le marié a offert à la mariée un chiot schnauzer devant l'autel ! Un amour... (Elle fronce les sourcils.) Pourquoi je vous racontais ça ? Ah oui ! Vous ne savez pas ? Sa fille et son nouveau gendre viennent justement de partir pour leur lune de miel en Angleterre ! Alors, j'ai dit à Mme Herman : « Eh bien, peut-être vont-ils tomber sur Becky Bloomwood ! »
— Robyn, je dois vous parler.
— Absolument. Et si c'est à propos du service à gâteau, j'en ai discuté avec le Plaza...

— Ce n'est pas à ce propos ! je m'écrie. Robyn, écoutez ! Pendant que j'étais en Angleterre, je vous ai téléphoné pour annuler le mariage. Je vous ai laissé un message ! Mais vous ne l'avez pas eu !

Un ange traverse le bureau à la décoration un peu chargée. Puis Robyn éclate de rire.

— Hahaha ! Becky, vous êtes impayable ! N'est-ce pas, Kirsten, qu'elle est impayable ?

— Robyn, je ne plaisante pas. Je veux tout annuler. Je veux me marier en Angleterre. Ma mère est en train de tout organiser...

— Vous avez pensé aux conséquences de cette décision ? gazouille Robyn. Bon, évidemment, c'est absolument impossible, à cause du contrat. Si vous annulez maintenant, ça va vous coûter beaucoup d'argent. (Elle part d'un rire enjoué.) Voulez-vous une coupe de champagne ?

Je la regarde fixement, interloquée.

— Quel contrat ?

— Celui que vous avez signé, mon petit.

Elle me tend une coupe sur laquelle mes doigts se referment par automatisme.

— Mais... Mais Luke ne l'a pas signé, lui. Il a dit que ce contrat n'était pas valable s'il ne le signait pas...

— Je ne vous parle pas d'un contrat entre Luke et vous, mais entre vous et moi ! Ou plutôt entre vous et la société Mariage and Co.

— Quoi ? (Je déglutis.) Robyn, mais qu'est-ce que ça veut dire ? Je n'ai jamais rien signé !

— Bien sûr que si ! Toutes mes futures mariées le font ! Je l'ai donné à Elinor, qui vous l'a fait passer, et elle me l'a retourné... J'en ai une copie quelque part !

Elle boit une gorgée de champagne, fait pivoter son fauteuil et tend la main vers un tiroir.

— Le voilà ! dit-elle, en me tendant la photocopie d'un document. Bien entendu, l'original se trouve chez mes avocats...

Je parcours la première page, le cœur battant. C'est une feuille dactylographiée, intitulée « Termes de l'accord ». En bas de la page il y a effectivement ma signature.

Mon esprit remonte quelque temps en arrière, jusqu'à ce soir sombre et pluvieux où j'étais chez Elinor. En train de signer, folle de rage, chaque feuille posée devant moi. Sans même prendre la peine d'en lire une seule ligne.

Oh, mon Dieu. Qu'est-ce que j'ai fait ?

Qu'est-ce que j'ai signé ?

Avec fébrilité, je commence à parcourir le contrat en butant sur le jargon légal.

> « L'Organisatrice s'engage à offrir une complète planification... cadre temporel devant être agréé par chacune des parties... Le Client sera consulté en tout point... liaison avec les fournisseurs... le budget doit être approuvé... Le Client conserve la décision finale... Pour toute rupture ou annulation quelle que soit la raison invoquée... À titre de remboursement... Trente jours... Paiement complet et définitif... De plus... »

Et lorsque je lis les mots qui suivent, je me glace d'effroi :

> « De plus, en cas d'annulation, si le Client devait se marier moins de un an après la date de l'annulation, il serait redevable d'une pénalité de cent mille dollars au bénéfice de Mariage & Co. »

Une pénalité de cent mille dollars.

Et j'ai signé.

— Cent mille dollars ? finis-je par articuler. Ça... Ça me semble beaucoup.

— Une simple précaution envers les petites malignes qui font semblant d'annuler, dit Robyn avec bonne humeur.

— Mais pourquoi...

— Becky, si j'organise un mariage, je veux que ce mariage ait lieu. Vous savez, des filles se sont désistées, par le passé. (Sa voix s'est brusquement durcie.) Des filles qui ont décidé de faire les choses par elles-mêmes. Qui ont décidé d'utiliser mes idées, mes contacts. Qui pensaient pouvoir profiter de mon expérience, et me la voler. (Elle se penche en avant, les yeux brillants, et je recule de frayeur.) Becky, vous n'avez pas envie de ressembler à ces filles ?

Elle est cinglée. Mon organisatrice de mariage est complètement cinglée.

— C'est... C'est une excellente idée, je m'empresse de dire. Vous devez vous protéger !

— Bien évidemment, Elinor aurait pu le signer elle-même, mais nous nous sommes mises d'accord, et de cette façon, elle aussi protège son investissement ! explique-t-elle avec un grand sourire. Tout est prévu.

— Très ingénieux !

J'émets un petit rire strident avant de boire une gorgée de champagne.

Qu'est-ce que je vais faire ? Il doit bien exister un moyen de me sortir de là. Il le faut. On ne peut pas forcer les gens à se marier. C'est contraire à l'éthique.

— Allons, Becky, souriez ! lance Robyn en retrouvant son ton sirupeux. Nous avons tout en main. Nous avons pris soin de tout pendant que vous étiez en Angleterre. Nous nous sommes même occupés de vos invités.

— Mes invités ? dis-je, ébranlée par un nouveau choc. Mais ce n'est pas possible, je ne vous ai pas encore donné ma liste !

— Mais bien sûr que si, petite étourdie ! Qu'est-ce que c'est que ça, d'après vous ?

Elle pianote sur son clavier d'ordinateur et une liste apparaît sur l'écran – je la contemple, bouche bée. Des noms et des adresses familières défilent devant mes yeux. Des noms de cousins. D'anciennes camarades de classe. Et mon estomac fait un bond quand je lis « Janice et Martin Webster, Les Chênes, 41, Elton Rd, Oxshoot. »

Tout cela est en train de virer au cauchemar. Comment Robyn connaît-elle Janice et Martin ? J'ai l'impression d'être tombée dans le repaire d'une redoutable comploteuse. D'une minute à l'autre, un écran va coulisser, et je vais voir apparaître papa et maman, ligotés sur des chaises, des bâillons sur la bouche.

— Où... Où avez-vous trouvé ces noms ? je demande, en m'efforçant de prendre un air détaché.

— Luke nous a donné une liste ! Je lui ai tellement mis la pression à ce sujet qu'il a cherché dans votre appartement. Il a dit qu'il l'avait trouvée cachée sous le lit, ou dans un autre endroit bizarre. Je lui ai répondu que c'était probablement l'endroit le plus sûr où la mettre.

Elle me montre une feuille, et en la regardant, je n'en crois pas mes yeux.

L'écriture de maman.

C'est la liste d'invités qu'elle nous a faxée, il y a des semaines de ça. Avec les noms et les adresses de tous les amis de la famille et de toutes les connaissances qu'elle a invitées au mariage. Au mariage à la maison.

Robyn a invité les mêmes personnes que maman. Toutes.

— Les faire-part sont-ils déjà partis ? dis-je d'une voix que j'ai du mal à reconnaître.

— Eh bien, non, pas encore, fait Robyn en agitant son index vers moi. Elinor s'est donnée à fond la semaine dernière. Mais nous avons eu votre liste si tard, que je crains que vos faire-part ne soient encore chez la calligraphe. Elle se chargera de les expédier sitôt qu'elle aura terminé...

— Arrêtez-la ! dis-je, désespérée. Il faut que vous l'arrêtiez !

— Quoi ? (Robyn me regarde d'un air surpris et Kirsten lève la tête avec intérêt.) Pourquoi donc, ma belle ?

— Je dois les poster moi-même. C'est... une tradition de famille. La mariée, euh... poste toujours elle-même ses faire-part.

Je me frotte le visage pour essayer de garder mon sang-froid. De l'autre côté de la pièce, je vois Kirsten qui me regarde comme une bête curieuse. Mon Dieu, maintenant, elles doivent être persuadées que je suis une schizophrène qui tente désespérément de se contrôler. Mais je m'en fiche. Je dois à tout prix empêcher ces faire-part de partir.

— Voilà qui est vraiment inhabituel ! s'exclame Robyn. Je n'avais jamais entendu parler de cette coutume !

— Vous insinuez que je l'invente ?

— Mais non ! Bien sûr que non ! Je vais prévenir Judith, annonce Robyn en décrochant le téléphone.

Pendant qu'elle feuillette les fiches de son répertoire et décroche le combiné, je m'effondre, en respirant avec peine.

J'ai la tête qui tourne. C'en est trop. Pendant que j'étais cloîtrée avec Suze et Ernie, la machine a continué à fonctionner sans que je le sache, et maintenant, j'ai complètement perdu le contrôle de la situation. C'est comme si ce mariage était un beau et vigoureux cheval blanc qui, après avoir gentiment trotté, se serait brusquement emballé avant de galoper au loin, sans moi.

Vous croyez que Robyn engagerait vraiment des poursuites contre moi ? Qu'elle en serait réellement capable ?

— Judith ? Bonjour, oui, c'est Robyn. Avez-vous... Ah, c'est fait ? Eh bien, voilà du travail rondement mené ! (Robyn lève les yeux.) Vous n'allez pas le croire, Becky, mais elle vient juste de les finir !

— Quoi ? dis-je, atterrée.

— Elle est déjà à la boîte aux lettres ! Est-ce que ce n'est pas...

— Arrêtez-la ! je hurle. Arrêtez-la !

— Judith ! reprend Robyn d'une voix pressante. Judith, arrêtez. La mariée est très... particulière. Elle veut poster ses faire-part elle-même. Une tradition de famille, ajoute-t-elle en baissant d'un ton. Anglaise... Oui... Non, je ne sais pas non plus...

Elle lève les yeux, avec un sourire prudent, comme si j'étais une petite farceuse de trois ans.
— Becky, je crains que quelques-uns ne soient déjà dans la boîte. Mais vous pourrez poster tous les autres.
— Quelques-uns ? dis-je, paniquée. Combien ?
— Combien, Judith ? Trois, selon elle, précise-t-elle en se tournant vers moi.
— Trois ? Elle ne peut pas glisser la main et essayer de les rattraper ?
— Ça m'étonnerait.
— Elle ne peut pas trouver... un bâton, ou quelque chose...
Robyn me dévisage sans rien dire pendant quelques secondes, puis réajuste le combiné à son oreille.
— Judith, indiquez-moi où se trouve cette boîte aux lettres. (Elle griffonne sur un papier, puis relève la tête.) Vous savez quoi, Becky ? Le mieux, c'est que vous alliez là-bas, et que... vous voyiez sur place ce que vous pouvez faire...
— OK, j'y vais. Merci.
Tandis que j'enfile mon manteau, je surprends le regard qu'échangent Robyn et Kirsten.
— Vous savez, Becky, suggère Robyn, peut-être devriez-vous vous reposer un peu. Nous avons tout en main. Vous n'avez aucun souci à vous faire. Comme je dis souvent à mes clientes quand elles cèdent un peu trop à la panique... Ce n'est jamais qu'un mariage !
Je suis incapable de lui répondre.

La boîte aux lettres se trouve à l'angle de la 93e Rue et de Lexington. En tournant au coin de la rue, j'aperçois une femme qui doit être Judith, vêtue d'un coupe-vent sombre, appuyée contre la façade d'un immeuble. Et, tandis que je me hâte vers elle, je la vois regarder sa montre, hausser les épaules dans un mouvement d'exaspération, et se diriger vers la boîte, un paquet d'enveloppes à la main.
— Arrêteeeeeeez ! je hurle, en me mettant à courir.

J'arrive à sa hauteur tellement essoufflée que c'est à peine si je peux parler.

— Donnez-moi ces faire-part, je réussis à articuler. Je suis la mariée. Becky Bloomwood.

— Ah ! vous voilà, dit Judith. Vous savez, se défend-elle, personne ne m'avait prévenue qu'il ne fallait pas les poster.

— Je sais, désolée.

— Si Robyn n'avait pas appelé à ce moment-là... ils seraient tous partis. Tous !

— Je... J'apprécie votre patience.

Je passe en revue le tas d'épaisses enveloppes taupe, avec une fébrilité croissante au fur et à mesure que je reconnais tous les noms de la liste de maman, calligraphiés en lettres gothiques.

— Vous allez les déposer dans la boîte, alors ?

— Évidemment ! (Brusquement, je comprends que Judith attend que je le fasse.) Mais je ne veux pas qu'on me regarde, je m'empresse d'ajouter. C'est quelque chose de vraiment personnel. Il faut que je... récite un poème et que j'embrasse chacun d'eux...

— Très bien, dit Judith en levant les yeux au ciel. Comme vous voudrez.

Elle s'éloigne vers le carrefour, et je reste là, pétrifiée, jusqu'à ce qu'elle soit hors de vue. Puis, la pile d'enveloppes fermement pressée contre ma poitrine, je me hâte dans la direction opposée et je hèle un taxi pour retourner à la maison.

Luke n'est pas encore rentré quand j'arrive, et l'appartement est aussi sombre et silencieux que lorsque je l'ai quitté. Ma valise est ouverte – j'aperçois, à l'intérieur, la pile de faire-part pour le mariage à Oxshott que maman m'a donnés pour les transmettre à Elinor.

Je ramasse cette seconde pile, puis mon regard passe d'une pile à l'autre Une pile d'enveloppes blanches. Une pile d'enveloppes taupe. Deux mariages. Le même jour. Dans moins de six semaines.

Si je choisis l'un, maman ne me reparlera jamais plus.

Si je choisis l'autre, je devrai m'acquitter d'une pénalité de cent mille dollars.

Bon... Euh... Restons calme. Réfléchissons et faisons preuve de logique. Il existe forcément un moyen de m'en sortir. Il doit en exister un. Tant que je garde mon sang-froid et que je ne me mets pas...

Brusquement, j'entends la porte d'entrée s'ouvrir et la voix de Luke.

— Becky ? C'est toi ?

Merde.

Prise de court, j'ouvre le meuble bar, fourre les deux lots de faire-part à l'intérieur, claque le couvercle et pivote sur moi-même, le tout sans reprendre ma respiration, juste au moment où Luke entre dans le salon.

— Ma chérie ! (Tout son visage s'éclaire et il laisse tomber sa mallette.) Tu es rentrée ! Tu m'as tellement manqué ! (Il me serre très fort dans ses bras, puis se recule, et me dévisage avec inquiétude.) Becky ? Est-ce que ça va ?

— Très bien ! Franchement, tout va très bien. Je suis juste un peu crevée.

— Tu as l'air carrément lessivée. Je vais te faire du thé, et tu vas tout me raconter.

Tandis qu'il se dirige vers la cuisine, je m'effondre sur le canapé.

Qu'est-ce que je vais bien pouvoir faire, maintenant ?

Les Pins
43 Elton Road
Oxshott
Surrey

FAX

POUR BECKY BLOOMWOOD

DE LA PART DE MAMAN

Le 20 mai 2002

Ma chérie, sans vouloir t'inquiéter, il semblerait que cette femme un peu dérangée dont tu nous as parlé ait franchi un pas de plus et ait vraiment fait imprimer des faire-part ! Tante Irène a appelé aujourd'hui pour nous dire qu'elle avait reçu par la poste une invitation très bizarre, à l'hôtel Plaza, exactement comme tu avais dit. Apparemment, c'est tout couleur bronze et beige, un choix vraiment curieux pour un faire-part de mariage.

Le mieux étant d'ignorer ces gens, j'ai donc dit à tante Irène de jeter le faire-part directement à la poubelle, et de ne pas s'inquiéter.

Avec toute mon affection. Je t'appelle bientôt.

Maman

Finerman Wallstein

Avocats

Finerman House
1398 Avenue of the Americas
New York, NY 10105

Mademoiselle Rebecca Bloomwood
Apt B
251 11ᵉ Rue Ouest
New York
NY 10014

FACTURE numéro 10956

3 avril Réception d'instructions pour modifier votre testament	150 $
6 avril Réception de nouvelles instructions pour modifier votre testament	150 $
11 avril Réception d'instructions pour de nouveaux amendements à votre testament	150 $
17 avril Réception de nouvelles instructions pour modifier votre testament	150 $
18 avril Réception d'instructions pour de nouveaux amendements à votre testament	150 $
24 avril Réception de nouvelles instructions pour modifier votre testament	150 $
30 avril Réception d'instructions pour de nouveaux amendements à votre testament	150 $
Total :	**1 050 $**

En l'attente de votre aimable règlement

14

Bon, ce qui est absolument vital, c'est de garder la mesure de toute chose. Regardons la réalité en face : chaque mariage a son lot de petits imprévus, non ? Il serait illusoire de croire que l'aventure peut se dérouler sans embûches. Je viens d'acheter un livre, *La Mariée réaliste*, dont la lecture m'est vraiment d'un grand réconfort en ce moment. Dans un très long chapitre consacré à tous les problèmes techniques inhérents au mariage, ils disent : « Aussi insurmontable que paraisse le problème, il y aura toujours une solution. Alors, ne vous inquiétez pas ! »

L'exemple cité concerne une mariée qui perd son soulier de satin en partant pour la réception... Certes, c'est un souci bien mince comparé à celui d'une future mariée qui a programmé deux cérémonies le même jour sur deux continents différents, qui planque deux jeux de faire-part dans un meuble bar et qui a découvert que l'organisatrice de son mariage est une cinglée de procédurière.

Mais bon. Je suis sûre qu'en gros le principe reste valable.

L'autre astuce citée pour garder la tête froide est une d'une valeur inestimable, et je ne saurais trop la recommander à toutes les futures mariées. En fait, cela m'étonne qu'aucun magazine spécialisé n'en fasse mention. Le truc en question est de toujours avoir une petite flasque de vodka dans son sac, et d'en boire une gorgée chaque fois que quelqu'un évoque la cérémonie.

Voilà maintenant une semaine que je suis de retour à New York, et depuis, j'ai dû consulter – au bas mot – dix-sept avocats à propos du contrat de Robyn. Tous l'ont lu attentivement, et tous m'ont répondu qu'il était inattaquable, en me conseillant, à l'avenir, de ne signer aucun document sans l'avoir lu au préalable.

Non, ce n'est pas tout à fait exact. Un des avocats s'est contenté de me répondre : « Désolé, mademoiselle, nous ne pouvons rien faire », aussitôt que j'ai eu précisé qu'il s'agissait d'un contrat avec Robyn de Berdern. Un autre m'a prévenue : « Mon petit, vous, vous êtes dans de sales draps », avant de raccrocher.

Toutefois, je n'arrive pas à croire qu'il n'existe aucune issue. En dernier recours, j'ai adressé le contrat à Garson Low, l'avocat le plus cher de Manhattan. J'ai entendu parler de lui dans *People magazine*. On le présentait comme l'esprit le plus aiguisé du monde juridique, un homme unanimement respecté, capable de déceler une faille dans un bloc de béton. Donc, j'ai placé tous mes espoirs en lui – et en attendant, je m'efforce au maximum de me comporter normalement et de ne pas me transformer en boule de nerfs.

— J'ai déjeuné avec Michael aujourd'hui, dit Luke en arrivant dans la cuisine, les bras chargés de cadeaux de mariage. Il a l'air de s'habituer à son nouvel appartement.

Michael a fait le grand saut et est venu s'installer à New York, ce que nous trouvons fantastique. Il travaille à mi-temps comme consultant pour Brandon Communications, et par ailleurs, pour reprendre ses mots, il « recycle sa vie ». Il s'est mis à peindre, il a rallié un groupe de marche sportive à Central Park, et la dernière fois que nous l'avons vu il envisageait de s'inscrire à un cours de cuisine italienne.

— C'est génial !

— Il m'a dit que nous devions absolument passer chez lui... (Luke me dévisage.) Becky, tu vas bien ?

Je me rends brusquement compte que je tambourine avec un crayon sur la table, si fort qu'il laisse des marques.

— Je vais parfaitement bien, dis-je avec un sourire forcé. Pourquoi ça n'irait pas ?

Je n'ai pas pipé mot à Luke de la situation. Dans *La Mariée réaliste*, j'ai lu que, pour éviter d'ennuyer son fiancé avec les détails du mariage, mieux vaut ne les lui révéler qu'en temps et en heure.

Et, tout bien réfléchi, il me semble qu'il n'est pas encore temps de mettre Luke au courant.

— Encore des cadeaux de mariage, dit-il en déposant les paquets sur le comptoir. Ça se rapproche, hein ?

— Oui ! Oh oui !

Je tente de rire, sans grand succès.

— Un autre grille-pain... De chez Bloomingdale, cette fois. Becky ? fait-il en plissant le front. Combien de listes as-tu déposées, exactement ?

— Je ne sais plus. Quelques-unes.

— Je pensais que l'intérêt d'une liste de mariage consistait justement à ne pas se retrouver au final avec sept grille-pain.

— Mais nous n'en avons pas sept... Celui-ci est un modèle spécial pour les brioches.

— Et nous avons aussi... un sac à main Gucci, reprend-il avec un haussement de sourcils ironique. Un sac Gucci comme cadeau de mariage ?

— Ce sont des bagages « pour lui et elle », je me défends. J'ai aussi inscrit une mallette pour toi.

— Que personne n'a choisie.

— Ce n'est pas ma faute ! Je n'ai pas dicté aux gens ce qu'ils devaient choisir !

Luke secoue la tête, incrédule.

— Les Jimmy Choo[1], tu as aussi inscrit une paire pour toi et une pour moi ?

---

1. Chausseur de luxe, dont les collections sont exclusivement féminines. (*N.d.T.*)

— Quelqu'un a acheté les Jimmy Choo ? dis-je avec bonne humeur, mais je change d'expression en voyant la tête de Luke. Je plaisante..., dis-je avant de m'éclaircir la gorge. Eh, regarde, c'est le bébé de Suze.

Je viens juste de faire développer trois pellicules, presque exclusivement des clichés de Suze et Ernie.

— Là, c'est Ernie dans le bain..., dis-je en en lui tendant les photos. Et là, Ernie qui dort... Suze qui dort... Suze qui... Attends ! (Je mets précipitamment de côté les photos de Suze donnant le sein à Ernie, vêtue en tout et pour tout d'une culotte. En fait, elle avait acheté en VPC un haut spécial pour allaitement, qui promettait « discrétion et confort à la maison comme en public » mais le système de fermeture était si malcommode qu'elle s'est énervée et a tout jeté au bout d'une journée.) Et là, regarde ! C'est le jour où nous l'avons ramené à la maison !

Luke s'assied à table et, au fur et à mesure qu'il regarde les photos, une étrange expression se peint sur son visage.

— Elle a l'air... comblée, dit-il.

— Elle l'est. Elle l'adore. Même quand il pleure.

— On dirait qu'ils sont déjà très proches, commente-t-il en examinant une photo sur laquelle Suze rit alors qu'Ernie lui tire les cheveux.

— Oh oui. Même au bout de quinze jours, il hurlait quand je le prenais des bras de sa mère.

Je regarde Luke, émue de le découvrir à ce point captivé par ces photos – et assez surprise aussi. Jamais je n'aurais pensé que les bébés l'intéressaient. Enfin, vous savez bien que la plupart des hommes, quand vous leur montrez des photos de bébés...

— Je n'ai aucune photo de moi à cet âge-là, remarque-t-il en arrivant à un portrait d'Ernie paisiblement endormi dans les bras de Suze.

— Ah bon ? Eh bien...

— Ma mère les a toutes emportées avec elle.

L'expression de son visage, indéchiffrable, active aussitôt une petite sonnette d'alarme dans ma tête.

— Ah ? dis-je d'un ton dégagé. De toute façon...
— Sans doute ne voulait-elle pas s'en séparer...
— Oui. Certainement.

Zut ! J'aurais dû me douter que ces photos allaient provoquer des ruminations à propos de sa mère.

Je ne sais pas trop ce qui s'est passé entre eux, pendant mon absence, sinon que Luke a finalement réussi à la joindre à la clinique, et qu'apparemment elle n'a pu fournir qu'une explication lamentable au fait que Luke ne soit pas mentionné dans l'article – un argument du genre, ça n'intéressait pas le journaliste.

J'ignore si Luke l'a crue, et s'il lui a ou non pardonné. Mais chaque fois qu'il prend cet air absent et renfermé sur lui-même, je peux vous affirmer que c'est à elle qu'il pense.

J'ai envie de lui dire « Écoute, Luke, laisse tomber ! C'est une garce finie, elle ne t'aime pas et tu es bien mieux sans elle. »

Mais alors, je me souviens de ce que m'a dit sa belle-mère, Annabel, lors de notre discussion, il y a quelques mois de ça. Nous étions sur le point de nous dire au revoir, quand elle m'a glissé :

« Aussi difficile à croire que cela puisse être, Luke a besoin d'Elinor.

— Mais non ! m'étais-je indignée. Vous êtes là, vous, et il a son père, il m'a moi... »

Annabel avait secoué la tête.

« Vous ne comprenez pas. Il souffre de l'absence d'Elinor depuis qu'il est tout petit. C'est ça qui l'a poussé à travailler d'arrache-pied, et à s'installer en Amérique. Cela fait partie de sa personnalité, à présent. Un peu comme une plante grimpante autour d'un pommier. Soyez prudente, Becky, avait-elle ajouté avec un regard assez appuyé. N'essayez pas d'éliminer Elinor de sa vie... Vous lui feriez du mal. »

Annabel lisait-elle mes pensées ? Comment a-t-elle su que c'est exactement l'image que j'avais à l'esprit : moi, Elinor, une hache...

Je regarde Luke, dont les yeux sont rivés sur une photo de Suze embrassant Ernie sur le ventre. Il a l'air hypnotisé.

— Tu sais, dis-je avec enjouement, en rangeant les photos, le lien est tout aussi fort entre Ernie et Tarquin. Je veux dire que l'amour paternel est aussi important que celui d'une mère. En fait, je trouve que, souvent, on surestime l'importance de l'amour maternel...

Oups, ce n'est pas bon, ça. Luke n'écoute même pas.

Le téléphone se met à sonner, et comme il ne bouge pas, je vais répondre dans le salon.

— Allô ?

— Rebecca Bloomwood ? s'enquiert une voix masculine inconnue.

— Oui, elle-même, dis-je en remarquant un nouveau catalogue de Pottery Barn sur la table. (Peut-être devrais-je aussi déposer une liste chez eux ?) Qui est à l'appareil ?

— Garson Low, du cabinet Garson et associés.

Tout mon corps se fige. Garson Low en personne ? Qui m'appelle chez moi ?

— Je m'excuse de vous téléphoner à cette heure-ci.

— Non ! Non, je vous en prie ! dis-je en me sentant revivre. Je ferme vivement la porte d'un coup de pied pour que Luke ne puisse pas entendre. Merci d'appeler !

Dieu soit loué ! Il doit penser que j'ai une chance. Il veut m'aider à me mesurer à Robyn. Nous allons sans doute faire jurisprudence ou quelque chose comme ça, et à la sortie du tribunal, nous serons cernés d'appareils photo et de flashes comme dans *Erin Brockovich*.

— J'ai reçu votre lettre hier, et votre dilemme m'a intrigué. Vous vous êtes mise dans une situation inextricable.

— Je sais. C'est pour cela que je vous ai contacté.

— Votre fiancé est-il au courant de la situation ?

— Pas encore. (Je baisse la voix.) J'espère pouvoir trouver une solution avant de lui en parler. Vous comprenez, n'est-ce pas ?

— Parfaitement.

C'est formidable. Nous avons des affinités, lui et moi, et tout s'annonce pour le mieux.

— En ce cas, reprend-il, parlons de votre affaire.

— Avec plaisir !

Un immense soulagement m'envahit. Vous voyez, voilà ce qui se passe quand vous consultez l'avocat le plus cher de Manhattan. Les résultats ne se font pas attendre.

— Tout d'abord, dit-il, ce contrat a été rédigé très intelligemment.

— C'est exact.

— Il comporte plusieurs clauses extrêmement ingénieuses, qui parent à toutes les éventualités.

— Je vois.

— J'ai examiné ce document en détail, et d'après ce que je vois, il vous est impossible d'échapper aux pénalités si vous vous mariez en Angleterre.

— Bien, dis-je en hochant la tête, impatiente d'entendre la suite.

Mais Garson Low se tait.

— Alors... Quelle est l'échappatoire ? je finis par demander.

— Il n'y en a pas.

— Quoi ? je m'exclame, en fixant le combiné, désarçonnée. Mais... n'est-ce pas pour ça que vous m'appelez ? Pour me dire que vous avez trouvé la faille ? Que nous allons gagner ?

— Non, mademoiselle. Je vous ai appelée pour vous dire qu'à votre place je commencerais à prendre des dispositions afin d'annuler le mariage en Angleterre.

C'est comme si je recevais un coup de massue sur la tête.

— Mais... c'est impossible ! C'est bien là tout le problème. Ma mère a entrepris des travaux dans la maison, et tout et tout. Ça la tuerait.

— En ce cas, je crains que vous ne deviez payer à Mariage and Co la totalité des pénalités.

— Mais... ça aussi c'est impossible. Je n'ai pas cent mille dollars ! Il doit bien y avoir une autre solution !

— Je crains malheureusement que...

— Il existe sûrement une solution de génie ! (Je repousse mes cheveux vers l'arrière, en essayant de ne pas paniquer.) Allons ! Vous êtes censé être la personne la plus intelligente de tout ce pays ! Vous devez pouvoir trouver un moyen !

— Mademoiselle, croyez-moi, j'ai examiné ce contrat sous tous les angles, et il n'existe aucune « solution de génie ». Pas l'ombre d'une faille, insiste-t-il avec un soupir. Puis-je me permettre de vous donner trois petits conseils ?

— Qui sont ? je dis, avec un dernier sursaut d'espoir.

— Le premier est de ne jamais signer aucun document sans l'avoir lu auparavant.

— Je sais ! je crie, avant d'avoir pu me retenir. À quoi ça sert que tout le monde me dise ça maintenant ?

— Le deuxième, c'est – et je me permets d'insister sur ce point – de mettre votre fiancé au courant de la situation.

— Et le troisième ?

— De ne pas perdre espoir.

En parler à mon fiancé et garder espoir ? C'est tout ce qu'un avocat qui empoche des millions de dollars d'honoraires est capable de trouver comme solution ? Abruti hors de prix... Exploiteur...

Bon, restons calme. Je suis plus intelligente que lui. Je peux la trouver, moi, cette solution. Je sais que je le peux. Je le sens...

Hé, minute !

Je retourne à la cuisine et m'approche de Luke, tout perdu dans ses pensées.

— Hello, dis-je en passant la main sur le dossier de sa chaise. Dis-moi, Luke, tu as plein d'argent, non ?

— Non.

— Comment ça, non ? je relève, légèrement scandalisée. Bien sûr que si, tu en as !

— J'ai des actifs. J'ai une société. Ce n'est pas forcément la même chose que de l'argent.

— Peu importe, Luke, nous allons nous marier. Et tu connais le verset qui dit « Ton corps honorerai, de toutes mes possessions te doterai. » Donc, en un sens... (Je marque une pause prudente.) cet argent est aussi le mien.

— Où veux-tu en venir ?

— Donc... Si je te demandais de l'argent, tu m'en donnerais ?

— Oui, sans doute. Combien veux-tu ?

— Euh... cent mille dollars, dis-je, l'air de ne pas y toucher.

Luke relève la tête, estomaqué.

— Cent mille dollars ?

— Oui ! Mais en y réfléchissant bien, ce n'est pas tant que ça...

Il soupire.

— OK, Becky, qu'est-ce que tu as vu ? Parce que je te préviens, si c'est encore un manteau de cuir sur mesure...

— Non, ce n'est pas un manteau ! Il s'agit d'une... surprise.

— Une surprise à cent mille dollars ?

— Oui, dis-je après un temps.

Mais ma voix manque de conviction. Peut-être n'est-ce pas une solution aussi géniale que ça, après tout.

— Becky, cent mille dollars, c'est énorme. C'est beaucoup d'argent.

— Je sais. Je sais... Bon écoute, ça ne fait rien.

Et je me dépêche de partir avant qu'il ne me pose d'autres questions.

Bon. On oublie les avocats. On oublie l'argent. Il doit exister une autre solution. Il faut juste que je réfléchisse à fond.

Il y a toujours la solution qui consisterait à s'enfuir. On se marie sur une plage, on change d'identité, et... on ne revoit jamais plus nos familles.

Non, j'ai trouvé ! Je vais au mariage à Oxshott, et Luke à celui de New York. Et chacun dit que l'autre est parti... Et ensuite nous nous retrouvons en secret...

NON ! Ça y est ! J'ai trouvé ! On va embaucher des sosies. Ça, c'est une idée géniale !

L'illumination se produit alors que je suis sur l'escalator chez Barneys, et je suis tellement absorbée que je manque trébucher à l'arrivée. C'est ça ! On va louer des sosies qui nous remplaceront au Plaza, et tout le monde n'y verra que du feu. Les invités seront quasiment tous des amis d'Elinor. Des gens que Luke et moi connaissons à peine. Mon sosie pourrait porter un voile bien opaque... Celui de Luke prétendrait qu'il s'est coupé en se rasant et porter un énorme bandage... Et, pendant ce temps, nous serions en Angleterre...

— Attention, Becky ! lance Christina.

Je relève la tête en sursautant.

Bon sang, j'étais en train de foncer droit sur un mannequin.

— Absorbée par les préparatifs du mariage ? ajoute-t-elle avec un sourire tandis que je me dirige vers le département des conseillères d'achat.

— Tout à fait.

— Vous savez, je vous trouve bien plus détendue, depuis quelques jours, reprend-elle d'un ton approbateur. À l'évidence vos vacances vous ont fait beaucoup de bien. Revoir votre mère... Retrouver votre maison...

— Oui, c'était... super !

— Votre décontraction est admirable. (Elle boit une gorgée de café.) C'est à peine si vous avez mentionné la cérémonie depuis votre retour. En fait, on dirait presque que vous évitez le sujet !

— Mais je ne l'évite pas ! je proteste, un sourire figé aux lèvres. Pourquoi je l'éviterais ?

Ma vodka. Je veux ma vodka. Ma main est déjà en train de se faufiler dans mon sac. Il faut que je l'arrête.

— Certaines futures mariées font tellement d'histoires à propos du mariage. Elles en oublient presque tout le reste. Mais vous, vous semblez tout maîtriser...

— Absolument ! Si vous voulez bien m'excuser, il faut que je me prépare pour ma première cliente...

— Oh, j'ai dû faire quelques modifications dans vos rendez-vous, annonce-t-elle au moment où j'ouvre la porte de mon salon. Vous avez une nouvelle, à dix heures. Amy Forrester.

— Parfait ! Merci !

Je ferme la porte, m'effondre sur ma chaise, attrape ma mignonnette de Smirnoff et en bois une rasade.

Ça va mieux.

Bon, ai-je le temps de téléphoner à une agence de sosies avant l'arrivée d'Amy Forrester ?

OK, avec un peu de recul, peut-être aurais-je dû réfléchir avant de téléphoner. Et me douter qu'il était assez improbable que l'Agence des sosies de vos stars préférées ait le mien et celui de Luke dans son fichier.

Je dois souligner toutefois qu'ils ont été très aimables. Ils m'ont même proposé de leur envoyer des photos, et ils chercheront dans leurs books. Puis, en entendant mon accent anglais, ils m'ont demandé si, par hasard, je ne ressemblais pas à Elizabeth Hurley, parce qu'ils ont un excellent sosie d'elle.

Ouais, bon.

De toute façon, je vais leur envoyer des photos, au cas où. Peut-être leur voisine est-elle mon portrait craché, allez savoir.

— Je n'aime ni le jaune ni l'orange, poursuit la voix d'Amy Forrester sur un ton monocorde. Et quand je dis habillé, je ne veux pas dire non plus trop habillé. Plutôt quelque chose de formel... Mais sexy. Vous voyez ?

Elle fait claquer son chewing-gum et me regarde, pleine d'espoir.

— Euh... Oui !

Je ne comprends rien à ce qu'elle me raconte. Je n'arrive même pas à me souvenir de ce qu'elle recherche. Allons, Becky, concentre-toi !

— Bon, pour récapituler, vous cherchez... une robe du soir ? je me risque à griffonner sur mon calepin.
— Ou un tailleur-pantalon. Ça m'est égal. Je peux me permettre de porter n'importe quel type de vêtement.

Elle jette un regard pleinement satisfait à son reflet dans le miroir, et, à la dérobée, je passe au crible d'un coup d'œil Manhattan son haut lilas moulant et son caleçon turquoise. Elle ressemble au mannequin d'un dépliant publicitaire pour des équipements de sport. Les mêmes cheveux blonds, la même coupe vulgaire et tout et tout.

— Vous avez une silhouette superbe, dis-je en comprenant qu'elle attend un compliment.
— Merci. Je fais de mon mieux.

Avec l'aide d'un Sporllec ! Débarrassez-vous de cette graisse superflue...

— J'ai déjà acheté ma garde-robe d'été, ajoute-t-elle en faisant claquer une nouvelle fois son chewing-gum. Mais mon petit ami m'a dit « Pourquoi n'achèterais-tu pas deux ou trois autres petites babioles ? » Il adore me faire des cadeaux. C'est un homme tellement merveilleux. Bon, vous avez des idées ?

— Oui, dis-je en m'efforçant de me concentrer. Je vais chercher quelques articles qui pourraient vous convenir.

Je parcours les rayons et commence à rassembler des robes. Peu à peu, en passant d'un portant à l'autre, je me détends. Quel soulagement de reporter mon attention sur autre chose que le mariage...

— Salut, Becky ! lance Erin en passant près de moi avec Mme Zaleskie, une de ses clientes. Je disais à l'instant à Christina que nous devons décider d'une date pour t'offrir nos cadeaux.

Oh, mon Dieu !

— Vous savez, intervient Mme Zaleskie, ma fille travaille au Plaza. Elle dit que tout le monde là-bas ne parle que de votre mariage.

— Vraiment ? Ce n'est pourtant pas grand-chose...

— Pas grand-chose ? Vous plaisantez ? C'est la bagarre dans les rangs du personnel pour savoir qui va vous servir ! Ils veulent tous voir la forêt enchantée. (Elle me dévisage à travers ses lunettes.) C'est vrai que vous aurez un quatuor à cordes, un DJ et un orchestre ?
— Euh... oui.
— Mes amies sont archijalouses que je sois invitée, dit Erin, le visage tout illuminé. Elles n'arrêtent pas de me répéter qu'il faudra que je leur montre les photos. On aura le droit de prendre des photos, n'est-ce pas ?
— Je ne sais pas. Je suppose que oui.
— Vous devez être drôlement excitée, ajoute Mme Zaleskie. Quelle chance vous avez.
— Je sais.
C'est insupportable. Ma vodka. Vite.
— Je dois y aller, je marmonne avant de regagner hâtivement ma cabine.
Je ne peux pas gagner. Quoi que je fasse. Et, d'un autre côté, si je renonce au Plaza, je vais décevoir pas mal de monde.
Tandis qu'Amy se tortille pour enfiler la première robe, j'attends, le regard vide, le cœur battant à tout rompre. J'ai déjà eu des problèmes, auparavant. Je me suis déjà comportée de façon idiote. Mais jamais à ce point-là. Jamais dans des proportions aussi démesurées, ruineuses, délirantes...
— Celle-là me plaît, décrète Amy en se regardant d'un œil critique. Mais n'est-elle pas trop cintrée ?
Je détaille sa robe en mousseline noire, avec un décolleté fendu quasiment jusqu'au nombril.
— Si, mais on peut toujours donner un peu d'aisance...
— Oh, je n'ai pas le temps de faire faire des retouches. Je ne suis à New York que jusqu'à demain, ensuite nous partons en vacances, et après, nous déménageons à Atlanta. C'est pour ça que je suis sortie faire du shopping. Les déménageurs sont en train de faire les cartons, et ça me rendait folle.

— Je comprends, dis-je, l'esprit ailleurs.

— Mon petit ami est fou de mon corps, poursuit-elle avec suffisance en s'extirpant de la robe. Sa femme ne prenait aucun soin de son apparence. Son ex-femme, devrais-je dire. Ils sont en train de divorcer.

— Ah, parfait, dis-je poliment, en lui tendant une robe fourreau blanc et argent.

— Je ne comprends pas comment il a pu la supporter si longtemps. C'est une vraie harpie, jalouse comme une teigne. J'ai dû engager des poursuites contre elle ! s'exclame-t-elle en se glissant dans le fourreau. Franchement, à quel titre aurait-elle le droit de m'empêcher d'être heureuse ? C'est tellement égoïste. Vous savez qu'elle m'a carrément agressée dans la rue. Sur Madison !

Madison... Ça me rappelle quelque chose. Je relève la tête, et je commence à comprendre.

— Vous voulez dire qu'elle vous a... frappée ?

— Ça, on peut le dire ! J'avais quasiment un œil au beurre noir. Les gens nous regardaient, et elle, en pleine hystérie, qui déblatérait toutes sortes d'accusations... Je crois que, quelque part, toutes ces femmes qui se sont battues pour réussir leur carrière professionnelle perdent les pédales quand elles atteignent la quarantaine. Vous pourriez me remonter la fermeture Éclair, s'il vous plaît ?

Il ne peut pas s'agir de la même fille. Je veux dire, franchement ! Il doit y avoir au moins un millier de maîtresses blondes à Manhattan qui se sont fait agresser sur Madison par l'épouse furibonde de leur amant.

— Il s'appelle comment, votre petit ami, déjà ? je m'enquiers d'un ton dégagé.

— William. (La commissure de ses lèvres se creuse en un sourire méprisant.) Elle, elle l'appelait Bill.

Oh, non.

C'est ça. C'est la stagiaire blonde. Là, en face de moi.

OK, Becky. Surtout, continue à sourire. Ne lui montre pas que tu sais quelque chose.

Mais, à l'intérieur, je bous de rage. C'est pour cette femme que Laurel s'est fait plaquer ? Pour cette tête de linotte stupide et vulgaire ?

— Voilà pourquoi nous partons nous installer à Atlanta, poursuit Amy en s'examinant avec complaisance dans le miroir. Nous voulions commencer une nouvelle vie, tous les deux, alors William a demandé une mutation à sa boîte. Discrètement, vous voyez. Nous n'avons pas envie que cette vieille sorcière nous harcèle. (Elle plisse le front.) Bon, en fait, je préfère celle-ci.

Elle se penche en avant, et je suis tétanisée. Minute ! Elle porte un pendentif. Un pendentif avec... Ça ne serait pas une émeraude, cette pierre verte ?

— Amy, il faut que je passe un coup de fil, dis-je l'air de rien. Continuez les essayages.

Et je sors de la cabine.

Quand enfin j'arrive à joindre le bureau de Laurel, son assistante, Gina, m'informe qu'elle est en réunion avec American Airlines et qu'on ne peut pas la déranger.

— S'il vous plaît, j'insiste. Demandez-lui de sortir, c'est important.

— American Airlines aussi. Vous allez devoir attendre.

— Mais vous ne comprenez pas ! C'est vraiment crucial !

— Becky, la nouvelle longueur d'une jupe Prada n'a rien de crucial, rétorque Gina un peu froidement. Pas dans le monde du commerce aéronautique.

— Mais il ne s'agit pas de vêtements ! je m'indigne – et puis, comme je ne sais pas si Gina est très proche de sa patronne, j'hésite avant de poursuivre. Il s'agit d'Amy Forrester, je lâche finalement, à voix basse. Vous voyez de quoi je veux parler ?

— Oui, très bien, répond-elle, d'un ton qui me donne à penser qu'elle en sait plus que moi sur le chapitre. Que se passe-t-il ?

— Je l'ai, là.

— Pardon ? Je ne comprends...
— Elle est dans ma cabine, en ce moment. (Je me retourne pour vérifier que personne ne peut m'entendre.) Gina, elle porte ce pendentif avec une émeraude. Je suis sûre que c'est celui de la grand-mère de Laurel ! Celui que la police n'a pas pu retrouver !
Il y a un long silence à l'autre bout du fil.
— D'accord, dit finalement Gina. Je vais faire passer le message à Laurel. Elle va sans doute venir tout de suite. Ne la laissez pas filer.
— Promis.

Je raccroche et m'accorde un temps de réflexion avant de regagner mon salon d'essayage, l'air aussi naturel que possible.
— Bien, revenons-en à nos essayages. Prenez tout votre temps, Amy. Nous pouvons discuter toute la journée si nécessaire...
— Je n'ai pas besoin d'en essayer davantage, répond-elle en faisant volte-face, moulée dans une robe rouge à paillettes. Je prends celle-ci.
— Quoi ?
— Elle est super ! Regardez, elle me va à la perfection. Elle tourne sur elle-même, en s'admirant dans la glace.
— Mais nous avons à peine commencé !
— Et alors ! Ma décision est prise. Je veux celle-ci. En plus, ajoute-t-elle en consultant sa montre, je suis un peu pressée. Pouvez-vous m'aider à descendre la fermeture, s'il vous plaît ?
— Amy..., dis-je en me forçant à sourire, je crois vraiment que vous devriez en essayer d'autres avant de vous décider.
— Mais c'est inutile ! Vous avez un très bon œil.
— Non, pas du tout ! Celle-ci est une catastrophe ! je lance sans réfléchir, et en voyant le regard bizarre qu'elle me jette, j'ajoute : Enfin, je veux dire, j'aurais aimé vous voir dans... (J'attrape un cintre.) Imaginez celle-là sur

vous... Ou alors... Regardez cette robe bain de soleil décolletée...

Amy Forrester a l'air de s'impatienter.

— Je prends celle-ci. Pouvez-vous m'aider à l'enlever, s'il vous plaît ?

Bon sang, que puis-je faire ? Je ne peux pas la retenir de force.

Je jette un coup d'œil discret à ma montre. Le bureau de Laurel est tout près d'ici. Elle devrait arriver d'une minute à l'autre.

— S'il vous plaît, pouvez-vous m'aider à enlever la robe ? répète Amy, la voix durcie.

— Oui ! je m'écrie en piquant un fard. Tout de suite !

Je commence à descendre la fermeture Éclair quand une idée me traverse l'esprit.

— En fait, elle serait plus facile à enlever si vous la passiez par-dessus la tête.

— D'accord, dit Amy avec impatience. Peu importe.

Je descends un tout petit peu plus la fermeture Éclair, puis remonte le fourreau moulant le long de ses hanches, jusque par-dessus sa tête.

Ha ha ! La voilà prisonnière ! Le tissu rouge lui recouvre entièrement le visage, mais, pour le reste, elle est en sous-vêtements et talons aiguilles. On dirait un hybride de poupée Barbie et de biscuits de Noël.

— Hé ! Ça s'est coincé ! proteste-t-elle en secouant en vain le bras que la robe retient collé contre sa tête.

— Ah bon ? je fais, innocemment. Mince alors ! Ça arrive, parfois.

— Eh bien, libérez-moi !

Elle avance de quelques pas, et je recule, pour éviter qu'elle n'agrippe mon bras. J'ai l'impression d'avoir six ans et de jouer à colin-maillard à un goûter d'anniversaire.

— Où êtes-vous ? tempête-t-elle d'une voix étouffée. Faites-moi sortir de là !

— Je... J'essaie... (Je tire doucement sur la robe.) C'est vraiment coincé, je constate d'un ton navré. Peut-être qu'en vous penchant et en vous tortillant...

Allez, Laurel ! Où êtes-vous ? J'ouvre la porte de ma cabine d'essayage pour jeter un bref coup d'œil à l'extérieur. Personne.

— Ça marche !

Je relève la tête et, avec contrariété, vois une des mains d'Amy apparaître, sortie de Dieu sait où, et attraper la fermeture Éclair.

— Vous pourriez m'aider à la descendre ?

— Euh... C'est ce que j'essaie de faire...

Je prends la languette de la fermeture et commence à la tirer dans le sens opposé.

— C'est coincé ! dit-elle avec frustration.

— Je sais, j'essaie de la défaire...

— Attendez une seconde ! lance-t-elle d'une voix brusquement suspicieuse. Dans quel sens tirez-vous ?

— Euh... Dans le même que vous...

— Bonjour Laurel ! dit Christina d'une voix étonnée. Vous allez bien ? Vous avez rendez-vous ?

— Non. Mais je crois que Becky a quelque chose pour moi.

— Ici ! dis-je en me dépêchant vers la porte.

Et je vois Laurel qui s'avance, visiblement remontée, vêtue de sa nouvelle jupe Michael Kors et d'un blazer bleu marine, ce qui n'est pas vraiment assorti.

Combien de fois le lui ai-je répété ? Franchement, je devrais davantage surveiller mes clientes. Qui peut savoir ce qu'elles inventent, une fois sorties d'ici ?

— Elle est là, dis-je en hochant la tête en direction de l'hybride poupée Barbie-biscuit sec qui s'escrime toujours à tenter de se libérer de la robe.

— C'est bon, fait Laurel, en entrant dans la cabine. Je m'en occupe.

— Quoi ? Qui est là ? demande Amy, qui fait des mouvements de tête désorientés en entendant la voix de Laurel. Oh, merde ! Non ! Est-ce que c'est... ?

— Oui, murmure Laurel en refermant la porte. C'est moi.

Je reste devant la porte de la cabine, en essayant de ne pas prêter attention aux voix qui me parviennent de l'intérieur. Au bout de quelques minutes, Christina sort de son bureau et vient vers moi.

— Becky ? Que se passe-t-il ?

— Euh... Laurel est tombée sur une connaissance. J'ai pensé que c'était bien de les laisser en privé. (Un bruit sourd filtre de la cabine et je tousse bruyamment.) Je crois que... qu'elles bavardent.

— Qu'elles bavardent, répète Christina avec un regard insistant.

— Oui ! C'est ça.

La porte s'ouvre brusquement, et Laurel émerge, un gros trousseau de clés à la main.

— Becky, j'ai besoin d'aller faire un tour chez Amy, et elle aimerait m'attendre ici. N'est-ce pas, Amy ?

Amy est assise dans un coin de la cabine, en sous-vêtements, sans le pendentif en émeraude, l'air complètement hagard. Elle hoche la tête, sans mot dire.

Et tandis que Laurel file comme une fusée, Christina me jette un regard incrédule.

— Becky...

— Bon ! Amy..., je m'empresse de dire d'un ton professionnel, pendant ce temps, voudriez-vous essayer d'autres robes ?

Quarante minutes plus tard, Laurel est de retour, rayonnante.

— Vous avez trouvé le reste ? je demande, avec intérêt.

— Tout. J'ai tout retrouvé.

Christina nous observe de loin, puis détourne la tête. Elle m'a dit tout à l'heure que la seule façon pour elle d'éviter de me renvoyer pour cet incident est de feindre l'ignorance.

Donc, nous sommes tombées d'accord : elle n'est au courant de rien.

— Tenez, voilà, fait Laurel en fourrant les clés dans la main d'Amy. Vous pouvez partir. Et transmettez le bonjour à Bill. Il vous mérite.

Sans rien dire, Amy, qui est rhabillée, se lève.

— Hé, attendez ! dit Laurel. Avez-vous laissé un pourboire à Becky ?

— Je... Non...

Amy regarde Laurel avec nervosité puis se met à fouiller dans son porte-monnaie. Elle en sort un billet de cent dollars qu'elle me tend.

— Non, dis-je, vraiment. Vous n'avez pas à... Enfin, je veux dire, vous n'avez rien acheté !

— Si, insiste Laurel.

— Eh bien... merci, dis-je en prenant le billet d'un geste maladroit pour le glisser dans ma poche.

Et, tandis qu'Amy se dirige vers les escalators en courant presque, Laurel me passe un bras autour des épaules.

— Becky, vous êtes un ange, me dit-elle chaleureusement. Je ne sais pas comment vous remercier. Demandez-moi tout ce que vous voulez.

— Laurel, ne soyez pas bête, je voulais juste vous aider.

— Je suis sérieuse !

— Laurel...

— J'insiste. Dites-moi ce qui vous ferait plaisir, et ce sera prêt pour votre mariage.

Mon mariage.

C'est comme si quelqu'un avait ouvert une fenêtre et qu'un courant d'air froid était entré.

Avec toute cette excitation et cette urgence, je m'étais débrouillée pour ne plus y penser. Mais là, il revient me marteler le crâne.

Mes deux mariages. Mes deux fiascos.

Comme deux trains qui se dirigent vers moi. De plus en plus vite, et qui se rapprochent même quand je regarde ailleurs. À chaque minute qui passe, ils gagnent de la vitesse. Et, si je réussis à en esquiver un, c'est l'autre, de toute façon, que je prendrai de plein fouet.

Je fixe le visage chaleureux et sincère de Laurel, et j'ai envie de m'effondrer sur son épaule en gémissant « Sortez-moi de cette impasse ! »

— Tout ce que vous voulez, répète Laurel en me serrant l'épaule.

Tandis que je regagne lentement mon salon d'essayage, toute ma tension est retombée. Et je sens cette anxiété familière, épuisante, faire de nouveau pression sur moi. Voilà... Un autre jour va passer, et toujours pas l'ombre d'une solution à l'horizon. Je n'ai pas la moindre idée de ce que je vais faire. Et le temps presse.

À la vérité, peut-être qu'il n'est pas en mon pouvoir de résoudre ce problème seule, me dis-je en me laissant choir dans mon fauteuil. Peut-être ai-je besoin d'aide. Des pompiers et du Samu.

Ou alors, peut-être simplement de l'aide de Luke.

15

En arrivant à la maison, je suis étonnamment calme. En fait, j'éprouve même un sentiment de soulagement. J'ai tout essayé, exploré toutes les possibilités. Il ne me reste qu'une solution : tout avouer à Luke. Il va tomber des nues. Il va aussi se mettre en colère. Mais au moins, il saura.

Sur le chemin du retour, je me suis arrêtée dans un bar, où j'ai bu quelques verres en réfléchissant très précisément à la façon dont j'allais présenter les choses. C'est bien connu : tout est dans la présentation. Quand le Président s'apprête à prélever un nouvel impôt, il ne dit pas : « Je vais prélever un impôt. » Non, il dit : « Chaque citoyen américain connaît l'importance de l'éducation. » Donc, je me suis concocté un discours, un peu comme le chef de la nation, que j'ai mémorisé mot à mot, en ménageant des blancs en prévision des interventions de Luke. (Ou de ses applaudissements, encore que ce soit peu probable.) Tant que je m'en tiendrai à mon texte, et que personne ne soulèvera de questions sur la politique ougandaise, ça devrait aller.

Mes jambes tremblent un peu tandis que je gravis l'escalier jusqu'à notre appartement, même si je sais que Luke n'est pas encore là. J'ai le temps de me préparer. Mais, en ouvrant la porte, j'ai un choc : il est là, assis à la table devant une pile de paperasses.

OK, Becky, on y va. Mesdames et messieurs les membres du Congrès... Je laisse la porte se fermer derrière moi, sors mes notes et prends une profonde inspiration.

— Luke, je commence, d'une voix posée et claire. Je dois te parler d'un problème concernant notre mariage. Un problème assez grave, auquel il n'est pas facile de trouver une solution. S'il en existe une, je ne peux la trouver qu'avec ton aide. C'est pourquoi je t'en parle maintenant – et je te prie de m'écouter avec tolérance.

Jusque-là, ça roule. Je suis assez fière de cette introduction, en fait. Ce « Je te prie de m'écouter avec tolérance » est tout particulièrement inspiré, parce qu'il va l'empêcher de m'engueuler.

— Afin de t'expliquer mon dilemme présent, je poursuis, je dois faire un petit retour en arrière. Revenir au début. Je n'entends pas par là, la création de la Terre ni même le big-bang. Mais le thé au Claridge's.

Je marque une pause – mais Luke n'intervient pas. Il écoute. Peut-être que ça va bien se passer, finalement.

— C'est là, au Claridge's, que tout a commencé. J'ai été confrontée à une tâche impossible. Si tu veux, j'étais comme ce dieu grec qui doit choisir entre les trois pommes. Sauf qu'il n'y en avait que deux – et qu'il ne s'agissait pas de pommes. Mais de mariages, j'achève après une pause chargée de sens.

Et là, enfin, Luke relève la tête. Ses yeux sont injectés, il fait une drôle de mine et son regard, en se posant sur moi, me fait frémir.

— Becky, dit-il, comme si prononcer mon nom lui coûtait un énorme effort.

— Oui ? je fais d'une voix étranglée.

— Tu crois que ma mère m'aime ?

— Quoi ? je m'exclame, déstabilisée.

— Sois franche. Crois-tu que ma mère m'aime ?

Hé, attendez ! A-t-il seulement entendu un traître mot de ce que je viens de dire ?

— Oui, bien sûr ! Et à propos de mères, c'est justement de là, en un sens, que vient mon problème...

— J'ai été idiot. (Luke lève son verre et boit une gorgée de ce qui paraît être du whisky.) Elle s'est servie de moi, n'est-ce pas ?

Je le regarde fixement, totalement décontenancée, avant de remarquer la bouteille à moitié vide sur la table. Depuis combien de temps est-il assis là ? Je scrute de nouveau son visage, tendu et vulnérable, et ravale quelques-unes des gracieusetés que je pourrais dire à propos d'Elinor.

— Mais bien sûr qu'elle t'aime ! (Je pose les notes de mon discours et m'avance vers lui.) J'en suis sûre. Tu le vois bien, à la façon dont elle...

Que suis-je censée dire ? À la façon dont elle se sert de ton personnel sans récompense ni remerciements ? À la façon dont elle te coupe l'herbe sous le pied avant de disparaître dans une clinique suisse ?

— Qu'est-ce... ? Pourquoi es-tu... ? Il s'est passé quelque chose ?

— C'est tellement con. Je suis tombé sur un truc, tout à l'heure. (Il inspire profondément.) J'étais chez elle, pour chercher des documents relatifs à la fondation. Et je ne sais pas pourquoi – peut-être était-ce parce que j'avais vu ces photos de Suze et Ernie, ce matin. (Il relève la tête.) En tout cas, je me suis retrouvé en train de chercher de vieilles photos dans son bureau. Des photos de moi enfant. De nous. Je ne sais pas trop ce que je cherchais. Rien de précis, sans doute.

— Et tu as trouvé quelque chose ?

Luke désigne d'un geste les papiers étalés sur la table.

— C'est quoi ?

— Des lettres. De mon père. Les lettres qu'il lui a écrites après leur rupture, il y a quinze ou vingt ans. Des lettres dans lesquelles il lui demandait de me laisser la voir.

Sa voix est blanche, et je le regarde avec inquiétude.

— Je ne comprends pas.

— Il la suppliait d'accepter que je vienne la voir. Il offrait de payer l'hôtel. De m'accompagner. Il le lui a demandé, encore et encore... Et je ne l'ai jamais su. (Il attrape un paquet de feuilles qu'il me tend.) Tiens, lis-les.

Je lis en diagonale pour éviter de m'appesantir sur des choses qui me choquent profondément, attrapant çà et là quelques phrases.

Luke a tellement besoin de voir sa mère... Je ne peux pas comprendre ton attitude...

— Ces lettres expliquent un grand nombre de choses. Il s'avère que son nouveau mari n'était en rien opposé à l'idée que je vive avec eux, finalement. En fait, c'était un type plutôt bien. Comme mon père, il pensait que je devais venir les voir. Mais c'est elle qui n'était pas intéressée. (Il hausse les épaules.) Pourquoi l'aurait-elle été, hein ?

un garçon intelligent et affectueux... gâcher une magnifique occasion...

— Luke, c'est affreux, dis-je.

J'aurais pu trouver plus pertinent.

— Le pire, c'est que j'ai toujours rejeté la faute sur mes parents. Quand j'étais ado, je leur en voulais.

Brusquement, je revois le visage doux et chaleureux d'Annabel. Et en imaginant le père de Luke, en train d'écrire ces lettres en secret, je ne peux m'empêcher d'en vouloir à Elinor. Elle ne mérite pas Luke. Elle ne mérite aucune famille.

Le silence tombe et on n'entend plus que la pluie qui tambourine au-dehors. Je prends sa main dans la mienne, en essayant de lui transmettre le plus de chaleur et d'amour possible.

— Luke, je suis sûre que tes parents comprenaient. Et... (Encore une fois, je ravale ce que m'inspire franchement le comportement d'Elinor.)... je suis sûre que ta mère avait vraiment envie que tu sois près d'elle. Tu comprends, c'était peut-être un moment difficile pour elle, ou bien... elle était souvent en déplacement et...

— Il y a quelque chose que je ne t'ai jamais raconté. Que je n'ai raconté à personne. À quatorze ans, je suis venu voir ma mère.

— Comment ? Mais je croyais que tu n'avais jamais...

— Mon école avait organisé un voyage à New York. Je me suis battu bec et ongles pour y participer. Papa et maman étaient contre, évidemment, mais, à la fin, ils ont cédé. Puis ils m'ont appris que ma mère était en voyage, mais que, bien sûr, si tel n'avait pas été le cas, elle aurait été ravie de me voir.

Il attrape la bouteille de whisky et se sert un autre verre.

— C'était plus fort que moi, il fallait que j'essaie de la voir. Au cas où ils se seraient trompés. (Il regarde droit devant lui en passant le doigt sur le rebord du verre.) Donc... vers la fin du séjour, nous avions une journée libre. Tout le monde voulait monter en haut de l'Empire State Building. Mais je me suis défilé. J'avais son adresse, j'y suis allé, et je me suis assis devant son immeuble. Ce n'était pas le même que celui où elle habite aujourd'hui, mais un autre, plus haut sur Park Avenue. Je me suis installé sur une marche, les gens qui passaient me dévisageaient, mais je m'en fichais.

Il boit une gorgée de whisky, et je le regarde sans bouger. Je n'ose pas faire le moindre bruit. À peine si je respire.

— Vers midi, une femme est sortie. Brune, avec un manteau magnifique. Je connaissais son visage par les photos. C'était elle. Ma mère. (Il s'interrompt quelques secondes.) Je... je me suis levé. Elle a levé les yeux et elle m'a vu. Elle m'a regardé moins de cinq secondes, puis elle s'est détournée, comme si j'avais été transparent. Elle est montée dans un taxi, et elle est partie. Fin de l'histoire ! (Il ferme brièvement les yeux.) Elle ne m'a même pas laissé le temps de faire un pas vers elle.

— Tu as fait quoi, après ?

— Je suis reparti. J'ai marché dans la ville. Et je me suis persuadé qu'elle ne m'avait pas reconnu. C'est ce que je me disais. Qu'elle n'avait aucune idée de ce à quoi je ressemblais. Qu'elle n'avait aucun moyen de deviner que c'était moi.

— Mais c'est peut-être vrai ! dis-je avec emphase. Comment diable aurait-elle pu...

Je me tais en le voyant attraper une feuille en papier pelure d'un bleu fané à laquelle on a attaché quelque chose.

— Voici la lettre que lui a envoyée mon père pour la prévenir que je venais à New York. (Il soulève la feuille et je sursaute.) Et là, sur la photo, c'est moi.

Un adolescent me regarde dans les yeux. Un jeune Luke de quatorze ans, en uniforme scolaire, avec une coupe de cheveux abominable. En fait, on le reconnaît à peine. À l'exception de ses yeux noirs, qui contemplent le monde avec un mélange de détermination et d'espoir.

Il n'y a rien que je puisse dire. À voir son visage malheureux, j'ai juste envie de pleurer.

— Tu avais raison sur toute la ligne, Becky. C'est pour l'impressionner que je suis venu à New York. Je voulais qu'elle s'arrête net dans la rue... Et qu'elle se retourne, qu'elle me contemple... Et qu'elle soit fière...

— Mais elle est fière de toi !

— Non, dit-il avec un sourire peiné. Je ferais aussi bien de laisser tomber.

— Non ! je m'écrie, mais un peu trop tard.

Je pose la main sur son bras, avec le sentiment d'être complètement inutile. D'avoir été, en comparaison, surprotégée et chouchoutée, moi qui ai grandi avec la certitude que, pour mes parents, j'étais la plus belle chose qui ait jamais existé dans ce monde cruel ; moi qui ai toujours eu la certitude qu'ils m'aimaient, et m'aimeraient toujours, quoi que je fasse. Toute ma vie, j'ai été enveloppée de ce sentiment réconfortant.

— Excuse-moi. Je me suis laissé aller. Oublions tout ça. De quoi voulais-tu me parler ?

— De rien, dis-je aussitôt. Ça ne fait rien. Ça peut attendre.

Brusquement, le mariage me semble à des années-lumière. Je froisse mes notes et les jette à la poubelle. Puis je contemple le désordre qui règne dans la pièce. Les lettres étalées sur la table, les cadeaux de mariage entassés dans un coin, du bazar, partout. Impossible d'échapper à sa vie quand on habite dans un appartement à Manhattan.

— Sortons dîner, dis-je en me levant d'un coup. Allons au ciné.

— Je n'ai pas faim.

— Aucune importance. (Je prends la main de Luke.) Allez viens, sortons d'ici. Et oublions tout. Tout.

Une fois dehors, nous marchons, bras dessus, bras dessous, jusqu'au cinéma, où nous nous lavons le cerveau devant un film sur la mafia. En sortant, nous marchons encore un peu et entrons dans un petit restaurant chaleureux que nous connaissons, où nous commandons du vin rouge et du risotto.

Pas une fois nous ne prononçons le nom d'Elinor. À la place, nous évoquons l'enfance de Luke dans le Devon. Il me fait le récit des pique-niques sur la plage, me parle de la cabane que son père lui avait fait construire dans un arbre, il me raconte combien cela l'énervait lorsque sa petite demi-sœur Zoé voulait sortir avec lui et ses amis. Puis il me parle d'Annabel et me dit à quel point elle a toujours été fantastique avec lui ; combien elle a toujours fait preuve de bonté envers tout le monde, et combien elle a su éviter de marquer une quelconque différence entre lui et sa fille.

De fil en aiguille, nous abordons prudemment des sujets dont nous n'avons jamais parlé jusque-là. Comme celui d'avoir des enfants. Luke en veut trois. J'en veux... Eh bien, après avoir assisté Suze tout au long de l'accouchement, je crois que je n'en veux aucun, mais je me garde bien de le lui dire. Et quand Luke ajoute « Ou peut-être même quatre », j'acquiesce d'un hochement de tête en me demandant si, par hasard, je ne pourrais pas faire semblant d'être enceinte et en adopter un.

À la fin de la soirée, il me semble que Luke se sent bien mieux. Nous rentrons à pied et nous endormons sitôt couchés. Au cours de la nuit, je me réveille vaguement. Je crois voir Luke debout près de la fenêtre, mais je me rendors avant d'en être tout à fait sûre.

Le lendemain matin, au réveil, j'ai la bouche sèche et mal à la tête. Luke est déjà levé et en l'entendant s'agiter dans la cuisine, je me dis qu'il est peut-être en train de me préparer un bon petit déjeuner. Un café me ferait le plus grand bien, et ma foi, quelques toasts... Et ensuite...

Soudain, mon estomac se noue. Il faut que je prenne le taureau par les cornes. Je dois lui parler des deux mariages.

Hier soir, c'était hier soir. Le moment était mal choisi. Aujourd'hui est un autre jour, et je ne peux plus reculer. Je sais que ça tombe on ne peut plus mal, que ce mariage est la dernière chose dont il a envie d'entendre parler en ce moment. Mais il faut que je me mette à table.

En l'entendant arriver dans le couloir, j'inspire profondément, pour tenter de me calmer.

— Luke, écoute, dis-je au moment où la porte s'ouvre. Je sais pertinemment que ce n'est pas le moment. Mais il faut vraiment que je te parle. Nous avons un problème.

— De quoi de quoi ? J'espère que ça n'a rien à voir avec le mariage ! s'exclame Robyn en entrant dans la chambre, en tailleur bleu gris et chaussures plates, le plateau du petit déjeuner dans les mains. Et voilà pour vous, ma cocotte. Un bon café pour vous réveiller !

Non, mais je rêve ? Que fait Robyn dans ma chambre ?

— Je vais chercher les muffins, ajoute-t-elle d'une voix enjouée en s'éclipsant aussitôt.

Je me cale tant bien que mal contre mon oreiller, le sang battant à mes tempes, en essayant de m'expliquer ce qu'elle fabrique chez moi.

D'un seul coup, le film d'hier soir sur la mafia me revient en mémoire. Oh, mon Dieu ! Mais c'est évident !

Elle a découvert le pot aux roses à propos du second mariage, et elle est venue m'assassiner.

Quand elle réapparaît avec une corbeille de muffins qu'elle pose devant moi en souriant, je la regarde fixement, glacée par la peur.

— Robyn, dis-je d'une voix rauque, je... je ne m'attendais pas à vous voir. N'est-il pas un peu tôt ?

— Quand il s'agit de mes clientes, il n'est jamais trop tôt, répond-elle avec un clin d'œil. Je suis à votre service nuit et jour.

Elle s'installe sur le fauteuil à mon chevet et me verse une tasse de café.

— Mais comment êtes vous entrée ?

— J'ai crocheté la serrure. Non ! Je plaisante ! Je suis arrivée au moment où Luke partait.

Zut de zut ! Je suis seule dans l'appartement avec elle, prise au piège.

— Luke est déjà parti travailler ?

— Je ne suis pas certaine qu'il partait travailler, dit-elle pensivement. Il me semble plutôt qu'il allait faire du jogging.

— Du jogging ?

Mais Luke ne fait jamais de jogging.

— Bon, buvez votre café, et ensuite, je vous montre ce que vous attendiez. Ce que nous attendions tous. Et il faut que je sois partie dans vingt minutes, ajoute-t-elle après avoir consulté sa montre.

Je l'observe, assommée.

— Becky ? Vous n'avez pas oublié que nous avions rendez-vous ?

Un vague souvenir me revient, telle une ombre se profilant derrière un voile transparent. Robyn. Rendez-vous. Au petit déjeuner. Oui, c'est vrai.

Mais pourquoi ai-je accepté ?

— Bien sûr, que je me souviens ! dis-je finalement. C'est juste que... j'ai un peu la gueule de bois.

— Mais vous n'avez pas à vous justifier, proteste Robyn avec bonne humeur. Un jus d'oranges fraîchement pressées, voilà ce dont vous avez besoin. Et d'un bon petit déjeuner. Comme je dis toujours à mes clientes, il faut prendre soin de vous. Ça n'a pas de sens de s'affamer pour aller s'évanouir au pied de l'autel. Prenez donc un muffin. (Elle se met à fourrager dans son sac.) Nous l'avons enfin !

Je regarde sans réagir le morceau de tissu aux reflets argentés qu'elle brandit.

— C'est quoi ?

— Le tissu pour les housses de coussins ! Expédié spécialement de Chine. Celui avec lequel nous avions tous ces problèmes à la douane. Vous n'avez tout de même pas oublié ?

— Non ! Bien sûr que non ! Oui, il a l'air bien. C'est joli.

— Bon, Becky, il y a autre chose, dit-elle en posant l'échantillon de tissu et en me regardant avec gravité. À vrai dire, je suis un peu inquiète.

Sentant de nouveau mes nerfs sur le point de craquer, je bois une gorgée de café.

— Ah bon ? Et... qu'est-ce qui vous inquiète ?

— Nous n'avons pas reçu une seule réponse de vos invités anglais. N'est-ce pas curieux ?

Je reste sans voix un petit moment.

— Euh... oui, je finis par articuler. C'est très curieux.

— Mis à part les parents de Luke, qui ont répondu il y a un petit moment. Évidemment, ils étaient sur la liste d'Elinor, donc ils ont reçu le faire-part un peu avant les autres... (Elle s'empare de ma tasse de café et en boit une gorgée.) Mmmm, il est bon. Même si ce n'est pas à moi de le dire ! Écoutez, je ne veux accuser personne de manquer de manières, mais nous devons commencer à faire le compte des invités, et avec votre accord, je passerais bien quelques coups de fil en Angleterre. En y mettant les formes, naturellement ! J'ai tous les numéros dans mon ordinateur...

— Non ! dis-je en me réveillant brusquement. N'appelez personne ! Enfin, je veux dire... Ils vont vous répondre, promis.

— C'est tellement étrange ! commente Robyn. Ils ont bien reçu leurs faire-part, n'est-ce pas ?

— Bien sûr ! Je suis sûre que c'est de la pure distraction. (Je me mets à tortiller le drap.) Vous aurez les réponses d'ici une semaine. Vous avez ma parole.

— Eh bien, je l'espère ! Parce que le temps file ! Il ne nous reste plus que quatre semaines !

— Je sais, je piaille, avant de boire une autre gorgée de café.

Si seulement c'était de la vodka.

Quatre semaines.

Bonté divine.

— Encore un peu de café, mon petit ? (Robyn se lève, puis se penche en avant.) C'est quoi ? fait-elle avec intérêt en ramassant une feuille de papier qui gisait par terre. Un menu ?

Je lève la tête, et là, mon cœur s'arrête. C'est un des fax de maman.

C'est le menu de l'autre mariage.

Tout ce qui concerne le mariage en Angleterre est là, juste sous le lit. Si elle commence à regarder...

— C'est rien ! dis-je en lui arrachant la feuille des mains. C'est juste euh... le menu pour une fête.

— Vous donnez une fête ?

— Nous y pensions, oui.

— Eh bien, si vous avez besoin d'aide pour l'organiser, n'hésitez pas. Puis-je vous donner un petit conseil, ajoute-t-elle en baissant la voix et en désignant le menu de maman. Les papillotes, c'est un peu dépassé, vous êtes certainement de mon avis.

— Oui, bien sûr. Merci.

Il faut que cette bonne femme sorte d'ici. Sur-le-champ. Avant qu'elle déniche autre chose.

D'un seul coup, je repousse les draps et bondis hors du lit.

— En fait, Robyn, je ne me sens pas très bien. Ne pourrions-nous pas... arrêter là pour aujourd'hui et convenir d'un autre rendez-vous ?

— Compris, minaude-t-elle en me tapotant l'épaule. Je vous laisse tranquille.

— Au fait, dis-je d'un ton détaché lorsque nous atteignons la porte d'entrée. Je me demandais... Vous savez cette clause de pénalité financière sur votre contrat ?

— Oui ? fait Robyn avec un grand sourire.

— Par curiosité, dis-je en lâchant un petit rire. Avez-vous jamais eu l'occasion de la toucher ?

— Oh, une fois ou deux, seulement ! (Elle fait une pause, comme pour fouiller dans sa mémoire.) Une pauvre fille qui avait essayé de s'enfuir en Pologne... Mais nous avons fini par la retrouver... Au revoir Becky. À bientôt.

— À bientôt ! dis-je en imitant sa voix enjouée.

Mais en refermant la porte, mon cœur bat à cent à l'heure.

Elle aura ma peau. Ce n'est qu'une question de temps.

Sitôt arrivée chez Barneys, j'appelle le bureau de Luke et tombe sur sa secrétaire, Julia.

— Bonjour, pourrais-je parler à Luke ?

— Il a appelé pour dire qu'il était malade, s'étonne Julia. Vous ne le saviez pas ?

Prise de court, je regarde fixement le téléphone. Luke en congé maladie ? Mince alors. Il a peut-être une gueule de bois pire que la mienne.

Zut, et moi qui ai quasiment vendu la mèche.

— Si, bien sûr ! je m'empresse de rectifier. Maintenant que vous me le dites, ça me revient ! Il est malade comme un chien, en fait. Il a une fièvre terrible. Et c'est son. son estomac. Mais ça m'était sorti de l'esprit.

— Transmettez-lui tous nos vœux de prompt rétablissement.

— Je n'y manquerai pas !

En raccrochant, je me dis que j'en ai peut-être fait un peu trop. Ce n'est quand même pas comme s'il risquait de se faire virer, hein ? C'est lui le patron.

En fait, ça me fait plaisir qu'il ait pris une journée.

Mais bon. Ça ne change rien. Luke malade. Lui qui ne tombe jamais malade.

Et il ne fait jamais de jogging. Que se passe-t-il ?

J'étais censée aller boire un verre avec Erin en sortant du boulot, mais je décommande pour regagner dare-dare la maison. Quand j'arrive, l'appartement est tout sombre, et l'espace d'un moment, je me dis que Luke n'est toujours pas rentré. Mais c'est alors que je l'aperçois, assis dans la pénombre, vêtu d'un pantalon de sport et d'un vieux pull.

Enfin ! Nous avons la soirée devant nous. Bon, le moment est venu. Je vais tout lui raconter.

— Salut, dis-je en m'asseyant à côté de lui. Tu te sens mieux ? J'ai appelé ton bureau et on m'a dit que tu étais malade.

Silence.

— Je n'avais pas la tête à travailler, aujourd'hui, finit-il par répondre.

— Qu'as-tu fait de ta journée ? Tu es vraiment allé faire du jogging ?

— J'ai fait une longue promenade. Et j'ai réfléchi. J'ai beaucoup réfléchi.

— Au sujet de ta mère ?

— Oui. Au sujet de ma mère. Et de beaucoup d'autres choses.

Il se tourne vers moi pour la première fois depuis mon arrivée et je découvre à ma grande surprise qu'il ne s'est pas rasé. Mmmm, j'aime bien, en fait, quand il ne se rase pas.

— Mais sinon, tu vas bien ?
— C'est toute la question, dit-il après réflexion. Est-ce que je vais bien ?
— Tu as sans doute un peu trop bu hier soir. (J'enlève mon manteau en réfléchissant à ce que je vais dire.) Luke, écoute. Il faut que je te parle de quelque chose. C'est très important. Ça fait des semaines que je recule mais...
— Becky, tu as déjà réfléchi au plan de Manhattan ? Au quadrillage ? Est-ce que tu y as déjà vraiment réfléchi ?
— Euh... non, dis-je prise de court. Je mentirais si je te disais oui.
— C'est comme... une métaphore de la vie. Tu penses avoir la liberté de te promener où tu veux. Mais en fait... (Du doigt, il trace une ligne imaginaire dans l'air.)... tu es sous strict contrôle. Tu montes ou tu descends. Tu vas à gauche ou à droite. À part ces alternatives, il n'y a aucune autre option.
— C'est vrai. Tu as entièrement raison. Luke, le truc, c'est...
— La vie devrait être un vaste espace où rien ne barre l'horizon, Becky. On devrait avoir la possibilité de marcher dans toutes les directions.
— Oui, sans doute...
— Aujourd'hui, j'ai marché d'un bout à l'autre de l'île.
— Non ? fais-je, les yeux ronds. Euh... et pourquoi ?
— À un moment donné, j'ai levé les yeux, et j'étais cerné par des blocs d'immeubles de bureaux. La lumière du soleil rebondissait sur les façades de verre.
— Ce devait être joli, dis-je, avec un piètre sens de l'à-propos.
— Tu vois ce que je veux dire ? (Il me regarde longuement et je remarque les cernes sous ses yeux. Mon Dieu, il a l'air épuisé.) La lumière entre dans Manhattan... et s'y fait prendre au piège. Elle se piège elle-même, elle se réfléchit mais ne peut pas s'échapper.
— Euh... oui. Sans doute. Sauf que, des fois, il pleut, non ?

— Et les gens sont pareils.
— Tu crois ?
— Voilà le monde dans lequel nous vivons. Auto-réflecteur. Égocentrique. Nous sommes complètement inutiles. Pense à ce type à l'hôpital. Trente-trois ans, et un infarctus. Et s'il y était resté ? Est-ce qu'il aurait eu une vie comblée ?
— Ben...
— Aurai-je eu, moi, une vie comblée ? Sois franche, Becky. Regarde-moi dans les yeux et réponds-moi.
— Eh bien... Euh... Oui, évidemment !
— Tu parles ! (Il ramasse un dossier de presse de Brandon Communications qui traînait là.) Voilà de quoi a été faite ma vie. D'informations insignifiantes. (Choquée, je le regarde tout déchirer.) De putains de papiers insignifiants.

Je m'aperçois tout d'un coup qu'il est en train de déchirer par la même occasion le relevé de notre compte joint.

— Luke ! C'est le relevé du compte joint !
— Et alors ? Ce ne sont que quelques chiffres sans importance. Qui cela intéresse-t-il ?
— Mais... Mais...

Quelque chose ne tourne vraiment pas rond.

— Un seul de ces chiffres a-t-il le moindre intérêt ? (Il éparpille les morceaux de papier sur le sol et je me retiens de me pencher pour les ramasser.) Becky, tu avais mille fois raison !
— Moi, j'avais raison ? dis-je, paniquée.

Ça ne tourne pas rond du tout.

— Nous sommes tous beaucoup trop obsédés par les choses matérielles. Par le succès. L'argent. Obsédés par le désir d'impressionner des gens que jamais nous n'impressionnerons, quoi qu'on... (Sa voix se brise, et sa respiration se fait saccadée.) C'est l'humanité qui est en chacun de nous qui compte. Nous devrions rencontrer des sans-abri, des paysannes boliviennes.
— Euh... oui, dis-je après un moment. Mais...

— Tu as dit une phrase, il y a quelque temps, qui n'a cessé de me hanter toute la journée.

— Et quelle est-elle ? je demande, gagnée par la nervosité.

— Tu as dit... (Il s'interrompt, comme pour essayer de mettre les mots dans le bon ordre.) Tu as dit que nous n'étions sur cette planète que pour très peu de temps. Et au final – qu'est-ce qui compte ? Savoir que quelques chiffres sans importance ont été équilibrés dans un bilan, ou savoir que tu es devenu celui que tu voulais être ?

Je reste bouche bée.

— Mais... c'est juste un truc que j'ai dit comme ça. Ce n'était pas sérieux...

— Je ne suis pas devenu celui que j'avais envie d'être Becky. Je me suis aveuglé moi-même. J'ai été obsédé par les mauvaises choses... (Il se cache la tête dans les mains.) Becky, j'ai besoin de réponses.

Je n'en reviens pas. Luke me fait une crise existentielle.

SECOND UNION BANK
300 WALL STREET
NEW YORK NY 10005

Mlle Rebecca Bloomwood
Apt B
251 11ᵉ Rue Ouest
New York
NY 10014

Le 23 mai 2002

Chère Mademoiselle,

Je vous remercie pour votre courrier daté du 21 mai. Je suis très honoré que vous me considériez comme un ami, et pour répondre à votre question, mon anniversaire est le 31 octobre.

J'ai aussi pleinement conscience de tous les frais qu'entraîne un mariage ; cependant, vous me voyez navré de ne pouvoir accéder à votre requête. Il m'est en effet impossible de vous accorder une autorisation de découvert de 100 000 dollars.

Toutefois, je peux vous proposer d'augmenter votre plafond de 1 000 dollars, en espérant que cela pourra vous aider.

Je vous prie de croire, chère Mademoiselle, à l'assurance de mes sentiments les meilleurs.

Walt Pitman
Directeur du Service Clientèle

STAR U LIKE
AGENCE DE SOSIES DE CÉLÉBRITÉS
152 24ᵉ RUE OUEST
NEW YORK NY 10011

Mademoiselle Rebecca Bloomwood
Apt B
251 11ᵉ Rue Ouest
New York
NY 10014

28 mai 2002

Chère Rebecca,

Merci pour votre courrier et les photos que vous nous avez communiquées. Je crains que nous ne soyons dans l'impossibilité de trouver des sosies pour vous et votre fiancé. Je dois aussi souligner que la plupart des personnes que nous employons n'accepteraient pas de se marier – même contre la rétribution conséquente que vous proposez.

Toutefois, il y a des exceptions, et ce courrier a pour objet de vous informer que notre sosie d'Al Gore serait éventuellement prêt à épouser notre doublure de Charlene Tilton.

Veuillez nous faire savoir si cela peut répondre à votre problème.

Bien cordialement

Candy Blumenkrantz
Directrice

49 Drakeford Road
Potters Bar
Hertfordshire

27 mai 2002

Monsieur Malcolm Bloomwood remercie infiniment Madame Elinor Sherman pour son aimable invitation au mariage de Becky et Luke au Plaza le 22 juin, invitation qu'il doit malheureusement décliner en raison d'une fracture à la jambe.

Les Chênes
41 Elton Road
Oxshott
Surrey

27 mai 2002

Monsieur et Madame Martin Webster remercient infiniment Madame Elinor Sherman pour son aimable invitation au mariage de Becky et Luke au Plaza le 22 juin, invitation qu'ils doivent malheureusement décliner en raison de la fièvre glandulaire qu'ils ont contractée.

9 Foxtrot Way
Reigate
Surrey

27 mai 2002

Monsieur et Madame Tom Webster remercient infiniment Madame Elinor Sherman pour son aimable invitation au mariage de Becky et Luke au Plaza le 22 juin, invitation qu'ils doivent malheureusement décliner car leur chien vient de décéder.

16

Là, ça devient sérieux. Voilà plus d'une semaine que Luke n'est pas allé travailler et qu'il ne s'est pas rasé. Chaque jour, il quitte l'appartement, va traîner Dieu sait où et ne rentre qu'aux petites heures du matin, soûl, en général. Et hier, en arrivant de chez Barneys, j'ai découvert qu'il avait distribué toutes ses paires de chaussures aux passants, dans la rue.

Je me sens complètement désemparée. Rien de ce que je tente ne semble marcher. J'ai essayé de lui faire avaler des bols de soupe maison bien nourrissante – c'est du moins ce qui était écrit sur le carton d'emballage. J'ai essayé de lui faire l'amour tendrement. Ce qui était super, aussi loin qu'on a été. (Et c'était assez loin, en fait.) Mais cela n'a rien changé. Après, Luke était toujours aussi mélancolique, le regard perdu dans le vide.

Ce à quoi je me suis le plus efforcée, c'est tout simplement de m'asseoir pour lui parler. Parfois, j'ai l'impression que c'est efficace. Ensuite, soit il retourne à son état dépressif, soit il dit « À quoi bon ? », avant de ressortir de l'appartement. Le vrai problème, c'est que ses propos sont assez incohérents. Un coup, il dit qu'il veut abandonner sa société pour se lancer dans la politique – domaine, affirme-t-il, où son cœur l'a toujours porté, rêve auquel il n'aurait jamais dû renoncer. (La politique ? C'est bien la première fois qu'il en parle.) Un coup, il dit qu'il a toujours voulu des enfants, que nous allons en faire six, qu'il restera à la maison et qu'il sera père au foyer.

Pendant ce temps, son assistante continue à appeler tous les jours pour prendre de ses nouvelles, et je dois inventer des détails de plus en plus abracadabrants. Au point où nous en sommes, il a quasiment la lèpre.

Je suis tellement désemparée qu'hier j'ai téléphoné à Michael, qui a promis de passer voir ce qu'il pourrait faire. Si quelqu'un peut nous aider, c'est bien lui.

Et en ce qui concerne le mariage...

J'en suis malade chaque fois que j'y pense. À trois semaines du jour J, je n'ai toujours pas trouvé de solution.

Maman m'appelle tous les matins, et je parviens à lui parler tout à fait normalement. Robyn m'appelle tous les après-midi, et j'arrive à lui parler tout aussi normalement. J'ai même fait une blague d'autre jour. J'ai dit : « Vous savez, il se pourrait que je m'esquive le jour J. » On a bien ri et Robyn a répondu d'un ton sarcastique : « En ce cas, j'engagerai des poursuites contre vous ! » Ce que j'ai réussi à accueillir sans sanglots hystériques.

J'ai l'impression d'être en chute libre, de tomber à pic sans parachute.

Je ne sais pas comment je fais. Il me semble avoir glissé dans une dimension inconnue, au-delà de la panique, au-delà des solutions humainement concevables. Seul un miracle pourrait me sauver.

Ce qui est, grosso modo, ce sur quoi je fonde aujourd'hui tous mes espoirs. J'ai allumé cinquante cierges à saint Thomas, et cinquante autres à saint Patrick. J'ai inscrit une requête sur le livre de prières de la synagogue de la 65e Rue, et offert des fleurs à Ganesh. Sans compter ce groupe de fidèles, dans l'Ohio, que j'ai dégotés sur Internet et qui prient pour moi.

Du moins prient-ils pour que je trouve le bonheur quand j'aurai vaincu mon alcoolisme. Je n'ai vraiment pas pu me résoudre à expliquer tout l'imbroglio des deux mariages au père Gilbert, surtout après avoir lu son sermon, dans lequel il disait que la duperie est aussi douloureuse au Seigneur que si le diable arrachait les yeux des Justes. Donc, j'ai choisi l'alcoolisme, parce que sur leur site, ils consacraient une page à ce thème. (Et puis bon... J'en suis à peu près à consommer trois mignonnettes de vodka par jour, donc je ne suis pas loin du compte.)

Je n'ai aucun répit. Même à la maison, impossible de me détendre. Il me semble que l'appartement se referme sur moi. Des cadeaux de mariage dans d'énormes boîtes sont alignés dans chaque pièce. Maman m'envoie cinquante fax par jour au bas mot. Robyn a pris l'habitude de débarquer chez moi chaque fois que l'envie lui en prend, et il y a des échantillons de voiles et de coiffes dans le salon, que Dream Dress m'a expédiés sans même me demander mon avis.

— Becky ? (Je lève les yeux de mon café du matin, et vois Danny qui arrive dans la cuisine.) La porte était ouverte. Tu n'es pas au boulot ?

— J'ai pris ma journée.

— Je vois. (Il prend un toast à la cannelle et en croque une bouchée.) Alors, comment va le malade ?

— Très drôle.

— Non, sérieux. (À voir son air sincère, je me détends un peu.) Est-ce qu'il s'en sort ?

— Pas vraiment...

Le regard de Danny s'éclaire.

— Alors il va se débarrasser d'autres vêtements ?

— Non ! dis-je, indignée. Et je ne crois pas que tu puisses garder ces chaussures !

— Les Prada toutes neuves ? Tu plaisantes ! Elles sont à moi. Luke me les a données. S'il ne les veut plus...

— Mais si, il les veut. Ou du moins, il les voudra. C'est juste qu'il est... un peu stressé en ce moment. Tous les gens le sont ! Ça ne signifie pas que tu peux t'approprier leurs chaussures !

— Tout le monde est stressé, mais tout le monde ne file pas un billet de cent dollars à un parfait inconnu.
— C'est pas vrai ! Il a fait ça ? dis-je en regardant Danny avec angoisse.
— Dans le métro. Je l'ai vu. Il y avait un mec aux cheveux longs, qui trimballait une guitare... Luke lui a tendu un billet de cent. Le type ne faisait même pas la manche. En fait, il a plutôt eu l'air offensé.
— Oh, mon Dieu...
— Tu veux que je te dise ? Il a besoin d'une belle lune de miel, longue et relaxante. Où allez-vous ?
Et voilà. La chute libre recommence. La lune de miel. Je n'ai encore rien réservé. Comment le pourrais-je ? Je ne suis même pas fichue de savoir de quel aéroport nous décollerons.
— On... C'est une surprise, dis-je finalement. Nous l'annoncerons le jour du mariage.
— Tu cuisinais quoi ? demande Danny en regardant ce qui bout dans la casserole. Des brindilles ? Mmmm, génial !
— Ce sont des herbes chinoises. Pour lutter contre le stress. Tu les fais bouillir, et ensuite, tu bois la décoction.
— Et tu crois que tu vas faire avaler ça à Luke ? dit Danny en touillant la mixture.
— Ce n'est pas pour Luke. C'est pour moi !
— Pour toi ? Ah bon ? Mais quelles raisons tu as de stresser ?
La sonnerie de l'interphone retentit, et Danny appuie sur le bouton sans même demander qui c'est.
— Danny !
— Tu attends quelqu'un ? dit-il en raccrochant le combiné.
— Oh, juste un serial killer qui me harcèle...
— Cool. (Il croque une nouvelle bouchée de son toast à la cannelle.) J'ai toujours rêvé d'assister à un assassinat.
On frappe à la porte et je me lève pour aller ouvrir.

— Si j'étais toi, j'irais me changer et mettre un truc un peu plus chic. Tout le tribunal verra des photos de toi dans cette tenue et tu regretteras de ne pas avoir été à ton avantage.

J'ouvre la porte, persuadée qu'il s'agit encore d'un coursier. Mais c'est Michael, en pull de cachemire jaune, un grand sourire aux lèvres. Rien qu'à le voir, je suis immédiatement soulagée.

— Michael ! (Je le serre très fort dans mes bras.) Je vous suis tellement reconnaissante d'être venu.

— Je vous en prie. Je serais venu plus tôt si je m'étais rendu compte de la gravité de la situation. Je suis passé chez Brandon Communications hier, dit-il avec un haussement de sourcils, et j'ai entendu dire que Luke était malade. Mais je ne me doutais pas...

— Oui. C'est que je ne l'ai pas crié sur les toits.

— Il est là, alors ? demande-t-il en promenant son regard dans l'appartement.

— Non, il est sorti tôt ce matin et je ne sais pas où il est allé.

Je hausse les épaules en signe d'impuissance.

— Transmets-lui mes amitiés quand il rentrera, dit Danny en se dirigeant vers la porte. Et n'oublie pas que j'ai une option sur son manteau Ralph Lauren.

Une fois que j'ai refait du café – du décaféiné, le seul que Michael s'autorise maintenant – et remué ma décoction d'herbes sans conviction, nous passons au living en enjambant les obstacles jusqu'au canapé.

— Donc, reprend Michael en ôtant une pile de magazines du canapé pour s'asseoir, Luke est un peu tendu, en ce moment. (Il m'observe verser le lait d'une main tremblante.) Et vous aussi, on dirait.

— Je vais bien, dis-je aussitôt. C'est Luke qui a des problèmes. Il a complètement changé, du jour au lendemain. Une minute, il allait bien, et la suivante, c'était « J'ai besoin de réponses », « À quoi sert la vie ? » et « Où allons-nous tous ? » Il est totalement déprimé, il ne travaille plus... Je ne sais plus quoi faire.

— Vous savez, ça fait un moment que je le vois venir, m'explique Michael, tandis que je lui tends une tasse de café. Votre cher et tendre a un peu trop tiré sur la corde. Il l'a toujours fait. Travailler autant sur une aussi longue période... (Il se donne un coup sur le torse.) On n'en sort pas indemne. J'en sais quelque chose.

— Il ne s'agit pas que de son travail. C'est... tout. (Je me mordille la lèvre.) Je crois qu'il a été plus affecté qu'il ne le pense par votre problème au cœur.

— Accident, me corrige-t-il.

— Oui, c'est ça. Vous vous étiez disputés... Ça lui a fait un choc. Il s'est mis à réfléchir : à la vie, à des choses comme ça. Et puis il y a aussi cette histoire avec sa mère...

— Oui. Je sais que ce papier dans le *New York Times* l'a bouleversé. C'est compréhensible.

— Et encore, ce n'est rien ! La situation a largement empiré depuis...

Et je lui explique ce que Luke a découvert dans les lettres de son père. Michael grimace.

— Je vois, fait-il en remuant pensivement son café. Tout s'éclaire. Sa mère a été la force motrice derrière beaucoup de ses réussites. Je pense que nous le savons tous.

— C'est comme si tout d'un coup... il ne savait plus pourquoi il fait ce qu'il est en train de faire. Du coup, il abandonne. Il ne va plus travailler, il ne parle de rien, Elinor est toujours en Suisse, ses employés n'arrêtent pas d'appeler pour prendre de ses nouvelles, et je ne veux pas leur dire « Luke ne peut pas répondre au téléphone, il traverse en ce moment une crise existentielle... »

— Ne vous inquiétez pas, Becky, je vais à l'agence aujourd'hui. J'inventerai une histoire de congé sabbatique. Et Gary Shepherd peut le remplacer un petit moment. Il est très compétent.

— Oui, mais est-ce qu'il sera réglo ? dis-je en regardant Michael, les larmes aux yeux. Est-ce qu'il ne va pas mettre Luke sur la touche ?

La dernière fois que Luke a quitté sa boîte des yeux plus de trois minutes, Alicia Tête de Garce Billington a essayé de lui carotter tous ses clients et de saboter l'entreprise. Ça a bien failli sonner le glas de Brandon Communications.

— Gary sera réglo, me rassure Michael. Et n'étant pas très occupé moi-même en ce moment, je peux également garder un œil sur l'agence.

— Non ! Vous ne devez pas trop travailler ! Il faut que vous vous ménagiez.

— Becky, je ne suis pas invalide, rétorque Michael, un rien contrarié. Entre vous et mes filles, il n'y en a pas une pour racheter l'autre.

Le téléphone sonne, je me lève pour brancher le répondeur.

— Alors, comment se passent les préparatifs du mariage ? me demande Michael.

— Oh... Très bien ! dis-je avec un grand sourire. Merci.

— Votre organisatrice m'a appelé au sujet du dîner de répétition. Elle m'a dit que vos parents ne pourraient pas être là à temps.

— Non, ils ne pourront pas.

— Quel dommage. Quel jour arrivent-ils ?

Je bois une gorgée de café en évitant son regard.

— Je ne connais pas la date exacte...

« Becky ? (C'est maman qui laisse un message sur le répondeur. Sa voix me fait sursauter et je renverse du café sur le canapé.) Becky, ma chérie, il faut que je te parle au sujet de l'orchestre. Ils disent qu'ils ne peuvent pas jouer "Rock DJ" parce que leur bassiste ne connaît que quatre accords. Alors ils m'ont envoyé une liste de chansons qu'ils peuvent... »

Merde. Je plonge sur le téléphone pour décrocher.

— Maman ! dis-je, tout essoufflée. Bonjour. Écoute, je suis occupée, là, est-ce que je peux te rappeler ?

— Mais ma chérie, j'ai besoin de ton approbation pour la liste des chansons ! Je vais t'envoyer un fax, d'accord ?

— Oui, un fax, très bien.

Je raccroche un peu sèchement et retourne sur le canapé, en essayant de faire comme si tout allait bien.

— On dirait que votre mère s'investit drôlement dans les préparatifs, dit Michael en souriant.

— Euh... Oui.

Le téléphone sonne de nouveau, mais je fais mine de l'ignorer.

— Vous savez, une question me brûle la langue depuis un bout de temps. Votre décision de vous marier aux États-Unis ne l'a pas contrariée ?

— Non, pas du tout, dis-je, mal à l'aise. Ça devrait ?

— Je sais comment sont les mères en ce qui concerne les mariages...

« Désolée, ma chérie, encore une petite chose, dit à nouveau la voix de maman. Janice me demandait quel pliage tu préférais pour les serviettes de table ? En bonnet d'évêque ou en cygne ? »

J'empoigne le téléphone.

— Maman, écoute, je suis avec quelqu'un, là !

— S'il vous plaît, ne vous préoccupez pas de moi, dit Michael depuis le canapé. Si c'est important...

— Ce n'est pas important ! Je me fiche éperdument de la forme des serviettes de table ! Enfin quoi ! Elles ne ressemblent à un cygne que pendant deux minutes...

— Becky ! s'exclame maman, outrée. Comment peux-tu parler ainsi ! Janice a suivi un cours de pliage de serviettes de table spécialement pour ton mariage ! Ça lui a coûté quarante-cinq livres, et en plus elle devait se faire des sandwiches pour le midi...

OK, j'y suis allée un peu fort.

— Écoute, je suis désolée. C'est juste que je suis plutôt préoccupée. Allons-y pour... les bonnets d'évêque. Et dis à Janice que je lui suis vraiment reconnaissante pour toute son aide.

Juste au moment où je raccroche, on sonne à la porte.

— Janice, c'est l'organisatrice ? demande Michael, intéressé.

— Euh... Non. L'organisatrice s'appelle Robyn.

« Vous avez reçu du courrier ! » piaille l'ordinateur à l'autre bout de la pièce.

Ça commence à faire un peu trop.

— Excusez-moi, Michael, je vais ouvrir.

J'ouvre grand la porte en reprenant mon souffle et me retrouve en face d'un coursier encombré d'un énorme carton.

— Colis pour Bloomwood. Très fragile.

— Merci, dis-je en le prenant tant bien que mal dans mes bras.

— Une signature ici, s'il vous plaît, dit-il en me tendant un stylo. Il y a quelque chose qui brûle, non ? ajoute-t-il en reniflant.

Oh, merde ! Les herbes chinoises.

Je fonce à la cuisine éteindre le feu puis reviens vers le coursier qui me tend son stylo. Et là, le téléphone sonne de nouveau. Pourquoi, mais pourquoi ne me fiche-t-on pas la paix ?

— Une autre ici...

Je griffonne du mieux que je peux, et le coursier louche sur ma signature avec suspicion.

— Vous avez écrit quoi ?

— Bloomwood ! J'ai écrit Bloom-wood !

— Bonjour, entends-je Michael dire. Non, vous êtes bien chez Becky. Michael Ellis, je suis un ami.

— Je vais vous demander de re-signer, madame. Lisiblement.

— Oui, je suis le témoin de Luke. Oh, bonjour ! J'ai hâte de faire votre connaissance !

— OK ? dis-je, après avoir quasiment gravé mon nom sur son reçu. Ça ira comme ça ?

— Eh, relax, ma petite dame ! grommelle le coursier en levant ses mains.

Ouf, il s'en va.

Je claque la porte et reviens dans le salon, juste à temps pour entendre Michael dire :

— J'ai entendu parler des projets pour la cérémonie. Ils m'ont l'air assez spectaculaires !
— À qui parlez-vous ? je chuchote.
— Votre mère, je déchiffre sur les lèvres de Michael.
Le carton m'en tombe presque des mains.
— Je suis certain que tout se passera bien, affirme-t-il, rassurant. Je disais justement à Becky que j'admirais votre implication dans le mariage. Ça ne doit pas être simple !
Non, pitié ! Non !
— Eh bien, reprend Michael, l'air surpris. Je voulais dire que ce doit être difficile, vous en Angleterre et ce mariage au...
— Michael ! je m'écrie, avec l'énergie du désespoir, et il lève la tête, interloqué. Arrêtez !
Il couvre le téléphone de la main.
— Arrêtez quoi ?
— Ma mère. Elle ne sait pas.
— Elle ne sait pas quoi ?
Oh, mon Dieu. Quel cauchemar. Enfin, il dit à maman :
— Madame Bloomwood, je vais devoir vous laisser. Il y a beaucoup à faire ici. J'ai été ravi de bavarder avec vous... Oui, nous nous verrons au mariage. Oui, moi aussi.
Il raccroche. Un silence effrayant s'ensuit.
— Becky, qu'est-ce que votre mère ne sait pas ?
— Rien... C'est sans importance.
— Au contraire, ça m'a l'air sérieux. (Il me dévisage longuement.) J'ai le sentiment que quelque chose ne tourne pas rond.
— Ce n'est rien, vraiment.
Une sonnerie stridente dans le coin de la pièce nous interrompt. Le fax de maman. Je pose le carton sur le canapé pour me précipiter vers le fax.
Mais Michael est plus rapide. Il s'empare de la feuille et commence à lire.
— Liste des chansons pour le mariage de Rebecca et Luke, le 22 juin, aux Pins, 43 Elton Road... Oxshott...

(Il relève la tête, les sourcils froncés.) Becky, c'est quoi cette histoire ? Vous vous mariez bien au Plaza, non ?

Je suis incapable de répondre. Le sang me martèle tellement les tempes que j'en suis presque devenue sourde.

— Non ? répète Michael plus sévèrement.

— Je ne sais pas, je finis par répondre, d'une voix à peine audible.

— Comment ça, vous ne savez pas où vous allez vous marier ?

Il regarde de nouveau le fax, et là je vois qu'il comprend.

— Nom d'un petit Jésus ! Votre mère est en train de préparer un mariage en Angleterre ! C'est ça ?

Je suis complètement pétrifiée. C'est encore pire que lorsque Suze a découvert le pot aux roses. Suze me connaît depuis toujours, elle. Elle sait de quelles âneries je suis capable et elle finit toujours par me pardonner. Mais Michael... Il m'a toujours traitée avec respect. Une fois, il m'a dit que j'avais l'esprit vif et de l'intuition. Il m'a même offert un poste dans sa boîte. Qu'il découvre dans quel guêpier je suis allée me fourrer me rend malade.

— Votre mère est-elle au courant pour le Plaza ?

Très lentement, je secoue la tête.

— La mère de Luke est-elle au courant de ça ? poursuit-il en brandissant le fax.

Je secoue la tête, encore une fois.

— Quelqu'un est-il au courant ? Luke ?

— Personne, dis-je en retrouvant finalement ma langue. Et vous devez me promettre de ne pas en parler.

— Ne pas en parler ? Vous plaisantez ? (Il secoue la tête.) Becky, comment avez-vous pu en arriver là ?

— Je ne sais pas. Je ne sais pas ! Je n'avais pas l'intention de...

— Vous n'aviez pas l'intention de duper deux familles ? Sans parler des dépenses, des efforts fournis... Vous vous rendez compte du pétrin dans lequel vous êtes ?

— Ça va s'arranger ! je m'écrie, désespérée.

— Ah oui ? Et comment ? Becky, je vous signale qu'il ne s'agit pas de deux petits dîners prévus à la même date. Il s'agit de centaines d'invités !

« Ding dong ! ding dong ! » C'est mon réveil spécial mariage, sur une étagère de la bibliothèque, qui se met à sonner. « Ding dong ! ding dong ! Plus que vingt-deux jours avant le Grand Jour ! »

La ferme !

« Ding dong ! Ding... »

— Ta gueule ! je hurle avant de balancer le réveil, qui explose en touchant le sol.

— Vingt-deux jours ? Mais... Becky, c'est dans trois semaines !

— Je vais trouver une solution ! Il peut se passer des tas de choses, en trois semaines !

— Vous allez trouver une solution ? C'est votre seule réponse ?

— Peut-être qu'un miracle va se produire !

Je tente un sourire, mais le visage de Michael reste de marbre. Il a toujours l'air aussi stupéfait. Et je peux vous assurer qu'il est en colère.

Une douleur fulgurante me transperce. Je ne supporte pas que Michael soit fâché contre moi. Des larmes prêtes à jaillir me brûlent les yeux. D'une main tremblante, j'attrape mon sac et ma veste.

— Qu'est-ce que vous faites ? (Sa voix se fait plus pressante.) Becky, où allez-vous ?

Je cherche une réponse. Il faut que je me sauve. De cet appartement, de ma vie, de cette situation impossible. Il me faut un lieu paisible, un sanctuaire. Un lieu où retrouver la sérénité.

— Je vais chez Tiffany, dis-je en sanglotant avant de fermer la porte derrière moi.

Cinq secondes après avoir franchi le seuil de Tiffany, je me sens déjà plus calme. Mon rythme cardiaque revient à la normale. Mon esprit s'apaise. Rien qu'à voir tous ces bijoux étincelants autour de moi, je me sens mieux. Audrey Hepburn avait raison : rien de mal ne peut vous arriver, chez Tiffany.

Je traverse le rez-de-chaussée, en esquivant les touristes et en admirant au passage les rivières de diamants. Une fille de mon âge essaie une bague de fiançailles par-dessus un poing américain et la vue de son visage réjoui me serre le cœur.

L'époque de mes fiançailles avec Luke semble remonter à des millions d'années. J'ai l'impression d'être quelqu'un d'autre. Si seulement je pouvais rembobiner ma vie. Si j'avais cette chance ! Je m'y prendrais tout autrement.

Mais à quoi bon se torturer avec ce que j'aurais pu faire ? Ce qui est fait est fait – et voilà où nous en sommes.

Je prends l'ascenseur jusqu'au troisième étage, et là, c'est l'extase. Cet étage est comme un autre monde. Rien à voir avec l'étage bondé de touristes. C'est le paradis.

Tout est calme et spacieux ; l'argenterie, la porcelaine, le cristal y sont exposés sur des présentoirs en miroir. C'est un univers paisible et luxueux. Un univers de gens lisses, cultivés et sans soucis. J'aperçois une fille tirée à quatre épingles, en bleu marine, qui examine un chandelier en verre. Une autre, enceinte jusqu'aux yeux, s'intéresse à un hochet en argent. Personne ici n'a de problèmes. Le seul dilemme majeur auquel chacun est confronté, c'est de se décider entre un service de table à liseré d'or ou de platine.

Tant que je resterai ici, je serai en sécurité.

— Becky ? C'est vous ?

Je n'ose me retourner, mais tout va bien : c'est Eileen Morgan, qui me sourit chaleureusement. C'est elle qui m'a conduite à cet étage lorsque j'ai déposé ma liste. Cette dame d'un certain âge coiffée d'un chignon me rappelle un professeur de danse que j'avais quand j'étais petite.

— Bonjour Eileen. Comment allez-vous ?

— Très bien. Et j'ai de bonnes nouvelles pour vous !

— De bonnes nouvelles ? je répète bêtement.

J'ai du mal à me rappeler quand, pour la dernière fois, on m'a annoncé une bonne nouvelle.

— Votre liste marche très bien.

— Vraiment ?

Malgré moi, j'éprouve la même fierté que lorsque Mlle Philips me complimentait pour mes pliés.

— Oui, vraiment. En fait, je voulais vous appeler. Je pense que le moment est venu... de choisir quelques pièces plus conséquentes. Une coupe en argent. Un plat. Des objets anciens.

Je la contemple, un peu sceptique. En termes de liste de mariage, c'est comme si elle me disait que je devrais postuler pour le Royal Ballet.

— Vous pensez franchement que j'entre dans cette catégorie ?

— Becky, votre liste réalise une performance vraiment impressionnante. Vous êtes parmi les mariées qui arrivent en tête.

— Je... Je ne sais pas quoi dire. Je n'aurais jamais pensé que...

— Ne vous sous-estimez jamais ! me gronde Eileen avec un chaleureux sourire, en désignant l'étage d'un geste ample. Regardez en prenant autant de temps que vous voulez, et dites-moi ce que vous voudriez ajouter à votre liste. Si vous avez besoin d'aide, vous savez où je suis. Bien joué, Becky, ajoute-t-elle avant de s'éloigner.

Je sens des larmes de gratitude perler au bord de mes paupières. Voilà quelqu'un qui ne pense pas que je suis un désastre. Quelqu'un qui ne pense pas que j'ai tout saccagé. Dans un domaine, au moins, je suis une battante.

Je me dirige vers le rayon des antiquités, où, émue, je m'abîme dans la contemplation d'un plateau en argent. Je ne laisserai pas tomber Eileen. Je vais choisir les plus beaux objets. Je sélectionne une théière, un sucrier...

— Rebecca ?

— Oui ? fais-je en pivotant. Je ne suis pas encore tout à fait déci...

Je m'interromps. Ce n'est pas Eileen.

C'est Alicia la Garce aux Longues Jambes.

Sortie de nulle part, comme une méchante fée. Elle est vêtue d'un tailleur rose, elle tient un sac Tiffany à la main, et l'hostilité suinte par tous ses pores.

Comme d'habitude.

— Alors, Becky, contente de vous, j'imagine ?

— Euh... Non, pas exactement.

— Mademoiselle la mariée de l'année. Mademoiselle forêt enchantée de merde.

Je la regarde, interloquée. Je sais qu'Alicia et moi sommes loin d'être les meilleures amies du monde, mais est-ce qu'elle n'en rajoute pas un peu, là ?

— Alicia, qu'est-ce qui ne va pas ?

— Ce qui ne va pas ? (Sa voix grimpe dans les aigus.) À votre avis ? Peut-être le fait que mon organisatrice m'a laissée tomber sans préavis ? Peut-être que cela m'irrite un peu ?

— Quoi ?

— Et pourquoi m'a-t-elle laissée tomber ? Hein ? Pour pouvoir se consacrer à son importante cliente qui se marie au Plaza. À sa cliente hyper-spéciale, celle qui jette l'argent par les fenêtres, j'ai nommé Mlle Becky Bloomwood.

Je la dévisage, pétrifiée.

— Alicia, je ne savais absolument pas...

— Tout mon mariage part à vau-l'eau. Je n'ai pas pu trouver une autre organisatrice. Cette Robyn m'a grillée partout dans la ville. Apparemment, la rumeur circule que je suis « difficile ». Que je ne suis qu'une emmerdeuse. Les traiteurs ne me rappellent pas, ma robe est trop courte, le fleuriste est un crétin...

— Je suis vraiment désolée, dis-je, impuissante. Franchement, je ne savais rien de tout ça...

— Oh, naturellement. Je me doute que vous n'étiez pas en train de mettre votre grain de sel dans le bureau de Robyn quand elle a passé ses coups de fil.

— Mais je n'y étais pas ! Écoutez... Je suis certaine que tout va s'arranger. (J'inspire profondément.) Pour être franche, les préparatifs du mien ne se passent pas si bien que ça...

— Laissez-moi rire ! Je sais tout sur votre mariage. Le monde entier est au courant du moindre détail !

Elle fait demi-tour. Je la regarde s'éloigner, ébranlée.

Non seulement j'ai gâché mon mariage, mais aussi celui d'Alicia. Combien d'autres vies ai-je fichues en l'air ? Combien de désastres ai-je provoqués, sans même en avoir eu conscience ?

J'essaie d'oublier tout ça et de me concentrer de nouveau sur le rayon des objets anciens. Bon, allons-y. Choisissons-en un ou deux. Ça me remontera peut-être le moral. Une passoire à thé XIXe. Un sucrier avec incrustations de nacre... Ça sert toujours, non ?

Et regardez cette théière en argent ! Cinq mille dollars seulement. Je l'inscris sur ma liste, puis relève la tête pour voir s'il n'y a pas le pot à lait assorti. Un jeune couple en jean et tee-shirt flâne devant la même vitrine, et brusquement je remarque qu'ils regardent eux aussi la théière.

— T'as vu ça ? fait la fille. Une théière à cinq mille dollars. On en fait quoi, d'un truc pareil ?

— Tu n'aimes pas le thé ? lui demande son petit ami avec un sourire.

— Si ! Mais enfin, si tu avais cinq mille dollars, tu les dépenserais pour une théière ?

— Je te le dirai quand je les aurai.

Ils éclatent de rire et s'éloignent, main dans la main, insouciants et heureux.

Brusquement, je me sens ridicule, là, devant cette vitrine. Comme une gosse qui se déguise avec les vêtements de sa mère. Je compte en faire quoi au juste, de cette théière à cinq mille dollars ?

Je ne sais plus ce que je fais ici. Ni ce que je fais tout court.

Je veux Luke.

Cela me frappe comme une lame de fond, qui engloutit tout le reste, les problèmes, les conneries.

Voilà tout ce que je désire : Luke, normal et heureux à nouveau.

Nous deux, heureux, comme avant. Je nous vois ailleurs, sur une plage déserte, contemplant un coucher de soleil. Sans bagages. Sans histoires compliquées. Rien que nous deux, unis.

D'une certaine façon, j'ai perdu de vue ce qui importe vraiment. Je me suis laissé distraire par toute cette poudre aux yeux, la robe, le gâteau, les cadeaux. Alors que tout ce qui compte réellement, c'est que Luke veut être avec moi, et que je veux être avec lui. Oh, mon Dieu, quelle idiote je fais...

Mon portable se met à sonner, et je fouille dans mon sac, pleine d'espoir.

— Luke ?

— Becky ! Tu veux m'expliquer ce qui passe ? (La voix de Suze est tellement stridente que j'en lâche presque le téléphone.) Je viens d'avoir Michael Ellis au téléphone ! Il m'a dit que tu te mariais à New York ! Bex, je ne peux pas y croire !

— Ne crie pas ! Je suis chez Tiffany.

— Et qu'est-ce que tu fabriques chez Tiffany ? Tu devrais être en train de débrouiller ce sac de nœuds ! Bex, tu ne vas pas te marier en Amérique. Tu ne peux pas ! Ta maman en mourrait !

— Je sais. Je ne vais pas me marier ici ! Du moins... Oh, Suze. Si tu savais ce qui se passe ! Luke est en pleine crise existentielle... L'organisatrice me menace de poursuites... J'ai l'impression d'être abandonnée de tous...

Comble d'horreur, des larmes enflent dans mes yeux. Je file me planquer dans un coin et m'effondre sur la moquette, où personne ne peut m'entendre.

— Je me retrouve avec deux mariages sur les bras et je ne peux aller à aucun des deux ! Dans un cas, les gens seront furieux contre moi. Dans l'autre, ce sera un désastre.

C'est censé être le plus beau jour de ma vie, et ce sera le pire. Le pire, Suze !

— Écoute, Bex, ne te mets pas dans cet état, dit-elle en se calmant légèrement. As-tu vraiment envisagé toutes les options ?

— Oui, toutes. J'ai pensé à devenir bigame, j'ai pensé à louer des sosies...

— Ce n'est pas une mauvaise idée, commente Suze, pensive.

— Tu sais ce dont j'ai vraiment envie ? (Ma gorge se serre.) M'enfuir, laisser tout ça en plan, et me marier sur une plage. Luke et moi, un prêtre, les mouettes, et personne d'autre. Parce que bon, c'est ce qui compte vraiment, non ? Le fait que j'aime Luke, et qu'il m'aime et que nous voulons rester ensemble pour toujours. (Et en me représentant Luke en train de m'embrasser sur fond de coucher de soleil au bord de la mer des Caraïbes, je fonds presque en larmes.) Qu'est-ce que je m'en fiche de porter une robe de grand couturier ! D'avoir une réception grandiose et des tonnes de cadeaux ! Rien de tout ça n'a d'importance ! Je m'habillerais d'un sarong tout simple, on serait pieds nus, on marcherait le long du chemin, et ce serait tellement romantique...

— Bex ! (La voix de Suze me fait carrément sursauter. Elle me semble plus en colère qu'elle ne l'a jamais été.) Arrête, s'il te plaît ! Arrête tout de suite ! Mon Dieu, tu te conduis parfois comme une sale égoïste !

— Comment ça ? je bafouille. Je voulais juste dire que tous ces signes extérieurs n'avaient pas d'importance...

— Mais ils en ont ! Les gens se sont mis en quatre pour ces signes extérieurs, comme tu dis ! Tu as deux mariages pour lesquels les gens tueraient père et mère. OK, tu ne pourras pas aller aux deux. Mais tu peux aller à un. Si tu ne vas à aucun des deux, alors là... Tu ne les mérites pas. Tu n'en mérites aucun. Bex, tu n'es pas la seule concernée par ces mariages ! Des tas de gens s'y sont impliqués. Tous ceux qui ont donné de leur temps, de leur amour, de leur argent pour faire de ce jour un jour à part. Tu ne peux pas te contenter de disparaître. Tu dois faire face, même s'il faut t'excuser, à genoux, devant quatre cents personnes. Si tu te défiles... tu ne seras qu'une égoïste, doublée d'une lâche !

Elle se tait, à bout de souffle, et j'entends Ernie pleurnicher. Je suis en état de choc, comme si elle m'avait giflée.

— Tu as raison, dis-je finalement.

— Je suis désolée. (Elle me semble un peu retournée, elle aussi.) Mais, oui, j'ai raison.

— Je sais. Écoute... Je vais faire face. Je ne sais pas comment. Mais je vais le faire. (Les pleurs d'Ernie sont à présent des hurlements vigoureux et c'est à peine si je m'entends parler.) Tu devrais raccrocher. Dis à mon filleul que je l'adore. Dis-lui... que sa marraine est désolée d'être à ce point à côté de la plaque. Dis-lui qu'elle va s'efforcer de faire de son mieux.

— Lui aussi il t'adore. (Elle hésite.) Et il te fait dire, n'oublie pas que même si on est un peu fâchés contre toi, tu peux encore compter sur nous si nous pouvons t'aider pour quoi que ce soit.

— Merci Suze, dis-je la gorge nouée. Dis-lui... Que je vous tiendrai au courant.

Je range mon téléphone mais reste assise, le temps de rassembler mes esprits. Puis je finis par me redresser, m'époussette et retourne au centre du rayon.

Alicia est là, à cinq mètres de moi.

Mon estomac se soulève. Depuis combien de temps est-elle là ? Qu'a-t-elle entendu ?

— Salut.

J'ai les nerfs en pelote.

— Salut.

Très lentement, elle s'avance, et quelque chose dans son regard me dit qu'elle jubile.

— Alors ? dit-elle d'une voix enjouée. Robyn est-elle au courant que vous projetez de vous enfuir pour vous marier sur une plage ?

Merde.

— Euh... Je n'ai pas l'intention de m'enfuir sur une plage, dis-je, après m'être éclairci la voix.

— J'ai cru entendre le contraire. (Elle s'examine un ongle.) N'y a-t-il pas une clause pour ce cas de figure, dans votre contrat ?

— Je plaisantais ! C'était... Enfin, vous voyez, une petite blague...

— Je me demande si Robyn trouverait ça drôle, insiste-t-elle avec son sourire le plus mielleux. Entendre que Becky Bloomwood n'en a rien à fiche de se marier en grande pompe. Entendre que sa cliente préférée, la petite demoiselle parfaite, son modèle de vertu, va faire l'école buissonnière.

Il faut que je reste calme, que j'assure.

— Vous ne lui en parlerez pas, n'est-ce pas ?

— Vous croyez ?

— Vous ne pouvez pas faire ça ! Vous... Alicia, nous nous connaissons depuis longtemps, toutes les deux. Et je sais que nous n'avons pas toujours été... en très bons termes... Mais allons ! Nous sommes deux Anglaises exilées à New York. Nous allons toutes les deux nous marier. En un sens, nous sommes... presque sœurs !

Franchement, ça me tue de dire ça – mais je n'ai pas le choix. Je dois la gagner à ma cause. Au bord de la nausée, je pose la main sur la manche rose et bouclée de sa veste.

— Nous devons faire preuve de solidarité, non ? Nous devons... nous soutenir ?

Silence. Alicia me toise d'un regard méprisant. Puis elle dégage brusquement son bras et s'en va.

— À bientôt Becky, lance-t-elle par-dessus son épaule.

Il faut que je la rattrape. Vite.

— Becky ! (Je fais volte-face et aperçois vaguement Eileen.) Voici la vaisselle d'étain que je voulais vous montrer...

— Merci, dis-je, distraite. Il faut juste que...

Je me retourne, Alicia a disparu.

Où est-elle passée ?

Je dévale l'escalier sans attendre l'ascenseur. En arrivant au rez-de-chaussée, je regarde autour de moi, cherchant désespérément une silhouette rose. Mais il n'y a là qu'une foule de touristes excités et babillants. Et des couleurs vives partout.

Je me fraie un passage entre eux, le souffle court, en espérant qu'Alicia n'ira rien raconter à Robyn. Elle ne serait pas aussi vache ! En même temps, je sais pertinemment qu'elle en est capable.

Je ne la vois nulle part. Enfin, après avoir traversé un banc de touristes agglutinés devant un présentoir de montres, j'atteins la sortie. Je pousse un battant, sors sur le trottoir, regarde à droite, à gauche. Je n'y vois quasiment rien. La lumière du jour est aveuglante, le soleil se réfléchit dans les vitrines, transformant toutes les silhouettes en ombres.

— Rebecca.

Soudain, une main me tire sèchement par l'épaule. L'esprit tout étourdi, je me retourne, en clignant des yeux pour m'accoutumer à la luminosité.

Et lorsque je réussis à faire la mise au point, je suis pétrifiée de terreur.

Elinor !

17

Voilà. C'est la fin. Jamais je n'aurais dû sortir de chez Tiffany.
— Rebecca, il faut que je vous parle, dit Elinor avec froideur. Tout de suite.
Avec son long manteau noir et ses énormes lunettes noires, on dirait un agent de la Gestapo. Oh, mon Dieu ! Elle a tout découvert, c'est ça ? Elle a parlé à Robyn. Elle a parlé à Alicia. Elle est venue pour me traîner devant le chef de la Kommandantur et me condamner aux travaux forcés.
— Je suis euh... occupée, dis-je en tentant un mouvement de repli à l'intérieur du magasin. Je n'ai pas le temps de bavarder.
— Il ne s'agit pas de bavardage.
— Peu importe.
— C'est très important.
— OK, écoutez, ça peut sembler important, je rétorque en désespoir de cause. Mais remettons le tout en perspective. Ce n'est qu'un mariage. Comparé à, que sais-je, la balance du commerce extérieur...
— Je ne veux pas parler du mariage, répond-elle en plissant le front. Mais de Luke.
— De Luke ? (Je la regarde, interdite.) Comment se... Vous lui avez parlé ?

— Il m'a laissé plusieurs messages très perturbants quand j'étais en Suisse. Et hier, j'ai reçu une lettre. Je suis rentrée immédiatement.

— Que disait la lettre ?

— Je vais lui rendre visite, dit-elle en ignorant ma question. Je serais contente que vous m'accompagniez.

— Vous allez le voir ? Où est-il ?

— J'ai appelé Michael Ellis. Il l'a cherché et a fini par le trouver chez moi. J'y vais. Apparemment, Luke souhaite me parler. Auparavant, je voulais discuter avec vous.

— Avec moi ? Pourquoi ?

Elle n'a pas le temps de me répondre qu'un groupe de touristes sortant de chez Tiffany nous submerge. Je pourrais profiter de leur présence pour m'enfuir. Je pourrais m'échapper.

Mais elle a réussi à éveiller ma curiosité. Pourquoi Elinor veut-elle me parler ?

Une fois la foule dispersée, nous nous dévisageons.

— S'il vous plaît, dit-elle en faisant un mouvement de tête vers le trottoir. Ma voiture attend.

— OK, dis-je avec un imperceptible haussement d'épaules. Je vous suis.

Une fois dans la limousine d'Elinor, ma peur se dissipe. Et tandis que j'épie son pâle visage impénétrable, je sens la haine monter lentement en moi.

La voilà, la femme qui a détruit Luke. Qui a ignoré son fils de quatorze ans. Elle, là, paisiblement installée dans sa limousine si snob. Se comportant encore comme si le monde entier lui appartenait et qu'elle n'ait rien fait de mal.

— Alors, que disait Luke dans cette lettre ?

— C'était... confus. Des phrases sans queue ni tête. On dirait qu'il fait un genre de...

— Dépression nerveuse ? Oui, c'est exactement ça.

— Mais pourquoi ?

— À votre avis ? je rétorque d'un ton sarcastique sans pouvoir m'en empêcher.

— Il travaille beaucoup. Trop, parfois.
— Ce n'est pas le travail, le problème, c'est vous !
— Moi ?

Elle plisse le front.

— Oui, vous ! Vous et la façon dont vous l'avez traité !

Un ange passe.

— Que voulez-vous dire ? reprend enfin Elinor.

Elle a vraiment l'air de tomber des nues. Mais je rêve ! Est-elle à ce point insensible ?

— OK... Par où commencer ? Par votre œuvre de bienfaisance, tiens ! À laquelle il s'est consacré nuit et jour. Vous aviez promis qu'il en retirerait un bénéfice pour l'image de sa société. Mais, bizarrement, ça n'a pas été le cas... Parce que vous vous êtes accaparé tout le crédit !

Ça fait un bien fou ! Pourquoi ne lui ai-je jamais dit ma façon de penser ?

Ses narines se dilatent légèrement et même si je vois bien qu'elle est en colère, elle se contente de dire :

— Cette version des faits est fallacieuse.
— Mais pas du tout ! Vous vous êtes servie de lui !
— Il ne s'est jamais plaint du travail que ça représentait.
— Il ne l'aurait pas fait, vous le savez. Mais vous auriez dû vous rendre compte de tout le temps qu'il vous consacrait pour rien ! Vous avez accaparé une de ses employées, bon sang ! Rien que ça, c'était évident que ça allait lui créer des problèmes...
— Je suis d'accord avec vous.
— Quoi ? dis-je, stoppée net dans mon élan.
— L'idée de faire appel à une de ses employées ne vient pas de moi. Bien au contraire, j'y étais opposée. C'est Luke qui a insisté. Et comme je le lui ai expliqué, en ce qui concerne l'article dans le journal, ce n'était pas non plus ma faute. Ça s'est fait à la dernière minute, on ne m'a pas laissé le choix. Luke était injoignable. J'ai insisté auprès du journaliste sur l'engagement de Luke, et je lui ai donné les dossiers de presse de Brandon Communications. Le journaliste avait promis de les lire, mais n'en a rien fait. Je vous

assure, Rebecca, que je n'ai eu aucun contrôle sur cette affaire.

— Foutaises ! je réponds aussitôt. Jamais un journaliste qui se respecte ne ferait l'impasse sur quelque chose comme...

Hummm. En fait... Si, peut-être. En y repensant, quand j'étais journaliste, je laissais toujours de côté la moitié du matériau des interviews. Et jamais je n'ai lu ces tonnes de littérature débile dont on m'abreuvait.

— Bon... D'accord, j'ajoute après réflexion. Peut-être n'était-ce pas entièrement votre faute. Mais ce n'est pas tout. Ce n'est pas pour ça que Luke est à ce point bouleversé. Il y a quelques jours, il est allé chez vous, voir s'il trouvait des photos de famille. Il n'en a trouvé aucune. À la place, il est tombé sur quelques lettres de son père, dans lesquelles il a découvert que vous aviez refusé de le voir quand il était petit. Que vous ne vouliez pas le rencontrer, même pour dix minutes.

Elinor cille imperceptiblement, mais se tait.

— Et cela a fait remonter des tas d'autres souvenirs douloureux. Comme la fois où il est venu vous voir à New York, qu'il s'est assis en bas de chez vous et que vous avez refusé de le reconnaître. Vous vous en souvenez ?

Je sais que je n'y vais pas de main morte. Mais je m'en fiche.

— C'était lui, donc, dit-elle après un moment.

— Évidemment ! Vous n'allez pas me dire que vous ne le saviez pas ! Elinor, pourquoi donc croyez-vous qu'il se démène autant ? Pourquoi croyez-vous qu'il est venu à New York ? Pour vous impressionner, bien sûr ! Ça l'obsède depuis des années ! Rien d'étonnant à ce qu'il craque, maintenant. Et franchement, compte tenu de l'enfance qu'il a eue, je m'étonne qu'il n'ait pas craqué avant !

Tandis que je m'interromps pour reprendre mon souffle, il me vient à l'esprit que Luke n'aimerait peut-être pas que je fasse étalage de toutes ses névroses intimes devant sa mère.

Mais bon, trop tard. Et de toute façon, il faut bien que quelqu'un se charge de dire ses quatre vérités à Elinor, non ?

— Il a eu une enfance heureuse, dit-elle en regardant par la vitre.

Nous sommes arrêtées à un carrefour et je vois les piétons qui traversent se refléter dans ses lunettes.

— Mais il vous aimait. Il voulait être avec vous. Sa mère. Et savoir que vous étiez là, mais que vous n'avez pas voulu le voir...

— Il est en colère contre moi.

— Oui, il est en colère contre vous ! Vous l'avez abandonné pour partir en Amérique, sans même vous soucier de lui, tellement heureuse que...

— Heureuse ? (Elle tourne la tête.) Vous pensez que je suis heureuse, Rebecca ?

J'hésite. Légèrement honteuse, je me rends compte que jamais je ne me suis demandé si Elinor était heureuse. Je n'ai jamais pensé qu'à la garce qu'elle est.

— Je... je ne sais pas.

— J'ai pris une décision. Je m'y suis tenue. Cela ne signifie pas que je ne l'ai pas regretté.

Elle ôte ses lunettes de soleil et j'essaie de ne rien trahir du choc que j'éprouve. La peau de son visage est plus tendue que jamais et elle a de légers coquards autour des yeux. Bien qu'elle vienne juste de se refaire lifter, elle paraît plus vieille qu'avant. Et aussi, d'une certaine façon, plus vulnérable.

— J'ai reconnu Luke, ce jour-là, reprend-elle d'une voix tranquille.

— Alors pourquoi n'êtes-vous pas allée vers lui ?

En remuant à peine les lèvres, elle dit :

— J'ai eu peur.

— Peur ? je répète, incrédule.

J'ai du mal à imaginer Elinor ayant peur de quoi que ce soit.

— Abandonner un enfant est un acte redoutable. Le reprendre dans sa vie, c'est... tout aussi effrayant. Surtout après tant d'années. Je n'étais pas prête à franchir le pas. Ni à le revoir.
— Mais n'aviez-vous pas envie de lui parler ? N'aviez-vous pas envie de... d'essayer de le connaître ?
— Peut-être. Oui, peut-être.
J'aperçois un léger tremblement, juste sous son œil gauche. Est-ce un signe d'émotion ?
— Pour certaines personnes, il est facile de se lancer dans de nouvelles expériences. Pour d'autres, non. Elles le font à reculons. Vous avez peut-être du mal à me comprendre, Rebecca. Je sais que vous êtes d'une nature impulsive et chaleureuse. C'est un des traits que j'admire chez vous.
— Ouais, c'est ça, dis-je, sarcastique.
— Que voulez-vous dire ?
— Allons, Elinor, dis-je en levant les yeux au ciel. Inutile de jouer la comédie. Vous ne m'aimez pas. Vous ne m'avez jamais aimée.
— Qu'est-ce qui vous fait penser cela ? s'étonne-t-elle.
Elle ne doit pas parler sérieusement.
— On a voulu m'empêcher d'assister à ma propre réception de fiançailles... Vous m'avez fait signer un contrat de mariage... Vous n'avez jamais, jamais été gentille avec moi...
— Je suis navrée pour cet incident, à la réception. C'était une bévue de la part des organisateurs. (Elle fronce légèrement les sourcils.) Mais je n'ai jamais compris vos réticences à propos du contrat prénuptial. Personne ne devrait se marier sans en faire un. Nous sommes arrivées, dit-elle en regardant par la vitre.
La voiture s'arrête, et le chauffeur vient nous ouvrir la portière. Elinor me dévisage.
— Je vous aime, Rebecca. Beaucoup. (Elle descend et ses yeux se posent sur mes pieds.) Vos chaussures sont éraflées. Ça fait camelote.

— Vous voyez ? je lâche, exaspérée. Vous voyez ce que je veux dire ?
— Quoi ?
Son regard est inexpressif.
Oh... je préfère laisser tomber.

L'appartement d'Elinor est tout illuminé du soleil du matin, et complètement silencieux. Au début, je me dis qu'elle s'est trompée, et que Luke n'est pas ici – mais, quand nous pénétrons dans le salon, je le vois. Debout devant la fenêtre panoramique, il regarde fixement le paysage, sourcils froncés.
— Luke ? dis-je doucement.
Il fait volte-face, l'air saisi.
— Becky. Que fais-tu ici ?
— Je... Je suis tombée sur ta mère chez Tiffany. Où étais-tu passé, toute la matinée ?
— J'ai traîné. Je réfléchissais.
Je jette un coup d'œil à Elinor. Le regard rivé sur Luke, son visage est indéchiffrable.
— Bon, je vais vous laisser, dis-je, mal à l'aise. Si vous voulez discuter...
— Non, m'interrompt Luke. Reste. Ce ne sera pas long.
Je m'assieds sur le bras d'un fauteuil, en souhaitant me faire toute petite. Je n'ai jamais aimé l'atmosphère de cet appartement – mais là, c'est carrément la chambre des supplices.
— J'ai reçu tes messages, Luke, commence Elinor. Et ta lettre, à laquelle je n'ai pas compris grand-chose. (Elle ôte ses gants avec des mouvements secs et les pose sur la table.) Je n'ai aucune idée de ce dont tu essaies de m'accuser.
— Je ne suis pas là pour t'accuser de quoi que ce soit, réplique-t-il, avec un effort évident pour rester calme. Je voulais juste t'informer que j'ai compris une ou deux choses. L'une d'elles étant que j'ai été, comment dire..., abusé pendant des années. Tu n'as jamais voulu m'avoir à

tes côtés, n'est-ce pas ? Et pourtant, tu m'as fait croire que si.

— Luke, ne sois pas ridicule. La situation était bien plus complexe que tu ne peux l'imaginer.

— Tu as joué sur mes... mes faiblesses. Tu t'es servie de moi. Et de ma société. Tu m'as traité comme un... (Il s'interrompt, inspire profondément, et il lui faut quelques secondes avant de recouvrer son calme.) Ce qui est un peu triste, c'est que l'une des raisons pour lesquelles je me suis installé à New York, c'était pour être près de toi. Et avoir une chance de te connaître aussi bien que Becky connaît sa mère.

Il fait un geste en ma direction, et je lève les yeux, alarmée. S'il te plaît, ne me mêle pas à ça !

— Quel gaspillage. (Sa voix se durcit.) Je ne suis même pas certain que tu sois capable d'entretenir une telle relation.

— Ça suffit ! s'écrie Elinor. Luke, je ne peux pas discuter avec toi tant que tu ne seras pas calmé.

Et tandis qu'ils se défient du regard, je vois à quel point la mère et le fils se ressemblent, au bout du compte. Tous deux ont cette même expression atone et effrayante quand la situation tourne mal. Ils mettent pareillement la barre si haut qu'elle en devient impossible à franchir. Et ils sont tous les deux plus vulnérables qu'ils ne veulent le laisser paraître aux yeux du monde.

— Inutile de discuter, dit Luke. Je m'en vais. Tu ne me reverras plus, ni moi, ni Becky.

Je lève brusquement la tête, comme sous l'effet d'un électrochoc. Il est sérieux ?

— Tu ne sais plus ce que tu dis, répond Elinor.

— J'ai envoyé une lettre de démission aux membres du bureau de la fondation Elinor Sherman. Nos chemins ne devraient plus se croiser.

— Tu oublies le mariage, déclare Elinor d'une voix crispée.

— Non, je ne l'ai pas oublié du tout. (Luke inspire profondément et me regarde.) À compter de ce jour, Becky et moi allons songer à une solution de remplacement. Bien évidemment, je te rembourserai tous les frais que tu as engagés.

Qu'est-ce qu'il vient de dire ?

Je le regarde, estomaquée.

Est-ce qu'il a vraiment dit ce que je...

Il vient de...

J'hallucine ou quoi ?

— Luke, dis-je en essayant de garder mon sang-froid. Aide-moi juste à éclaircir un point... Est-ce que tu viens de dire que tu veux annuler le mariage au Plaza ?

— Becky, je sais que nous n'en avons pas encore discuté. (Il vient vers moi et me prend les mains.) Tu as consacré des mois de préparation à ce mariage c'est vrai, et c'est beaucoup te demander d'y renoncer, mais, compte tenu des circonstances, je ne crois pas que je pourrais le supporter.

— Tu veux annuler le mariage au Plaza. (J'avale ma salive.) Es-tu au courant des pénalités financières ?

— Je m'en fiche.

— Tu t'en fiches ?

Il s'en fiche !

Je ne sais pas si je dois rire ou pleurer.

— Ce n'est pas ce que je veux dire, se reprend Luke en voyant ma tête. Non, je ne m'en fiche pas ! Évidemment que ce mariage et notre couple m'importent. Mais parader en public et feindre d'être un fils aimant envers... (Il jette un coup d'œil à Elinor.) Ce serait une farce. Ce serait même dégradant. Tu comprends ?

— Luke... Bien sûr que je comprends, dis-je en essayant de cacher ma joie. Si tu veux l'annuler, je t'approuve de tout cœur.

Je ne peux pas le croire. Je suis sauvée. Sauvée !

— Tu parles sérieusement, n'est-ce pas ? dit-il, incrédule.

— Bien sûr ! Si tu veux annuler le mariage, je ne te ferai pas de procès, moi. D'ailleurs... Faisons-le tout de suite !

— Becky Bloomwood, tu es une fille en or. Accepter cette proposition sans l'ombre d'une hésitation...

— C'est ce que tu veux, Luke, c'est donc la seule chose qui importe à mes yeux.

Un miracle a eu lieu.

Il n'y a pas d'autre explication possible.

Pour une fois dans ma vie, Dieu m'a vraiment écoutée. Bon, soit lui, soit Ganesh.

— Tu ne peux pas faire ça ! (Pour la toute première fois, l'émotion perce dans la voix d'Elinor.) Tu ne peux pas renoncer sur un coup de tête au mariage que j'ai organisé pour toi. Et payé pour toi.

— Si, je peux, dit Luke.

— C'est un événement considérable ! Nous avons invité quatre cents personnes ! Des gens importants. Des amis à moi, des membres de la fondation...

— Eh bien, tu n'auras qu'à leur présenter mes excuses.

Elinor avance de quelques pas vers lui, et je m'aperçois, à mon grand étonnement, qu'elle tremble de rage.

— Si tu fais ça, Luke, je te promets que nous ne nous parlerons plus jamais.

— Ça ne me dérange pas. Viens Becky, on y va.

Il me tire par la main, et je le suis, en trébuchant à moitié sur le tapis.

Le visage d'Elinor se crispe de nouveau et, bizarrement, j'éprouve un élan de sympathie pour elle. Mais je chasse bien vite ce sentiment. Elinor s'est montrée suffisamment méchante envers moi et envers mes parents. Elle mérite ce qui lui arrive.

Nous descendons l'escalier en silence. Je crois que nous sommes tous les deux en état de choc. Luke hèle un taxi, donne notre adresse au chauffeur et nous montons dans la voiture.

Après quelques minutes, nous nous regardons. Luke est tout pâle, il tremble légèrement.

— Je ne sais pas quoi dire, dit-il. Je n'arrive pas à croire que je viens de faire ça.

— Tu as été parfait. Elle l'a bien cherché.

— Becky, pour le mariage... Je suis vraiment désolé. Je sais combien tu y tenais. Je vais me racheter. Dis-moi juste ce qui te ferait plaisir.

Je réfléchis à cent à l'heure. Bon. Il faut la jouer en douceur. Un seul faux mouvement, et tout peut encore s'effondrer.

— Tu veux toujours te marier ? Je veux dire, sur le principe ?

— Évidemment ! (Il a l'air choqué.) Becky, je t'aime ! Plus encore qu'avant. En fait, je ne t'ai jamais autant aimée qu'aujourd'hui, dans ce salon, chez ma mère. Quand tu as consenti à cet incroyable sacrifice pour moi, sans l'ombre d'une hésitation.

— Quoi ? Ah, pour le mariage ! Oui. (Je me ressaisis en hâte.) Oui, bien. C'était beaucoup me demander, c'est vrai. Et hummm... À propos de mariage...

J'ai du mal à m'exprimer. J'ai l'impression de poser la dernière carte sur le sommet d'un château de cartes. Je n'ai pas droit à la moindre erreur.

— Qu'est-ce que tu dirais de nous marier à... Oxshott ?

— Oxshott ? Impeccable.

Il ferme les yeux et se laisse aller contre le dossier de la banquette, l'air exténué.

Je n'en reviens pas. Tout se met en place. Le miracle est total.

Tandis que nous descendons la Cinquième Avenue, je regarde par la vitre du taxi, prenant brusquement conscience du monde extérieur. Pour la première fois, je remarque que l'été est en avance. Que c'est une superbe journée ensoleillée. Qu'il y a de nouveaux maillots de bain chez Saks. Des petits détails qu'un trop-plein de soucis et de stress m'avait empêché de voir, et, plus encore, de savourer.

J'ai l'impression d'avoir traîné pendant si longtemps un énorme fardeau sur les épaules, que j'avais oublié le plaisir qu'on éprouve à marcher bien droite. Mais maintenant que le fardeau s'est enfin envolé, je peux me lever, m'étirer et recommencer à me sentir bien. Les mois de cauchemar sont finis. Enfin, je vais pouvoir dormir la nuit.

18

Sauf que je n'y arrive pas.
En fait, je ne ferme pas l'œil de la nuit.
Longtemps après que Luke a sombré, je suis encore en train de contempler le plafond, mal à l'aise. Quelque chose ne tourne pas rond. Mais quoi ? Mystère.
En surface, tout semble parfait. Elinor est sortie de la vie de Luke pour de bon. Nous allons nous marier à la maison. Je n'ai plus à me soucier de Robyn. Je n'ai à me soucier de rien. C'est comme si une énorme boule de bowling avait surgi dans ma vie, balayant d'un seul coup toutes les mauvaises quilles pour ne laisser que les bonnes après son passage.
Nous avons fêté ça au dîner, on a ouvert une bouteille de champagne et porté des toasts : à la nouvelle vie de Luke, au mariage, à nous deux. Puis nous avons discuté de notre lune de miel, j'ai beaucoup insisté en faveur de Bali, Luke penchait très fort pour Moscou, et nous avons fait semblant de nous chamailler en riant très fort, comme lorsqu'on est ivre de joie et de soulagement. Ç'a été une soirée merveilleuse. Je devrais être au comble du bonheur.
Mais maintenant que je suis couchée et que mon esprit s'est apaisé, quelques détails continuent à me turlupiner. Le comportement de Luke ce soir. Il était presque trop heureux. Ses yeux étaient trop brillants. Et cette façon que

nous avions de rire, presque hystérique... Comme si nous avions eu peur que quelque chose de désagréable ne nous rattrape.

D'autres détails m'inquiètent aussi. La tête d'Elinor lorsque nous sommes partis de chez elle. Et cette conversation que j'ai eue avec Annabel, et qui me revient en mémoire.

Je devrais éprouver un sentiment de triomphe. Je devrais me sentir vengée. Mais... ce n'est pas le cas.

Finalement, vers trois heures du matin, je me glisse hors du lit, je vais dans le salon, et je compose le numéro de Suze.

— Bex ! Salut ! s'exclame-t-elle. Mais il est quelle heure, chez toi ? (En arrière-fond, j'entends l'émission du petit déjeuner de la télé anglaise, et les gazouillis d'Ernie.) Tu sais, je suis désolée d'avoir été aussi dure hier. Je me sens vraiment mal depuis...

— C'est rien. Franchement, j'avais oublié. (Je m'accroupis, en ramenant les pans de mon peignoir.) Écoute, Suze, Luke et sa mère se sont disputés comme jamais. Il a annulé le mariage au Plaza. Finalement, on va pouvoir se marier à Oxshott.

— Quoi ? (La voix de Suze explose littéralement dans le combiné.) Oh, mais c'est incroyable ! C'est génial ! Bex, je me suis fait un tel souci ! Je t'avoue que je ne savais pas comment tu allais t'en sortir. Tu as dû sauter au plafond ! Tu dois être...

— Oui. Enfin, presque.

Suze reprend son souffle.

— Comment ça, « presque » ?

— Je sais que tout a fini par s'arranger. Je sais que c'est génial. (J'entortille la ceinture du peignoir autour de mon doigt.) Mais, d'une certaine façon, ce n'est pas si génial que ça.

— Comment ça ? (Elle baisse le volume de la télé.) Bex, qu'est-ce qui cloche ?

— Je me sens mal. Je me sens... comme si j'avais gagné, mais sans avoir eu envie de gagner. Enfin, d'accord, tout le monde a eu ce qu'il voulait. Luke a réglé ses comptes avec Elinor, il va payer la note de l'organisatrice. Nous allons pouvoir nous marier à la maison... D'un côté, c'est super. Mais d'un autre...

— D'un autre ? Mais il n'y a pas d'autre côté !

— Si. Du moins... je crois. (Je commence à me ronger le pouce.) Suze, je me fais du souci pour Luke. Il est très attaché à sa mère. Or il dit qu'il ne veut jamais plus lui parler...

— Et alors ? N'est-ce pas une bonne chose ?

— Je ne sais pas. Tu crois que c'est bien, toi ? (Je marque un temps d'arrêt et regarde fixement les plinthes.) Pour l'instant, il est euphorique. Mais que va-t-il se passer si jamais il se sent coupable, et que cette culpabilité le détruise tout autant ? Tu vois, une fois, Annabel, sa belle-mère, m'a dit que si j'essayais d'éloigner Luke d'Elinor, je lui ferais du mal.

— Tu n'es pour rien dans leur rupture, souligne Suze. C'est lui qui en a pris l'initiative.

— Eh bien, peut-être alors se fait-il lui-même du mal. Peut-être que c'est comme s'il... se coupait un bras.

— Beurk !

— Ça lui ferait comme une énorme blessure, que personne ne pourrait voir, et qu'il laisserait s'infecter.

— Bex ! Arrête ! Je suis devant mon petit déjeuner !

— Oh, excuse-moi. Je m'inquiète pour lui, tu comprends ? Il ne va pas bien. Et l'autre chose... (Je ferme les yeux, tant j'ai peine à croire que je vais vraiment dire ça.) Disons que j'ai changé d'avis, au sujet d'Elinor.

— Tu as quoi ? s'étrangle Suze. Bex, pitié ! Ne dis pas des horreurs pareilles ! J'ai failli laisser tomber Ernie.

— Non, attends ! Je n'ai pas dit que je l'aimais. Mais nous avons parlé, elle et moi. Et j'en viens à penser que, peut-être, elle aime vraiment Luke. À sa façon étrange, avec autant de chaleur qu'un iceberg.

— Mais elle l'a abandonné !

— Oui, mais elle le regrette.

— Et alors ? Encore heureux, qu'elle le regrette !

— Suze, je me dis qu'elle mérite peut-être qu'on lui laisse une dernière chance. (Je contemple l'extrémité de mon doigt en train de virer au bleu.) Regarde, moi, par exemple... j'ai fait des tonnes de conneries. J'ai laissé tomber des gens. Mais on m'a toujours laissé une dernière chance.

— Mais tu n'as rien à voir avec cette garce d'Elinor ! Jamais tu n'aurais abandonné ton enfant !

— Je ne te dis pas que je suis comme elle, juste que...

Ma voix se brise tandis que je laisse la ceinture se dérouler. Je ne sais plus vraiment ce que je dis. Et je ne pense pas que Suze puisse comprendre où je veux en venir. Elle n'a jamais commis aucune faute dans sa vie. Elle a toujours suivi sa route sans encombre, sans blesser personne, sans aller au-devant des problèmes – ce qui n'est pas mon cas. Je sais ce que c'est, de commettre une grosse bêtise – ou pire – et ensuite de souhaiter ne pas l'avoir fait.

— Bon, ça nous amène où tout ça, alors ? Bex, pourquoi es-tu... Hé ! (La voix de Suze grimpe dans les aigus, signe de panique.) Attends ! Tu n'es tout de même pas en train de m'expliquer que tu vas te marier à New York, si ?

— Ce n'est pas aussi simple, dis-je, après une pause.

— Bex... Je vais te tuer. Vraiment. Si tu me dis que tu veux te marier à New York...

— Suze, je ne veux pas me marier à New York. Bien sûr que non. Mais si nous laissons tout tomber maintenant... Alors, c'en sera fini. Elinor ne nous parlera plus jamais, ni à l'un ni à l'autre. Jamais.

— Non mais je rêve ! Tu vas encore tout foutre en l'air, c'est ça ?

— Suze...

— Juste au moment où tout s'arrange, où, pour une fois dans ta vie, tu n'es pas dans une merde noire et que je peux commencer à me détendre...

— Suze...

— Becky ?

Surprise, je lève les yeux. Luke est debout à côté de moi, en caleçon et tee-shirt, en train de me dévisager d'un air perplexe.
— Ça va ? s'enquiert-il.
— Oui, oui, dis-je en posant la main sur le combiné. Je bavardais avec Suze. Retourne te coucher. J'arrive.
J'attends qu'il soit parti, puis je me rapproche du radiateur qui diffuse encore une douce chaleur.
— Bon, écoute, Suze, écoute-moi bien. Je ne vais rien foutre en l'air du tout. J'ai retourné le problème dans tous les sens et j'ai eu une idée géniale...

Le lendemain à neuf heures, je suis chez Elinor. Je me suis habillée avec le plus grand soin, et je porte ma veste la plus élégante – genre membre de la mission diplomatique des Nations unies – et une paire de chaussures à bouts ronds dénuées de toute agressivité. Je ne suis pas certaine qu'Elinor apprécie à leur juste valeur mes efforts vestimentaires, mais bon... Lorsqu'elle m'ouvre la porte, elle paraît encore plus pâle que d'habitude, et ses yeux me lancent des éclairs.
— Rebecca, dit-elle aussi froide que le marbre.
— Elinor, fais-je, avec autant de froideur. (Mais je me souviens que je suis en mission de conciliation.) Elinor, dis-je à nouveau, en essayant d'être un peu plus chaleureuse. Je suis venue vous parler.
— Vous excuser, corrige-t-elle, en me précédant dans le couloir.
Bon Dieu, mais quelle garce ! Qu'est-ce que j'ai fait, moi ? Rien ! Je songe un instant à rebrousser chemin, puis renonce. Maintenant que j'ai pris une décision, je vais m'y tenir.
— M'excuser... Non, pas vraiment. Juste parler. De vous. Et de Luke.
— Il regrette de s'être emporté ?
— Non.
— Il souhaite s'excuser ?

— Non ! Il est blessé et en colère et il n'a pas la moindre envie de vous approcher de nouveau.

— Pourquoi êtes-vous ici, alors ?

— Parce que... j'ai pensé qu'une tentative de réconciliation serait la bienvenue. Vous pourriez au moins vous parler de nouveau.

— Je n'ai rien à lui dire. À vous non plus d'ailleurs. Ainsi que Luke l'a souligné hier, la relation est rompue.

Bon sang, qu'est-ce qu'ils se ressemblent, tous les deux.

— Avez-vous déjà prévenu Robyn que le mariage était annulé ?

C'est ma crainte secrète et j'attends la réponse en retenant ma respiration.

— Non. Je pensais donner à Luke une chance de revenir sur sa décision. Mais, à l'évidence, c'était une erreur.

Je prends une profonde inspiration.

— Je suis sûre de convaincre Luke de changer d'avis si vous lui présentez vos excuses.

Ma voix tremble. Je n'arrive pas à croire ce que je suis en train de faire.

Elinor se retourne et me lance un regard incrédule.

— Je vous demande pardon ?

— Vous allez vous excuser et dire à Luke que... en gros, que vous l'aimez. Moi, je le convaincs de se marier au Plaza. Et vous, vous aurez votre grand mariage à offrir à vos amis. Voilà le marché.

— Vous me proposez un marché ?

— Euh... Oui. (Je m'avance pour la regarder en face.) Pour être sincère, Elinor, je suis revenue vers vous pour des raisons très égoïstes. Vous avez détruit la vie de Luke. Il décide aujourd'hui de ne plus vous voir. Ce qui est très bien. Mais j'ai peur que l'histoire ne s'arrête pas là. Je suis inquiète à l'idée que, dans deux ans, il décide de revenir à New York pour voir si vous êtes vraiment aussi mauvaise qu'il le pense. Et que tout recommence.

— C'est ridicule. Comment osez-vous... ?

— Elinor, vous voulez que ce mariage ait lieu. Je le sais. La seule chose que vous avez à faire, c'est vous montrer aussi gentille que vous le pourrez envers votre fils. Ce n'est tout de même pas la mer à boire, si ?

Un ange passe. Peu à peu, les yeux d'Elinor s'étrécissent, du plus qu'ils peuvent depuis sa dernière intervention de chirurgie esthétique.

— Vous aussi, vous tenez à ce mariage, Rebecca. Je vous en prie, ne faites pas comme si votre offre était purement altruiste. Vous étiez aussi déçue que moi quand Luke a dit qu'il voulait l'annuler. Admettez-le. Vous êtes venue ce matin parce que vous voulez vous marier au Plaza.

Je la regarde, bouche bée.

— C'est ce que vous croyez ? Que je suis bouleversée à l'idée de renoncer au Plaza ?

J'ai presque envie d'éclater de rire, et de lui dévoiler toute la vérité.

— Non, Elinor, croyez-moi, vous vous trompez. Que le mariage au Plaza n'ait pas lieu ne m'empêchera pas de vivre. C'est vrai que c'était une idée excitante. Mais si Luke n'en veut pas... on arrête là. Je n'en ferai pas une maladie. Ce ne sont pas mes amis. Ce n'est pas ma ville, ni mon pays. Je n'y attache pas grande importance.

Un autre silence tendu s'installe. Elinor marche jusqu'à un guéridon, et à mon grand étonnement en sort une cigarette qu'elle allume.

— Moi, je peux convaincre Luke, dis-je en la regardant ranger le paquet. Vous, non.

— Vous êtes... incroyable. Utiliser votre mariage comme argument de marchandage.

— Je sais. Dois-je en conclure que vous acceptez ?

J'ai gagné. Je lis ma victoire sur son visage. Sa décision est prise.

Je sors une feuille de papier de mon sac.

— Je vous ai préparé un petit texte contenant tout ce que Luke a besoin d'entendre. Vous lui direz que vous l'aimez, qu'il vous a manqué quand il était petit, que vous aviez pensé qu'il serait mieux en Angleterre, que la seule raison pour laquelle vous ne vouliez pas le voir, c'était parce que vous aviez peur de le décevoir... (Je lui tends la feuille.) Je sais, ce discours risque de sembler peu naturel, alors vous feriez bien de commencer par cette phrase : « Ces mots sont difficiles à dire pour moi... »

Elinor fixe la feuille d'un regard écœuré, le souffle court. L'espace de quelques secondes, je suis persuadée qu'elle va me la jeter à la figure. Puis, finalement, elle la plie soigneusement et la pose sur le guéridon. Est-ce un autre sursaut d'émotion que je surprends sous son œil ? Est-elle bouleversée ? Ou juste méprisante ?

Je n'arrive pas à me faire une opinion. Une minute, je pense qu'elle porte un immense amour profondément dissimulé en elle, et la suivante, qu'elle n'est qu'une garce sans cœur. Tantôt je pense qu'elle me hait, tantôt qu'elle ne sait pas comment faire le premier pas. Et si elle s'était sincèrement imaginé depuis le début se comporter en amie ?

Vous comprenez, si personne ne lui a dit combien son comportement était insupportable... Comment pourrait-elle s'en rendre compte ?

— Quand vous dites que Luke pourrait décider de revenir à New York, demande-t-elle, glaciale, c'est une façon de m'annoncer votre intention de quitter la ville ?

— Nous n'en avons pas encore parlé. Mais oui. Cela se pourrait. New York est formidable, mais je ne pense pas que ce soit une bonne idée d'y rester Luke est claqué. Il a besoin de changer de décor.

Et d'être loin de vous, j'ajoute *in petto*.

— Je vois. (Elle tire sur sa cigarette.) J'espère que vous appréciez à sa juste mesure l'effort considérable qu'il a fallu pour arranger un rendez-vous avec la copropriété de cet immeuble.

— Je sais. Luke me l'a dit. Mais, franchement, Elinor, jamais nous ne serions venus vivre ici.

Elle cille une nouvelle fois et je suis certaine qu'elle réprime ses sentiments. Mais lesquels ? La fureur provoquée par mon ingratitude ? La détresse parce que Luke ne viendra finalement pas habiter dans son immeuble ? Je suis partagée entre une curiosité dévorante qui me pousse à chercher ce qui se cache derrière cette façade, et la tentation, plus raisonnable, d'écouter la petite voix intérieure qui me dit de laisser tomber.

Pourtant, tandis que j'arrive sur le seuil du salon, je ne peux résister à l'envie de me retourner.

— Elinor, vous savez ce qu'on dit : il ne faut pas se fier aux apparences... Eh bien, plus je vous regarde, plus je me dis qu'il pourrait y avoir de la bonté en vous. Mais aussi longtemps que vous serez méchante et que vous ferez remarquer aux gens que leurs chaussures sont de mauvaise qualité personne n'en saura jamais rien.

Voilà, c'est fait. À l'heure qu'il est, elle doit me haïr. Je ferais mieux de partir. En me retenant de courir, j'enfile le couloir et sors de l'appartement. Après avoir refermé la porte, je m'y adosse, le cœur battant à tout rompre.

Bon. Jusque-là, tout va bien. Maintenant, occupons-nous de Luke.

— Je ne comprends absolument pas pourquoi tu veux à tout prix monter en haut du Rockefeller Center.

Luke se laisse aller contre le dossier de la banquette, et regarde par la vitre du taxi.

— Parce que je n'y suis jamais allée. J'ai envie d'admirer le panorama.

— Mais pourquoi aujourd'hui ?

— Pourquoi pas ?

Je jette un coup d'œil à ma montre, tout en surveillant Luke à la dérobée.

Il fait semblant d'être heureux. Il fait semblant d'être libéré d'un poids. Mais c'est faux : il est en train de ruminer.

En surface, la situation a commencé à s'arranger un petit peu. Au moins, il a arrêté de distribuer sa garde-robe. Ce matin, il s'est même rasé. Mais il est encore loin d'être redevenu lui-même. Il n'est pas allé travailler aujourd'hui, se contentant de regarder toute une série de vieux films en noir et blanc avec Bette Davis.

Assez bizarrement, je n'avais jamais remarqué jusqu'à ce jour la ressemblance entre Bette Davis et Elinor.

La vérité, c'est qu'Annabel avait raison, je songe en regardant Luke. Bon, rien d'étonnant à cela. Elle connaît son beau-fils comme s'il était son propre enfant. Elle sait qu'Elinor fait partie de lui. Il ne peut pas couper les ponts brusquement et continuer comme si de rien n'était. Il a besoin qu'on lui laisse une chance de se réconcilier avec sa mère. Même si c'est douloureux.

Je ferme les yeux et adresse une prière muette à tous les dieux. S'il vous plaît. Faites que ça marche. Je vous en prie. Et peut-être aurons-nous la possibilité de tirer un trait sur toute cette histoire pour nous consacrer à notre vie à tous les deux.

— Nous y sommes, annonce le chauffeur en freinant.

Je souris à Luke pour cacher ma nervosité.

J'ai réfléchi à l'endroit où il était le plus improbable de rencontrer Elinor, et mon choix s'est porté sur la Rainbow Room du Rockefeller Center, où les touristes vont boire des cocktails en s'extasiant devant la vue imprenable sur Manhattan. Dans l'ascenseur qui nous conduit au soixante-cinquième étage, nous nous taisons tous les deux, et je prie désespérément le ciel pour qu'elle soit là, pour que ça marche, pour que Luke ne soit pas fou de rage contre moi...

Dès que nous sortons de l'ascenseur, je l'aperçois, assise à une table près de la baie vitrée, vêtue d'une veste de couleur sombre, son profil se découpant en contre-jour.

Lorsqu'il s'avise à son tour de sa présence, Luke sursaute.

— Becky ? Qu'est-ce que c'est que ce putain de...

Le voyant faire demi-tour, je le retiens par le bras.

— Luke, s'il te plaît. Elle veut te parler... Laisse-lui juste une chance.

— C'est toi qui as organisé ça ? (Son visage est livide de colère.) Tu m'as traîné jusqu'ici exprès pour ça ?

— Je n'avais pas le choix ! Sinon, tu n'aurais jamais voulu venir. Rien que cinq minutes. Écoute ce qu'elle a à te dire.

— Mais j'en ai rien à...

— Je crois au contraire que c'est important pour vous deux. Luke, tu ne peux pas en rester là. Ça te ronge ! Et rien ne s'arrangera tant que tu ne lui auras pas parlé... Allez ! (Je relâche son bras en l'implorant du regard.) Rien que cinq minutes. C'est tout ce que je te demande.

Il faut qu'il accepte. S'il fait demi-tour maintenant, je suis fichue.

Un groupe de touristes allemands vient d'arriver, et je les observe se presser contre la baie vitrée en s'exclamant devant la vue.

— Cinq minutes, finit par lâcher Luke. Pas une de plus.

Lentement, il traverse la salle et va s'asseoir en face d'Elinor. Elle me lance un regard, hoche la tête, et je me détourne, le cœur battant à tout rompre. Mon Dieu, faites qu'elle ne fiche pas tout par terre. S'il vous plaît.

Je me dirige vers une salle de réception vide et je me poste devant la baie vitrée d'où je contemple moi aussi la ville. Après un petit moment, je consulte ma montre. Les cinq minutes sont passées, et Luke n'est toujours pas reparti comme un ouragan.

Elinor s'est acquittée de sa part du marché. Je vais maintenant devoir m'acquitter de la mienne.

Je sors mon téléphone portable, malade de trouille. Ça va être dur. Vraiment dur. J'ignore quelle sera la réaction de maman et ce qu'elle va dire.

Ce que je sais, c'est que, quoi qu'elle dise, quelle que soit l'intensité de sa colère, je la connais et rien ne sera irréparable. Entre maman et moi, c'est du solide, et pour toujours.

Alors que pour Luke, ce pourrait être son unique chance de réconciliation avec sa mère.

Tout en écoutant les sonneries, je regarde la ville, ses tours, les blocs argentés à perte de vue, qui – comme l'a souligné Luke – se renvoient l'un à l'autre leur reflet, à l'infini, sans aucune échappatoire possible. Vus d'aussi haut, les taxis jaunes ressemblent à des miniatures Tonka, et les piétons, en bas, à de minuscules insectes. Et là, au milieu, il y a le grand rectangle vert de Central Park, telle une couverture de pique-nique qu'on aurait étalée pour que les enfants puissent jouer.

Tant de beauté me transporte. Pensais-je vraiment ce que j'ai dit hier à Elinor ? Ai-je vraiment envie que Luke et moi quittions cette ville extraordinaire ?

— Allô ?

La voix de maman me tire de mes pensées et me fait sursauter. Je reste paralysée l'espace de quelques secondes. Je ne peux pas faire ça.

Il le faut, cependant.

Je n'ai pas le choix.

— Salut maman, finis-je par articuler, en m'enfonçant les ongles dans la paume de la main. C'est... c'est Becky. Écoute, j'ai quelque chose à te dire. Et j'ai peur que ça ne te fasse pas plaisir...

MADAME JAMES BRANDON
RIDGE HOUSE
RIDGEWAY
NORTH FULLERTON
DEVON

Le 2 juin 2002

Chère Becky,

Votre coup de téléphone nous a laissés un peu perplexes. Vous avez beau nous assurer que nous saurons bientôt de quoi il retourne et nous prier de vous faire confiance, nous ne comprenons pas vraiment ce qui se passe.

Toutefois, James et moi avons longuement discuté et décidé de faire ce que vous nous demandez. Nous avons donc annulé les réservations de nos vols pour New York et prévenu le reste de la famille.

Chère Becky, j'espère que tout se passera pour le mieux.

Je vous envoie tous mes vœux, et toute notre affection, à vous et à Luke...

Annabel

SECOND UNION BANK
300 WALL STREET
NEW YORK NY 10005

Mademoiselle Rebecca Bloomwood
Apt B
251 11ᵉ Rue Ouest
New York
NY 10014

Le 10 juin 2002

Chère Mademoiselle,

Nous vous remercions infiniment pour l'invitation que vous avez adressée à Walt Pitman.

Après concertation, nous avons décidé de vous mettre dans la confidence. Walt Pitman, en fait, n'existe pas. Ce n'est qu'un pseudonyme par lequel nous désignons tous les directeurs de clientèle.

Ce nom, « Walt Pitman », retenu au terme d'une recherche approfondie menée en équipe, nous a paru suggérer le profil d'un homme compétent, mais accessible. Les échos que nous recevons de nos clients ont prouvé que la présence de Walt dans leur vie a accru de plus de cinquante pour cent le taux de fidélisation.

Nous vous serions infiniment reconnaissants de bien vouloir garder cette information pour vous. Et si vous souhaitez toujours accueillir un représentant de la Second Union Bank à votre mariage, sachez que je serai enchanté d'honorer votre invitation. Mon anniversaire est le 5 mars et ma couleur préférée est le bleu.

Je vous prie de croire, chère Mademoiselle, à mes sentiments les meilleurs.

Bernard Lieberman
Vice-Président Senior

19

OK. Pas de panique. Ça va aller. Si je garde la tête froide et que je reste calme, tout va fonctionner.

— Ça ne marchera jamais, dit la voix de Suze à mon oreille.

— Tais-toi !

— Il n'y a pas une chance sur un milliard pour que ça marche, je te préviens, c'est tout.

— Je ne t'appelle pas pour que tu me mettes en garde, mais pour que tu m'encourages ! (Je baisse la voix.) Et si chacun fait ce que je lui demande, ça marchera. Il le faut.

Je suis devant la fenêtre d'une suite au douzième étage du Plaza, et je regarde le square en bas. Dehors, le soleil brille et il fait chaud. Les gens flânent en short et tee-shirt et se livrent à des occupations banales : louer une calèche pour faire le tour de Central Park, jeter des pièces dans la fontaine.

Et moi, je suis là, vêtue en tout et pour tout d'un peignoir, méconnaissable avec ma coiffure dans le style Belle au bois dormant, un peu trop maquillée, perchée sur les escarpins – en satin blanc – les plus hauts que j'ai jamais mis de ma vie. (Des Christian Louboutin, achetés chez Barneys – j'ai eu une remise.)

— Tu fais quoi, là ? demande Suze.

— Je regarde par la fenêtre.

— Pour quoi faire ?
— Je ne sais pas. (Mon regard se pose sur une femme avec un short en jean, assise sur un banc. Elle ouvre une canette de coca, loin de se douter qu'on l'observe.) Pour essayer de rester en prise avec la réalité, je suppose.
— La réalité ? crachote la voix de Suze sur la ligne. Bex, il est un peu tard pour se raccrocher à la réalité !
— Tu es injuste !
— Si la réalité c'est la planète Terre, tu sais où tu es, là ?
— Sur la Lune ? je hasarde.
— Tu es à cinquante millions d'années-lumière. Tu es... dans une autre galaxie. Très très loin de la nôtre.
— C'est vrai que je me sens un peu dans un monde différent, j'admets, en contemplant cette suite, digne d'un palais royal.

L'atmosphère est feutrée, et il flotte un lourd parfum de laque. Partout où mes yeux se posent, ce ne sont que somptueuses compositions florales, corbeilles de fruits et de chocolats, bouteilles de champagne... Le coiffeur et la maquilleuse papotent tout en s'occupant d'Erin. Pendant ce temps, le photographe change de pellicule, son assistant regarde Madonna sur MTV et un garçon d'étage est en train de débarrasser un nouveau chargement de tasses et de verres.

Tout est tellement glamour, tellement luxueux. Mais, en même temps, ça me rappelle les préparatifs pour la pièce de théâtre, à la fête annuelle de l'école. On tendait des tissus noirs devant les fenêtres, on s'agglutinait devant le miroir, complètement excitées, et on entendait, en provenance de la salle, les parents qui entraient, mais on n'avait pas le droit de glisser un œil pour les voir...

— Tu fais quoi, là ? redemande Suze.
— Je regarde toujours par la fenêtre.
— Mais arrête ! Il te reste moins d'une heure et demie !
— Suze, détends-toi...
— Comment veux-tu que je me détende ?

— Tout va bien se passer. J'ai la situation en main.
— Et tu ne l'as dit à personne, répète-t-elle pour la millième fois. Tu ne l'as même pas dit à Danny !
— Évidemment ! Je ne suis pas idiote à ce point ! (L'air de rien, je me dirige vers un coin de la pièce d'où personne ne pourra m'entendre. Les seuls qui sont au courant, ce sont Michael et Laurel. Personne d'autre.)
— Et personne ne se doute de rien ?
— Personne, je confirme, juste au moment où Robyn entre. Bonjour, Robyn ! Suze, on se rappelle plus tard, d'accord...

Je raccroche et souris à Robyn, en tailleur rose vif et casque sur les oreilles, relié au micro de son talkie-walkie.

— Bon, Becky, fait-elle d'un ton grave et professionnel. L'acte un est OK. L'acte deux est en route. Mais nous avons un problème.

— Ah bon ? Lequel ? je demande, la gorge nouée.

— Aucun membre de la famille de Luke n'est encore arrivé. Son père, sa belle-mère, quelques cousins qui sont sur la liste... Vous m'avez dit que vous leur avez parlé ?

— Oui. (Je me racle la gorge.) En fait... Ils viennent juste de rappeler. J'ai peur qu'ils n'aient eu un problème d'avion. La compagnie a donné leurs sièges à d'autres passagers.

— Non ? se lamente Robyn, effondrée. Mais c'est terrible ! Jamais je n'ai organisé un mariage qui ait subi autant de modifications de dernière minute ! Une nouvelle demoiselle d'honneur... Un nouveau garçon d'honneur... Un nouvel officiant... On dirait que tout a changé.

— Je sais, dis-je en m'excusant. Je suis vraiment désolée, et je sais que cela représente du travail supplémentaire. Mais brusquement je me suis dit qu'à l'évidence, ce devait être à Michael de nous marier, plutôt qu'à un étranger. Vous comprenez, c'est un vieil ami, et en plus il est qualifié pour officier. Alors Luke a dû choisir un nouveau garçon d'honneur...

— Oui, mais bouleverser l'organisation de la cérémonie à trois semaines du mariage ! Et vous savez, le père Simon l'avait assez mauvaise d'avoir été écarté. Il se demandait si cela avait quelque chose à voir avec ses cheveux.

— Mais non ! Bien sûr que non ! Il n'y est franchement pour rien...

— Et ensuite, vos parents qui attrapent tous les deux la rougeole. Je veux dire, c'est tout de même un peu fort, non ?

— Je sais ! dis-je avec une grimace. La poisse à l'état pur.

Le talkie-walkie se met à grésiller, Robyn se détourne.

— Oui ? fait-elle. Comment ? Non ! J'ai dit jaune clair brillant ! Pas bleu ! Bon, d'accord, j'arrive... (Sur le point de franchir la porte, elle se retourne.) Becky, je dois y aller. Je voulais juste vous dire, ç'a été tellement mouvementé que nous n'avons pas eu le temps de discuter de certains détails supplémentaires... J'ai pris la liberté de quelques initiatives, d'accord ?

— Je vous en prie. Je vous fais entièrement confiance. Merci Robyn.

Robyn partie, on frappe à la porte, et c'est Christina qui entre, une coupe de champagne à la main, resplendissante en Issey Miyake or pâle.

— Comment va la mariée ? s'enquiert-elle avec un sourire. Nerveuse ?

— Pas vraiment !

Ce qui est plutôt vrai.

En fait, c'est complètement vrai. Je suis au-delà de la nervosité. Soit chaque pièce du puzzle se met à la bonne place et tout marchera comme sur des roulettes, soit ce n'est pas le cas, et le désastre sera total. Il n'y a plus grand-chose que je puisse faire.

— Je viens de parler à Laurel, annonce Christina avant de boire une gorgée de champagne. Je ne savais pas qu'elle était aussi impliquée dans le mariage.

— Oh, elle ne l'est pas vraiment. C'est juste un petit service qu'elle me rend...
— Je vois...
Christina m'observe par-dessus son verre, et tout à coup, je me demande jusqu'à quel point Laurel l'a mise au courant de la situation.
— Vous a-t-elle précisé de quel genre de service... il s'agit ? je demande, l'air de rien.
— Elle m'a donné des pistes. Becky, si vous vous en tirez... (Elle secoue la tête.) Si vous vous en tirez, vous méritez le prix Nobel du culot. À vous, ajoute-t-elle en levant son verre. Bonne chance.
— Merci.
— Hé, Christina ! (Nous tournons la tête et voyons Erin venir vers nous. Elle a déjà enfilé sa longue robe violette de demoiselle d'honneur, ses cheveux sont relevés en un chignon de style médiéval, et son regard brille d'impatience.) La Belle au bois dormant, c'est vraiment un super-thème, vous ne trouvez pas ? Vous avez vu la robe de Becky ? Je n'arrive pas à croire que je suis demoiselle d'honneur ! C'est la première fois !
Je crois qu'Erin est assez excitée par sa promotion. Quand je lui ai dit que ma meilleure amie, Suze, ne pourrait pas être là, et que je lui ai demandé si elle voulait bien être ma demoiselle d'honneur, elle a éclaté en sanglots.
— Non, je n'ai pas encore vu la robe de Becky, dit Christina. Je redoute un peu le moment...
— Elle est très belle, je proteste. Venez la voir.
Je conduis Christina dans le somptueux dressing-room, où est pendue la robe faite par Danny.
— Elle est d'un seul morceau, remarque laconiquement Christina. C'est un bon début.
— Christina, cela n'a rien à voir avec les tee-shirts. On passe ici à une autre catégorie ! Regardez-la !
Je n'en reviens pas du travail fantastique qu'a fourni Danny. Même si jamais je ne l'admettrais devant Christina, je n'y comptais pas trop, sur cette robe. En fait, pour ne

rien vous cacher, il y a encore une semaine j'avais secrètement mis de côté quelques pièces de Vera Wang.

Mais un soir, Danny est descendu frapper à ma porte, excité comme une puce. Il m'a traîné jusqu'à l'étage du dessus, me poussant le long du couloir avant d'ouvrir grand la porte de son appartement. Et là, je suis restée sans voix.

De loin, on dirait une robe de mariée blanche tout à fait traditionnelle, avec un corsage près du corps, une jupe ample, et une longue traîne. Mais plus on s'approche, plus on commence à remarquer les innombrables et incroyables détails. Les fronces en appliqué de jean blanc dans le dos Les petit plis – la marque de fabrique de Danny – à la taille. Les paillettes blanches et les strass, éparpillés sur l'ensemble de la traîne, comme si on y avait renversé une boîte de bonbons.

Jamais je ne n'ai vu une robe de mariée aussi belle. C'est une œuvre d'art.

— Eh bien, dit Christina, honnêtement, quand vous m'avez dit que vous alliez porter une création du jeune M. Kovitz, je me suis fait un peu de souci. Mais là... (Elle effleure une minuscule perle.) Je suis impressionnée. Tant que la traîne ne se détache pas lorsque vous marcherez vers l'autel...

— Aucun danger, je la rassure. Je l'ai testée pendant une demi-heure dans notre appartement. Pas une seule paillette ne s'est détachée.

— Tu vas être magnifique ! dit Erin d'une voix rêveuse. Une princesse. Et dans cette salle...

— La salle est spectaculaire, approuve Christina. Je pense que beaucoup vont en rester bouche bée.

— Je ne l'ai pas encore vue, dis-je. Robyn m'interdit d'y entrer.

— Oh, tu devrais tout de même y aller ! proteste Erin. Juste pour jeter un coup d'œil. Avant qu'elle soit pleine de monde.

— Je ne peux pas ! Imagine, si quelqu'un me voyait !

— Mais si, vas-y ! Enroule une écharpe autour de ton cou ! Personne ne saura que c'est toi.

Je me glisse le long de l'escalier dans un gros sweat-shirt à capuche que j'ai emprunté, en dissimulant mon visage chaque fois que je croise quelqu'un. Jouer à cache-cache, le jour de son mariage ! Ayant vu les plans du paysagiste, je crois savoir, grosso modo, à quoi m'attendre. Une décoration spectaculaire. Théâtrale.

Mais, en fait, rien n'aurait pu me préparer à ce que je découvre en entrant dans la salle.

C'est comme pénétrer dans un autre monde.

Dans une forêt argentée, étincelante, magique. Les branches dessinent des arches très haut au-dessus de ma tête. Des fleurs partout, de la vraie terre. Des pieds de vigne, des fruits, et un pommier tout piqueté de pommes d'argent, et une toile d'araignée couverte de gouttes de rosée et... Ce sont de vrais oiseaux qui volettent, là ?

Des guirlandes lumineuses de couleur sont entortillées autour des branches et retombent au-dessus des rangées de chaises, dont deux employées brossent méthodiquement les assises. Un homme en jean scotche un câble sur le tapis. Un autre, perché sur un élévateur électrique, ajuste une branche argentée. Un violoniste fait des gammes tandis que résonne le bruit solennel des cymbales.

J'ai l'impression d'être dans la coulisse d'un spectacle du West End.

Je me tiens dans un coin de la salle, et je regarde autour de moi, en essayant de ne louper aucun détail. Jamais de ma vie je n'ai vu une telle féerie, et jamais, sans doute, je ne reverrai ça.

Brusquement, j'avise Robyn qui entre à l'autre extrémité de la salle tout en parlant dans son micro. Ses yeux balaient les lieux, et je me recroqueville dans mon sweat à capuche. Avant qu'elle ne m'aperçoive, je déguerpis et m'engouffre dans un ascenseur pour gagner la grande salle de bal.

Les portes sont sur le point de se refermer quand deux employées d'un certain âge, en jupe noire et chemisier blanc, entrent dans la cabine.

— Tu as vu le gâteau ? demande l'une d'elles à sa collègue. Trois mille dollars au bas mot.
— C'est qui, la famille ?
— Sherman. Elinor Sherman.
— Ah, ce fameux mariage Sherman...
Les portes se rouvrent et elles sortent.
— Bloomwood, dis-je, avec un temps de retard. Je crois que le nom de la mariée, c'est Becky...
Mais de toute façon, elles n'écoutaient pas.
Prudemment, je leur emboîte le pas jusque dans une immense salle, toute blanc et or, où Luke et moi ouvrirons le bal.
Incroyable ! Elle est encore plus imposante que dans mon souvenir. Encore plus somptueuse et parée de dorures. Des spots, éclairant les balcons et faisant rutiler les chandeliers, l'encerclent ; ils passent brusquement sur le mode stroboscope, puis diffusent des lumières disco, qui ondulent sur les visages des serveurs affairés à apporter la dernière touche aux tables. Sur chacune est disposé un centre de table. Le plafond a été tendu de mousseline, festonnée de guirlandes de lumières comme autant de rangs de perles. La piste de danse est spacieuse et miroitante. Sur une estrade, un orchestre de dix musiciens procède à des essais de son. Tandis que je contemple ce décor, transportée, je vois deux assistants du pâtissier Antoine, en équilibre sur des chaises, qui disposent les dernières tulipes en sucre sur un gâteau de plus de deux mètres de haut. Toute la salle embaume le parfum des fleurs et des bougies, et semble bruisser d'impatience.
— Pardon !
Je fais un bond de côté pour céder le passage à un serveur qui pousse un chariot.
— Puis-je vous aider ? vient s'enquérir une femme avec un badge du Plaza sur la poitrine.
— Je... je regardais...
— Vous regardiez ? reprend-elle en étrécissant les yeux d'un air suspicieux.

— Oui ! Au cas où... où je voudrais me marier un jour.
Et je bats en retraite avant qu'elle me pose d'autres questions. De toute façon, j'en ai vu assez.

Je ne sais pas trop comment retrouver le chemin de ma suite à partir d'ici, cet hôtel est si gigantesque que j'ai toutes les chances de me perdre. Du coup, je regagne le rez-de-chaussée, et je me fais toute petite en passant devant le Jardin tropical pour atteindre les ascenseurs.

En passant devant une alcôve dans laquelle trône un canapé, je m'arrête. Il y a là une tête brune familière. Une main tout aussi familière est posée sur un verre qui m'a tout l'air de contenir un gin tonic.

— Luke ? (Il se retourne et à l'absence de réaction dans son regard, je me souviens que j'ai le visage enfoui sous la capuche.) C'est moi !

— Becky ? demande-t-il, incrédule. Qu'est-ce que tu fais là ?

— Je voulais voir le décor. C'est incroyable, non ? (Je m'assure d'un regard circulaire que personne ne nous observe, puis me glisse sur la chaise en face de lui.) Tu es superbe.

Il est mieux que superbe. Il est absolument magnifique, dans sa veste blanche de smoking et sa chemise immaculée tout amidonnée. Ses cheveux bruns brillent sous les lumières, et je devine le parfum familier de son after-shave. Lorsque nos regards se croisent, je sens la pression se relâcher, comme un ressort qui se détend. Quoi qu'il arrive aujourd'hui – que je réussisse ou non –, nous sommes tous les deux. Ensemble. Et tout ira bien pour nous.

— Tu sais que nous ne devrions pas nous parler, plaisante-t-il avec un petit sourire. Ça porte la poisse.

— Je sais, dis-je en lui volant une gorgée de gin tonic. Mais franchement, je pense qu'on a dépassé le cap de la superstition, à l'heure qu'il est.

— Que veux-tu dire ?

— Oh... Rien. (Je compte jusqu'à cinq, et j'ajoute :) Tu es au courant que tes parents ont été retardés ?

— Oui, on me l'a dit. Tu leur as parlé ? Tu sais à quelle heure ils vont arriver ?

— Oh, bientôt, je pense, dis-je d'un ton vague. Ne t'inquiète pas, ils ont promis qu'ils seraient là pour te voir marcher jusqu'à l'autel.

Ce qui est vrai. En un sens.

Luke ne sait strictement rien de mes plans. Il a assez de soucis comme ça. Pour une fois, je porte seule le poids de la situation.

Au cours de ces dernières semaines, j'ai l'impression d'avoir découvert un nouveau Luke. Plus jeune, plus vulnérable, un Luke que le reste du monde ne connaît pas. Après ce rendez-vous avec Elinor, il a été très calme, pendant quelque temps. Il n'avait plus ces crises émotionnelles ; il ne faisait plus de scènes dramatiques. D'une certaine façon, il était tout simplement redevenu lui-même. Mais il est demeuré fragile, épuisé. Et en aucune façon capable de reprendre le travail. Pendant deux semaines environ, il n'a fait que dormir, quatorze ou quinze heures par jour. On aurait dit que ces dix années passées à s'imposer une cadence infernale l'avaient finalement rattrapé.

Maintenant, il redevient peu à peu lui-même. Il retrouve ce vernis de confiance en lui, et cette expression indéchiffrable, quand il ne veut rien laisser voir de ses sentiments. Il a aussi retrouvé ses façons abruptes d'homme d'affaires. Il a repris le chemin du bureau la semaine dernière, et tout est redevenu comme avant.

Pas exactement, cependant. Parce que même si le vernis est là de nouveau, j'ai vu ce qui se cachait dessous. J'ai vu comment Luke fonctionne. Comment il pense, ce dont il a peur et ce qu'il attend vraiment de la vie. Cela fait deux ans que nous sommes ensemble, et avant cette crise, nous vivions côte à côte, nous formions un couple auquel la vie souriait. Mais à présent, j'ai l'impression de le connaître comme jamais.

— Je n'arrête pas de penser à cette conversation avec ma mère, dit-il en fronçant les sourcils. Au Rockefeller Center.

— Vraiment ? dis-je, circonspecte. Et qu'est-ce... ?
— Je suis encore perturbé.
— Perturbé ? Pourquoi ça ?
— Jamais je ne l'avais entendue parler de cette façon. Ça ne semblait pas réel. (Il relève la tête.) Je ne sais pas si je dois la croire.

Je me penche en avant et lui prends la main.

— Luke, qu'elle ne t'ait jamais dit ces choses auparavant ne signifie pas qu'elle ne les pensait pas.

C'est ce que je m'acharne à lui répéter quasiment chaque jour depuis qu'il a eu cette conversation avec Elinor. Je veux qu'il arrête de ressasser tout ça. Qu'il accepte de croire ce qu'elle lui a dit, et qu'il soit heureux. Mais il est trop intelligent pour ça. Il s'abîme un instant dans le silence et je sais qu'il est en train de se repasser la conversation.

— Certaines de ses paroles me semblaient sincères, et d'autres sonnaient tellement faux...

— Quoi par exemple ? je demande, l'air de rien.

— Quand elle m'a dit qu'elle était fière de tout ce que j'avais accompli, depuis la création de ma société jusqu'au choix de mon épouse. Je n'arrive pas... Je ne sais pas...

Il secoue la tête.

— Je trouvais que c'était plutôt bon, je réplique avant d'avoir pu me retenir. Enfin... Je veux dire, que c'est assez vraisemblable qu'elle dise ça...

— Mais ensuite, quand elle m'a dit que pas un seul jour ne s'était écoulé depuis ma naissance sans qu'elle pense à moi. (Il hésite.) Et la façon dont elle l'a dit... Je l'ai vraiment crue.

— Elle a dit ça ? je fais, médusée.

Il n'y avait rien de tel dans le script que j'ai donné à Elinor. J'attrape le verre de Luke et avale une gorgée de gin tonic, en me creusant les méninges.

— Je suis convaincue qu'elle le pensait vraiment, dis-je finalement. En fait... Je le savais. Tout le truc, c'est qu'elle voulait te dire qu'elle t'aime. Et, même si certaines de ses

paroles semblaient manquer de naturel, c'est ce qu'elle voulait que tu saches.
— Sans doute. (Il cherche mon regard.) Mais tout de même. Je n'arrive plus à ressentir ce que j'éprouvais avant pour elle. Je ne peux pas revenir en arrière.
— Non, dis-je après un bref silence. Et... je pense que c'est probablement mieux ainsi.
Le sort a été levé. Luke a fini par se réveiller.
Je me penche vers lui pour l'embrasser, puis lui vole une dernière gorgée de gin.
— Il faut que j'aille enfiler ma robe.
— Ah bon ? Tu ne vas donc pas mettre cette sorte d'anorak ? demande Luke avec un sourire.
— Eh bien, c'était mon intention, mais maintenant que tu l'as vu, il va falloir que je trouve quelque chose d'autre, j'imagine... (Je me lève et m'apprête à m'éloigner, mais j'hésite.) Écoute Luke, si certains détails te semblent un peu étranges aujourd'hui... contente-toi de te laisser faire, OK ?
— OK, répond-il, surpris.
— Promis ?
— Oui, promis. (Il a l'air inquiet.) Becky ? Il y a quelque chose que je devrais savoir ?
— Euh... non, dis-je innocemment. Non, je ne crois pas. À tout à l'heure.

20

Je n'arrive pas à croire que j'y suis arrivée. Franchement, comment croire que c'est bien réel ? Je porte ma robe de mariée, et j'ai un diadème étincelant dans les cheveux.
Je suis une mariée.
Et tandis que Robyn me conduit le long des couloirs déserts et silencieux du Plaza, je me sens un peu dans la peau du Président, dans une superproduction hollywoodienne.
— La Belle est en route, susurre Robyn dans son micro alors que nous foulons la luxueuse moquette rouge. La Belle arrive.
Nous prenons un autre couloir et en surprenant mon reflet dans un immense miroir patiné, j'éprouve un choc. Bien sûr, je sais à quoi je ressemble. Je viens de passer une demi-heure à m'admirer dans le miroir de la suite. N'empêche, en m'apercevant par hasard, j'ai du mal à croire que la fille sous ce voile, c'est moi. Moi.
Je vais marcher jusqu'à l'autel, au Plaza. Sous le regard de quatre cents personnes qui ne perdront pas une miette de chacun de mes pas. Oh, mon Dieu.
Oh, mon Dieu. Que suis-je en train de faire ?
À la vue des portes de la Terrace Room, un élan de panique m'assaille et mes doigts se crispent sur le bouquet. Ça ne va jamais marcher. Je suis folle. Je ne peux pas faire ça. J'ai envie de prendre mes jambes à mon cou.

Mais il n'y a nulle part où s'enfuir. Il n'y a rien d'autre à faire qu'aller de l'avant.

Erin et les autres demoiselles d'honneur attendent, et en me voyant, elles commencent toutes à s'extasier sur ma robe. Je n'ai pas la moindre idée de leurs noms. Ce sont les filles d'amies d'Elinor. Et, hormis aujourd'hui, je ne les reverrai sans doute jamais.

— Quatuor à cordes. En place pour la Belle, commande Robyn dans son micro.

— Becky ! (Je lève la tête, et, Dieu merci, c'est Danny, en habit de brocart sur un pantalon en cuir, un programme de la cérémonie en carton taupe et or à la main.) Tu es incroyable.

— C'est vrai ? Je suis bien ?

— Spectaculaire, confirme-t-il.

Il ajuste la traîne, se recule pour juger de l'ensemble, puis sort une paire de ciseaux et coupe un bout de ruban.

— Prête ? s'enquiert Robyn.

— Je crois, dis-je, assaillie d'une légère nausée.

Les doubles portes s'ouvrent d'un coup, et j'entends le bruissement des quatre cents invités qui pivotent sur leurs chaises. Le quatuor à cordes attaque le thème de la Belle au bois dormant et les demoiselles d'honneur entament leur procession vers l'autel.

Brusquement, moi aussi, j'avance. Je pénètre dans la forêt enchantée, portée par la musique qui va crescendo. De petites lumières clignotent au-dessus de ma tête. Des aiguilles de pin libèrent leur parfum quand je les foule du pied. Il flotte dans l'air une odeur de terre humide, j'entends le gazouillis des oiseaux et le chuintement d'une minuscule cascade. Comme par magie, des fleurs éclosent sur mon passage, des feuillages se déroulent, et les invités lèvent la tête en étouffant des soupirs admiratifs. Et, à quelques mètres devant moi, j'aperçois Luke, mon beau prince charmant, qui m'attend.

Là, enfin, je commence à me détendre. À savourer l'instant.

À chaque pas, j'ai l'impression d'être une danseuse étoile qui exécute une arabesque parfaite à Covent Garden. Ou une star de cinéma qui foule le tapis rouge à la cérémonie des Oscars. Les musiciens jouent, tout le monde me regarde, j'ai des bijoux dans les cheveux, et la plus belle robe que j'aie jamais portée. Je sais que jamais plus de ma vie je ne vivrai une telle expérience. Tandis que j'approche de l'autel, je ralentis, m'imprègne de l'atmosphère et respire le merveilleux parfum ambiant, observant les arbres, les fleurs. Je m'efforce d'imprimer chaque détail dans mon esprit. D'enregistrer chacune de ces secondes magiques.

OK. Je dois admettre qu'Elinor avait raison. Quand j'ai essayé de sauver du naufrage ce mariage au Plaza, ce n'était pas qu'un geste altruiste. Je ne cherchais pas uniquement à préserver la relation entre Luke et sa mère.

Je voulais, moi aussi, que ce mariage ait lieu. Je voulais, pour un jour, être une princesse de conte de fées.

J'arrive à côté de Luke et tends mon bouquet à Erin. J'adresse un sourire chaleureux à Gary, le nouveau garçon d'honneur de Luke, puis prends la main de Luke. Il la presse dans la sienne, et je fais de même.

Et voilà Michael, il s'avance, en costume sombre qui évoque vaguement celui d'un membre du clergé.

Il m'adresse un petit sourire complice, puis inspire profondément et s'adresse à l'auditoire.

— Chers amis. Nous sommes réunis ici en ce jour pour être témoins de l'amour qui unit deux êtres. Nous sommes réunis pour les voir se promettre amour et fidélité. Et pour les accompagner dans cette joyeuse célébration de leur amour partagé. Dieu bénit tous ceux qui s'aiment, et Dieu bénira certainement Luke et Becky qui vont aujourd'hui échanger leurs serments.

Il se tourne vers moi, et j'entends, dans mon dos, les mouvements des invités qui cherchent à ne rien rater du spectacle.

— Rebecca, vous engagez-vous à aimer Luke, pour le meilleur et pour le pire, dans la richesse ou la pauvreté, dans la santé comme dans la maladie ? Vous engagez-vous à lui faire confiance aujourd'hui et pour toujours ?

— Oui, dis-je, sans pouvoir empêcher ma voix de trembler.

— Luke ? Vous engagez-vous à aimer Becky, pour le meilleur et pour le pire, dans la richesse ou la pauvreté, dans la santé comme dans la maladie ? Vous engagez-vous à lui faire confiance aujourd'hui et pour toujours ?

— Oui, dit-il d'une voix ferme.

— Que Dieu bénisse Luke et Becky et qu'ils soient heureux à jamais. (Michael s'interrompt et balaie la salle du regard, comme pour dissuader quiconque de contester ses paroles, et mes doigts se crispent sur ceux de Luke.) Puissent-ils connaître les joies d'une compréhension mutuelle, l'enchantement d'un amour chaque jour plus grand, et la félicité d'une complicité éternelle. Et maintenant, je vous demande d'applaudir ce couple bienheureux. Vous pouvez embrasser la mariée, glisse-t-il en souriant à Luke.

Alors que Luke se penche pour me donner un baiser, Michael commence à applaudir énergiquement. Il y a comme une légère hésitation... Puis un grand nombre de gens l'imite et bientôt, c'est l'assistance entière qui applaudit.

Gary murmure quelque chose à l'oreille de Luke, qui se tourne vers moi, l'air perplexe.

— Et les alliances ?

— Chut... N'en parle pas, dis-je, le sourire figé.

Mon cœur bat si fort que j'ai de la peine à respirer. Je m'attends encore à ce que quelqu'un se lève et dise « Hé, attendez un instant... »

Mais personne ne bouge. Personne ne dit rien.

Ça a marché.

Je croise brièvement le regard de Michael – puis détourne les yeux avant que quelqu'un ne me surprenne. Il est encore trop tôt pour me détendre. Un peu trop tôt.

Le photographe s'avance, je glisse avec détermination mon bras sous celui de Luke, et Erin approche à son tour avec mon bouquet, en essuyant ses larmes.

— C'était tellement beau ! Ce qu'il a dit sur la félicité d'une complicité éternelle m'a vraiment bouleversée. Tu sais, c'est tout ce que je désire. (Elle serre mon bouquet contre sa poitrine.) C'est tout ce dont j'ai toujours rêvé.
— Erin, je suis sûre que tu le trouveras, dis-je en la serrant fort dans mes bras. J'en suis certaine.
— Mademoiselle, si vous voulez bien m'excuser, s'interpose le photographe. Je voudrais faire des clichés des mariés...
Erin me rend mon bouquet en s'écartant tandis que j'affiche mon plus radieux sourire de jeune mariée.
— Mais Becky, reprend Luke. Gary a dit que...
— Demande-lui de te rendre les alliances, dis-je sans tourner la tête. Dis-lui que tu es vraiment confus qu'on ait oublié et qu'on verra ce détail plus tard.
Quelques invités se sont approchés pour nous photographier et, la tête appuyée contre l'épaule de Luke, je leur souris en essayant de me décontracter.
— Il y a autre chose qui cloche, dit Luke. Michael ne nous a pas déclarés mari et femme. Et puis, ne doit-on pas signer un registre ?
— Chuuuuut !
Un flash nous aveugle tous les deux.
— Becky ? Que se passe-t-il ? (Il me saisit par les épaules pour que je lui fasse face.) Sommes-nous mariés, oui ou non ?
— Vous êtes parfaits comme ça, déclare le photographe. Ne bougez plus.
— Sommes-nous mariés ? insiste Luke.
Il scrute mon visage.
— Bon..., dis-je à contrecœur. En fait, non.
Un autre flash nous aveugle. Et quand mes yeux parviennent à refaire la mise au point, Luke me fixe d'un air incrédule.
— Non ?
— Bon, écoute, fais-moi confiance, d'accord ?
— Te faire confiance ?

— Oui, ainsi que tu me l'as promis, tout à l'heure ! Tu t'en souviens ?

— Je l'ai promis au moment où je pensais que nous étions en train de nous marier !

Brusquement, le quatuor entame la « Marche nuptiale » et une équipe d'assistants prie les invités de s'écarter.

— Allez, grésille une voix désincarnée. Commencez à marcher !

Mais d'où vient cette voix ? Mes fleurs se mettraient-elles à parler ?

Brusquement, j'avise un minuscule micro attaché à un bouton de rose que Robyn a planqué dans mon bouquet !

— Les mariés ! Marchez !

— OK, dis-je aux fleurs. On y va.

J'attrape fermement le bras de Luke et nous commençons à descendre l'allée pour retraverser la forêt enchantée.

— Nous ne sommes pas mariés, répète Luke d'un ton incrédule. Toute une putain de forêt, quatre cents personnes, une robe blanche créée pour l'occasion et nous ne sommes pas mariés !

— Chuuuut ! je m'énerve. Personne ne doit le savoir ! Écoute, tu m'as promis que tu te laisserais faire si les choses tournaient de manière un peu étrange. Alors, tiens ta promesse !

Et tandis que nous marchons, bras enlacés, des rais de soleil traversent les branches de la forêt et viennent se refléter sur le sol. Brusquement, un bruit mécanique se fait entendre et je vois les branches qui se relèvent et s'écartent dans un craquement, dévoilant un arc-en-ciel au plafond. Un chœur d'angelots entonne un chant magnifique et un nuage mousseux, sur lequel reposent deux belles colombes roses, descend du ciel.

Oh, c'est trop ! Je vais éclater de rire. S'agit-il de ces détails de dernière minute dont parlait Robyn ?

Je lève les yeux vers Luke, qui n'a pas l'air très convaincu non plus.

— Comment trouves-tu la forêt ? dis-je avec enjouement. Elle est chouette, non ? Les bouleaux ont été expédiés tout spécialement de Suisse.
— Non ? Et les colombes, elles arrivent d'où ? demande-t-il en les examinant. Elles sont un peu grosses, pour des colombes. Ce ne serait pas plutôt des dindes ?
— Mais non !
— Des dindes d'amour.
— Luke, tais-toi ! je marmonne, en retenant à grand-peine mon fou rire. Ce sont des colombes.
Rang après rang, nous passons devant les invités, tous sur leur trente et un. Tous nous sourient chaleureusement, à l'exception des jeunes filles, qui y vont de leur coup d'œil Manhattan le plus acéré.
— Mais qui sont tous ces gens ? s'étonne Luke en scrutant les rangées de visages inconnus.
— Aucune idée. Je pensais que tu en connaîtrais quelques-uns.
Nous atteignons le fond de la salle, où les photographes nous attendent pour une ultime séance photo. Luke se tourne vers moi, perplexe.
— Becky, mes parents ne sont pas là. Et les tiens non plus.
— Euh... Non. C'est exact.
— Pas de familles. Pas d'alliances. Et nous ne sommes pas mariés. (Il marque une pause.) Traite-moi d'imbécile si tu veux, mais ce n'est pas exactement ainsi que j'imaginais notre mariage.
— Mais ce n'est pas notre mariage, dis-je en lui donnant un baiser pour les photos.

J'ai peine à croire que nous nous en sommes sortis. Que personne n'a rien dit. N'a posé la moindre question. Quelques invités ont demandé à voir les alliances, et je leur ai montré à la va-vite l'anneau de ma bague de fiançailles, la pierre tournée à l'intérieur.

Nous avons mangé des sushis et du caviar. Nous avons eu droit à un somptueux dîner. Nous avons porté des toasts. Tout s'est déroulé selon mes plans. Le gâteau a été découpé avec une immense épée en argent, tout le monde a levé son verre, puis l'orchestre a joué « The Way You Look Tonight ». Luke m'a entraînée sur la piste et nous avons ouvert le bal. C'est l'un des moments que je garderai à jamais dans ma boîte à souvenirs. Un tourbillon de blanc, d'or et de paillettes, le bras de Luke autour de moi, la tête étourdie par le champagne et la certitude d'avoir atteint l'apogée de cette soirée.

À présent, la fête bat son plein. L'orchestre joue un morceau de jazz que je ne reconnais pas et la piste est pleine à craquer. À travers la foule d'élégants inconnus, j'entrevois quelques visages familiers. Christina, qui danse avec son cavalier ; Erin, qui bavarde avec un des garçons d'honneur. Et Laurel, qui dépense beaucoup d'énergie en dansant avec... Michael.

Ah ben ça alors. Je n'y avais pas pensé.

— Bon. Devine combien de femmes m'ont demandé ma carte ? me demande une voix à l'oreille. (Je me retourne. Danny est là, l'air triomphant, une coupe de champagne dans chaque main, une cigarette à la bouche.) Vingt ! Au bas mot ! Il y en a même une qui voulait que je prenne ses mesures, là, tout de suite ! Elles m'ont toutes dit que la robe était belle à se damner. Et quand je leur ai dit que j'avais bossé avec John Galliano...

— Danny ! Mais tu n'as jamais bossé avec Galliano !

— Je lui ai porté un café, une fois, se défend-il. Et il m'a remercié. D'une certaine façon, c'était une communion artistique...

— Si tu le dis, je consens avec un grand sourire. Je suis très contente pour toi.

— Alors, tu te régales ?

— Évidemment.

— Ta belle-mère semble dans son élément.

Nous nous retournons pour observer Elinor, à la table d'honneur, entourée de dames élégantes. Ses pommettes brillent un peu, mais, pour le reste, elle a l'air aussi animée que d'habitude. Elle porte une longue robe vert pâle, et une invraisemblable quantité de diamants. C'est elle qui semble être la reine de la fête. Ce qu'elle est, en un sens. Ces gens sont ses amis. Il s'agit de sa fête, plus que de la mienne ou de celle de Luke. C'est un magnifique spectacle. C'est un privilège que d'y être invité.

C'est comme ça que je me vois. Comme une invitée.

Un groupe de femmes passe à côté de nous, en bavardant fort, et je surprends des bribes de leur conversation.

— Spectaculaire...

— Débordant d'imagination...

Elles nous sourient et je leur souris à mon tour. Mais ma bouche est un peu crispée. Je suis fatiguée de sourire à des gens que je ne connais pas.

— C'est un mariage superbe, dit Danny en embrassant du regard la salle étincelante. Vraiment extraordinaire. Bien que ça te ressemble moins que je ne l'aurais cru.

— Ah bon ? Qu'est-ce qui te fait dire ça ?

— Je ne dis pas que ce n'est pas fantastique. C'est très chic, très étudié. Non, c'est juste que... je ne pensais pas que tu aurais envie d'un tel mariage. Mais je me suis trompé, s'empresse-t-il d'ajouter en voyant ma tête. C'est évident.

Je le regarde sourire. Il ne se doute de rien. Bon ! Il faut que je le mette dans la confidence. Le contraire n'est pas concevable.

— Danny, il faut que je t'informe de quelque chose, dis-je à mi-voix.

— De quoi donc ?

— Ce mariage...

— Coucou, les petits !

Je m'interromps, mais ce n'est que Laurel – l'air heureuse et les joues empourprées par ses nombreux tours de piste.

— Très belle fête, Becky. Excellent orchestre. J'avais oublié à quel point j'adore danser.
Je passe en revue sa tenue, légèrement contrariée.
— Laurel, on ne retrousse pas les manches d'une robe Saint Laurent à mille dollars.
— J'avais chaud, rétorque-t-elle avec un haussement d'épaules joyeux. Bon, Becky, ça m'ennuie de vous dire ça, mais il va falloir que vous songiez à partir.
— Déjà ?
Machinalement, je regarde mon poignet, mais je ne porte pas de montre.
— La voiture attend en bas, reprend Laurel. J'ai donné tous les détails au chauffeur, il vous indiquera où vous présenter, une fois à JFK. La procédure d'embarquement est un peu différente, pour les jets privés, mais tout devrait se passer sans encombre. En cas de problème, vous m'appelez. (Elle baisse la voix, et je jette un coup d'œil à Danny, qui fait semblant de ne pas écouter.) Vous devriez arriver très rapidement en Angleterre. J'espère que tout va bien fonctionner.
Je la serre dans mes bras.
— Laurel... Vous êtes ma bonne étoile, je murmure. Je ne sais comment vous remercier.
— Croyez-moi, Becky, ce n'est pas grand-chose. Après ce que vous avez fait pour moi, vous auriez pu me demander dix avions. (Elle me serre à son tour dans ses bras, puis regarde sa montre.) Vous feriez mieux d'aller chercher Luke. On se revoit très bientôt.
Un court silence impatient s'installe après son départ.
— Becky, j'ai bien entendu parler de jet privé ? demande Danny.
— Euh... Oui.
— Tu vas prendre un jet privé ?
— Oui. (J'essaie de prendre un ton détaché.) C'est le cadeau que nous fait Laurel.
— Elle a affrété un jet privé ? (Il secoue la tête.) Merde alors. Tu sais, c'était aussi mon idée, mais j'hésitais entre ça et un batteur à œufs...

— Idiot ! Elle est P-DG d'une compagnie d'aviation.
— Putain. Un jet privé. Et... vous allez où, avec ce jet privé ? À moins que tu ne sois encore tenue au secret ?

Je le regarde tirer sur sa cigarette et je suis prise d'un immense élan d'affection pour lui.

Je ne veux pas seulement informer Danny de ce qui se trame.

Je veux qu'il soit du voyage.

— Danny ? Tu as ton passeport sur toi ?

Il me faut un petit moment avant de retrouver Luke. Il s'est fait coincer par deux pontes du monde financier, auxquels il fausse compagnie, plein de gratitude sitôt qu'il me voit. Nous faisons le tour de la salle bondée, saluant et remerciant tous les gens que nous connaissons – ce qui, entre nous, ne nous prend pas trois heures.

Enfin, nous approchons de la table d'honneur et interrompons Elinor le plus discrètement possible.

— Mère, nous partons, dit Luke.
— Déjà ? (Elle fronce les sourcils.) Mais il est trop tôt.
— Peut-être... mais nous partons.
— Merci pour cette merveilleuse cérémonie, dis-je, du fond du cœur. C'était vraiment sublime. Tout le monde l'a trouvée fantastique. (Je me penche pour l'embrasser.) Au revoir.

Pourquoi ai-je la très nette impression que je ne vais jamais revoir Elinor ?

— Au revoir, Becky, dit-elle, aussi formelle qu'à son habitude. Au revoir, Luke.
— Au revoir, mère.

Ils se dévisagent – et, l'espace d'un instant, je me dis qu'Elinor va ajouter quelque chose. Au lieu de quoi, elle se penche avec raideur et embrasse Luke sur la joue.

— Becky ! (Quelqu'un me touche l'épaule.) Becky, vous ne partez pas déjà !

C'est Robyn, l'air toute perturbée.

— Euh... Si. Encore merci pour tout ce que...

— Vous ne pouvez pas partir déjà !

— Personne ne le remarquera, dis-je en regardant la fête battre son plein.

— Mais il faut qu'ils le remarquent ! Nous avons prévu une sortie, vous vous en souvenez ? Les pétales de rose ? La musique ?

— Eh bien... Peut-être que nous pourrions faire l'impasse...

— Faire l'impasse ? (Elle me poignarde du regard.) Vous plaisantez ? Orchestre ! lance-t-elle précipitamment dans son micro. Enchaînez sur « Some Day » ! Vous m'entendez ? Enchaînez sur « Some Day » ! (Elle prend son talkie-walkie.) Éclairagistes, préparez-vous pour les pétales de rose !

— Robyn, dis-je, désespérée. Franchement, nous voulions nous éclipser discrètement.

— Mes mariées ne s'éclipsent pas discrètement ! Fanfare ? En avant ! marmonne-t-elle dans son micro. Éclairagistes, en place pour la poursuite !

Une fanfare de trompettes éclate d'un seul coup, faisant sursauter tous les invités. Les éclairages disco se teintent de rose et l'orchestre entonne « Some Day My Prince Will Come[1] ».

— Allons, la Belle et le Prince, on y va, dit Robyn en me poussant. C'est parti ! Un deux, un deux...

Luke et moi échangeons un regard avant de nous avancer sur la piste, où les invités s'écartent sur notre passage. La musique nous environne de toutes parts, un spot nous suit pas à pas, et tout d'un coup, une pluie de pétales de rose tombe lentement du plafond.

C'est plutôt joli, en fait. Tout le monde nous sourit avec bienveillance et des « Ahhhh ! » fusent de partout. L'éclat de la lumière rose semble provenir de l'arc-en-ciel, et les pétales répandent leur parfum en tombant sur nous avant de voleter jusqu'au sol. Luke et moi nous nous sourions, un pétale est resté accroché dans ses cheveux...

---

1. « Un jour mon prince viendra ». *(N.d.T.)*

— Arrêtez !

Aussitôt que j'entends cette voix, mon estomac fait un affreux looping.

Les doubles portes se sont ouvertes et elle est là, debout dans l'embrasure, en tailleur noir, et chaussée de bottes noires les plus hautes et les plus pointues que j'aie jamais vues.

La Méchante Fée en personne.

Tout le monde se retourne tandis que la musique de l'orchestre se fait hésitante.

— Alicia ? dit Luke, abasourdi. Que faites-vous ici ?

— Votre mariage s'est bien passé, Luke ? répond-elle avec un rictus malveillant.

Elle avance de quelques pas et je remarque que les invités rentrent la tête dans leurs épaules tandis qu'elle passe à leur hauteur.

— Entrez, je m'empresse de dire. Entrez et joignez-vous à la fête. Nous vous aurions invitée...

— Je sais ce que vous manigancez, Becky.

— Nous nous marions ! dis-je en essayant de garder un ton serein. Pas besoin d'être prix Nobel pour le deviner !

— Je sais précisément ce que vous manigancez. J'ai des amis dans le Surrey. Ils m'ont donné des informations.

Elle cherche mon regard, l'air triomphant et je sens un frisson glacé remonter le long de ma colonne vertébrale.

Non.

Par pitié, non.

Pas maintenant que nous sommes si près du but.

— Je crois que vous avez un petit secret que vous n'avez pas jugé bon de partager avec vos invités. (Elle fait une grimace.) Pas très poli, vous ne trouvez pas ?

Je suis pétrifiée. Je n'arrive plus à respirer. J'ai besoin de l'aide de mes marraines les bonnes fées, et vite.

Laurel me jette un regard horrifié.

Christina pose sa coupe de champagne.

— Code rouge, code rouge, grésille la voix de Robyn dans le bouquet. Urgence. Code rouge.

Alicia s'avance à présent sur la piste, en prenant son temps, monopolisant l'attention.

— La vérité, reprend-elle d'un ton mielleux, c'est que toute cette belle réception n'est qu'une comédie. N'est-ce pas, Becky ?

Mon regard est attiré par ce qui se passe dans son dos. Deux agents de sécurité costauds sont en train d'approcher de la piste de danse. Mais ils ne pourront pas intervenir à temps. Elle va tout gâcher.

— Tout semble si beau. Tout semble tellement romantique, reprend Alicia, la voix brusquement durcie. Cependant, vos invités aimeraient peut-être savoir que ce prétendu mariage de rêve au Plaza est en fait une complète... Arrrrgh ! Reposez-moi par terre ! hurle-t-elle.

Je n'y crois pas. C'est Luke qui est intervenu.

Calmement, il a marché jusqu'à elle, et il l'a fait basculer sur son épaule. Et maintenant, il la transporte dehors, comme une sale gosse.

— Reposez-moi par terre ! Aidez-moi ! Quelqu'un !

Mais les invités commencent à rire. Elle bourre Luke de coups de pied avec ses bottes pointues, et lui, il hausse les sourcils sans s'arrêter pour autant.

— C'est du pipeau ! hurle-t-elle au moment où ils atteignent la porte. C'est du pipeau ! Ils ne sont pas vraiment...

La porte claque, lui coupant la parole et s'ensuit un moment de silence pesant. Personne ne bouge, pas même Robyn. Puis, lentement, la porte se rouvre, et Luke réapparaît, en se brossant les mains.

— Je n'aime pas les parasites, explique-t-il sèchement.

— Bravo ! lui crie une femme que je ne connais pas.

Luke s'incline, accueilli par un rire général de soulagement, et bientôt toute la salle applaudit.

Mon cœur bat si fort que je ne suis pas certaine de pouvoir encore tenir debout. Quand Luke me rejoint, je lui prends la main et il la serre fort dans la sienne. Je n'ai plus qu'une envie, c'est partir sur-le-champ. Je veux m'en aller.

Les conversations vont bon train dans la salle, et Dieu merci j'entends murmurer des mots tels que « détraquée » et « sans doute jalouse ». Une femme en Prada de la tête aux pieds s'exclame même, d'une voix forte : « Vous savez, il s'est produit exactement la même chose à notre propre mariage... »

Oh, et voilà Robyn et Elinor qui arrivent, côte à côte, telles les deux reines d'Alice au pays des merveilles.

— Je suis tellement navrée ! dit Robyn. Ne vous laissez pas perturber, mon chou. Ce n'est qu'une pauvre fille rancunière.

— Qui était-ce ? demande Elinor en plissant le front. Vous la connaissez ?

— Une ex-cliente mécontente, explique Robyn. Une de ces filles qui deviennent très amères. Je ne sais pas ce qui leur prend. Un jour, ce sont de petits êtres adorables, le lendemain, des harpies qui vous collent des avocats aux trousses. Soyez sans crainte, Becky. Nous allons refaire la sortie. Orchestre, attention ! dit-elle nerveusement. À mon signal, on reprend « Some Day ». Éclairagistes ? En place avec les pétales de secours.

Je n'en crois pas mes oreilles.

— Vous avez des pétales de rose de secours ?

— Mon chou, j'ai fait en sorte de pouvoir parer à toutes les éventualités. C'est à cela que sert une organisatrice, ajoute-t-elle avec un clin d'œil.

— Robyn, je crois que vous méritez chaque penny que vous recevez. (Je glisse un bras autour d'elle et l'embrasse.) Elinor, au revoir.

La musique reprend, nous recommençons à marcher, et d'autres pétales se mettent à virevolter du plafond. Je dois reconnaître que Robyn a vraiment assuré. Les gens nous entourent et nous applaudissent – et, est-ce mon imagination, ou leurs sourires sont-ils plus amicaux, à la suite de l'incident « Alicia » ? Au bout de la file, je distingue Erin, qui se penche vivement en avant et je lui remets mon bouquet.

Ça y est, nous sommes sortis.

Les doubles portes massives se referment derrière nous, et à l'exception de deux agents de sécurité, qui regardent avec application droit devant eux, il n'y a personne dans le couloir.

— On a réussi, dis-je en riant, soulagée. Luke, on a réussi !

— C'est ce que je vois, répond-il en hochant la tête. Bien joué. Bon, maintenant, si ça ne te fait rien, tu pourrais m'expliquer à quoi rime tout ce cirque ?

21

Laurel a tout organisé à la perfection. À JFK, l'avion était prêt, et nous sommes arrivés à Gatwick aux environs de huit heures ce matin, où une voiture nous attendait. À présent, nous traversons le Surrey en direction d'Oxshott. On va bientôt arriver ! J'ai du mal à croire que tout s'est déroulé sans accroc.

— Évidemment, tu sais quelle a été ta seule erreur, fait Danny en s'étirant langoureusement sur le cuir de la banquette arrière de la Mercedes.

— Quoi donc ? je demande en levant les yeux du clavier de mon téléphone.

— De t'en tenir à deux mariages. Tu vois, du moment que tu vas le faire plus d'une fois, pourquoi pas trois ? Pourquoi pas six ? Six fêtes...

— Six robes..., intervient Luke.

— Six gâteaux...

— Oh, la ferme ! Je n'ai pas fait tout ce cirque de gaieté de cœur, vous savez. C'est juste... que ça s'est présenté comme ça.

— « Que ça s'est présenté comme ça », raille Danny. Becky, tu n'as pas besoin de nous raconter des histoires, à nous. Tu voulais deux robes de mariage. Il n'y a pas de honte à ça.

— Danny, je téléphone, là... (Je regarde par la vitre.) Suze ? Je pense que nous serons là dans une dizaine de minutes.

— Je n'arrive pas à y croire. Tu as réussi ! s'exclame Suze. Tout a marché ! J'ai envie de courir le dire à tout le monde !

— Eh bien, retiens-toi !

— Mais c'est tellement incroyable ! Dire qu'hier soir, tu étais au Plaza, et que maintenant... (Elle s'interrompt, prise de panique.) Hé, tu n'as pas gardé ta robe sur toi au moins ?

— Bien sûr que non ! je glousse. Je ne suis pas idiote. Nous nous sommes changés dans l'avion.

— Et c'était comment, alors ?

— C'était super. Franchement Suze, à partir d'aujourd'hui, je ne voyage plus qu'en jet privé.

C'est une belle journée ensoleillée, et tandis que je regarde défiler les champs par la vitre, je suis envahie de bonheur. J'ai du mal à croire que tout s'est arrangé. Après tous ces mois d'inquiétude et de problèmes à démêler. Nous sommes en Angleterre. Le soleil brille. Et nous allons nous marier.

— Tu sais, je suis un peu inquiet, dit Danny en jetant un coup d'œil par la vitre. Où sont les fameux châteaux ?

— C'est le Surrey, ici. Nous n'avons pas de châteaux.

— Et les soldats avec les bonnets d'ours, ils sont où ? (Il plisse les yeux.) Becky ? Tu es sûre qu'on est bien en Angleterre ? Que le pilote connaissait son plan de vol ?

— Tout à fait sûre, dis-je en sortant mon rouge à lèvres.

— Franchement, reprend-il d'un ton dubitatif. Je trouve que ça ressemble davantage à la France.

Nous nous arrêtons à un feu rouge et il en profite pour descendre sa vitre.

— *Bonjour !* lance-t-il à une passante, qui sursaute. *Comment allez-vous*[1] *?*

---

1. En français dans le texte. *(N.d.T.)*

— J... Je..., répond la femme en s'empressant de traverser la rue.
— Je le savais, dit Danny. Becky, ça m'embête de devoir te l'apprendre... mais nous sommes en France.
— Nous sommes à Oxshott, banane. Oh, mon Dieu, voilà notre rue.

Une incroyable nervosité s'empare de moi quand j'aperçois la plaque familière. On y est presque.
— Elton Road, annonce le chauffeur. Vous allez à quel numéro ?
— 43. La maison qui est juste là. Celle avec les ballons et le fanion... Et les oriflammes argentées dans les arbres.

Mince alors. L'endroit tout entier semble transformé en fête foraine. Il y a un homme perché dans le marronnier, devant la maison, qui enroule des guirlandes d'ampoules électriques autour des branches, une camionnette blanche est garée dans l'allée et des femmes en uniforme à rayures vertes et blanches entrent et sortent de la maison.
— On dirait que vous êtes attendus, remarque Danny. Hé, ça va ?
— Très bien, dis-je – et je sais que c'est ridicule, mais j'ai la voix qui tremble.

Notre voiture s'arrête, imitée par celle qui nous suit avec nos bagages. Au moment où nous descendons, la porte d'entrée s'ouvre en grand et maman apparaît sur le seuil, en pantalon à carrcaux et sweat-shirt qui dit « Mère de la mariée ».
— Becky ! s'écrie-t-elle en s'élançant pour me serrer dans ses bras.
— Maman ! Tout se passe bien ?
— Nous avons tout en main, je pense, dit-elle, les joues rosies. Nous avons eu un petit souci avec les tables, mais je croise les doigts, elles devraient maintenant être en route... Luke ! Comment allez-vous ? Cette conférence financière s'est bien passée ?
— Euh... Oui, bien. Vraiment très bien. Je suis absolument désolé d'avoir bouleversé vos plans...

— Oh, ce n'est rien ! Je dois reconnaître que j'étais un peu déstabilisée quand Becky m'a appelée. Mais, finalement, ça n'a pas changé grand-chose. La plupart des invités avaient prévu de revenir le dimanche pour le brunch, de toute façon. Et le père Peter a été très compréhensif. Il a dit qu'en général il ne célébrait pas de mariage le dimanche, mais que, dans ce cas, il ferait une exception...
— Mais... le traiteur ? Il était réservé pour hier ?
— Lulu ? Oh, elle, ça lui était égal ! N'est-ce pas, Lulu ? dit-elle à une femme.
— Bien sûr ! répond celle-ci, joviale. Bonjour, Becky ! Ça va ?

Oh, mon Dieu ! C'est la Lulu qui m'emmenait aux jeannettes.

— Bonjour, Lulu ! Je ne savais pas que vous faisiez traiteur.
— Bah ! fait-elle avec une petite mimique de modestie. C'est juste pour m'occuper. Maintenant que les enfants sont grands...
— Tu sais, dit maman, très fière, le fils de Lulu, Aaron, joue dans l'orchestre. Du piano ! Et je t'assure qu'ils sont vraiment bons. Ils ont répété « Unchained Melody » spécialement...
— Bon, goûtez-moi ça ! dit Lulu en extrayant un canapé d'un plateau recouvert d'une feuille d'aluminium. Ce sont nos nouvelles papillotes thaïes. Nous en sommes plutôt contents. Vous savez, les pâtisseries en papillotes sont très à la mode, en ce moment.
— Vraiment ?
— Oh, oui, fait Lulu, telle une connaisseuse. Personne ne veut plus de tartelettes. C'est comme les *vol-au-vent*... (Elle esquisse une grimace.) Fini.
— Vous avez entièrement raison, renchérit Danny, l'œil brillant. Le *vol-au-vent* est mort. Grillé si vous préférez. Puis-je vous demander où vous vous situez, en ce qui concerne les nems aux asperges ?

— Maman, je te présente Danny. Mon voisin, tu te souviens ?

— Madame B., c'est un honneur de vous rencontrer, déclare Danny en baisant sa main. Vous ne m'en voulez pas d'être venu avec Becky ?

— Bien sûr que non ! s'écrie maman. Plus on est de fous, plus on rit. Bon, venez voir la tente.

Je n'en reviens pas que le jardin ait changé à ce point. La toile à rayures blanches et argentées d'une immense tente se gonfle au vent. Sur tous les parterres de pensées, on lit « Luke et Becky ». Des guirlandes de lumières s'enroulent sur le moindre buisson ou arbuste. Un jardinier en uniforme est en train d'astiquer une nouvelle fontaine en granit, quelqu'un balaie le patio, et, sous la tente, j'aperçois tout un groupe de femmes d'un certain âge, assises en demi-cercle, des carnets à la main.

— Janice est en train de faire le point avec l'équipe, m'indique maman à voix basse. Elle s'est vraiment donnée à fond pour l'organisation ; elle voudrait le faire à un niveau professionnel, maintenant.

— Bien, dit Janice lorsque nous nous rapprochons. La corbeille d'argent contenant les pétales de rose de secours sera disposée à côté du pilier A. Pouvez-vous, s'il vous plaît, le noter sur vos plans...

— Tu sais quoi ? Je pense qu'elle aurait du succès, dis-je, songeuse.

— Betty et Margot, si vous pouviez vous charger des fleurs prévues pour les boutonnières. Annabel, si vous pouviez vous occuper...

— Maman ? dit Luke en avançant la tête sous la marquise, sidéré.

Oh mon Dieu, c'est Annabel ! La belle-mère de Luke est assise là, avec toutes les autres

— Luke ! (Annabel se retourne et son visage s'illumine.) Janice, si vous voulez bien m'excuser...

Elle se précipite vers nous et serre Luke dans ses bras.

— Te voilà ! Je suis tellement contente de te voir. (Elle le dévisage, l'air inquiet.) Tu vas bien, mon chéri ?

— Très bien. Enfin, je crois. Il s'est passé beaucoup de choses...

— Je comprends, dit Annabel en me lançant un regard entendu. (Elle tend un bras vers moi pour me serrer contre elle.) Nous discuterons plus longuement dans la journée, vous et moi, me glisse-t-elle à l'oreille.

— Alors... Tu donnes un coup de main ? s'étonne Luke.

— Oh, ici, on embauche tout le monde, souligne gaiement maman. Et Annabel fait partie de la famille, maintenant.

— Et papa, il est où ? demande Luke en regardant alentour.

— Parti chercher des verres supplémentaires avec Graham, répond ma mère. Ils s'entendent bien, ces deux-là. Bon, qui veut du café ?

— Vous avez drôlement sympathisé avec les parents de Luke, dis-je à maman en la suivant dans la cuisine.

— Normal, ils sont formidables ! Vraiment charmants. Ils nous ont déjà invités à passer quelques jours dans le Devon. Ce sont des gens gentils, qui ont les pieds sur terre. Pas comme... cette femme.

— C'est vrai. Ils sont assez différents d'Elinor.

— Elle semblait se désintéresser complètement du mariage, dit maman, légèrement irritée. Tu sais qu'elle n'a jamais répondu à l'invitation ?

— Ah bon ?

Merde ! Je croyais avoir répondu pour elle.

— Tu l'as vue un peu, ces derniers temps ?

— Euh... Non, pas tellement.

Nous montons un plateau avec du café dans la chambre de mes parents. Là, assis sur le lit, il y a Suze et Danny, avec Ernie couché entre eux, qui agite ses petits pieds roses. Et en face, suspendue à la porte de la penderie, j'aperçois la robe de mariée de maman, plus blanche et chichiteuse que jamais.

— Suze ! je m'exclame en la serrant dans mes bras. Et mon magnifique Ernie ! Qu'est-ce qu'il a grandi !

Je me penche pour embrasser ses bonnes joues et il me fait un grand sourire.

— Tu as réussi, dit Suze en me souriant. Bien joué, Bex.

— Suze vient de me montrer la robe de mariée de famille, madame B., dit Danny, en haussant les sourcils à mon intention. Elle est... assez unique en son genre !

— C'est une vraie rescapée ! dit maman, ravie. Nous pensions qu'elle était fichue, mais toutes les traces de café sont parties.

— Un miracle ! renchérit Danny.

— Et même ce matin, le petit Ernie a essayé d'y lancer de la compote de pommes...

— Non ? dis-je en regardant Suze, qui rougit légèrement.

— Mais, par chance, je l'avais couverte d'une housse en plastique. (Elle prend la robe et secoue les froufrous, gagnée par l'émotion.) C'est un moment dont je rêve depuis si longtemps. C'est bête, hein ?

— Pas du tout, je proteste en la serrant dans mes bras. Ce sont les mariages qui veulent ça.

— Madame Bloomwood, Becky m'avait décrit la robe, dit Danny, et franchement, elle ne lui a pas rendu justice. Mais vous ne verriez pas d'inconvénients si j'y apportais quelques petites retouches ?

— Non, bien sûr ! Bon, ajoute-t-elle en regardant sa montre, il faut que j'y retourne. Je dois récupérer les petits bouquets de fleurs.

Une fois la porte refermée derrière elle, Danny et Suze échangent un regard.

— Bon, reprend Danny. Qu'est-ce qu'on en fait, de cette robe ?

— Tu pourrais commencer par couper les manches ? suggère Suze. Et tous ces froufrous sur le corsage ?

— Ce que je voudrais savoir, s'interroge Danny, c'est jusqu'où on peut aller ? Becky ? (Il relève la tête.) Ton avis ?

Je ne réponds pas. Je regarde par la fenêtre et j'aperçois Luke et Annabel qui se promènent bras dessus bras dessous dans le jardin, en bavardant. Je vois aussi maman qui discute avec Janice et gesticule en direction du cerisier.

— Alors, Becky ? reprend Danny.
— N'y touche pas, dis-je en me retournant.
— Quoi ?
— Ne fais rien. (Je lui souris, il a l'air atterré.) Laisse-la comme ça.

À trois heures dix, je suis prête, ficelée comme un saucisson dans ma robe de mariée. Janice m'a fait un maquillage spécial « mariée radieuse de printemps », à peine atténué à l'aide d'un mouchoir humide. J'ai une couronne d'œillets rose vif et de gypsophile dans les cheveux, que maman a commandée en même temps que mon bouquet. Le seul détail stylé qui reste dans tout ça, ce sont mes escarpins Christian Louboutin – qui ne se voient même pas.

Et je m'en fiche. Je suis exactement comme j'ai envie d'être.

Nous avons pris une photo sous le cerisier, et maman a tellement pleuré qu'il a fallu retoucher son maquillage « élégance estivale ». Et maintenant, tout le monde est parti pour l'église. Il ne reste que papa et moi, qui attendons le moment de les rejoindre.

— Prête ? demande-t-il tandis qu'une Rolls blanche s'engage dans l'allée.
— Oui, je pense, dis-je, la voix tremblotante.

Je vais me marier. Je vais me marier pour de bon.

— Tu crois que je fais bien ? je demande, en ne plaisantant qu'à moitié.
— Oh, oui, répond-il en réajustant sa cravate en soie devant le miroir de l'entrée. Je me souviens d'avoir dit à ta mère, le tout premier jour où nous avons rencontré Luke : « Celui-là sera capable de suivre le rythme de Becky. » (Il croise mon regard dans le miroir.) J'avais raison, non, ma chérie ? Il tient le coup ?

— Plus ou moins. Mais... il est en progrès.
— Parfait. C'est probablement tout ce qu'il peut espérer.

Le chauffeur sonne à la porte, et lorsque j'ouvre, je suis intriguée par le visage sous la casquette. Non ! C'est Clive, mon ancien moniteur d'auto-école.

— Clive ! Salut ! Comment allez-vous ?
— Becky Bloomwood ! Ça alors ! Becky Bloomwood, qui se marie ! Vous avez eu votre permis, finalement ?
— Euh... oui, finalement.
— Qui l'aurait cru ? (Il secoue la tête, étonné.) Quand je rentrais chez moi, je disais toujours à ma femme « Si cette fille a son permis un jour, je veux bien me faire moine. » Parce que alors, le jour où...
— Oui, bon, Clive..., je m'impatiente.
— L'examinateur disait qu'il n'avait jamais rien vu de tel. Est-ce que votre futur mari vous a déjà vue conduire ?
— Oui.
— Et il veut quand même vous épouser ?
— Oui ! dis-je, en colère.

Non mais ! C'est le jour de mon mariage. Ce n'est pas le moment de me rappeler tous ces stupides examens de conduite que j'ai passés il y a des années et des années de ça.

— Pouvons-nous y aller ? s'enquiert papa avec tact. Bonjour, Clive. C'est un plaisir de vous revoir.

Nous descendons l'allée et en arrivant à la voiture je me retourne pour regarder la maison. Quand je la reverrai, je serai une femme mariée. J'inspire profondément et monte en voiture.

— Arrêêêêêêêête ! Becky, Arrête !

Je me glace d'horreur, un pied à l'intérieur de la voiture. Qu'est-ce qui se passe encore ? Qui a découvert le pot aux roses ? Que savent-ils au juste ?

— Je ne peux pas te laisser faire ça !

Quoi ? Mais c'est insensé. Voilà Tom Webster, le voisin, qui fonce vers nous, en habit. Qu'est-ce qui lui prend ? Il est censé être à l'église pour placer les invités.

— Je peux pas rester là à ne rien faire, dit-il, le souffle court, en posant une main sur la Rolls. Ce pourrait être la plus grosse erreur de ta vie. Réfléchis, Becky. Nous nous connaissons depuis toujours. Nous avons grandi ensemble. Il nous a peut-être fallu un peu de temps pour prendre conscience de nos sentiments l'un pour l'autre... Mais, ne devons-nous pas tenter notre chance ?

— Tom, je n'éprouve aucun sentiment pour toi et je me marie dans deux minutes. Alors si tu veux bien nous laisser passer...

— Tu ne sais pas dans quoi tu te lances ! Tu n'as pas idée de ce qu'est le mariage ! Becky, dis-moi franchement. Tu envisages vraiment de passer le restant de tes jours avec Luke ? Jour après jour, nuit après nuit ? Heure après heure, sans répit ?

— Oui ! (Je sens que je perds patience.) Oui ! J'aime Luke et je veux passer le restant de mes jours avec lui ! Écoute, Tom, il a fallu fournir beaucoup d'efforts et résoudre bien des problèmes pour en arriver là. Bien plus que tu ne pourras jamais l'imaginer. Alors, si tu ne t'écartes pas de mon chemin, là, tout de suite... je t'étrangle.

— Tom, intervient papa. Je crois que la réponse est non.

— Ah... (Il garde le silence quelques secondes.) Bon... Bien. Je m'excuse, ajoute-t-il avec un haussement d'épaules dépité.

— Tu n'as jamais eu le sens du timing, Tom Webster, ajoute Clive avec mépris. Je me souviens que la première fois où tu as freiné dans un rond-point, tu as bien failli nous tuer tous les deux.

— C'est bon. Y a pas de mal. Pouvons-nous y aller maintenant ?

Je monte en voiture, arrange ma robe, et papa vient s'asseoir à mes côtés.

— On se voit là-bas, alors ? demande Tom d'une voix lugubre, qui me fait lever les yeux au ciel.

— Tom, tu veux qu'on t'emmène à l'église ?

— Oh, merci, ce serait super. Bonjour, Graham, ajoute-t-il, un peu gêné.
— C'est bon, Tom, fait mon père en lui tapotant le dos. Nous avons tous nos petits moments de faiblesse.
Il me fait une grimace par-dessus la tête de Tom mais je m'empêche de rire.
— Bon, tout le monde est installé ? demande Clive. Pas de nouveaux revirements de cœur ? De déclaration d'amour de dernière minute ?
— Non ! C'est bon. On est déjà parti ! je réponds.

Lorsque nous arrivons à l'église, les cloches sonnent, le soleil brille et quelques invités en retard se hâtent à l'intérieur. Tom ouvre la portière puis se précipite dans l'allée sans un seul regard en arrière, tandis que je fais des effets de traîne devant le regard admiratif de quelques passants.
Dieu que c'est drôle de se marier. Ça va me manquer.
— Prête ? demande papa en me tendant mon bouquet.
— Oui, je crois, dis-je en acceptant son bras tendu.
— Bonne chance ! lance Clive. Hé, regardez ! Vous avez deux retardataires, là.
Un taxi noir vient de freiner devant l'église, et quand les deux portières des passagers s'ouvrent en même temps, je reste clouée sur place. Est-ce que je rêve ? me dis-je, en voyant descendre Michael, encore vêtu de son habit de soirée du Plaza. Il tend la main vers l'intérieur du véhicule, et la seconde d'après, c'est Laurel qui apparaît, dans sa robe Saint Laurent, les manches toujours relevées.
— Ne vous dérangez pas pour nous ! me lance-t-elle. On va se caser quelque part...
— Mais... Bon sang, qu'est-ce que vous faites là ?
— Tttttt, fait Clive, réprobateur.
— À quoi sert d'avoir le contrôle d'une centaine de jets privés si on ne peut aller où on veut quand on veut ? réplique Laurel en s'approchant pour me serrer dans ses bras. Nous avons brusquement décidé que nous voulions vous voir vous marier.

— Pour de vrai, me glisse Michael dans l'oreille. Je vous tire mon chapeau, Becky.

Ils s'engouffrent dans l'église, et papa et moi nous engageons dans l'allée qui mène au parvis, où Suze nous attend, tout excitée. Elle porte une robe bleue à reflets argentés et tient dans ses bras un Ernie vêtu d'une barboteuse assortie. Je glisse un coup d'œil à l'intérieur de l'église, où j'aperçois les visages de ma famille au grand complet, de tous mes vieux amis, de tous les amis et les relations de Luke. Assis côte à côte, tous ont le visage illuminé de joie et d'impatience.

L'orgue se tait et je sens mes nerfs se crisper.

Enfin, je vais me marier. Pour de bon.

Puis les premières mesures de la « Marche nuptiale » se font entendre. Mon père me presse le bras et nous commençons à remonter l'allée.

22

Ça y est, nous sommes mariés.

Nous sommes vraiment mariés.

Je regarde fixement l'alliance étincelante que Luke m'a passée au doigt. Puis je contemple la scène alentour. La tente scintille dans le crépuscule d'été, l'orchestre joue une version rythmée de « Smoke Gets in Your Eyes », les gens dansent. Peut-être la musique n'est-elle pas aussi raffinée qu'au Plaza. Peut-être les invités ne sont-ils pas aussi élégants. Mais au moins, ce sont les nôtres. Tous.

Nous avons eu droit à un chouette dîner – potage de cresson, carré d'agneau et pudding léger –, nous avons bu des litres de champagne et de vin que papa et maman ont fait venir de France. Et puis papa a fait tinter sa fourchette contre un verre et il a prononcé un discours sur Luke et moi. Maman et lui, a-t-il dit, avaient souvent discuté du genre d'homme que je devrais épouser, et ils n'avaient jamais réussi à se mettre d'accord, sauf sur un point : cet homme-là devrait ne pas être pied bot. Puis il a regardé Luke, qui s'est gracieusement levé pour exécuter une pirouette, et tout le monde est parti d'un grand éclat de rire. Papa a ajouté qu'il avait appris à aimer Luke et ses parents et que, au-delà du mariage qu'elle célébrait, cette journée avait permis la réunion de deux familles. Et puis, a-t-il souligné, il savait que je serais une femme aimante et dévouée et il a conclu avec cette anecdote : à huit ans, j'avais écrit à Downing Street pour proposer la nomination de mon père au poste de Premier ministre, puis, toujours sans réponse une semaine plus tard, j'avais ré-écrit pour demander pourquoi personne ne m'avait répondu. Là, tout le monde a encore éclaté de rire.

Ensuite, ç'a été au tour de Luke de prononcer un discours. Il a raconté comment nous nous étions rencontrés à Londres, du temps où j'étais journaliste financière. Il m'avait remarquée, a-t-il expliqué, dès la toute première conférence de presse, quand j'avais demandé au directeur des relations publiques de la Barclays Bank pourquoi ils ne faisaient pas des couvertures de chéquier fantaisie comme pour les téléphones portables. Et puis, a-t-il avoué, juste parce que je mettais toujours de l'animation dans ces réunions, il avait commencé à m'envoyer des invitations à toutes les conférences de presse, même lorsque celles-ci n'intéressaient pas au premier chef le magazine pour lequel je travaillais.

Ça, il ne me l'avait jamais dit. Mais, maintenant, je comprends ! Voilà pourquoi j'étais sans cesse conviée à des conférences de presse bizarres sur le cours des matières premières et l'état de l'industrie de l'acier.

En dernier, Michael s'est levé, s'est présenté de sa voix chaude et grave, et a parlé de Luke. De son extraordinaire succès, mais aussi du fait qu'il avait besoin d'avoir quelqu'un à ses côtés, quelqu'un qui l'aime sincèrement et tel qu'il est, et qui l'empêche de prendre la vie parfois trop au sérieux. Ensuite, il a souligné que ç'avait été pour lui un honneur de rencontrer mes parents et qu'il les remerciait de tout cœur d'avoir accueilli à bras ouverts deux parfaits étrangers. Et il a ajouté que ces derniers temps, j'avais vraiment mûri. Que je m'étais sortie de situations compliquées et périlleuses, et que, sans entrer dans les détails, j'avais été confrontée à quelques défis que j'avais brillamment relevés.

Et sans dégainer ma carte Visa, a-t-il ajouté, ce qui, sous la tente, a déclenché le plus gros éclat de rire.

Il a dit aussi qu'il avait assisté à beaucoup de mariages au cours de sa vie, mais que jamais il n'avait éprouvé la joie qui était la sienne aujourd'hui. Il savait que Luke et moi étions faits l'un pour l'autre, qu'il nous aimait immensément tous les deux, que nous n'étions pas conscients de notre chance. Et que si nous avions le bonheur d'avoir des enfants, eux non plus ne connaîtraient pas leur chance.

En fait, le discours de Michael a bien failli me faire pleurer.

À présent, je suis assise sur la pelouse avec Luke. Rien que nous deux, à l'écart de tout le monde pendant quelques instants. Mes escarpins Christian Louboutin sont tout maculés de vert, et les doigts tachés de fraises d'Ernie ont laissé des traces sur mon corsage. Je dois avoir l'air d'une souillon. Qu'importe, je suis heureuse.

Je crois que jamais de ma vie je n'ai éprouvé un bonheur aussi intense.

— Eh bien, dit Luke en s'allongeant sur les coudes et en contemplant le bleu obscurci du ciel. Nous avons réussi.

— Oui, nous avons réussi. (Ma couronne de fleurs commence à me tomber sur les yeux, aussi je préfère en retirer délicatement toutes les épingles pour la poser sur l'herbe.) Et sans faire de victimes.

— Tu sais... J'ai l'impression que ces dernières semaines ont été comme un rêve étrange. J'étais dans mon propre monde, à ruminer mes problèmes, sans me douter de ce qui se passait dans la vraie vie. (Il secoue la tête.) Je crois que j'ai été à deux doigts de dérailler complètement, quand j'y repense.

— À deux doigts ?

— Bon, d'accord. J'ai déraillé. (Il me regarde et, grâce à la lumière qui filtre de la tente, je constate que ses yeux sombres brillent.) Je te dois énormément, Becky.

— Mais non, tu ne me dois rien, je rétorque, étonnée. Nous sommes mariés, maintenant. C'est comme si... tout était devenu un compte joint.

J'entends du remue-ménage du côté de la maison, et j'avise papa en train de charger nos valises dans le coffre. L'heure approche. Nous allons bientôt devoir y aller.

— Bien, fait Luke en suivant mon regard. Notre fameuse lune de miel. Suis-je autorisé à connaître notre destination ? Ou bien dois-tu encore garder le secret ?

Je sens mes nerfs se tendre. Nous y voilà. Le tout dernier acte de mon plan. La cerise sur le gâteau.

— OK, dis-je en prenant une grande inspiration. Alors voilà. J'ai beaucoup réfléchi, ces derniers temps. À nous deux, à notre mariage, à l'endroit où nous devrions vivre. Si nous devions ou non rester à New York. Ce que nous devrions faire... (Je marque une pause, en choisissant mes mots avec soin.) Et j'ai compris... que je ne suis pas encore prête à me fixer quelque part. Tom et Lucy ont essayé de le faire, mais trop tôt, regarde ce qui leur est arrivé. J'adore Ernie, mais quand je vois la vie de Suze... Ça m'a fait comprendre que je ne suis pas prête pour avoir un bébé, non plus. Pas déjà. (Je relève la tête avec appréhension.) Luke, il y a tant de choses que je n'ai jamais faites ! Je n'ai jamais vraiment voyagé. Je n'ai jamais vu le monde. Ni toi non plus.

— Tu as vécu à New York.

— New York est une ville géniale et je l'adore. Mais il y a d'autres villes de par le monde. Je veux y aller aussi. Sydney. Hong-Kong... Et il n'y a pas que les villes ! dis-je en écartant les bras. Mais aussi les fleuves. Les montagnes... Tous ces paysages...

— Parfait, dit Luke, amusé. Si tu en revenais au sujet qui nous occupe, à savoir la lune de miel...

— Bon, d'accord. (J'avale ma salive.) Alors voilà ce que j'ai décidé. J'ai... J'ai troqué tous les cadeaux de mariage que nous avons eus à New York contre de l'argent. Tous ces chandeliers en argent inutiles, ces théières absurdes et tout le bataclan. Et j'ai... je nous ai pris deux billets d'avion en première pour faire le tour du monde.

— Le tour du monde ? répète Luke, visiblement estomaqué. Tu es sérieuse ?
— Oui ! Le tour du monde ! Nous pourrons prendre tout le temps que nous voudrons. Trois petites semaines, ou alors... (Je le regarde, pleine d'espoir.)... un an.
— Un an ? Tu plaisantes ?
— Pas du tout. J'ai prévenu Christina que je pouvais revenir, ou ne pas revenir, chez Barneys. Elle est d'accord. Danny s'occupera de vider l'appartement à notre place et de tout stocker au garde-meuble...
— Becky ! (Il secoue la tête.) C'est une idée formidable mais je ne peux quand même pas...
— Mais si, tu peux. J'ai pensé à tout. Michael s'occupera de l'agence new-yorkaise. Et celle de Londres se débrouille déjà toute seule, de toute façon. Luke, tu peux le faire. Tout le monde pense que tu devrais, d'ailleurs.
— Tout le monde ?
— Tes parents, les miens, j'énumère en comptant sur mes doigts. Michael, Laurel..., Clive, mon ancien moniteur d'auto-école...
Luke me fixe.
— Clive, ton « ancien moniteur d'auto-école » ?
— Bon, d'accord, lui, on s'en fiche. Mais tous ceux dont tu respectes l'opinion pensent que tu devrais le faire. Ils disent tous que tu as besoin d'un break. Tu as tellement travaillé, et pendant tant d'années... (Je me penche, avec insistance.) Luke, c'est le moment. Tant que nous sommes encore jeunes. Avant que nous ayons des enfants. Imagine ! Nous deux, parcourant le monde. Découvrant des paysages majestueux, puisant des enseignements dans d'autres cultures.
Silence. Luke regarde fixement le sol, sourcils froncés.
— Tu as parlé à Michael, dit-il enfin. Et il est vraiment d'accord pour... ?
— Il est plus que d'accord. Il en a marre de vivre à New York sans rien d'autre à faire que de la marche sportive.

Luke ! Il a dit que même si tu ne pars pas un an, tu as besoin de t'aérer. Tu as besoin de vraies vacances.

— Un an, répète-t-il en se frottant le front, c'est plus que des vacances.

— Ça peut être plus court. Ou plus long ! Ce qui est bien, c'est que nous pourrons le décider au fur et à mesure. Pour une fois dans notre vie, nous aurons l'esprit libre. Pas de liens, pas de contraintes, rien pour nous encombrer...

— Becky chérie ! appelle papa de la voiture. Tu es sûre qu'ils vont te laisser prendre six valises ?

— C'est bon, je paierai un supplément. Alors, Luke, qu'en penses-tu ?

Il ne répond d'abord rien, et il me semble voir tous mes espoirs s'évanouir. J'ai l'horrible pressentiment que Luke va redevenir celui qu'il était avant, le businessman obnubilé par son travail, monomaniaque.

Puis, il lève les yeux – et je distingue ce petit sourire désabusé sur ses lèvres.

— Ai-je vraiment le choix ?

— Non, dis-je en l'attrapant par la main, immensément soulagée. Tu n'as pas le choix.

Nous allons faire le tour du monde ! Nous allons devenir des globe-trotters !

— Becky ! Luke ! appelle maman par-delà la pelouse. C'est l'heure de découper le gâteau ! Graham, allume les lumières !

— D'acco-d'acc !

— On arrive ! je crie. Laissez-moi juste le temps de remettre ma couronne !

— Laisse-moi faire.

Luke attrape la couronne de fleurs roses et me la pose sur la tête avec un petit sourire.

— J'ai l'air idiote ? je demande en grimaçant.

— Si tu savais... (Il m'embrasse, se lève et m'aide à faire de même.) Allez viens, Becky B., ton public t'attend.

Et tandis que les guirlandes autour de nous commencent à clignoter, nous traversons la pelouse dans le crépuscule pour rejoindre la fête, la main de Luke serrée très fort autour de la mienne.

CONTRAT PRÉNUPTIAL

Entre Rebecca Bloomwood et Luke Brandon
Fait le 22 juin 2002
(Suite)

5. Compte bancaire joint
5.1 Ce compte joint est destiné aux dépenses nécessaires à l'entretien du foyer. Il est entendu que les « dépenses nécessaires à l'entretien du foyer » incluent des jupes Miu Miu, des paires de chaussures et autres articles décrétés indispensables par la Mariée.

5.2 Fera autorité dans tous les cas, concernant ces dépenses, la décision de la Mariée.

5.3 Toute question afférente au compte joint ne doit pas être posée à l'improviste à la Mariée par le Marié, mais faire l'objet d'une demande écrite, pour laquelle il sera accordé un délai de vingt-quatre heures concernant la réponse.

6. Dates importantes
6.1 Le Marié est tenu de se rappeler de tous les anniversaires et de toutes les dates commémoratives, et de marquer lesdites dates avec des cadeaux-surprises*.

6.2 La Mariée s'engage à manifester sa surprise et sa joie envers les choix du Marié.

7. Foyer conjugal
La Mariée s'engage à faire tout ce qui est en son pouvoir pour veiller à ce que l'ordre et la propreté règnent dans le foyer conjugal, SANS QUE TOUTEFOIS un manquement à l'observation de cette clause ne puisse être considéré comme une rupture du contrat.

8. Moyens de locomotion
Le Marié s'engage à n'émettre aucun commentaire sur les talents de conductrice de la Mariée.

9. Vie sociale
9.1 La Mariée s'engage à ne pas exiger du Marié qu'il se souvienne des noms et des histoires d'amour antécédentes de tou(te)s les ami(e)s de la Mariée, ceux et celles qu'il n'a jamais rencontré(e)s inclus(es).

9.2 Le Marié s'engage à fournir un effort significatif pour consacrer chaque semaine du temps à des activités de loisir et de détente.

9.3 Le shopping sera entendu comme étant une activité de détente.

---

* Les cadeaux-surprises peuvent être entendus comme des articles discrètement indiqués par la Mariée dans les catalogues ou magazines qui seront disposés dans le foyer conjugal par la Mariée dans les semaines précédant lesdites dates.

Remerciements

Je me suis beaucoup amusée en écrivant ce livre, et plus encore en collectant sa matière première. Je suis extrêmement reconnaissante à tous ceux qui, en Grande-Bretagne comme aux États-Unis, ont eu la gentillesse de répondre à mes questions idiotes et m'ont donné une foule d'idées.

Mes remerciements vont à Lawrence Harvey, du Plaza, dont l'aide m'a été si précieuse, et à Sharyn Soleimani, formidable en toutes circonstances, chez Barneys. Merci aussi à Ron Ben-Israël, Elizabeth et Susan Allen, à Fran Bernard, Preston Bailey, Claire Mosley, à Joe Dance chez Crate and Barrel, à Julia Kleyner et Lillian Sabatelli chez Tiffany, à Charlotte Curry de *Brides*, à Robin Michaelson, Theresa Ward, Guy Lancaster et Kate Mailer, à David Stefanou et Jason Antony, et à la charmante Lola Bubbosh.

Comme toujours, mille mercis à mon agent, la formidable Araminta Whitley, à Celia Hayley, à Linda Evans pour son soutien de tous les instants, et bien sûr, à Patrick Plonkington-Smythe.

Merci enfin à ceux qui ont été là tout au long de la route. Henry, Freddy, Hugo, et toute la bande. Vous vous reconnaîtrez.

MILLE COMÉDIES

Cul et chemise de Robyn Sisman
Comme cul et chemise, Jack et Freya le sont depuis bien longtemps : c'est simple, ils se connaissent par cœur. Du moins le pensent-ils...
Née aux États-Unis, Robyn Sisman vit en Angleterre. Après le succès de Nuits blanches à Manhattan, Cul et chemise *est son deuxième roman publié chez Belfond.*

Alors, heureuse ? de Jennifer Weiner
Comment vivre heureuse quand on a trop de rondeurs et qu'on découvre sa vie sexuelle relatée par le menu dans un grand mensuel féminin ?
Jennifer Weiner est née en 1970 en Louisiane. Alors, heureuse ? *est son premier roman.*

Une exquise vengeance de Brian Gallagher
Revenue de vacances plus tôt que prévu, Julie découvre son mari dans les bras d'une blonde pulpeuse. Que faire ? Leur mitonner une revanche des plus originales...
De nationalité irlandaise, Brian Gallagher est né en 1964 à Stockholm. Une exquise vengeance *est son premier roman.*

Confessions d'une accro du shopping de Sophie Kinsella
Votre job vous ennuie à mourir ? Vos amours laissent à désirer ? Rien de tel que le shopping pour remonter le moral... Telle est la devise de Becky Blommwood. Et ce n'est pas son découvert abyssal qui l'en fera démordre.

Becky à Manhattan de Sophie Kinsella
Après une légère rémission, l'accro du shopping est à nouveau soumise à la fièvre acheteuse. Destination : New York, sa 5e Avenue, ses boutiques...
Sous le pseudonyme de Sophie Kinsella se cache une romancière anglaise à succès qui a exercé la profession de journaliste financière.

Sexe, amour et amitié de Paul Burston
Quand Armistead Maupin rencontre Bridget Jones... Les mésaventures tragi-comiques d'un trio prêt à tout au cœur du gay London.
Journaliste et présentateur sur Channel 4, Paul Burston a trente-sept ans et vit à Londres.

Devine qui vient mourir ce soir ? de Ben Elton
Un *Loft Story* à l'anglaise : un appartement, dix participants, trente caméras, quarante micros, un meurtre... et pas de preuves.
Ben Elton est né en 1959 à Londres. Parallèlement à ses romans, il écrit pour la télévision, le théâtre et le cinéma.

Bonheur, marque déposée de Will Ferguson
Un éditeur aux abois découvre un livre qui promet la recette du bonheur. Seul problème : ça marche.
Will Ferguson est né au Canada en 1964. Après un ouvrage polémique, Why I Hate Canadians, *et d'autres essais,* Bonheur, marque déposée *est son premier roman*

Pour en savoir plus
sur les éditions Belfond
(catalogue complet, auteurs, titres,
extraits de livres),
vous pouvez consulter notre site Internet :

www.belfond.fr